Collection Entailles

LE PARC

Steffen JACOBSEN

LE PARC

Traduit du danois
par Caroline Berg

Éditions SW Télémaque

Du même auteur :

Trophée

Titre original : Gengældelsen
Publié avec l'accord de People'sPress/ArtPeople, Danemark

Pour la traduction française :
Adaptation : Anne Martinetti

Éditions Télémaque, 7, rue Pérignon, 75015 Paris
www.editionstelemaque.com
ISBN : 9782753302624
ISSN : 1966-8074

Le corps disloqué du martyr dégage un parfum de musc.
Commandant du Hamas, Gaza

17 septembre
La Mecque
Année du ramadan 1434

Nabil vit sa mère aussi clairement que si elle s'était trouvée avec eux dans le salon de l'étranger. Il lui demanda pardon pour ce qu'il allait faire et elle le supplia de penser à la miséricorde des hommes et de ne pas entrer dans la maison de la guerre. Il y avait eu assez de morts comme ça, lui dit-elle.

Sa détermination vacilla sous le flot de paroles, jusqu'à ce que Fadr le secoue pour le réveiller.

– À qui tu parles ? demanda-t-il.

Son ami s'était fait pousser une petite moustache pour cacher une blessure mal suturée, à la lèvre supérieure.

– À personne, répondit Nabil.

Il avait seulement imaginé la présence de sa mère. Il n'avait presque rien mangé ces dernières semaines, et on les avait prévenus qu'ils risquaient d'avoir des hallucinations.

C'était lui qui avait sorti les cadavres de ses parents et de ses sœurs Basimah et Farhah des décombres de leur maison après l'attaque d'artillerie ayant détruit la moitié de la rue où il avait grandi à Damas. Il les avait lavés et enveloppés dans leurs linceuls, avec l'aide de l'imam Sufyan, et ensemble ils avaient dit pour eux le *Salat al-jenazah*, la prière des morts.

Depuis, Nabil avait rejoint les miliciens. Pendant que des dizaines de milliers de ses concitoyens mouraient, et que des millions se retrouvaient à la rue, l'Union européenne, l'Otan et les USA restaient muselés derrière la ligne rouge par le droit de veto du Conseil de sécurité des Nations unies. Le pétrole, le gaz naturel, les baskets et l'ego de Vladimir Poutine avaient plus de valeur que les vies syriennes, et Nabil les haïssait tous.

Samir était le plus vieux des trois garçons qui attendaient dans cet appartement du quartier Nørrebro, à Copenhague. Il abandonna son poste d'observation devant la fenêtre, s'agenouilla dans la pénombre entre Nabil et Fadr et tourna les paumes vers le ciel.

– Nettoie ton âme, Nabil, de ce qui est impur. Oublie ce que nous appelons le monde, oublie cette vie, car le temps qui reste avant ton mariage avec l'au-delà est très court, à présent.

– *Subhan' Allah*, à la gloire de Dieu, murmurèrent Nabil et Fadr d'une seul voix.

Fadr posa une écharpe noire entre les mains de Nabil, il la déplia et caressa les inscriptions dorées. Des gouttes de sueur tombèrent de ses cheveux coupés court, laissant dc petites taches sur le tissu.

– *Al-uqāb*, l'aigle, dit Fadr avec solennité. Le drapeau de Saladin. Mohamed al-Amir Atta l'avait avec lui quand il a percuté les tours, à New York.

– Ce sera un honneur de la porter, *inch'Allah*, si Dieu le veut.

Nabil replia l'écharpe.

– Il faut que je me lave, dit-il.

La salle de bains sentait la femme. Par respect pour l'hospitalité de leur hôtesse inconnue, ils n'avaient ouvert aucun tiroir et aucun placard dans l'appartement. Le salon comportait peu d'éléments de décoration. Une mappemonde et un poster représentant un chat noir buvant de l'absinthe dans un grand verre. La seule chose prouvant l'appartenance de la propriétaire à l'organisation était le coran posé sur la table de nuit, dont la reliure en cuir rouge était devenue aussi douce qu'un gant à force d'être manipulée par des mains innombrables.

Ils avaient trouvé de la nourriture dans le réfrigérateur en arrivant, et Fadr était le seul à être sorti, pour acheter des cigarettes à la superette de l'autre côté de la rue.

Nabil se lava le visage et s'essuya dans une serviette qui, elle aussi, avait gardé l'odeur de la maîtresse de maison. Il éteignit la lumière, ouvrit la fenêtre qui donnait sur une cour fermée. Il regarda le ciel du côté du levant, par-dessus le toit de l'immeuble d'en face.

– *Aldebaran, alnath, alhena*, énuméra-t-il.

Il avait contemplé les mêmes étoiles depuis le pont du bateau polonais sur lequel ils avaient traversé le détroit du Sund pour entrer dans ce petit pays. Quand le cargo avait jeté l'ancre, Samir avait payé le capitaine avec une épaisse liasse d'euros. Puis ils avaient grimpé par-dessus le bastingage et ils étaient descendus par une échelle de corde dans un Zodiac qui les attendait en oscillant sur l'eau noire et calme. Nabil et Fadr avaient ramé vers la côte, en direction d'une torche qui y clignotait, lui était resté à l'arrière, la valise d'explosifs et de détonateurs entre les genoux. Sur les dernières dizaines de mètres, ils avaient laissé les vagues pousser le bateau en caoutchouc jusqu'à la plage. Ensuite, ils l'avaient repoussé à l'eau et avaient marché dans le sable mouillé, portant leur lourd chargement, jusqu'à ce qu'une silhouette apparaisse à la lisière des arbres et vienne à leur rencontre.

Samir avait échangé quelques mots avec l'étranger. Peut-être y avait-il eu une brève accolade. Ils avaient gravi une dune escarpée en file indienne. Leur guide marchait d'un pas souple et déterminé. Nabil s'était dit que ça devait être une femme. On les avait conduits jusqu'à une camionnette blanche garée sur un parking désert. Samir s'était installé à l'avant. Fadr et lui s'étaient assis par terre, à l'arrière du fourgon, avec leurs valises et leurs sacs à dos.

Il entendit sonner un téléphone dans le salon et, quand il rejoignit Fadr et Samir, ils avaient l'air grave. Fadr rangea le téléphone portable dans sa poche, et Nabil sentit que ses jambes se dérobaient.

– Sois fort, *chahid*, lui dit Samir, comme s'il avait compris ce qu'il ressentait. Ne dis pas de ceux qui ont été tués au nom d'Allah qu'ils sont morts. Car ils vivent parmi nous comme des ombres, mais nous ne les voyons pas.

Le téléphone bippa dans la poche de Fadr et il le ressortit pour lire un nouveau SMS.

– La voiture est en bas, annonça-t-il.

Il faisait froid, et les trois jeunes gens se serraient les uns contre les autres à l'arrière du fourgon, se penchant comme un seul corps lorsque la camionnette tournait au coin d'une rue.

Samir trouva un Thermos, l'ouvrit et renifla le contenu avant de le passer à ses compagnons.

– Du thé ?

Nabil secoua la tête. Dans la lumière grise du matin, il regardait une cicatrice blanche en forme d'étoile sur la tempe de Samir, à moitié dissimulée par les longs cheveux noirs de son ami. Le Syrien avait l'habitude de l'effleurer de temps à autre, quand il était troublé ou qu'il réfléchissait. Il ne lui avait jamais dit comment il l'avait eue. Il parlait seulement d'un miracle. On aurait dit une trace de balle. Mais comment survit-on à une balle dans la tempe ?

Les garçons s'étaient rencontrés trois mois plus tôt dans un camp d'entraînement en Iran, et Fadr et Samir étaient devenus pour Nabil ce qui se rapprochait le plus d'une famille. Il était d'usage qu'un croyant qui suit la voie du martyre, un *chahid*, enregistre un message ou lise une déclaration devant une caméra vidéo afin que, ensuite, la famille puisse montrer le film à ses amis et à ses voisins, et le diffuser sur Internet. Mais bien que cette mission soit une attaque d'envergure contre ce petit pays belligérant et blasphématoire, la famille qui lui restait était avec lui, dans ce fourgon, et Nabil n'avait rien à dire à une caméra.

Il ne s'étonnait pas d'avoir été choisi. Depuis sa plus tendre enfance, il lui avait été naturel et nécessaire de se tourner vers Dieu. L'imam Sufyan l'avait fait entrer dans sa demeure après la guerre civile et, plus tard, il l'avait désigné au mufti Ebrahim Safar Khan et au réseau, témoignant de la pureté de son âme et de son aptitude.

La voiture s'arrêta enfin. On tira le frein à main et on coupa le moteur. La portière du conducteur s'ouvrit et se referma avec un claquement sec. Ils entendirent un pas léger qui s'éloignait, puis, plus rien.

Les heures suivantes, ils somnolèrent, pendant que, à l'extérieur de la camionnette sans fenêtre, le jour se levait. Ils entendaient des gens parler dans plusieurs langues, des pas pressés, des enfants, des vélos, des voitures et des autobus. Ils entendaient craquer des boîtes de vitesses et crisser des pneus sur l'asphalte.

Le thé ne parvenait pas à désaltérer Nabil. Il avait froid, puis chaud, comme s'il avait la fièvre. L'œil torve, il regardait au poignet bronzé de Fadr une montre-bracelet dont l'aiguille faisait trop vite, beaucoup trop vite le tour du cadran.

À dix heures et demie précises, ses deux compagnons sortirent de leur torpeur et Nabil enfouit son visage dans ses mains. Il resta un instant dans cette position avant de s'agenouiller, les bras levés en prière.

Le gilet était aussi lourd que le péché originel. Quatre longs pains d'explosif rectangulaires étaient cousus à l'intérieur de poches en toile à l'avant et à l'arrière. Le poids venait des sacs en plastique plats fixés aux pains de plastique par une bande adhésive et remplis de billes d'acier qui seraient propulsées autour du corps de Nabil en un nuage sphérique fatal au moment de l'explosion. Son sac à dos était plein d'explosifs également.

Samir serra le gilet autour de sa taille à l'aide de sangles épaisses, de filins d'acier et de cadenas, afin qu'aucun contrôleur, aucun policier héroïque suspectant quelque chose d'anormal ne puisse le lui retirer sans déclencher l'explosion. Fadr vérifia les détonateurs, les piles et les câbles électriques dans son dos.

Puis Samir l'aida à enfiler un large anorak, dont il remonta la fermeture Éclair jusqu'au menton. Les mains tremblantes, Nabil posa une casquette de base-ball bleue sur sa tête. Il avait les cheveux courts et pas de barbe, portait un jean délavé et des Nike orange et ressemblait à des milliers d'autres jeunes dans les rues de Copenhague.

Ils s'embrassèrent.

– *Assalamu alaikum*, dirent Samir et Fadr.

– *Walaikum assalam*, leur répondit Nabil, comme il est de coutume de se saluer depuis les siècles des siècles chez les musulmans.

– Je suis fier de toi, et je t'envie, dit Samir. La prochaine fois, si Dieu le veut, ce sera moi, ou Fadr, qui plongera l'épée dans le ventre de ce pays ou dans celui d'une autre nation de croisés qui tue notre peuple et nos frères.

– *Inch'Allah*, murmura Nabil.

– Tu as la carte ? lui demanda Fadr.

Nabil acquiesça et posa la main sur sa poitrine. Mais il n'avait pas besoin d'une carte. La cible n'était pas difficile à identifier. Il lui suffirait de lever la tête.

Il sortit du fourgon et se tourna vers ses deux compagnons.

– La femme sera là pour me faire entrer ? demanda-t-il.

Samir hocha la tête.

– *Ma'assalam, fi aman Allah*, que Dieu te garde, dit-il, à voix basse. La femme sera là. Et nous serons là. Tu n'es pas seul, mon frère.

Nabil se redressa et s'en alla d'un pas rapide, les yeux baissés sur les dalles du trottoir. Tout se passait bien. C'était bientôt fini. Comme s'il était hors de son corps et au-dessus, il se vit traverser en biais une route large, à forte circulation, et se diriger vers le côté est du parc d'attractions.

Il s'épongea le front dans sa manche et abaissa la visière de sa casquette sur ses yeux en approchant d'une petite grille étroite. Le soleil était haut dans le ciel, il faisait très chaud et la luminosité était forte, mais, sous les arbres où il s'arrêta, il faisait sombre et frais. Nabil vit la silhouette de la femme derrière la grille et il entendit le claquement du verrou. Il entra rapidement et se trouva dans un passage étroit entre un restaurant et une salle de jeux, à l'abri des caméras de surveillance du parc. Il sentait un creux au fond de son ventre et les odeurs de nourriture venant du restaurant lui donnèrent la nausée. Des mouches bourdonnaient au-dessus des containers d'ordures. La femme sentait bon. Il se dit qu'elle devait avoir à peu près son âge. Elle était vêtue d'une chemisette blanche, à manches courtes, d'un pantalon noir, et portait un long tablier noué autour de sa taille mince. Le nom du restaurant où elle travaillait était brodé en vert, au-dessus de son sein gauche. Elle ne portait aucun bijou, et pas de foulard. Ses cheveux étaient noués en un chignon dans la nuque, retenu par deux crayons jaunes entrecroisés. Nabil avait un peu honte pour elle, mais il comprenait qu'elle ne pouvait pas faire autrement : peut-être faisait-elle partie du réseau, peut-être pas, mais, quoi qu'il en soit, elle avait fait ce qu'on attendait d'elle. Elle lui avait ouvert la porte du paradis.

Était-ce la même femme qui était venue les chercher sur la plage, leur avait permis de rester cachés dans son appartement ces derniers jours et les avait conduits à la cible, ce matin ? Il se demanda si elle connaissait Samir. Il sentit une petite pointe de jalousie dans son cœur, mais il la refoula. La jalousie était un sentiment de ce monde-ci.

– Mon nom est Ain, dit-elle en arabe.

Nabil hocha la tête. Sans rien ajouter, la femme lui prit le poignet et y accrocha un bracelet en carton. Il fut trop surpris pour avoir le temps de réagir à la sensation des doigts glacés sur sa peau. Il ne se souvenait pas de la dernière fois où une femme l'avait touché.

– C'est un pass. Avec ça, tu peux essayer toutes les attractions du parc, sans payer. Il suffit de montrer le bracelet pour passer.

– Les attractions ?

Elle lui sourit.

– Oui. C'est très amusant, tu verras. Tivoli est un endroit extraordinaire.

– Et toi, tu vas rester dans le restaurant ? demanda-t-il gravement. Je veux dire exactement là où nous sommes en ce moment ? Tu vas retourner travailler ?

– Oui.

– Alors reste là, d'accord ? Ne va pas te promener ailleurs.

– C'est promis, dit-elle en cherchant son regard dans l'ombre de la visière. Pourquoi est-ce si important ?

– Parce que c'est important de bien faire son travail, dit-il, comme s'il était beaucoup plus vieux et plus sage qu'elle.

Elle glissa une mèche de cheveux derrière son oreille et arrangea son chignon. Son chemisier se tendit sur ses seins, et Nabil baissa les yeux.

– Très important, en effet. Justement, il faut que j'y retourne, dit-elle avec un sourire. Tu as froid, ou quoi ?

– Hein ?

– Tu devrais enlever ton anorak !

– J'arrive du désert. Je trouve qu'il fait très froid dans ton pays.

Il frissonna, comme s'il avait réellement froid.

– De quel désert tu viens ?

– Juste un désert, d'accord ? Du sable, des serpents et de la terre. Du soleil aussi.

– OK. Quand tu auras faim, tu n'auras qu'à venir frapper à cette porte, là-bas. Je te donnerai à manger. Tu n'auras pas besoin de payer.

Son regard alla se perdre quelque part au-dessus de l'épaule de la jeune femme.

– D'accord, je ferai ça, petite sœur. *Walaikum assalam*, Ain. Quelque chose dans sa voix, dans sa façon de se tenir, une émotion qu'il n'avait pas pu contrôler figea le sourire de la femme. Elle tourna les talons et disparut à l'intérieur du restaurant.

Nabil soupira. Ses narines s'élargirent. Ce parfum. Léger et fugitif. C'était le même que celui qu'il avait senti dans l'appartement. Il en était sûr. Il lui emboîta le pas et ouvrit la porte par laquelle elle était entrée. Des cuisiniers vêtus de blanc s'activaient autour de grandes tables en Inox couvertes de casseroles fumantes et de plats sur lesquels s'amoncelaient quantité de viandes, de fruits et de miches de pain. Personne ne sembla remarquer sa présence.

La fille était en train de poser des verres sur un plateau. Elle se retourna en entendant son nom. Elle coinça à nouveau une mèche derrière son oreille et le rejoignit d'une démarche souple.

Nabil plongea la main dans le lourd sac à dos et trouva l'écharpe avec les signes sacrés. Il fit un pas en arrière pour ressortir dans la ruelle, tandis qu'elle lui tenait la porte.

– Ain…

– Oui ? Mais, au fait, toi, comment tu t'appelles ? Tu dois avoir un nom ?

– Je ne m'appelle rien. Rien du tout. Nabil, peut-être.

Il posa l'écharpe pliée entre ses mains.

– Merci, dit-il. Merci beaucoup.

– Merci pour quoi ?

Il montra le bracelet autour de son poignet.

– Pour les attractions.

Elle voulut déplier le tissu, mais il interrompit son geste en prenant ses mains froides entre les siennes.

– Attends, dit-il. Et promets-moi de rester à l'intérieur du restaurant, d'accord ?

– Oui, d'accord, mais…

– Au revoir.

Nabil se laissa emporter par la foule lente du parc. Il avait appris que tous les touristes qui visitaient Copenhague l'été venaient dans cet endroit.

Il se dirigeait vers le nord-est du parc. « Ne regarde pas les gens dans les yeux, ne regarde pas leurs visages. Ils ne sont rien. Ce sont des fantômes qui marchent dans le couloir de la mort, mais ils ne le savent pas. Ce sont des *Kufr*. Des mécréants. Ce ne sont pas des hommes, Nabil. »

L'air était lourd de la puanteur des magasins de bonbons, des stands de barbe à papa et de glaces. Il avait l'impression de sentir le sucre crisser entre ses dents et regardait avec mépris les gens gras et gâtés qui l'entouraient.

Il marchait maintenant en bordure du flot. Dans trois cents mètres, il serait au pied de la cible : une construction de quatre-vingts mètres de hauteur, en acier, qui portait étrangement bien son nom, *Le Vaisseau du ciel*, le plus haut manège d'Europe du Nord.

Il pouvait accueillir vingt-quatre personnes à la fois. Les usagers assis dans des sièges suspendus au bout de longues chaînes étaient emportés vers le sommet de la tour à l'aide d'un système de levage pneumatique, puis propulsés sur un cercle à l'horizontale pendant une à deux minutes.

Nabil se demanda si les corps atterriraient à l'extérieur du parc d'attractions. L'ingénieur pakistanais qui leur avait montré les plans de construction, les photos techniques et un modèle réduit du *Vaisseau du ciel* leur avait indiqué le socle nord de la tour métallique. Quand cette partie de la construction céderait, la salle de concert, plusieurs restaurants et salles de jeux se trouveraient dans la zone où elle tomberait.

Il attendit à l'extérieur de la grille qu'un groupe de personnes descende l'escalier et qu'un nouveau groupe se soit installé dans les sièges. Les pompes émirent un couinement, et la grande plateforme commença à monter. Nabil jeta un rapide coup d'œil vers la jeune fille blonde dans l'aquarium à partir duquel était actionné le mécanisme. Elle avait les yeux sur la plateforme et les mains sur les manettes de commande. Il enjamba une petite barrière, bouscula quelques enfants sur son passage et sauta une deuxième barrière.

Une personne tenta de le retenir, mais il se dégagea de son emprise et plongea sous l'édifice. Il posa la joue contre l'acier froid de la tour, s'y agrippa, écoutant les hurlements tout là-haut au-dessus de sa tête quand le vaisseau, arrivé au sommet de sa course, entama sa rotation, donnant à ses passagers l'impression qu'ils volaient dans le ciel de Copenhague. Il sentait le métal froid vibrer contre son visage.

Deux vigiles coururent vers lui et il les vit faire un saut en arrière assez comique quand il baissa la fermeture Éclair de l'anorak et qu'ils aperçurent le gilet, les câbles jaunes et les pains de plastic.

Il sourit à la jeune fille blonde derrière sa vitre. Elle tenait un talkie-walkie pressé contre son oreille. Il pensa à sa mère, à ses sœurs – et à la fille, Ain. Il espéra qu'elle était restée à l'intérieur du restaurant.

Nabil sortit le détonateur de sa poche, ferma les yeux pour ne pas voir les visages des gens et les oreilles pour ne pas entendre leurs cris.

– *Allahu'Akbar*, Dieu est grand, murmura-t-il avant de presser le bouton.

I

L'auditorium de l'hôtel de police était plein à craquer. Il y en avait même qui s'étaient mis par terre contre les murs et la console de l'ingénieur du son.

C'était l'un des avantages à être commissaire de police, se disait Lene Jensen, assise au milieu d'un rang d'orchestre : elle était toujours sûre d'avoir une place, même si, ces derniers temps, elle avait fait une chute assez vertigineuse dans la hiérarchie.

Elle était entourée de plusieurs autres fonctionnaires de la police, de l'armée, des ministères, des services secrets de la police – la PET – et des services de renseignement de l'armée – la FET. Les gros salaires, les élus et les VIP occupaient le premier rang.

L'intervenant de ce soir était le dernier d'une longue liste d'experts américains à avoir été invité à Copenhague pour expliquer aux autorités ce qui s'était passé en septembre dernier dans le parc d'attractions de Tivoli, avec le recul et dans une perspective historique, bien sûr.

Il était bronzé, grand et noueux et avait une carrure d'officier. Il portait un costume bleu marine de bonne coupe qui semblait sortir du pressing, des souliers noirs impeccablement cirés, une chemise blanche et une cravate grise à fines rayures, mais on ne pouvait s'empêcher de penser qu'il se serait sans doute senti plus à l'aise en veste saharienne et en treillis militaire.

Le micro fit un bruit de Larsen et l'Américain l'éloigna de sa bouche.

– Ce qu'il faut comprendre, c'est que personne au Moyen-Orient ne veut ni ne peut rompre le cercle vicieux. Tout acte de violence provoque inévitablement une surenchère de violence et génère de nouveaux orphelins animés d'une haine profonde pour l'Occident et pour Israël. Prenez par exemple les massacres dans les camps palestiniens de Sabra et de Chatila à Beyrouth en 1982. La nuit du 16 septembre, un groupe de phalangistes chrétiens et plusieurs unités de l'armée libanaise sont entrés dans ces camps pour assassiner des femmes, des enfants et des personnes âgées. Ils ont fait cela en toute impunité pendant quarante-huit heures.

Derrière l'orateur défilaient d'anciens reportages montrant des charniers d'enfants, des murs en ruines couverts de sang, des tentes en flammes et des bidonvilles. La terre entre les cabanes en tôle ondulée était rouge, les ornières des chemins étaient rouges.

– Après l'invasion du Liban, la sécurité des camps était sous la responsabilité officielle et légale des soldats israéliens, mais l'armée n'a rien fait pour protéger les réfugiés. Au contraire, les militaires envoyaient des fusées éclairantes pour permettre aux milices d'œuvrer la nuit, et personne, pas un seul Palestinien n'en a réchappé.

Le visage de l'Américain n'exprimait aucune émotion. Il but une gorgée d'eau avant de poursuivre :

– Tout le monde savait que Yasser Arafat avait été évacué en Tunisie un mois plus tôt en compagnie de ses jeunes guerriers de l'OLP et d'une partie des enfants, et qu'il n'y avait plus de terroristes armés, plus de jeunes gens en colère armés de kalachnikovs, mais cela n'avait aucune importance car ces massacres étaient un message personnel à Yasser Arafat de la part d'Elie Hobeika, le chef des services secrets de l'armée libanaise, et d'Ariel Sharon, le ministre israélien de la Défense.

L'Américain laissa glisser son regard sur les gens du premier rang, tandis que les portraits de Sharon et d'Hobeika apparaissaient à l'écran.

– Les phalangistes ont assassiné environ 3 500 personnes entre le 16 et le 18 septembre 1982. Ce qui correspond à peu près au nombre de morts dans les attentats sur le World Trade Center et sur le Pentagone, en 2001. Vous aurez bien sûr remarqué la similitude entre cette date, celle de l'attentat du parc et celle des massacres.

Ils l'avaient remarquée, bien sûr. La question étant de savoir s'il s'agissait d'un hasard ou si cela avait une signification. Personne n'avait revendiqué l'attentat de Copenhague, ce qui était inhabituel. Alors que tout le monde s'attendait à ce que des organisations telles que Al-Qaïda ou Ansar al-Islam en réclamant haut et fort la paternité, aucune lettre, aucune vidéo n'était parvenue aux agences de presse internationales, et aucun film n'avait été téléchargé sur YouTube en provenance des régions tribales du nord-ouest du Pakistan ou du Yémen.

L'écran devint gris.

– Après Sabra et Chatila, l'ambassade américaine de Beyrouth subit une attaque terroriste dans laquelle 63 jeunes gens trouvèrent la mort. Puis les casernes des Marines américains furent bombardées et 241 jeunes Américains supplémentaires furent tués. Le Moyen-Orient est un baril de poudre, prêt à exploser à tout moment. Une bête féroce qui dévore ses propres enfants et les nôtres. Il faut rompre ce cercle vicieux, mesdames et messieurs, si nous ne voulons pas que l'histoire fasse tomber sur nos têtes une lourde punition. Des questions ?

Un homme athlétique, assis au bout du même rang que Lene, leva la main et on lui remit un micro. Lene ne le connaissait pas, mais elle aurait parié qu'il s'agissait d'un agent des services de renseignement de la police : petite quarantaine, soigné, en jean et T-shirt noir dont les manches étaient relevées sur d'impressionnants biceps. Son visage maigre semblait épuisé, son regard était froid et ses yeux profondément enfoncés dans leurs orbites. Ses cheveux bruns coupés très court grisonnaient prématurément. Une artère battait lentement sur son cou.

– Inspecteur adjoint Kim Thomsen, PET, se présenta-t-il. Je crois que pour briser ce cercle vicieux, comme vous dites, il faudrait d'abord pouvoir placer l'attentat dans un contexte cohérent, aussi tordu soit-il. Ce qui est impossible puisque personne ne l'a revendiqué à ce jour.

L'attitude de l'homme qui venait de parler semblait relativement contrôlée, mais une lassitude dans sa voix laissait deviner que le sujet le touchait personnellement.

Comme presque tous les habitants de leur petit royaume, songea Lene. Tout le monde avait entendu parler de quelqu'un, ou avait parmi ses proches, ses amis, une personne qui se trouvait à Tivoli le 17 septembre. La bombe avait eu un effet délétère sur ce pays que l'histoire avait jusqu'ici traité avec tant d'indulgence. Les Danois n'étaient pas préparés, ils n'avaient jamais vécu quelque chose de semblable et ils ignoraient comment y faire face.

Son téléphone portable vibra contre sa cuisse. Elle changea de position et l'ignora. Elle avait les paupières lourdes comme du plomb. Elle ne se souvenait pas quand, pour la dernière fois, elle avait réussi à dormir sans somnifère, sans vin, sans vodka, ou un mélange des trois.

L'Américain hocha la tête.

– Je ne crois pas qu'il y ait aujourd'hui un spécialiste du Moyen-Orient qui ne pense pas que l'attentat de Tivoli soit l'œuvre d'une cellule terroriste djihadiste. Ne pas avoir revendiqué l'attentat est également une sorte de signature. Al-Saleem de Téhéran et le Cheikh Ebrahim Safar Khan de... Dieu sait où, mais vraisemblablement d'Amman, ont fait leur marque de fabrique de ne pas prendre officiellement la responsabilité de leurs actions. Ils ont l'un comme l'autre des réseaux restreints mais bien organisés, composés de jeunes gens et de jeunes femmes très dévoués.

Kim Thomsen de la PET tenait toujours le micro, mais il n'avait apparemment pas de commentaire. L'Américain poursuivit :

– Ils sont parfaitement formés et, surtout, très patients. Ils se battent pour un califat aux ramifications mondiales qui considère l'élimination ou la conversion des mécréants comme des nécessités. Mais ce sont aussi des hommes, et peut-être, surtout, des femmes qui, d'une certaine façon, vivent encore au Moyen Âge, alors que nous, les forces de police et les services secrets occidentaux, avec nos satellites, nos drones, nos réseaux espions et nos ordinateurs, vivons dans le futur.

Il pointa l'auditoire du doigt.

– Pour eux, vous appartenez à la science-fiction. Ils sont dans un espace-temps distinct et parallèle et il est terriblement difficile de franchir le fossé qui nous sépare pour les trouver… et les liquider. Nous, Occidentaux, sommes terriblement vulnérables, car personne ne peut se défendre contre un homme ou une femme d'un autre temps, mus par une détermination farouche et pour qui la mort est un détail. Cela court-circuite tout notre mode de pensée qui nous dicte en premier lieu de ne pas mourir, et surtout pas pour une idée.

L'agent Kim Thomsen semblait déconcerté, et l'Américain lui fit un sourire engageant.

– Ils ne se servent normalement pas de téléphones portables, mais, s'ils le font, ils utilisent un téléphone à carte, disent quelques mots ou envoient un SMS, puis détruisent l'appareil. Ils se connaissent physiquement, ils savent à quel clan, à quelle famille ils appartiennent. Ils se reconnaissent par leur dialecte et leur accent et, avant d'intégrer le réseau, ils ont dû prouver leur valeur et la force de leur engagement. Chacun d'entre eux a au moins une fois fait sauter un bus plein de musulmans chiites en route pour le marché, exterminé toutes les élèves d'une école de filles, crevé les yeux à une femme qui prétendait s'être fait violer, ou décapité un homosexuel. Nous ne pouvons pas les infiltrer, parce que nous ne pouvons pas demander à nos agents de défigurer ou de tuer des petites filles. Ces terroristes ne revendiquent pas leurs missions et ils ne se comportent plus comme des rockstars, comme le faisait Ilich Ramírez Sánchez, alias le Chacal.

Le regard de l'Américain devint lointain.

– Le noyau dur de l'organisation, idéologiquement parlant, pourrait être constitué de jeunes femmes diplômées, ce qui rend le danger beaucoup plus compliqué à appréhender. Elles n'ont pas besoin de beaucoup d'entraînement, parce que ce sont des femmes. Elles sont discrètes, elles savent mentir et, généralement, elles savent mieux garder un secret que ne le savent les hommes.

Un murmure prévisible parcourut l'auditoire féminin, et le consultant attendit patiemment qu'il s'éteigne.

– Ce sont toujours les hommes qui oublient de se déconnecter de leur page Facebook, oublient un string dans la poche intérieure de leur veste, une tache de rouge à lèvres sur leur col de chemise, un long cheveu d'une autre couleur que ceux de leur légitime compagne sur le siège de la voiture, ou un message torride sur leur téléphone après avoir passé l'après-midi avec leur maîtresse. Ces femmes dont je vous parle trouvent souvent leur motivation dans une tragédie personnelle. Elles peuvent avoir perdu un mari, un frère, une sœur, des enfants ou leurs parents, leur pays ou leur héritage, et tenir l'Occident pour responsable de ce qui leur a été enlevé. Elles ne portent ni burqa, ni niqab et ne marchent pas douze pas derrière leur mari. Elles fument des cigarettes, conduisent des voitures, boivent des mojitos, font l'amour avant le mariage et écoutent Rihanna. Et on les y autorise parce que cela sert une cause plus importante, celle de déstabiliser l'Occident.

Lene savait instinctivement que cet homme n'avait pas complètement tort.

– Mais pourquoi maintenant ? Et pourquoi ici, au Danemark ? s'enquit l'agent de la PET.

Le grand type sur le podium haussa les épaules et pinça la racine de son nez entre le pouce et l'index.

– *Well*… Il y a un certain temps que nous, vos alliés, trouvons surprenante la légèreté avec laquelle vous offrez asile politique et permis de séjour à n'importe qui, et en particulier aux fondamentalistes musulmans. Vous les avez accueillis parce que vous estimiez qu'ils étaient poursuivis par la dictature en Égypte, sans prendre en compte que c'est le risque que l'on court quand on projette de tuer le chef de l'État. Vous avez eu pitié d'eux. Et puis il y a eu cette histoire de caricature du prophète Mahomet. Celle-là a la peau dure, surtout quand les mollahs se mettent en tête d'envoyer les gens dans la rue. Et, enfin, vous avez fait partie des forces de coalition en Afghanistan et en Irak, comme une sorte de croisés modernes. Et il peut y avoir d'autres raisons que nous ne connaissons pas. Par exemple, il existe peut-être à l'intérieur de vos frontières une cellule islamiste prête à l'action qui avait besoin de faire ses preuves.

– Vous êtes en train de nous dire que nous sommes responsables de ce qui nous arrive ? demanda l'agent de la PET avec colère.

L'Américain le regarda d'un œil vide.

– … Bien sûr que non. Et je ne dispose d'aucune base solide pour donner une réponse probante à votre question, répondit-il après une courte pause. Peut-être était-ce simplement votre tour, peut-être étiez-vous la cible la plus facile. Nous pouvons seulement constater que l'attentat du parc a été une réussite, de leur point de vue. Et que maintenant, vous allez devoir réfléchir et changer votre façon d'agir, pour éviter que cela ne se reproduise. Depuis Tivoli, le Danemark est entré dans une nouvelle réalité. La question est de savoir si vous êtes prêts à renforcer la surveillance des civils. Prêts à mettre en place des écoutes téléphoniques, à effectuer des gardes à vue sans preuve, à conduire des interrogatoires « musclés », à utiliser des sérums de vérité, des détecteurs de mensonge et à arrêter les gens sans mandat d'amener. Êtes-vous prêts à devenir un État policier pour empêcher que cela arrive à nouveau ?

Les gens commençaient à gigoter, mal à l'aise sur leurs sièges. Un autre attentat ? L'idée était insupportable.

Lene vit sa supérieure hiérarchique, l'inspecteur général Charlotte Falster, se lever. La grande femme mince, avec sa coupe au bol impeccable et ses cheveux gris, se retourna et lança un regard noir à l'agent de la PET jusqu'à ce qu'il se rasseye. Puis elle monta sur l'estrade et remercia l'Américain en souriant. Ils étaient face au public et quelqu'un dans la salle prit une photo de leur poignée de main. Charlotte Falster était la reine du détail.

Lene commençait à avoir du mal à se concentrer, mais le discours de l'inspecteur général Falster toucha une corde sensible et elle se ressaisit.

Charlotte annonçait le prochain intervenant : « Professeur ès bla-bla-bla... diplômée de l'Institut arabe... publications... Harvard et Oxford... consultante pour les services de renseignement de la police : le Professeur en psychiatrie Irene Adler.

Toutes les têtes se tournèrent en même temps. Irene Adler faisait toujours cet effet-là quand elle apparaissait quelque part, songea Lene. Si elle avait dû donner un exemple pour définir le mot « charisme », elle aurait choisi Irene Adler. La psychiatre avait noué ses longs cheveux blonds en une natte qui descendait jusqu'à la ceinture cloutée ceignant son *slim* noir. La natte oscillait au rythme de son pas sur sa taille mince, et elle donnait l'impression de prendre plaisir au simple fait de se déplacer. Elle ressemblait à un mannequin de mode sur un *catwalk*.

Le seul à ne pas regarder la psychiatre était l'agent de la PET, au bout de sa rangée de sièges. Il gardait les yeux rivés au sol et les avant-bras appuyés sur ses genoux.

Charlotte Falster parlait à présent de recrutement de terroristes, d'endoctrinement et des origines du kamikaze, mais Lene n'écoutait plus. La nausée qu'avait déclenchée la présence d'Irene l'avait propulsée hors de son siège. Elle se glissa jusqu'au bout de la rangée en marmonnant des excuses et remonta rapidement l'allée centrale de l'auditorium.

Elle sentit le regard de la psychiatre dans sa nuque jusqu'à la sortie.

Lene traversa lentement les dalles de la fameuse cour circulaire du quartier général de la police de Copenhague, les mains enfouies dans les poches de sa veste en cuir, soulagée d'être dehors. C'était trop tôt. Elle avait encore du mal à se trouver au milieu des gens. Les autres faisaient fondre ses défenses et envahissaient sa zone de confort. Elle entendit quelqu'un marcher derrière et se retourna. L'agent de la PET, Kim… comment déjà ?… Kim Thomsen. Il ne l'avait pas vue. Il traversa la cour centrale à grands pas et s'engouffra dans une Ford Mondeo bleu marine. La voiture démarra dans un hurlement de pneus et, avant la première intersection, il alluma le gyrophare.

Elle fit le tour du bâtiment et continua par Otto Mønstedsgade, se demandant si elle n'allait pas s'arrêter boire un café au salon de thé de la Glyptothèque. Elle y serait sûrement au calme. Elle pourrait peut-être même passer le reste de la journée à déambuler dans les salles fraîches du musée, à s'occuper à des choses normales, comme une personne normale.

Des grues jaunes découpaient le ciel au-dessus des jardins de Tivoli. Les travaux de remise en état du parc n'étaient pas terminés.

Son portable vibra pour la énième fois et elle se demanda combien de messages elle avait reçus, sans les lire. Elle sortit le téléphone de sa poche et regarda le nom affiché à l'écran.

– Oh ! merde… murmura-t-elle pour elle-même. Ain.

Lene cligna des yeux pour retrouver ses esprits. En tant que bénévole à *La Ligne de Vie*, une permanence de soutien téléphonique pour les candidats au suicide, elle avait déjà eu l'occasion de parler à plusieurs reprises avec la jeune Arabe, mais il y avait plusieurs mois que celle-ci ne l'avait pas appelée. Elle ne savait même pas si Ain était son véritable nom et elle ignorait comment elle s'était procuré son numéro privé, mais elle lui avait déjà envoyé quatre SMS et laissé deux messages vocaux, le deuxième plus suppliant et plus incohérent que le premier.

Elle la rappela sans tarder.

La jeune femme lui sembla essoufflée, et sa voix était noyée dans le vacarme autour d'elle.

– Ain ?

– Lene ? Oh ! Lene… merci de me rappeler ! Il faut que vous m'aidiez. Je suis désolée de vous harceler comme ça.

Son intonation mit automatiquement les jambes de Lene en mouvement et elle se mit à courir vers sa voiture, garée non loin de la Glyptothèque.

– Comment avez-vous eu mon numéro ? Bon, ça n'a pas d'importance… Je vous entends mal, Ain. Où êtes-vous ? Vous ne pourriez pas trouver un endroit plus calme ?… Qu'est-ce qui se passe ?

– Je crois que je suis suivie. Non, je sais que je suis… attendez…

– Où êtes-vous ?

– À la gare de Nørreport.

La communication fut interrompue, et Lene tapa du pied, frustrée. Elle ouvrit brusquement la portière de sa voiture, fit tomber le téléphone sous les pédales, le ramassa, les mains tremblantes. Elle allait appuyer sur la touche rappel quand l'écran se ralluma.

La fille sanglotait.

– Ils veulent me tuer, Lene !

Lene inspira longuement et s'efforça de prendre sa voix la plus calme, la voix dont elle se servait à *La Ligne de Vie.*

– Ils ne veulent pas vous tuer, Ain. Personne ne veut vous tuer ! Calmez-vous… vous êtes pa…

Elle avait failli lui dire qu'elle était paranoïaque, mais s'était reprise à temps. Elle entendait derrière la jeune fille un timbre métallique dans un haut-parleur, et le bruit d'une foule nombreuse, un brouhaha de voix sourdes.

– Je ne suis pas paranoïaque, Lene. Je vous assure. Je ne suis pas folle !

– Bien sûr que vous n'êtes pas folle, Ain. De qui parlez-vous ? Qui voudrait vous tuer ?

La jeune femme ne répondit pas et son silence était plus angoissant que ses paroles.

Le bruit infernal qui l'entourait s'arrêta brutalement, et les poils sur les avant-bras de Lene se hérissèrent en entendant les pleurs de petite fille de son interlocutrice.

– C'est ma faute, Lene. Je mérite ce qui m'arrive. J'ai fait quelque chose de terrible, quelque chose d'absolument épouvantable. C'est moi qui ai… et maintenant, je vous ai mêlée à cela, vous aussi…

– Que voulez-vous dire ? Qu'est-ce que vous avez mérité ? Écoutez, je vais venir vous chercher et nous allons trouver un endroit tranquille pour parler, d'accord ? D'accord, Ain ?

Lene démarra sa vieille 2CV et mit le pied au plancher. Un homme qui promenait son chien fit un bond en arrière quand elle grilla le feu au croisement du boulevard H.C.-Andersens, et un coursier à vélo donna un coup de poing à la carrosserie quand elle le contraignit à monter sur le trottoir.

– Dites-moi quelque chose, Ain !

Lene entendit les pas rapides des hauts talons de la jeune fille sur la surface dure du quai de gare, comme si elle marchait en tenant le téléphone au bout de son bras ballant.

– Lene ?… C'est vrai ? Vous allez venir ? Je le vois. Il est ici.

– J'y serai dans deux minutes.

– Merci…

Lene voyait la gare de Nørreport au bout de la rue, mais elle était bloquée dans la circulation. Elle avait gardé le téléphone à l'oreille et conduisait d'une seule main. Elle entendit à nouveau les annonces dans les haut-parleurs et le bruit d'un train qui approchait. Ain ne parlait plus, mais Lene entendait toujours sa respiration saccadée.

– Ça ne sert à rien, Lene, de toute façon, je…

Elle poussa un cri suivi une seconde plus tard par des hurlements : des voix de femmes, haut perchées.

– Ain !

Un son violent éclata à l'oreille de Lene quand le portable tomba sur le quai. Puis elle entendit des bruits de pas précipités. Le train freina dans un vacarme assourdissant et horriblement proche et Lene eut un tel choc qu'elle eut un étourdissement.

Elle arrêta la voiture devant un passage piéton et vit la rue se remplir de gens qui sortaient de la gare en courant.

Des haut-parleurs annoncèrent d'une voix laconique un accident grave de voyageur.

Le portable toujours collé à l'oreille, Lene entendit un pas lent qui approchait. On ramassa le téléphone et un homme dit tranquillement « Allô », plusieurs fois de suite, avant de raccrocher.

Le conducteur était assis par terre, adossé à un mur froid. Ses collègues tentaient de le consoler. Il avait les coudes appuyés sur les genoux, la tête penchée, et il frottait mécaniquement son visage pâle et choqué avec ses mains en regardant fixement une flaque de vomi entre ses jambes.

Retraite anticipée, songea Lene, par réflexe, en passant devant le pauvre homme qui devait avoir la soixantaine. Il n'irait pas plus loin que la station de Nørreport.

Le train vidé de ses passagers était immobile, les portières grandes ouvertes, toutes les lumières allumées, et il semblait étrangement abandonné au bord du long quai désert, comme si toute l'humanité avait été évacuée de la planète. On n'entendait plus que le sifflement des freins à air comprimé.

Elle se dirigea vers un groupe de policiers et d'ambulanciers rassemblés autour d'une civière recouverte d'un drap. En arrivant à portée de voix, elle entendit un craquement dans un talkie-walkie. Sur la voie, deux ambulanciers longeaient les rails, des sacs en plastique jaunes à la main. L'un d'entre eux se baissa, ramassa quelque chose et le jeta au fond du sac. L'objet semblait peser son poids.

Plusieurs draps d'ambulance recouvraient une forme vaguement humaine sur le brancard. Là où aurait dû se trouver la tête, le sang avait déjà traversé l'épaisseur du tissu. La silhouette paraissait anormalement courte et Lene mit quelques secondes à réaliser qu'il manquait également les pieds et le bas des jambes.

Lene alla présenter son insigne au premier des policiers, une femme.

– Je crois que je la connaissais, dit-elle à la jeune inspectrice aux cheveux bruns, coiffés en queue-de-cheval, qui à cet instant avait l'air de quelqu'un qui aurait préféré se trouver n'importe où ailleurs que dans cette gare.

– Nous avons un nom, dit-elle en montrant un portefeuille à Lene. Et il y avait ça, aussi.

Elle lui montra un sac à dos déformé. Le cuir était déchiré et taché de sang séché.

– Est-ce qu'elle s'appelle Ain ? demanda Lene en levant les yeux vers plusieurs petites caméras de surveillance blanches, suspendues au plafond.

La femme policier acquiesça.

– Ain Ghazzawi Rasmussen. Nous avons trouvé son permis de conduire.

– Il y a une lettre ?

– Une lettre ?

– Une lettre de suicide. Un indice. Une explication ?

– Non.

La jeune inspectrice se tourna vers la civière.

– On ne peut pas être sûr que c'est bien elle pour le moment. Elle est très abîmée.

Lene regarda la photo sur le permis. Une jeune femme brune au sourire timide. Ain Ghazzawi Rasmussen avait vingt-trois ans. Elle avait une jolie bouche, des pommettes hautes, des yeux noirs et bridés et un type clairement arabe. Le permis de conduire avait été délivré par la police de Copenhague il y a quatre ans.

Les deux ambulanciers remontèrent sur le quai et secouèrent la tête à l'intention du chef d'équipe.

– Il n'y a plus rien, dit l'un.

Lene leva la tête au bruit des sirènes d'intervention. Les gyrophares bleus se reflétèrent sur le mur de l'escalier le plus proche.

Elle rendit le permis.

– Vous la connaissiez ? demanda l'agent.

– Pas vraiment, dit Lene. Non.

Elle ouvrit le portefeuille de la suicidée. Il contenait sa carte de Sécurité sociale, quelques billets de banque, une carte de crédit. Aucune photo. Derrière la carte de Sécurité sociale était glissée la carte de visite d'un restaurant du quartier de Østerbro : *Le Crocodile vert.*

Lene rendit le portefeuille et le sac.

– Nous avons aussi trouvé ceci, sur le quai, dit l'agent en lui tendant un smartphone blanc.

– Vous avez regardé son contenu ?

– Pas encore.

Lene prit le mobile et l'examina. Il semblait être encore en état de fonctionner, mais le clavier était bloqué.

Les ambulanciers s'éloignaient vers l'escalier avec le brancard et l'inspectrice posa une main sur l'épaule de Lene.

– Nous allons l'emmener, dit-elle à Lene. Peut-être pourriez-vous…

Elle avait l'air presque suppliant. Elle aurait voulu que la commissaire de police propose de les accompagner à l'Institut médico-légal, voire qu'elle s'engage à prévenir les proches de la suicidée. Elle devait se dire que la commissaire avait l'habitude de ce genre de choses.

Lene hésita un instant, mais, décidément, elle en avait assez de tout cela. Il n'y avait plus de place dans sa vie pour d'autres morts.

– Vous allez très bien vous en sortir, dit-elle. Vous verrez, on s'habitue.

– C'est vrai ?

– Non.

En cherchant les clés de sa boîte aux lettres, Lene s'aperçut qu'elle avait glissé par mégarde le portable d'Ain dans la poche de sa veste. Elle jura contre elle-même jusqu'à la porte de son appartement au quatrième étage. Elle s'était installée dans cette rue tranquille du quartier de Frederiksberg après avoir divorcé du père de Josefine, alors qu'elle avait trente-neuf ans et sa fille dix-sept. Elle en avait bientôt quarante-cinq et trouvait la vie trop longue.

Elle posa le journal sur la table de la cuisine et fit comme chaque jour le tour des pièces pour ouvrir les rideaux. Elle ouvrit les fenêtres sur le ciel bleu et limpide de l'après-midi, suspendit sa couette sur la balustre du balcon, regarda longuement le panier de linge sale, plein à ras bord dans la salle de bains, mais n'eut pas le courage de mettre une machine en route. Elle jeta un coup d'œil dans la chambre de Josefine, inoccupée depuis le jour où sa fille était allée habiter avec une amie de son école de kiné. Pourtant Lene ne pouvait pas s'empêcher d'ouvrir la porte et de regarder à l'intérieur, quotidiennement.

Elle se prépara une tasse de Nescafé et alla s'asseoir dans le canapé avec le journal qui, depuis l'attentat du parc, était imprimé avec une étroite bande noire en signe de deuil. Cette bande resterait en première page pendant mille deux cent quarante et un jours : un jour pour chaque personne décédée ce jour-là.

Une sobriété hivernale s'était étendue sur tous les médias danois depuis le drame. Terminé les programmes de cuisine, qui ne semblaient d'ailleurs manquer à personne. Les visages des animateurs de plateaux de télévision étaient maîtrisés et sérieux et leurs voix étouffées. Les météorologues annonçaient de belles journées de ciel bleu et sans nuage d'un air douloureusement coupable, et même les chaînes commerciales avaient retiré de leurs grilles les *reality shows* débiles et diffusaient à la place de sages programmes d'histoire et des films de l'âge d'or danois. La moitié de la gauche politiquement correcte était devenue muette, à présent qu'elle était confrontée à la réalité pure et dure, dont elle avait certes entendu parler, mais à laquelle elle n'avait jamais vraiment cru, tandis que l'autre moitié pensait avec une sorte de satisfaction perverse que tout cela était de notre propre faute, qu'il fallait essayer de voir les choses du côté des terroristes et que le Danemark ne faisait que récolter ce qu'il avait semé, avec la politique étrangère néo-impérialiste que menait la droite. On aurait mieux fait de se contenter d'envoyer des cahiers, des ingénieurs des Eaux et Forêts et des agents de la circulation au Kosovo et en Irak, et de faire des pistes cyclables en Afghanistan, un type d'aide humanitaire dans lequel le Danemark excellait et dont il n'était pas peu fier.

Les Danois s'étaient repliés sur eux-mêmes et tournés vers les forces supérieures. L'Église d'État constatait pour la première fois une augmentation de la fréquentation des lieux de culte, et le moindre citoyen danois ayant suivi un stage de Gestalt-thérapie ou de *mindfulness* sur un week-end et capable de se créer un blog donnait un sens à sa vie en proposant d'aider son prochain à gérer ses angoisses et son traumatisme. Mme le Premier ministre avait engagé un *spin doctor* talentueux et renvoyé ses anciens conseillers. Après l'attentat, elle avait fait un discours très applaudi que la chaîne CNN avait reproduit dans son intégralité. Elle avait baissé la voix d'une demi-octave et avait enfin l'air de vivre la même réalité que ses concitoyens. Les sondages lui prédisaient même un deuxième mandat.

Évidemment, l'action terroriste avait aussi donné un nouvel élan aux factions nazies, islamophobes et racistes, qui le plus souvent étaient dirigées par d'étranges vieillards. D'innombrables épiciers et restaurateurs turcs ou libanais avaient eu leurs vitrines brisées et leurs camions de livraison tagués d'injures racistes. Une petite Jordanienne de quatorze ans avait été agressée et violée dans un tunnel pour piétons dans une cité de la banlieue ouest, et une bande de jeunes néonazis était dans le collimateur de la police.

Tout cela était inévitable, mais tous – les associations d'immigrés aussi bien que les syndics de copropriété – lançaient un appel au calme. Des groupes de bénévoles avaient commencé à sillonner les cités, nuit et jour.

Lene lut le journal d'un bout à l'autre sans parvenir à se concentrer sur un seul article jusqu'au bout. Elle regardait de temps à autre le smartphone posé sur la table, sans y toucher.

Combien de fois avait-elle parlé avec Ain ? Cinq fois ? Huit ? Leurs premières conversations étaient prudentes et anodines, comme c'était souvent le cas au début, quand une personne se décidait à téléphoner à *La Ligne de Vie*. La jeune femme lui avait paru cohérente, leurs conversations avaient rarement duré plus d'un quart d'heure et elles s'étaient en général achevées sur une note constructive et optimiste.

Ain lui révélait peu de détails personnels et elle évoquait ses problèmes de façon détournée, comme ils le faisaient tous. Elle avait eu une enfance chaotique d'orpheline palestinienne dans un camp de réfugiés en Tunisie, puis elle avait été adoptée par un couple de Danois travaillant pour Médecins sans frontières, et était arrivée au Danemark à l'âge de huit ans. Elle parlait sans accent, vivait apparemment comme n'importe quelle autre jeune femme danoise *avec une autre origine ethnique*, comme il fallait dire aujourd'hui, et n'avait fait référence à aucun problème de harcèlement, de rejet ou de discrimination raciale. Ain lui avait parlé de ses problèmes d'angoisse et de solitude et Lene lui avait conseillé de voir un psychiatre ou un psychologue. *La Ligne de Vie* possédait une liste de thérapeutes prêts à recevoir des patients en consultation dans des délais très courts, dans les cas où un suicide était à craindre, mais Lene ne savait pas si Ain avait suivi son conseil.

Elle était restée pendant cinq ou six semaines sans donner de ses nouvelles, et Lene avait espéré que son silence signifiait qu'elle suivait un traitement ou qu'elle allait mieux, sans avoir eu besoin d'une aide extérieure, qu'elle était tombée amoureuse, qu'elle avait eu une promotion ou qu'elle avait émigré. Il lui était même arrivé d'espérer qu'elle l'avait aidée.

Tous ces espoirs s'étaient transformés en un sentiment de honte quand une autre bénévole de *La Ligne de Vie* lui avait fait savoir un soir qu'Ain était à nouveau en ligne.

La jeune fille lui avait paru essoufflée et effrayée. Il y avait eu de longues pauses pendant lesquelles elle n'entendait qu'un lourd silence à l'autre bout de la ligne, puis Ain recommençait à dire des phrases presque incompréhensibles que Lene écoutait, les deux mains autour du casque et la tête inclinée, concentrée à l'extrême afin de saisir la moindre intonation. Elle avait fait une chose terrible, disait-elle d'une voix étranglée en pleurant doucement. Une chose impardonnable. Elle racontait qu'elle s'était mise à marcher dehors la nuit, parce qu'elle ne supportait plus de rester chez elle, ni d'être dans aucun des endroits qu'elle fréquentait d'habitude. Elle allait dans les bois ou sur les plages au nord de la ville.

Lene avait regardé par les fenêtres de *La Ligne de Vie* et pensé à la jeune fille, errant dans les parcs obscurs, les bois ou les plages, et cette idée l'avait bouleversée. Elle s'était souvenue de ses propres peurs chaque fois que Josefine restait dehors tard le soir sans son portable et qu'elle ne savait pas où elle était.

Pendant une heure, Lene avait cherché un élément tangible auquel se raccrocher dans leur conversation, un sujet concret et quotidien. Consultait-elle un psychologue ? Payait-elle ses factures ? Mangeait-elle à sa faim ? Travaillait-elle ? Voyait-elle ses parents adoptifs ? Elle avait tout essayé pour ramener la jeune femme sur la berge d'une toute petite île de réalité commune.

Mais elle semblait n'avoir aucune prise. Ain était terrifiée par une chose qui n'avait pas de nom, pas de forme, pas d'existence matérielle, une force maléfique et toute-puissante. On se servait d'elle, affirmait-elle. Elle avait la certitude que quelqu'un avait posé des micros et des caméras dans son appartement pendant qu'elle était à son travail ou sortie faire ses promenades solitaires, et qu'*ils* entendaient ce qu'elle disait et qu'*ils* voyaient ce qu'elle faisait.

– D'accord, Ain, j'ai compris, mais qui sont-*ils*, bon Dieu ? avait-elle finalement crié, faisant lever la tête aux autres bénévoles, comme des bouchons sortant de l'eau. Elle s'était empressée de baisser la voix, sachant qu'avant sa prochaine permanence, elle serait convoquée à un entretien pendant lequel on lui rappellerait gentiment mais avec fermeté son rôle et les règles du centre d'accueil téléphonique. Les conseillers de *La Ligne de Vie* devaient faire preuve d'empathie et d'écoute. Ils n'étaient pas là pour engueuler les gens qui pensaient à se suicider.

– Qui sont-*ils*, Ain ? avait-elle répété, baissant la voix.

Sa question était restée sans réponse, mis à part les pleurs silencieux de la jeune fille. Lene se souvient avoir eu l'impression d'entendre un clic, de la musique et une voix d'homme, en arrière-plan, et puis à nouveau les sanglots, et rien d'autre.

– Je mérite de mourir, avait dit la jeune fille.

– Bien sûr que non. Personne ne mérite de mourir, Ain.

– Si ! Je mérite de mourir un millier de fois, avait-elle insisté, d'une voix dure. Et puis elle avait raccroché.

Lene s'approcha de la fenêtre du salon. Quand avaient-elles eu cette affreuse conversation ? Il y a quelques mois ? Depuis, la jeune fille avait rappelé une seule fois et dit sensiblement la même chose. Elle prenait des médicaments, mais prétendait qu'ils n'avaient aucun effet. C'était même de pire en pire. Les gens la regardaient bizarrement, parlaient d'elle derrière son dos. Elle ne sortait plus de chez elle que pour se rendre à son travail, et quand elle avait fini, elle rentrait directement dans son appartement. Lene pourrait-elle venir la voir ?

C'était impossible, lui avait répondu Lene. Totalement impossible. Malheureusement. Ce n'était pas comme ça que ça marchait. La fille était inconsolable et Lene avait décidé ce jour-là que ce serait sa dernière soirée à *La Ligne de Vie*. Elle avait raccroché en laissant Ain en larmes, elle s'était levée, avait pris sa veste et son sac et elle avait quitté les locaux, sentant les regards des autres bénévoles l'accompagner jusqu'à la porte.

Merde !

Lene se rendit dans la cuisine pour prendre la bouteille de vin qu'elle était sûre d'avoir rangée quelque part. Aurait-elle pu faire quelque chose de plus pour Ain ? En épluchant, les mains tremblantes, l'enveloppe métallique du goulot, elle pensait à la silhouette grotesquement tronquée sous les draps blancs imbibés de sang. Elle réussit à déboucher la bouteille au bout de deux tentatives infructueuses et se servit un verre à ras bord. Elle le vida cul sec et s'en versa un deuxième.

Elle emporta son verre jusqu'au canapé, s'assit et regarda fixement le téléphone blanc et muet. Puis elle posa le journal dessus. Elle jeta un coup d'œil à son propre téléphone et constata qu'elle n'avait eu aucun appel, aucun message. Personne ne s'intéressait à elle, même pas les pauvres forçats du télémarketing.

Elle somnola pendant une demi-heure, jusqu'à ce que des voix de haut-parleurs de gare et des hurlements de freins la réveillent en sursaut.

Elle se leva et alla ouvrir une vieille boîte en carton posée sur sa bibliothèque dont elle sortit une cassette vidéo qu'elle mit dans le magnétoscope.

Le film ne durait que quelques minutes. Il avait été tourné par son ex-mari, Niels, lors d'un gala de fin d'année à l'école de danse Svenningsen. Josefine était la quatrième dans une rangée de jeunes danseuses maigres et nerveuses de douze ou treize ans. Elle était aussi droite et grande que les autres. Ses longs cheveux blonds étaient rassemblés en un chignon strict sur le haut de sa tête. Mme Svenningsen disait que cela allongeait le cou. La caméra zoomait maladroitement au moment où venait le tour de Josefine et Lene entendait sa propre voix reprochant à Niels de faire n'importe quoi. Leur fille traversait la scène sur les pointes en faisant des pirouettes. Ses bras et ses jambes étaient longs et maigres et ses poignets élégamment ployés. Elle faisait un saut avec un sourire éclatant, se cambrait en l'air, son chignon effleurant presque sa jambe arrière. Son tutu raide faisait un disque rigide autour d'elle, et ses bras étaient comme des ailes au-dessus de sa tête.

Lene s'entendit applaudir un peu trop fort et un peu trop près du micro la sortie de scène de sa jolie et talentueuse grande fille.

Elle passa un long moment à regarder le ciel qui virait lentement au bleu marine au-dessus des toits de l'autre côté de la rue. Dans deux heures, le soleil se coucherait dans une explosion de rouge, d'orange et de violet.

Quand Josefine avait-elle arrêté la danse ? Après le collège ? Lene avait essayé de la convaincre de pratiquer le taekwondo ou le kick-boxing. Elle trouvait la danse classique ringarde, mais sa fille adorait ça. « Le taekwondo, ce n'est pas gracieux, maman, disait-elle. Et puis la danse classique n'est pas un sport, maman, ça sert à apprendre à voler », ajoutait-elle.

La bouteille était presque vide. Elle se leva pour aller avaler deux somnifères dans la salle de bains, bien qu'il soit à peine 19 heures. Elle préférait dormir d'un sommeil sans rêve. La journée, il lui fallait trois Lexomil pour tenir jusqu'au soir sans craquer.

Lene avait pourtant toujours été en parfaite condition physique. Elle pesait le même poids depuis l'âge de vingt ans, son cul était au même endroit que lorsqu'elle en avait dix-sept. Elle avait toute sa vie pratiqué l'athlétisme et divers autres sports à un haut niveau, et, les dernières années, elle avait fait de la boxe avec l'association sportive de la police. À présent, elle était essoufflée en montant l'escalier pour rentrer chez elle. Ses yeux verts fonctionnaient encore, bien que son regard ait changé, mais ses cheveux auburn et sa peau laiteuse étaient devenus ternes et elle ne faisait rien pour y remédier.

Elle se brossa les dents et retourna dans le canapé, regarda distraitement les informations en attendant que les somnifères se répandent dans son organisme et lui apportent calme et indifférence. Elle zappa sur les informations de la chaîne DR, où la nouvelle du jour était le retour de deux marins danois après trois années de captivité chez les pirates somaliens dans la très lointaine et sauvage corne de l'Afrique.

Pendant trois ans, la compagnie de navigation qui les employait avait fait traîner les choses en longueur sous prétexte que les exigences des kidnappeurs étaient déraisonnables. Depuis mille cent trente-trois jours, un tabloïd danois publiait en couverture la photo du capitaine et de son matelot. Finalement, le ministre de la Défense en avait eu assez de la vindicte populaire et, de manière très peu danoise, et avec un certain courage, il faut le dire, il avait fait ce qui aurait dû être fait dès le début et pris un abonnement sur les réseaux de surveillance américains et britanniques de la zone qui avaient permis en un temps record et avec seulement quelques mètres d'incertitude de localiser les deux pauvres Danois épuisés et malades.

Deux hélicoptères américains Blackhawk avaient déposé une division de la Jægerkorps à quelques kilomètres du lieu de captivité des otages, et attendu sur place que les forces spéciales libèrent les deux marins ainsi que trois bonnes sœurs allemandes, sans rencontrer de résistance particulière.

L'opération avait réussi, et Mme le Premier ministre était venue à l'aéroport de Kastrup pour accueillir le matelot et le capitaine, vêtus de combinaisons orange, au pied de l'escalier d'un avion Challenger de l'armée de l'air, qu'il avait fallu les aider à descendre. Dans le soleil couchant, ils marchaient d'un pas incertain vers le tapis rouge, le comité d'accueil et les pieds de micros, les yeux cachés derrière de grandes lunettes noires.

La ministre était extatique. Le vent secouait ses longs cheveux blonds et ses yeux bleus et ronds brillaient d'émotion.

Lene regardait le reportage sans vraiment le voir. Ses paupières commençaient à se fermer quand, soudain, une image lui fit rouvrir grand les yeux et se pencher vers l'écran. Les anciens otages avançaient lentement sur le tarmac, la ministre attendait, sa robe bleue collée à ses longues jambes, tandis qu'un officier en treillis, le béret rouge bordeaux de la Jægerkorps posé sur ses cheveux gris coupés court, se penchait vers elle pour lui dire quelques mots. Elle sourit et hocha la tête. Dans le plan rapproché, on remarquait les longs cheveux emmêlés et les visages émaciés des rescapés. Un groupe de bureaucrates bien habillés se tenait en arrière-plan. Lene supposa qu'il représentait le ministère des Affaires étrangères.

Mais ce qui avait surtout attiré son attention, c'était l'individu qui se trouvait derrière les deux marins. Il avait descendu d'un pied léger le petit escalier de l'avion et traversait maintenant le tarmac en discutant avec l'un des pilotes. Tête nue, environ quarante-cinq ans, il avait les cheveux courts et noirs et une raie sur le côté, une attitude fière et des gestes rapides et maîtrisés. Il était d'une taille un peu au-dessus de la moyenne et d'allure athlétique. Son visage large se tourna un court instant vers le comité d'accueil et le troupeau de reporters derrière la ministre. Il jeta un regard indifférent aux figurants du ministère des Affaires étrangères, pêcha une paire de lunettes de soleil dans sa poche de poitrine et les posa sur son nez avant de reprendre sa conversation avec le pilote.

Michael Sander.

Lene remit l'émission en différé et gela l'image. Elle repassa la séquence. Il n'y avait aucun doute. C'était bien le mystérieux, intouchable et introuvable détective privé, ou consultant en sécurité, comme il préférait se définir. Lene remit le reportage en direct. Michael avait maintenant quitté le pilote et il attendait tout seul sous l'aile gigantesque d'un Hughes H-4 Hercules.

Ils ne s'étaient ni vus, ni parlé depuis deux ans, alors qu'ils avaient été plus proches l'un de l'autre pendant deux intenses journées que la plupart des couples le sont durant toute une vie.

Lene enquêtait sur le prétendu suicide d'un ancien casque bleu, et le très gentil et très cynique Michael Sander avait été engagé par l'une des femmes les plus riches du royaume de Danemark pour trouver et punir les copains de chasse d'un père décédé et dévoyé, qui, en manque d'adrénaline sans doute, pratiquait la chasse à l'homme[1] et avait, entre autres, envoyé un couple de jeunes gens à la mort dans l'un des endroits les plus reculés de la planète. Leurs enquêtes s'étaient trouvées liées et ils avaient eux-mêmes été victimes d'une chasse à l'homme à laquelle ils n'avaient survécu que de justesse.

1. Voir *Trophée*, du même auteur.

Depuis, Michael avait plusieurs fois essayé de la joindre, mais elle n'avait jamais répondu à ses appels, et ne l'avait jamais rappelé.

Et maintenant, elle le voyait en chair et en os, descendant de l'avion militaire qui avait ramené le Jægerkorps de la république bienveillante de Djibouti, où les hélicoptères américains avaient dû transporter l'unité et les otages, après l'opération commando.

La ministre parlait et parlait sans cesse, une main compatissante posée sur l'avant-bras décharné d'un otage qui titubait de soulagement, d'épuisement, ou de faim, ou de tout cela à la fois. En arrière-plan, Michael Sander avait sorti un téléphone portable de sa poche et il composait un numéro.

Une seconde plus tard, le téléphone de Lene sonnait. Elle sursauta et chercha l'appareil avec fébrilité sous les coussins du canapé.

– Allô !

– Lene ?

– Oui. Qui est à l'appareil ?

– Michael. Michael Sander. Comment ça va ?

Lene le vit baisser la tête à l'écran, tandis que la ministre continuait ses vœux de bonheur et ses congratulations. C'était surréaliste.

– Je te vois, murmura-t-elle.

– Hein ?

Il s'enfonça plus loin sous l'aile du Lockheed, et le soleil couchant enveloppa sa silhouette sombre d'une auréole dorée. C'était beau et dramatique. Hollywood n'aurait pas pu faire mieux.

– Je te vois à la télé, dit-elle à nouveau, avec une envie absurde d'agiter la main.

Michael se retourna, mit sa main libre en visière au-dessus de ses yeux et repéra le comité d'accueil et les caméras. Il fit un grand sourire et agita gaiement le bras.

Lene ne pouvait plus résister. Elle leva la main et dit bonjour à la télévision. Pour une raison ou une autre, elle eut les larmes aux yeux.

– Comment vas-tu ?
– Bien. Je vais bien, répondit-elle.
– Tu mens.
– Oui. Je mens.
– Je suis à Copenhague pour quelques jours, cria-t-il dans le téléphone. Si tu veux qu'on se voie… qu'on parle…
Lene ne répondit pas. Le téléphone commençait à peser dans sa main.
Michael dit encore quelque chose mais sa voix se noya dans le hurlement des réacteurs d'un avion.
– Rentre chez toi, Michael. Rentre voir ta femme et tes enfants, tu m'entends ? Tu dois leur manquer !
– … Hein ?
– Rentre chez toi, putain !
Les deux otages quittèrent le tapis rouge sous escorte. Mme le Premier ministre retourna à son Audi noire, un garde du corps lui ouvrit la portière. Elle se retourna une dernière fois pour agiter la main, avec des allures de reine, et s'engouffra avec grâce sur le siège arrière.
Lene n'entendait plus qu'un vague grésillement au bout de la ligne.
Michael agita son téléphone au-dessus de sa tête, puis il le glissa dans sa poche. Il regarda vers les caméras de télévision avec un air soucieux, jusqu'à ce que le réalisateur coupe et passe sur le visage d'une présentatrice en studio. Lene éteignit sa télé.
La télécommande lui glissa des mains et sa dernière pensée avant de s'endormir fut pour l'homme de l'aéroport. Elle souriait malgré elle. Michael lui faisait cet effet-là.
Sa présence dans cet aéroport et en cette circonstance n'avait rien d'extraordinaire. Dès qu'il y avait quelque part un problème sensible, nécessitant une gestion délicate ; dès qu'une grosse somme d'argent et la réputation des puissants étaient en jeu, on faisait appel à Michael Sander et à ses talents très spéciaux. Il était lui-même ancien soldat, ancien capitaine de police, ancien militaire du régiment des hussards de la Garde royale, ancien

consultant de l'une des plus grandes sociétés multinationales de sécurité, la Shepherd & Wilkins à Londres, et il avait de nombreux contacts dans l'univers très secret des forces spéciales d'intervention. La compagnie maritime avait dû promettre une importante récompense pour connaître l'endroit où les terroristes d'Al-Shabaab avaient caché les marins… ou peut-être…

Lene s'était endormie, mais elle était accompagnée dans son sommeil par le sentiment de ne pas être aussi désespérément seule qu'elle l'était il y a deux heures encore.

Arriver jusqu'à l'immeuble de bureaux blanc qui abritait les locaux de la PJ de Glostrup, où la police criminelle avait centralisé l'enquête sur l'attentat du parc, tenait de la performance. Le parking le plus proche, conformément aux nouvelles règles de sécurité, se trouvait à plus de cinquante mètres de l'entrée principale, et la cour était fermée par des plots en béton et des barrières métalliques.

Le personnel avait accès à un parking fermé, mais extérieur, et qu'il pleuve, qu'il neige ou qu'il fasse une chaleur torride, chaque collaborateur devait sortir de sa voiture et laisser un labrador baveux et spécialement entraîné renifler l'habitacle à la recherche d'éventuels explosifs, pendant que des gardiens armés de mitraillettes inspectaient le châssis et le coffre avec des miroirs et des caméras montés sur de longues tiges en aluminium.

Une fois à l'intérieur, il devait faire la queue en attendant que son sac soit fouillé et radiographié, après quoi il était passé au détecteur de métaux, au lecteur de puce électronique, et au scanner oculaire, autant d'appareils qui ne fonctionnaient qu'une fois sur deux et déclenchaient d'assourdissantes alarmes, comparables à celle qu'on doit entendre en cas de fusion du cœur d'un réacteur nucléaire.

Lene était épuisée avant d'arriver à la salle Mosaïque, au deuxième étage, où quinze ou vingt hommes et femmes patients et consciencieux, policiers à la retraite pour la plupart, étudiaient depuis des mois les centaines de milliers de photos numériques et vidéos de tous les appareils photo, tablettes, caméras et téléphones portables qui avaient été utilisés dans le parc de Tivoli le 17 septembre de l'année précédente.

Des gens du monde entier avaient téléchargé des images sur un portail de la police, où films et photos étaient formatés, classés chronologiquement et placés dans le décor tridimensionnel du parc d'attractions. C'était un travail minutieux et quasi héroïque, vraisemblablement le plus ubuesque de toute l'histoire de la criminologie. On espérait bien sûr de cette manière découvrir une ou plusieurs images du terroriste kamikaze, de son ou de sa complice, et dénicher parmi les milliers de personnes qui s'étaient trouvées ce jour-là dans les jardins de Tivoli un visage qui corresponde au fichier international de terroristes connus ou présumés.

Lene jeta un coup d'œil rapide aux longues tables encombrées d'ordinateurs, d'imprimantes et de rétroprojecteurs. Les murs étaient couverts de portraits, de plans d'architectes et d'étagères avec des modèles en 3D du parc. Quelques portraits avaient été agrandis et marqués d'une croix rouge parce qu'ils appartenaient à l'un des 1 241 morts. Il y avait des visages tranquilles et insouciants, pris en plongée ou en contre-plongée, de travers ou manquant de netteté. Certaines photos avaient été prises une seconde avant que le photographe lui-même soit transformé en une torche vivante de gaz incandescents, déchiqueté par l'onde de choc, touché par les billes de plomb du gilet suicide ou broyé par la chute des piliers vrillés du *Vaisseau du ciel*.

On avait trouvé des téléphones et des appareils photo à quelques mètres de *Point Zero*, la zone située en dessous du *Vaisseau*. Ils étaient évidemment cassés ou carbonisés pour la plupart, mais, aussi surprenant que cela puisse paraître, les informaticiens parvenaient le plus souvent à en extraire des images numériques intactes.

Lene croyait savoir que, pour le moment, on n'avait pas encore réussi à identifier l'auteur de l'attentat, mais il est vrai qu'à cause de son état d'épuisement mental, elle n'avait pris part que de très loin à l'enquête criminelle. Elle s'était mise à détester ce métier qu'elle avait adoré pendant dix-huit ans. L'étincelle n'était plus là, et elle ne parvenait pas à la ranimer.

Elle avait toujours été travailleuse et pleine d'énergie et de courage. Elle avait toujours donné le meilleur d'elle-même. Mais ce n'était plus le cas et Lene savait qu'elle montrait tous les symptômes du *burn-out.* Elle s'isolait des autres, ne parlait plus à personne, même pas à ses plus proches amis, tout le monde l'agacait, elle avait du mal à dormir, elle s'était mise à boire plus que de raison et sa vie lui semblait dénuée de sens. Elle avait essayé de lutter, entre autres en acceptant ce poste de bénévole à *La Ligne de Vie*, mais le cœur n'y était pas.

Sa dépression avait écarté Lene de l'investigation et de la zone de haute tension entre les services de renseignement et la police criminelle et elle s'était retrouvée sur une voie de garage où l'herbe poussait haut entre les traverses.

Au bout de la salle Mosaïque se trouvait le petit bureau qu'on avait mis à sa disposition pour ce qu'on avait baptisé la division *Frontières et Accès*. Elle avait sous ses ordres un informaticien du nom de Bjarne qui avait deux passions dans l'existence : l'orchestre de la Marine nationale et les maquettes d'avions. Il était solitaire, timide, avait des problèmes de sudation, bafouillait plus qu'il ne parlait et, de l'avis de Lene, souffrait d'une forme d'autisme léger. Leur rôle était de déterminer comment le kamikaze était entré au Danemark, en admettant qu'il n'y habitait pas déjà.

Tous les deux passaient leurs journées à éplucher les rapports de la garde côtière, de la direction générale de la navigation maritime, des ports de plaisance, des douanes, des services de surveillance de la navigation dans les eaux territoriales danoises comme BELTREP et SUNDREP et de la police de la route ; les listes de réservations d'avions, de trains ou de voitures de location, les plans de vol d'avions privés, les registres de terrains de camping et d'hôtels entre juin et septembre de l'année dernière. C'était un travail complètement absurde. Depuis les accords de Schengen, le Danemark était un pays grand ouvert. N'importe qui pouvait pénétrer sur le territoire danois depuis l'Allemagne sans qu'on lui demande quoi que ce soit, prendre un ferry de

Helsingborg en Suède à Elseneur, traverser le pont de Øresund ou arriver en avion de Bornholm, sans être enregistré nulle part.

Lene ouvrit la porte de leur petit local, construit en une demi-journée avec deux cloisons et une porte, montées dans l'angle de la grande salle tout en longueur. Elle entra et baissa la tête juste à temps pour ne pas être décapitée par un hélicoptère télécommandé.

– Arrête-ça ! s'exclama-t-elle.

L'hélicoptère effectua un atterrissage classique en trois points sur le bureau de Bjarne qui s'empressa de couper le moteur.

– Désolé, s'excusa son volumineux assistant. Café ?

– Je veux bien, répondit Lene. Elle accrocha sa veste en cuir sur le dossier d'une chaise, posa sa besace par terre et s'assit.

Bjarne leur avait installé un petit coin cuisine avec machine à café, bouilloire électrique, frigo miniature et four à micro-ondes. Il ne mettait jamais les pieds à la cantine. Il vida un berlingot de lait dans le mug de café de Lene et le lui tendit. Elle souffla la vapeur qui montait de la tasse et but une petite gorgée.

– Quoi de neuf?

– Il y a une réunion du département aujourd'hui, dit-il en poussant une mince chemise vers elle. J'ai fait un rapport sur les progrès de nos recherches.

– J'ignorais que nous avions progressé.

– Il ne fait qu'une demi-page.

– Super.

Lene survola le texte qui n'était pas plus long qu'une strophe de psaume.

– Un cargo polonais ?

Bjarne hocha la tête. Ses doigts s'agitèrent nerveusement au milieu d'une pagaille de bidules électroniques, de fils électriques, de contacteurs, de multimètres, de crevettes tombées d'un sandwich et des entrailles carbonisées de divers téléphones portables. L'homme avait un talent universel et sans limite pour tout ce qui concernait l'électronique.

– Le *Kazimierz-Pulaski*, immatriculé à Dantzig, poursuivit-il. C'est une vieille coque de 2 300 tonnes de port en lourd. Il est parti de Kaliningrad le 12 septembre avec un chargement de minerai de fer à destination d'Oslo.

– Et ?

Bjarne s'épongea le front dans un mouchoir que sa mère avait brodé pour lui d'un beau monogramme de style victorien, comme s'il avait été de noble ascendance. Il était efficace si on ne le stressait pas et qu'on lui parlait gentiment, mais Lene n'avait jamais obtenu qu'il la regarde dans les yeux. On aurait dit qu'il avait compris une bonne fois pour toutes qu'il n'y avait rien de bon à attendre du reste de l'humanité.

– D'après la SUNDREP, ils ont jeté l'ancre au large de Vedbæk la nuit du 13 au 14 septembre. Ils ont annoncé une avarie de moteur sur le canal 16, mais indiqué qu'ils allaient réparer eux-mêmes.

– Et alors ? Ça peut arriver à tout le monde.

Lene referma la chemise et la mit de côté. Ils n'avaient rien. Comme d'habitude.

– Ils sont repartis au bout d'une demi-heure, marmonna-t-il, bougon. C'est un peu rapide, je trouve.

– Et alors ? La panne n'était peut-être pas très grave. Autre chose ?

– On a les derniers terrains de camping à vérifier. Et c'est à peu près tout.

– Génial.

À la réunion, Charlotte Falster allait la regarder comme si elle était transparente, avec un sourire désolé sur ses lèvres minces, et elle aurait l'impression d'être un golden retriever qui ne rapporte plus la balle.

Lene sortit de sa poche le mobile blanc d'Ain, le posa sur la table et le tripota distraitement, pendant que Bjarne retournait à pas feutrés à sa bouilloire électrique, traînant les pieds dans ses pantoufles mao, pour se faire infuser la énième tasse de thé au citron de la journée.

– Bjarne ?

– Mmm.

– J'ai trouvé ce téléphone dans un bus, mais il faut un code pour l'allumer. Vous croyez que vous pourriez faire quelque chose ?

– Bien sûr.

Il revint s'asseoir et le fauteuil de bureau gémit sous son poids. Il prit le mobile, y inséra une fiche et ouvrit un programme sur son ordinateur. Elle regarda défiler les rangées de chiffres verts. Au bout de quelques secondes, l'écran du portable s'alluma et Bjarne le lui rendit.

– J'imagine que ce sont les quatre derniers chiffres de son numéro de Sécurité sociale. C'est le code que les gens choisissent en général.

Lene connaissait le numéro de Sécurité sociale d'Ain et, sur ce point, elle savait qu'il se trompait.

– Merci.

Bjarne lui avait déjà tourné le dos et s'était replongé dans les listes des campeurs sur l'île de Seeland.

Ain n'avait sauvegardé que quelques rares SMS dans son téléphone. Il y avait plusieurs « Comment vas-tu, chérie ? » envoyés par « maman », et la même chose envoyée par « papa ». Un message lui rappelait de ne pas oublier l'anniversaire d'une « Laura », ou simplement de passer pour bavarder. Dans l'un des messages, ses parents lui demandaient si elle avait des projets pour les vacances d'été, ou si elle avait envie de les accompagner à la campagne. Elle leur manquait.

Lene lut les réponses vagues, fuyantes et quelquefois insolentes d'Ain, qui lui rappelait sa Josefine. Elle sourit et, en même temps, elle ressentit de la colère à cette idée. Elles auraient pu être sœurs. Le message entre les lignes était le même : « Mêle-toi de ce qui te regarde, maman », ou « laisse-moi tranquille », ou « trouve-toi une vie, bon Dieu ! »

Le journal d'appels lui apprit que le jour de sa mort, Ain avait essayé plusieurs fois de joindre une certaine Nazeera. Sans succès. Le dernier appel datait d'une demi-heure avant la conversation qu'elle avait eue avec Lene, quand elle lui avait téléphoné de la gare de Nørreport.

En ouvrant le dossier photos, elle eut la surprise de constater qu'il était quasiment vide. Il y en avait quelques-unes, prises en fin de journée sur une plage déserte. Le soleil était bas sur le ciel, et la mer était gelée loin sur l'eau noire. Il y avait des photos d'un ponton de natation, ses rambardes et son échelle ornées d'épaisses couches de neige et d'une guirlande de longues stalactites. Enfin, il y avait un *selfie* sur lequel on pouvait voir une Ain radieuse que Lene reconnut grâce à la photo de son permis de conduire. Elle avait le bras autour du cou d'une autre femme. Toutes les deux portaient des chemises blanches et de longs tabliers noirs et la photo avait été prise devant un restaurant dont l'enseigne faisait partie d'une chaîne qui possédait une filiale dans le parc de Tivoli. En arrière-plan s'élevait un arbre avec de petites branches fines et de jeunes feuilles vert pâle. La photo avait été prise au printemps. L'autre femme était un peu plus âgée qu'Ain, la trentaine, peut-être. De type arabe, elle avait au moins dix centimètres de plus qu'elle, et elle était belle comme un modèle du magazine *Playboy*. Ses yeux étaient aussi verts que ceux de Lene, elle avait la peau plutôt claire, une bouche souriante et sensuelle et des cheveux noirs. Elle était légèrement maquillée et aussi mince qu'Ain. Lene zooma sur les insignes qu'elles portaient sur la poitrine : *Ain* et *Nazeera*.

L'amitié et l'insouciance étaient les deux premières impressions qui se dégageaient de ce double portrait. Les sourires heureux et confiants des deux jeunes femmes lui firent penser à celui de Josefine.

Lene sentit les larmes commencer à lui brûler l'intérieur des paupières. *Tout* lui faisait penser à Josefine. Bjarne gigota sur sa chaise, mal à l'aise, alors qu'il lui tournait le dos. Comme toute personne ayant été victime de harcèlement moral, il était équipé d'un sismographe extrêmement sensible pour détecter les changements d'humeur dans une pièce.

Elle fronça les sourcils en découvrant les dernières photos du dossier et sentit le sang quitter son visage et descendre dans ses pieds, ou Dieu sait où s'en va le sang quand on a un choc. Le dossier photos contenait également un cliché d'une femme d'une quarantaine d'années, sortant d'un supermarché, un sac en plastique jaune à chaque main, l'un visiblement rempli de bouteilles, et Lene était bien placée pour savoir qu'il s'agissait d'une promotion pour six bouteilles de vin chilien ou australien. La femme regardait droit devant elle, comme pétrifiée. Un jeune homme avec une poussette était poliment arrêté pour la laisser passer. À côté du jeune homme, un enfant dans une combinaison de ski bleue avait refermé une main gantée d'une moufle rouge autour du guidon de la poussette. L'enfant levait un regard grave vers la dame qui ne semblait pas remarquer sa présence.

La photo suivante montrait la même dame descendant d'une petite voiture bleue. Sur la troisième et dernière photo, elle tirait de l'argent dans un distributeur de la rue piétonne Strøget. Pour finir, il y avait une série de photos bien éclairées et très nettes de l'église de Frederiksberg.

Lene posa le téléphone sur la table et ferma les yeux. Elle connaissait cette femme mieux que personne. Elle voyait son visage dans la glace tous les matins. Elle entrait souvent dans les églises, ici ou là, s'asseyait pendant une demi-heure pour écouter le silence et parfois quelque répétition d'orgue ou de chant choral.

– Merde… *Merde* !

Bjarne retourna son fauteuil.

– Ça va ?

– Oui, ça va, Bjarne. Tout va bien.

– Vous êtes sûre ?

– Mais oui.

Depuis combien de temps Ain la suivait-elle ? Et pourquoi ne s'était-elle rendu compte de rien ? Dix-huit ans dans la police, dans des circonstances souvent difficiles, avaient développé chez elle un sixième et même un septième sens. Par exemple, elle savait toujours quand quelqu'un mentait, et elle avait toujours, toujours su quand quelqu'un la suivait. C'était une sensation dans la nuque qui ne trompait pas, comme une légère pression, un sentiment de malaise. Et elle ne s'était jamais trompée. Elle réalisa tout à coup qu'elle était beaucoup plus perturbée qu'elle ne le croyait et décida sur-le-champ d'y remédier. Pour commencer, elle allait arrêter de boire.

Dans le répertoire d'Ain, elle trouva son nom et son adresse parmi une douzaine d'autres contacts. Elle reconnut aussi un Jesper Horn avec une adresse à Grønnegade et un numéro de téléphone. Horn était l'un des psychiatres à qui les bénévoles de *La Ligne de Vie* envoyaient les cas qui à leur avis présentaient d'importants risques d'attenter à leurs jours.

Elle effaça son nom et les photos qu'Ain avait prises d'elle.

– N'oubliez pas la réunion ! lui recommanda Bjarne.

– D'accord, répliqua Lene distraitement.

– Au fait, il est sur écoute, ce téléphone, grommela le technicien.

Lene laissa lentement l'information arriver jusqu'à son cerveau. Elle leva les yeux.

– Qu'est-ce que vous venez de dire, Bjarne ?

Il lui montra une liste de numéros sur écoute sur l'écran de l'ordinateur. Une liste qui s'était considérablement allongée après le drame du parc.

– Le numéro est là. L'écoute a été acceptée par un juge il y a trois mois et suite à une requête émanant du bureau du procureur.

Bjarne se tassa instinctivement lorsque Lene vint regarder par-dessus son épaule. La proximité physique le rétrécissait.

– Non ?! Mais qui est-ce qui a pu demander ça ? demanda Lene.

– Il faudrait poser la question au bureau du procureur. Ou au centre d'appel de la police à Bellahøj. Mais je doute qu'ils vous répondent. Ils n'ont pas le droit.

Lene se redressa et croisa les bras. Elle regarda le smartphone blanc éteint et muet posé sur son bureau avec son air innocent. L'avaient-*ils* entendue parler avec Ain avant qu'elle se jette sous le train ? Avaient-*ils* enregistré leurs conversations quand elle avait appelé *La Ligne de Vie* ?

– L'écoute est toujours active ? demanda-t-elle en faisant un effort surhumain pour garder une voix indifférente.

Bjarne pianota quelques instants.

– Elle a été interrompue hier à 20 h 32, annonça-t-il.

Bien sûr, songea Lene. Ain était morte. Quel intérêt y aurait-il à écouter le téléphone d'une morte ?

Les murs du bureau se rapprochèrent et elle commença à avoir du mal à respirer. Elle prit brusquement sa veste sur le dossier de la chaise, mit son sac en bandoulière, et le smartphone blanc dans sa poche.

– Surtout, n'oubliez pas cette réunion, lui rappela Bjarne, malheureux.

– Non, non. Salut.

Lene attrapa sur le bureau la chemise contenant le rapport succinct rédigé par son assistant et elle faillit lui poser une main sur l'épaule, mais se souvint à temps qu'il n'aimerait pas ça.

Elle traversa la salle Mosaïque à grands pas. En arrivant à l'escalier, elle marqua un temps d'arrêt, hésitante. Elle savait qu'elle aurait dû monter à l'étage au-dessus et s'asseoir sagement à un bout de la table de conférence, mais, au lieu de cela, elle dévala l'escalier, sortit du bâtiment, traversa le parking et s'assit au volant de sa voiture, en laissant la portière ouverte. Son regard se posa sur une bouche d'égout. Il suffirait de laisser le téléphone blanc tomber dedans et il disparaîtrait à jamais. Elle ferait promettre à Bjarne qu'il n'en parlerait à personne. Le technicien obèse était d'une loyauté absolue à son égard.

Elle prit le mobile dans la poche de son pantalon, et, le tenant entre deux doigts, elle regarda alentour pour s'assurer qu'on ne la verrait pas et se pencha légèrement hors de la voiture.

Et puis, elle pensa aux deux jeunes femmes devant le restaurant sous les feuilles tendres du hêtre. Elle se rappela la joie de vivre qui éclairait leurs visages. Le ciel sans nuage. La candeur de cette journée printanière.

Et sans avoir prémédité son geste, elle se retrouva à nouveau devant la photo de la belle femme brune aux yeux verts.

– Qui est à l'appareil ?…

Derrière elle, Lene entendait de nombreuses voix et le cliquetis des couverts sur la porcelaine.

Lene se racla la gorge.

– Ain, c'est toi ?

La voix de la femme était tendue et inquiète.

– Vous êtes Nazeera ?

– Vous, qui êtes-vous ?

– Lene Jensen, police criminelle. Je voudrais vous poser quelques questions. Vous êtes dans le répertoire d'Ain et elle a essayé plusieurs fois de vous joindre, hier.

– Oui, je m'appelle Nazeera. Pourquoi… que s'est-il passé ? Il lui est arrivé quelque chose ? Vous avez dit que vous étiez *qui* ?

La femme au bout du fil prit une longue inspiration. Ses pas résonnèrent dans une pièce grande et sonore. Une porte claqua.

– Il est arrivé quelque chose à Ain ? demanda-t-elle, dans un brusque silence.

Elle n'avait pas d'accent.

– Vous êtes de sa famille ?

– Non, mais c'est mon amie. Une très bonne amie. Qu'est-ce qui est arrivé ?

– Elle travaille avec vous ?

– Oui ! Dites-moi ce qui s'est passé. Je vous en prie !

– Ain est morte, Nazeera, je suis désolée. Elle est morte hier.

– Morte ?

– J'aimerais vous rencontrer, dit Lene à son propre étonnement.

Elle voyait en pensée les gens en train de s'installer autour de la table, dans la salle de conférence au troisième étage. L'inspecteur général Charlotte Falster se penchait pour dire quelque chose à son voisin.

– Ses parents savent-ils qu'elle…

– Je pense que oui, répondit Lene.

– Je ne comprends pas… Elle est vraiment morte ? Mais… Comment ?

– Je peux vous voir ? Maintenant ?

– Bien sûr… il faut juste que je prévienne… Oui, ça ne devrait pas être un problème. C'est juste que… je ne comprends pas.

Lene claqua la portière et démarra la voiture. Elle avait froid jusque dans les os. Elle alluma le chauffage.

– Serait-il possible de parler en tête-à-tête, Nazeera ? Je vous expliquerai tout.

– C'est-à-dire que…

– Vous êtes au travail ? lui demanda Lene.

– Évidemment.

La femme lui donna une adresse dans le quartier de Østerbro : restaurant *Le Crocodile vert*, Marskensgade.

– J'y serai dans une demi-heure, dit Lene.

Lene et Nazeera se reconnurent tout de suite. La jeune femme mince aux cheveux noirs était derrière le bar dans un restaurant bondé, de type bistrot. Elle s'essuya les mains à son tablier et l'invita à approcher d'un geste.

Lene la suivit dans un couloir longeant une cuisine bruyante et chaotique. La cape invisible d'un parfum sensuel flottait derrière elle. Elle ouvrit la porte et fit entrer Lene dans un petit bureau tranquille, dans lequel un vieil écran d'ordinateur grisâtre ronronnait sur un bureau encombré. Elle enleva une pile de classeurs d'une chaise pour que Lene puisse s'asseoir et, après avoir jeté un coup d'œil autour d'elle, elle la posa sur le sol.

– Beaucoup de boulot ? demanda Lene en tendant la main.

La femme hocha la tête et lui serra le bout des doigts.

– Nous avons cinq étoiles depuis la semaine dernière. Nous sommes devenus un lieu à la mode. Authentique atmosphère parisienne, comme ils disent, sauf que pas un d'entre nous ne parle un mot de français.

– Félicitations.

La femme alla s'asseoir derrière le bureau et lissa son épaisse masse de cheveux noirs et brillants derrière ses oreilles. Elle baissa les yeux sur ses mains qu'elle avait croisées sur la table. Son vernis était d'un beau rouge sombre et ses ongles avaient une belle forme ovale. Lene regarda ses propres ongles rongés jusqu'au sang et enfonça les mains dans les poches de sa veste. Michael Sander lui avait dit un jour qu'il triait les gens qu'il rencontrait en personnes de tête ou de corps. Il disait qu'à leur façon de se mouvoir, on pouvait juger de la souplesse de leurs articulations, voir si elles étaient bien lubrifiées, ou pas. Tout était dans le bassin et dans les hanches, disait-il. Observant Nazeera, Lene songea qu'il n'y avait rien à redire au fonctionnement de son bassin et de ses hanches. Elle dégageait une sensualité animale et directe.

– Vous dites qu'Ain est morte, dit-elle sur le ton d'un constat, en regardant calmement Lene dans les yeux. Comment est-ce arrivé ?

– Elle s'est jetée devant un train à la gare de Nørreport, hier matin. Elle m'a téléphoné juste avant. En fait, j'étais en ligne avec elle quand elle a sauté.

– Pourquoi ?

– Pourquoi quoi ? Pourquoi elle s'est suicidée ? Je n'en ai pas la moindre idée. Elle disait qu'elle méritait de mourir. Que quelqu'un la poursuivait. Est-ce qu'à votre avis quelqu'un la poursuivait ? Est-ce qu'elle méritait de mourir ?

La jeune femme s'était mise à triturer avec colère un collier de petits coraux blancs qu'elle avait autour du cou, les yeux dans le vague. Elle renifla, outrée.

– Ain ? Mériter de mourir ! Si vous l'aviez connue, vous ne pourriez pas dire une chose comme celle-là. Elle était aussi innocente que l'enfant qui vient de naître. Pourquoi parlait-elle avec vous ?

Elle croisa à nouveau le regard de Lene qui savait reconnaître une femme fine et implacable quand elle en voyait une. La voix de Nazeera avait la dureté d'un roc. Elle avait l'air soupçonneux de quelqu'un qui a souvent eu affaire aux policiers ou aux autorités, sans jamais avoir été ni intimidé, ni impressionné.

– J'ai travaillé pendant quelques mois comme bénévole à *La Ligne de Vie*, expliqua Lene. C'est une ass…

– Je connais.

Lene se tut et cligna des yeux, prise de court. Elle manquait vraiment d'entraînement. Elle, l'un des meilleurs enquêteurs de la police judiciaire, qui n'avait peur de personne quand il s'agissait de conduire un interrogatoire ! « Arrête de bricoler et prends des initiatives, bon Dieu ! », se secoua-t-elle.

– Très bien, Nazeera. Ain était malheureuse… Je ne sais pas pour quelle raison exactement, mais, si j'ai bien compris, elle a grandi dans un camp de réfugiés, elle n'a pas connu ses parents biologiques, et, de manière générale, elle n'a pas eu une enfance facile.

Nazeera regarda, les yeux mi-clos, à travers une fenêtre sale et étroite donnant sur une cour grise et triste. On n'aurait pas pu dire si elle avait envie de nettoyer la vitre ou de la casser. Elle haussa les épaules. Il y a des tas de gens qui ont eu une enfance malheureuse.

– On peut parfois être déprimé ou malheureux sans raison particulière, murmura Lene. D'où la connaissiez-vous, Nazeera ?

– Vous n'avez pas besoin de dire mon nom toutes les cinq secondes. Je sais comment je m'appelle.

– Excusez-moi.

La femme sortit un paquet de cigarettes de la poche de son tablier, en prit une, l'alluma et se mit à observer Lene à travers une volute gris pâle qu'elle laissait lentement échapper de ses lèvres carmin. Puis elle tourna son visage vers la lumière froide venant du dehors. Le profil était très pur, le front haut et intelligent. Un duvet brun partait des tempes, descendant jusqu'aux maxillaires. Elle avait plusieurs petites boucles en argent tout le long du pavillon de l'oreille et un piercing en forme de lézard dans le nez. Elle ne demanda pas à Lene si cela la dérangeait qu'elle fume. Ne s'inquiéta pas de savoir si cela risquait, par exemple, de lui déclencher une crise d'asthme. Elle gardait simplement les yeux baissés, en mordillant doucement l'un de ses ongles parfaits et écarlates.

– Beaucoup parmi ceux qui se trouvaient à Tivoli ce jour-là, et qui ont survécu, en gardent un sentiment de culpabilité, dit-elle tout à coup. Nous nous demandons si nous aurions pu faire quelque chose pour empêcher cela, et nous nous demandons pourquoi nous sommes encore vivants, alors que tant d'autres sont morts, vous comprenez ?

Lene hocha la tête. *Je mérite de mourir, pas une fois, mais un millier de fois*, avait dit Ain.

– Vous étiez donc dans le parc, ce jour-là ?

– Nous faisions toutes les deux partie du personnel du restaurant *Picasso* à cette époque, et le 17 septembre, nous étions au travail. Le *Vaisseau du ciel* se trouvait à l'autre bout du parc. Là où nous nous trouvions, il n'est rien arrivé de grave. Les vitres ont explosé, une friteuse a pris feu parce qu'un cuistot a eu peur, mais il n'y a pas eu de blessé.

Lene fronça les sourcils.

– Vous auriez pu faire quoi ? demanda-t-elle.

La jeune femme haussa les épaules. Il fallait avoir été là-bas pour comprendre ce sentiment.

– Rien, répondit-elle. Elle a laissé une lettre ? Un message pour moi ?

– Je ne crois pas. Est-ce qu'elle avait changé après le drame du parc ?

Un petit sourire las plissa les lèvres de Nazeera. Elle secoua la tête et regarda par terre.

– Oui ! Non ! Que répondre à ça ? Peut-être qu'elle a changé. C'est possible. Elle était arabe, mais danoise, aussi. Elle a été adoptée par un gentil couple danois, mais elle était toujours arabe. Palestinienne. Si vous croyez que c'est facile… Ce n'est facile pour aucun d'entre nous. Nous ne savons pas ce que nous devons à qui. Elle avait besoin de comprendre qui elle était, n'est-ce pas ? Comme nous tous. Croyait-elle en Dieu ? Ou bien en Allah ? Voulait-elle se marier avec un Arabe, ou avec un Danois ? Avait-elle le droit d'avoir un chien, de manger du confit de porc et de se saouler tous les vendredis soir, ou devait-elle porter le foulard et être invisible ? Étudier humblement le Coran et attendre un cousin de là-bas à qui elle ferait six enfants ? Devait-elle partir en Syrie faire le djihad ?

– Vous, vous ne portez pas le foulard, remarqua Lene.

Nazeera sourit et un petit bout de langue rose pâle sortit entre ses dents et vint humecter sa lèvre inférieure avant de retourner dans sa bouche. Lene sentit un vague malaise la traverser. Si elle avait été un homme, elle aurait sûrement trouvé la jeune femme irrésistible, songea-t-elle. Elle avait une belle poitrine, de longues jambes, une taille mince et un cou hâlé et sans ride.

– Moi, je suis une mécréante, dit la jeune femme. Je ne suis pas comme Ain.

– Mais vous étiez amies ?

– J'ai huit ans de plus qu'Ain. Je sais d'où je viens. Je sais qui je suis, d'accord ? Je viens de Jordanie, mon père vient de Jordanie, mon frère et ma sœur, mes oncles et mes tantes viennent de Jordanie. Mes parents sont arrivés au Danemark quand j'avais quatorze ans. Mon père enseigne à l'université de Copenhague, et ma mère est chimiste chez Novo. Ils n'ont pas fui leur pays, ils ont été invités dans ce pays parce que mon père a eu le prix Nobel, ou quelque chose comme ça. Il sait faire un truc auquel les autres ne comprennent rien. Mes parents ne croient ni en Dieu, ni en Allah, ils croient aux corps simples, à la chimie organique, à Darwin, au hasard et au *big bang*. Je n'ai pas de problèmes.

– Et vous, vous croyez à quoi ?

– À la liberté et à l'argent.

– Vous ne croyez pas en Allah ?

– Cette question ne regarde que moi, il me semble, non ? Et si je crois en Lui, en tout cas, ce n'est pas grâce à mes parents.

– Ain essayait-elle de devenir *vous* ?

Nazeera sursauta, surprise.

– Oui, mais je ne la laissais pas faire. Ain était bien meilleure que moi. Elle ne devait pas être autre chose qu'elle-même. Elle avait seulement besoin d'apprendre que c'était plus que bien d'être Ain.

– Où l'avez-vous rencontrée ?

Elle écrasa sa cigarette dans un cendrier déjà très plein et croisa les bras.

– Vous et moi sommes des saintes. Moi, j'essaye de venir en aide aux filles musulmanes, et vous vous essayez d'aider les candidats au suicide.

– J'ai arrêté.

– Ah ? Eh bien moi je continue. Je suis bénévole dans une association à Møllegade dans le quartier de Nørrebro. C'est un genre de club qui accueille les jeunes filles musulmanes. Elles peuvent venir là pour bavarder entre elles, boire un café et enlever leur foutu foulard. Elles peuvent regarder la télévision, danser et faire de l'aérobic, sans avoir leurs frères, leurs cousins ou leurs oncles pour les surveiller et les engueuler et sans que les garçons les traitent de putes parce qu'elles ne portent pas le *hijab*.

– Et vous, ils vous traitent de pute, Nazeera ?

Le sourire s'effaça du visage de la femme.

– Pas que je sache.

– D'accord. Ain venait donc dans ce club ?

Nazeera regarda l'heure à sa montre, une Rolex d'homme à bracelet d'acier. Elle avait aux pieds de lourdes Dr. Martens et on aurait dit un mélange entre Monica Bellucci et Lara Croft.

– Oui, elle est venue la première fois avec une amie il y a deux ou trois ans. Elle m'a plu. Nous avons beaucoup parlé. Nous sommes parties à Venise ensemble. Nous… étions ensemble…

Ses joues rosirent légèrement.

« Oh ! mon Dieu, se dit Lene. Ain et Nazeera étaient un couple. »

– Je comprends, dit-elle, doucement.

La jeune femme la regarda dans les yeux. Elle hocha la tête et déglutit. Ses yeux se mouillèrent.

– Il faut que j'y aille.

– Oui, bien sûr.

Lene se leva et regarda par l'étroite fenêtre. Il y avait une sorte de petit patio derrière le restaurant. Un animal de la taille d'un veau la regardait, sans ciller, campé au milieu d'un petit terre-plein d'herbe. L'animal portait un large collier noir incrusté de clous argentés.

– C'est… euh… un chien ? s'enquit-elle, le montrant du doigt.

Nazeera sourit avec tendresse. Rudy. Rudolf. Moitié rottweiler, moitié voyou. Il garde tout, ici. Y compris moi.

– Il est à vous ?

Nazeera haussa les épaules.

– Il est son propre maître. Mais c'est moi qui lui donne à manger. Et uniquement moi.

– Il a l'air dangereux.

– Il l'est. Vous m'avez demandé tout à l'heure si ces putains de bons à rien de gamins des cités me traitaient de pute. Ils n'oseraient pas. Pas tant que Rudy est là.

– Et on les comprend, commenta Lene.

Le chien garda encore quelques secondes les yeux posés sur elle, comme s'il mémorisait son apparence pour usage futur. Puis il retourna son énorme masse et alla se coucher à l'ombre d'un banc de jardin.

Lene suivit la belle femme arabe dans le restaurant. Un homme gras en chemisette blanche avec des poches violettes sous les yeux tapait sur une caisse enregistreuse en regardant Nazeera, l'air rogue. Il fit un geste impatient vers la salle comble.

Nazeera leva le menton, fière.

– Je suis là ! Calme-toi, Tomasz !

Elle se tourna vers Lene.

– C'est un con, murmura-t-elle. Je ne connais pas très bien les parents d'Ain, mais j'aimerais aller à son enterrement. Si vous apprenez quoi que ce soit, vous m'appellerez ? Si elle a laissé une lettre, par exemple ?

– Je vous appelle dès que je sais quelque chose, promit Lene.

– Merci.

Son cynisme et sa dureté avaient disparu. Elle posa la main sur l'avant-bras de la commissaire pour lui dire au revoir, lui sourit chaleureusement et se tourna à nouveau vers le gros restaurateur.

– On en est où ? lui demanda-t-elle.

L'homme leva les yeux au ciel.

– On bat tous les records ! Les gens n'attendent leur entrée que pendant une demi-heure, dit-il avec un fort accent d'Europe de l'Est.

– Détends-toi, Tomasz. Rappelle-toi que nous sommes français. Plus ils attendront, plus ils apprécieront ce qu'il y a dans leurs assiettes.

Elle sourit de nouveau à Lene, qui lui rendit son sourire.

Une jeune femme, à la recherche de son identité, avait décidé de renoncer à être qui que ce soit et s'était jetée sous un train. Elle formait un couple avec Nazeera, une femme plus âgée et plus expérimentée qui évoquait à Lene un souple félin aux griffes comme des lames de coupe-chou, peintes en rouge sang. Et alors ?

« Laisse tomber, bon Dieu ! », songeait-elle en suivant le lent flot de la circulation sur Østerbrogade, en sachant parfaitement qu'elle en était incapable. Pour la première fois depuis longtemps, elle avait le sentiment que son existence avait un sens. Qu'elle était en vie. Ou, en tout cas, qu'elle était sortie de son inertie. Elle regarda l'heure. La réunion à Glostrup était terminée et elle n'avait même pas mauvaise conscience. Bjarne n'avait pas besoin d'elle, en réalité.

Un cargo polonais… et puis quoi encore ?

Lene s'arrêta à un feu rouge au croisement de l'avenue Dag Hammarskjöld, elle se plongea dans la contemplation du téléphone d'Ain, posé sur le siège à côté d'elle, jusqu'à ce qu'un coup de Klaxon lui signale que le feu était passé au vert depuis plusieurs secondes. Elle fit un doigt d'honneur dans le rétroviseur avant d'effectuer un demi-tour strictement interdit et de reprendre Østerbrogade en sens inverse. Un deuxième bruit de Klaxon, indigné, salua son geste.

Lene sourit. Puis elle remarqua dans son rétroviseur qu'une grande voiture bleu nuit imitait sa manœuvre hasardeuse. À cause des travaux du métro, la circulation à Copenhague commençait à ressembler à celle de Bangkok. Cyclistes et automobilistes n'en faisaient qu'à leur tête.

Elle alluma la radio pour éviter de penser et se mit à chanter à tue-tête sur le refrain d'une vieille chanson d'Abba, laissant son inconscient la conduire où bon lui semblait. Elle tourna à gauche dans Øster Allé, longea les jardins de Fælledparken et jeta un coup d'œil vers la tour de lits de l'hôpital Rigshospitalet et les bâtiments plus bas au premier plan qui abritaient l'Institut de médecine légale où le corps tronqué d'Ain Ghazzawi Rasmussen reposait sur un plateau en Inox derrière une porte de réfrigérateur, en attendant l'arrivée de l'employé des pompes funèbres. Avait-elle sauté ou bien quelqu'un l'avait-il poussée ? Lene pensait connaître déjà la réponse.

Elle ralentit devant le 102, Jagtvejen, se gara devant un kiosque ouvert vingt-quatre heures sur vingt-quatre et leva les yeux vers les fenêtres du quatrième étage gauche, où avait habité Ain. L'appartement avait un balcon à la française avec quelques pots de fleurs sans fleurs accrochés à la balustre, les rideaux blancs étaient ouverts. Elle descendit de sa voiture, entra dans le kiosque et acheta deux Snickers, un paquet de chewing-gum et une bouteille d'eau minérale.

À travers la vitrine de la boutique, elle vit la porte rouge de l'immeuble s'ouvrir sur un couple d'âge moyen.

– Trente-cinq couronnes cinquante, dit la jeune fille derrière le comptoir.

Lene leva une main sans se retourner.

– Une seconde, s'il vous plaît.

L'homme était grand, maigre, il avait des cheveux gris en broussaille, d'épais sourcils, une petite barbiche et il portait des lunettes sans monture. La femme était plus petite, mince, bien habillée – et elle avait beaucoup de chagrin. Elle mouchait sans cesse son nez et regardait par terre, le regard vide. Ses yeux étaient rouges d'avoir beaucoup pleuré. L'homme l'aida à marcher jusqu'à une Volvo gris clair. La femme se retourna pour voir une dernière fois la façade de l'immeuble avant de monter dans la voiture. Il lui tint la portière et leva lui aussi les yeux vers les fenêtres du dernier étage, avant de refermer doucement la porte derrière elle et de faire le tour de la voiture pour aller s'installer au volant.

– Vous voulez autre chose ? demanda la fille du kiosque.

– Vous ne pouvez pas la fermer deux minutes ? répliqua Lene, cinglante.

La Volvo partit vers Tagensvej.

Un jeune homme sortit de l'arrière-boutique. Un Indien ou un Pakistanais. Très digne. Il s'adressa à Lene :

– Écoutez… commença-t-il.

– Quoi ?

Ils se regardèrent tous les trois. Puis Lene baissa les yeux et bredouilla quelques excuses. Elle posa un billet de cinquante couronnes sur le comptoir, prit l'eau minérale et les confiseries et sortit du kiosque. Elle arracha l'emballage d'un Snickers et le dévora en trois bouchées sur le trottoir. Elle devenait toujours irritable et agressive quand son taux de sucre était trop bas. Elle eut le temps de voir le clignotant gauche de la Volvo s'allumer au carrefour suivant et leva à nouveau les yeux vers les fenêtres d'Ain. Ces personnes étaient-elles les parents adoptifs d'Ain ? Lene se remémora le regard éteint de la femme. L'âge correspondait. Et les regards qu'ils avaient eus vers le quatrième étage en disaient bien plus que des mots. Et, enfin, l'homme avait un carton sous le bras.

Lene avait noté la plaque minéralogique de la Volvo. Elle téléphona au bureau des immatriculations : la voiture appartenait à Helge Rasmussen, demeurant Violvej à Værløse. Il était médecin généraliste. Elle alla s'assoir dans sa voiture et but son eau minérale à petites gorgées, en réfléchissant.

N'était-ce pas de la curiosité malsaine que de fouiller dans la vie privée et le malheur des gens ? Pour la dixième fois ce jour-là, elle chercha à comprendre ce qui la poussait à agir comme elle le faisait. Il n'y avait aucune bonne raison pour continuer. À part un vague sentiment de culpabilité de ne pas avoir su convaincre la jeune fille de renoncer à son projet. De ne pas l'avoir rencontrée quand elle le lui avait demandé. Et puis tout de même le fait qu'Ain, quand elle lui parlait au téléphone, ne lui avait pas donné l'impression de quelqu'un qui s'apprête à se jeter sous un train. Pas du tout, même. Elle lui avait dit qu'elle attendrait l'arrivée de Lene et elle avait paru sincère.

Et, enfin, il y avait son intime conviction. Cet instinct chez elle qui était en sourdine depuis si longtemps qu'elle avait presque oublié son existence. Mais il s'était réveillé à présent et il clignotait furieusement. Elle regardait disparaître au loin le bout de l'avenue, dans les vapeurs bleues des gaz d'échappement.

Par là, il y avait Frederiksberg, Kong Georgs Vej, son appartement. Qu'est-ce qui l'attendait là-bas ? Les bouteilles, le vide, les comprimés, une vie dénuée de sens, les anciennes vidéos de Josefine.

Lene jura et secoua rageusement le volant.

Puis quelque chose lui fit lever la tête et regarder par sa vitre latérale. L'homme et la jeune fille du kiosque l'observaient. Lene leur fit un sourire gêné et démarra.

Une dernière chose, songea-t-elle. Et ensuite elle oublierait Ain et tout ce qui la concernait. Elle jetterait son téléphone dans un container à ordures et elle rentrerait chez elle. Un détail. Une petite conversation avec quelqu'un. Une broutille.

Lene alluma le portable de la jeune fille et téléphona au psychiatre Jesper Horn. Elle dut parlementer quelques minutes avec une secrétaire très déterminée à faire barrage, avant de pouvoir parler au psychiatre en personne. Cela ne l'arrangeait pas. Mais alors pas du tout. Mais il voulait bien accorder un quart d'heure à Mme le commissaire. Il lui sacrifierait sa pause déjeuner.

Elle raccrocha et remit le téléphone d'Ain dans la boîte à gants. Bjarne avait dit qu'il n'était plus sur écoute. Mais elle se maudit quand même de ne pas avoir pensé à appeler le psychiatre avec son propre mobile.

Le psychiatre était plus jeune que Lene ne s'y attendait. Il était mince et soigné de sa personne, vêtu d'une chemise sans col en lin et d'un jean moulant. Il avait des anneaux dans les deux oreilles et ses avant-bras musclés étaient couverts de tatouages. Lene le rangea dans la catégorie des psys à la mode pour jeunes citadines dont les troubles de l'âme se situaient principalement dans le spectre de la névrose légère. En tout cas, elle avait quelque difficulté à s'imaginer des dépressifs sombres et torturés, ou des schizophrènes grimaçants dans une souffrance profonde, dans cette salle de consultation vaste et lumineuse, meublée avec trois sièges de designer italien, des stores vénitiens et une table en verre impeccablement propre et vierge de tout document, dans laquelle se reflétait un MacBook argenté. Une grande toile, représentant une longue plage totalement déserte, était suspendue derrière la jolie tête bronzée du praticien. L'œuvre était signée Maria Horn. Sans doute l'épouse mère au foyer mais néanmoins créative du psychiatre, se dit Lene. Elle voyait ça d'ici.

Jesper Horn prit place derrière le plateau de verre et lui indiqua un siège en face de lui. Il croisa les doigts et lui sourit.

– Vous êtes de la police, donc.

– C'est exact. Et vous avez soigné une dénommée Ain Ghazzawi Rasmussen. Enfin, je veux dire, elle est venue vous consulter ?

Les doigts croisés montèrent jusqu'à la lèvre supérieure et le sourire s'effaça.

– Vous pouvez me prouver votre identité ?

Lene fit glisser son insigne sur le verre de la table. Jesper Horn l'étudia attentivement, avant de la lui rendre.

– Vous êtes de la famille ? lui demanda-t-il.

– Non. Mais j'ai parlé plusieurs fois avec elle sur *La Ligne de Vie*, où j'ai travaillé comme bénévole. C'est moi d'ailleurs qui vous ai envoyé Ain au départ. Vous étiez sur notre liste.

– Parce qu'elle avait des idées suicidaires ?

– Pas précisément, répondit Lene. Elle se sentait coupable. Je ne sais pas de quoi, au juste. Elle disait qu'elle méritait de mourir, mais je ne sais pas si on peut considérer cela comme une menace de suicide.

Le psychiatre hocha la tête.

– Vous avez raison. Je lui ai parlé plusieurs fois, en novembre et en décembre. La plupart du temps, elle ne venait pas aux rendez-vous et, d'autres fois, elle venait sans prendre rendez-vous et attendait que je termine avec mes autres patients.

Le psychiatre vérifia sur son ordinateur.

– J'ai vu Ain pour la dernière fois le 21 décembre. Ça ne s'est pas bien passé et elle m'a demandé de la recommander à l'un de mes confrères.

– Qui était-elle ?

– Vous avez employé l'imparfait ?

– Elle a sauté sous un train à la gare de Nørrebro, hier. Elle est morte.

Le médecin repoussa son fauteuil et se leva. Il alla se poster devant la fenêtre de son bureau, ouvrit les persiennes et resta un long moment sans rien dire, les doigts coincés dans la ceinture de son pantalon au niveau des reins. Sa silhouette se reflétait dans le parquet lustré comme une espèce de fantôme aquatique. Lene se dit que le suicide d'un patient devait nécessairement secouer la foi d'un psychiatre en ses propres capacités. Elle pouvait le comprendre.

– Vous êtes là dans le cadre d'une enquête officielle ? lui demanda-t-il.

– Pas du tout. Je suis venue à titre privé. Je crois que je me sentais…

– Coupable ?

– Oui.

– Il ne faut pas.

– Je vous remercie. J'essaierai. J'étais au téléphone avec elle au moment où c'est arrivé. Hier, sur le quai, j'ai mis son téléphone portable dans ma poche, par distraction. C'est comme ça que j'ai eu votre numéro.

Il se tourna vers elle et lui sourit.

– Par distraction ? Ou parce que vous êtes flic ?

Lene se dit qu'il avait un beau sourire. Le genre de sourire qui va jusqu'aux yeux.

Jesper Horn vint se rassoir et ses yeux regardèrent au-delà de Lene. Il avait l'air plus vieux, tout à coup. Dans la lumière crue, elle s'aperçut que les poils de sa barbe étaient gris. Elle avait dû se tromper d'au moins dix ans. Ils devaient avoir à peu près le même âge. Peut-être même était-il plus vieux.

– Qu'est-ce que vous faisiez à *La Ligne de Vie ?* Et, au fait… puisque nous en parlons, la police écoute vos conversations, là-bas ?

Lene le regarda les sourcils froncés. Elle se demanda si la paranoïa était contagieuse.

– Je ne suis pas paranoïaque, si c'est ce que vous êtes en train de vous dire, se défendit-il. Mais vous n'avez aucune idée du boulot que nous avons depuis Tivoli. C'est dingue, au sens propre du terme. Après les attentats du World Trade Center, ceux de Madrid et ceux de Londres, on a enregistré une augmentation spectaculaire du nombre de suicides, de tentatives de suicide et d'internements psychiatriques et on constate la même chose, ici, au Danemark. Je crois que les actes terroristes affectent les personnes instables beaucoup plus qu'on le croit. Il suffit de se trouver pendant une seconde au mauvais endroit et au mauvais moment pour être anéanti. Il est normal que cela nous déstabilise. Tout devient tellement relatif, tout à coup.

Tout le monde fréquente le parc de Tivoli, et nous nous identifions forcément à ceux qui ont été tués ce jour-là, parce qu'ils sont exactement comme nous.

– C'est vrai.

– Certains d'entre nous s'y rendent très souvent. Pour la plupart de nos concitoyens, le parc est rattaché à des tas de souvenirs. C'est un trésor national et un symbole de l'identité danoise, de l'innocence et de la nostalgie. J'ai une fille qui participait chaque été à un spectacle de danse, au Théâtre de Pantomime. Elle devait danser le 17 septembre, mais elle s'était foulé la cheville. Six de ses amies sont mortes. Elles avaient toutes treize ans. À présent, elle a la nausée dès qu'elle voit une paire de pointes et qu'elle entend une musique de ballet. Cela la rend malade. Elle s'est mise au handball.

– Elle faisait de la danse classique ?

– Oui… pourquoi ?

– Euh… pour rien. Ain était serveuse dans un restaurant du parc, reprit Lene. J'ai parlé avec l'une de ses amies, également à Tivoli ce jour-là. Elle a évoqué un sentiment de culpabilité chez les survivants.

Le psychiatre acquiesça.

– C'est ça. Comme je vous l'ai dit, une catastrophe d'une telle ampleur et avec autant de morts est une épreuve très difficile. Particulièrement au Danemark, parce que nous n'avons jamais été exposés à une chose semblable. Cela incite certains à prendre conscience de la valeur de l'existence, et à profiter de l'instant présent. D'autres seront au contraire doublement convaincus de leur condition de simple mortel et ils auront du mal à retrouver du sens à leur vie. Vous le voyez à la culture *underground*. Les concerts de rock gothique sont devenus extrêmement populaires. Ça peut être une forme d'exutoire.

– J'en déduis qu'Ain faisait partie de cette deuxième catégorie. Ceux qui ne trouvent plus de sens à la vie, dit Lene, qui avait effectivement remarqué que de nombreux jeunes recommençaient à ressembler aux punks des années quatre-vingts. À une époque, elle-même avait une iroquoise verte sur la tête, elle portait du rouge à lèvres noir et elle écoutait The Cure, Dead Kennedys et les Sex Pistols. Elle était d'ailleurs la seule fille de Vordingborg à le faire.

Jesper Horn s'assit au fond de son fauteuil et secoua la tête.

– Oui et non. Elle n'était pas psychotique, c'est-à-dire folle. Mais elle présentait le catalogue complet de tous les autres troubles psychiques. Si l'on devait écrire un livre sur les problèmes d'identité des jeunes, on n'aurait pas besoin de citer d'autre cas que le sien.

– Par exemple ?

– Tout.

Lene se dit que le psychiatre s'était mis à lui parler comme à une consœur.

– Ain était timide et elle ne s'aimait pas. Elle était relativement âgée quand elle est arrivée au Danemark, après plusieurs années dans un camp en Tunisie. Au départ, c'était une réfugiée des territoires palestiniens occupés par Israël : Cisjordanie ou bande de Gaza. Elle a connu de nombreux changements dans la petite enfance et a naturellement développé un profond sentiment d'impuissance. Elle a grandi avec l'impression de n'avoir aucun contrôle sur sa vie, d'être un objet qu'on déplace sans qu'elle ait son mot à dire, et je crois qu'elle ne se sentait chez elle nulle part. Elle n'arrivait pas non plus à décider si elle était musulmane ou chrétienne. Homosexuelle, bisexuelle ou hétérosexuelle. Elle faisait pas mal d'expérimentations dans ce domaine.

Le psychiatre ouvrit les mains, avec un geste d'impuissance.

– Une seule parmi toutes les questions qu'elle se posait sur elle-même, sur son passé et sur le monde qui l'entourait aurait suffi à faire perdre la boule à n'importe qui.

– Elle était donc une victime toute trouvée pour un manipulateur ?

– Elle était une victime toute trouvée pour toute personne susceptible de lui accorder un peu d'attention. En couchant avec elle, par exemple. Elle était loin d'être innocente et même assez fière d'être assez libérée sexuellement pour oser se lancer dans toutes sortes d'expériences, même si à mon avis sa sexualité débridée lui a fait plus de mal que de bien. Il est assez fréquent de trouver des troubles de la personnalité chez les Danois issus des pays du Moyen-Orient. Ils ont parfois une idéologie faussée, inculquée par les fondamentalistes, qu'ils n'adoptent que parce qu'elle donne une cohérence à leur vision du monde. Ces manipulateurs apportent à des adolescents sans racines ou sans parents les choses qui leur manquent : un but, des règles, une famille, une appartenance à un groupe composé d'autres jeunes qui leur ressemblent. L'endoctrinement et la préparation au djihad par les armes se font dans les mosquées et dans les écoles coraniques. On donne à leur vie un sens et un but, même s'il consiste à faire sauter un café à Jérusalem ou un bus en Cisjordanie. Café ?

– Pardon ?

– Vous voulez un café ? Je n'ai que du Nes.

– Merci. Ce sera parfait.

Jesper Horn sortit du bureau. Lene le suivit des yeux. Il était l'homme le plus énergique et le plus volubile qu'elle avait rencontré depuis longtemps.

Il revint au bout de quelques minutes avec deux cafés et une assiette de biscuits anglais, et posa un mug de café devant Lene.

– J'ai annulé mon prochain patient, lui annonça-t-il en prenant une poignée de biscuits.

– Je suis désolée d'avoir perturbé votre planning.

Il balaya ses excuses d'un geste sans s'arrêter de mâcher.

– Ce n'est pas important. Il est devenu plus un ami qu'un patient. En réalité, je parle plus que lui. Je sais que je parle trop. Ce qui n'est pas génial quand on est psychiatre.

Lene sourit et trempa les lèvres dans son café.

– Peut-être que votre patient est simplement guéri et que vous êtes libre de devenir son ami.

Jesper Horn rigola.

– La guérison est une notion totalement étrangère à la pratique de la psychiatrie et de la médecine en général, madame le commissaire. Et elle n'est pas une fin en soi. Disons qu'il est dans une période de stabilité relative… qui dure maintenant depuis quelques années.

– Ain a-t-elle évoqué devant vous des convictions politiques radicales ? demanda Lene.

– Oh ! la la, non ! Rien de cet ordre ! Elle était bien trop préoccupée par sa propre personne pour s'intéresser à la politique et pour affirmer quoi que ce soit. Ain était narcissique jusqu'au bout des ongles. Et quand je parle d'égocentrisme et de narcissisme, je n'y mets rien de négatif. Elle employait la majeure partie de son temps à éviter le chaos.

– Vous ne lui avez pas prescrit de médicaments ?

– À quoi cela aurait-il servi ? Elle ne souffrait pas d'angoisses et, cliniquement parlant, elle n'était pas dépressive. Elle n'avait ni hallucinations, ni phobies invalidantes, et aucune molécule n'aurait pu l'aider à surmonter son mal-être généralisé.

– Je me souviens l'avoir entendue dire au mois de janvier qu'elle prenait quelque chose, mais que cela ne fonctionnait pas. Elle disait qu'elle se sentait juste encore plus mal.

– Si elle prenait un traitement, ce n'est pas moi qui le lui ai prescrit et je pense que celui qui l'a fait a commis une grave erreur.

Le psychiatre sembla soudain mal à l'aise. Il s'éclaircit la gorge, ouvrit la bouche, puis la referma. Il prit une nouvelle poignée de biscuits et tendit l'assiette à Lene qui déclina.

– Je suis surprise que vous m'ayez demandé si c'est en ma qualité de policier que j'ai travaillé à *La Ligne de Vie*.

– … Oh ! et puis merde… Jesper Horn s'éclaircit la gorge, se leva à nouveau et se mit à marcher de long en large dans le bureau.

– … Il est possible que je sois malgré tout un peu paranoïaque, commença-t-il, mais environ trois mois après l'attentat, *on* nous a demandé, à nous, les psychiatres et les psychologues dans le libéral, de transférer vers un nouveau service de l'hôpital Rigshospitalet tous nos patients présentant des symptômes de stress posttraumatique après la bombe humaine de Tivoli. *On* disposait d'importantes subventions et *on* souhaitait apparemment centraliser le domaine d'expertise en un seul endroit.

Son visage se fendit d'un sourire qui, celui-là, s'arrêta à ses lèvres.

– En fait, *on* voulait surtout parler avec des immigrés de première, deuxième et troisième générations, originaires du Moyen-Orient, pour leur demander par exemple s'ils étaient victimes d'agressions et de discrimination parce qu'on faisait l'amalgame entre leurs origines et le drame.

– Et vous avez envoyé Ain dans ce service ?

– Non, je ne voyais pas en quoi cela aurait pu l'aider. L'aspect ethnique ne représentait qu'une partie de ses problèmes et il n'était même pas le plus important. Et puis, à vrai dire, tout ce projet me semblait étrange et je ne peux pas m'enlever de l'idée qu'il avait surtout pour but d'étudier les patients et leurs proches afin de détecter chez eux un risque de radicalisation politique. Que c'était une manière de ficher des individus susceptibles d'être utilisés par un réseau terroriste dans l'optique de futurs attentats.

Lene plongea le nez dans son mug.

– Vous êtes sûr de ce que vous avancez ? demanda-t-elle. Vous pouvez prouver que cette cellule de crise psychologique à Rigshospitalet pourrait être autre chose que ce qu'elle prétend être ?

– Non, mais la dernière fois qu'Ain est venue me voir, elle m'a fait voir une brochure. Très jolie. Avec des gens très beaux photographiés dessus. Probablement des mannequins. Ils avaient des dents magnifiques, en tout cas. Les médecins proposaient aux patients des thérapies de groupe, des soins, de la compassion et des réunions dans une atmosphère chaleureuse et rassurante, entre jeunes de la même origine, pour jouer au tennis de table ou boire un café le vendredi soir. Une telle proposition ne pouvait pas ne pas séduire quelqu'un comme Ain. J'ai essayé de la dissuader, mais elle a réagi avec violence, furieuse que je puisse douter de cette initiative.

– Pourquoi, à votre avis ?

– Parce que si ces bons toubibs de Rigshospitalet faisaient de ses origines la source de son problème, cela le simplifiait, vous comprenez ? Son drame personnel devenait un problème de société. Un conflit d'ordre supérieur auquel elle ne pouvait remédier, ce qui lui permettait de nier son propre déséquilibre et de prendre des distances avec elle-même.

– Je vois, dit Lene. Sa théorie tenait la route.

Son portable sonna dans la poche de sa veste.

– Excusez-moi.

Elle regarda l'écran. Mme L'inspecteur général Charlotte Falster. Lene attendait son coup de fil et s'étonnait qu'il ne soit pas venu plus tôt. Elle refusa l'appel, mit le téléphone sur silencieux et le remit dans sa poche.

– Il y a autre chose, continua le psychiatre en baissant la voix.

– Quoi ?

– C'est une dénommée Irene Adler qui chapeaute ce projet. Et, pour tout vous avouer, je ne l'aime pas, malgré sa notoriété et sa brillante carrière. Et non, je ne suis pas jaloux de sa réussite.

– Non, bien sûr que non, sourit Lene.

– Elle a des relations. Et elle a reçu toutes sortes de prix et de récompenses. C'est une chercheuse acharnée. Mais elle est aussi consultante auprès des services de renseignement de la police. Elle s'intéresse aux terroristes. Elle les adore, ces ordures ! Si on la laissait faire, elle les mettrait en terrarium pour les observer. Elle est partie très jeune aux États-Unis avec une bourse d'études, et c'est là-bas, apparemment, qu'elle a commencé à se passionner pour les auteurs d'attentats-suicides. Ses premiers articles sur leur psychologie émanent d'une université de la côte est. Les mauvaises langues prétendent que c'est la CIA qui a financé cette partie de ses recherches.

– La CIA, mais oui, bien sûr… !

– Je sais bien que ça ressemble à une extrapolation issue de quelque théorie du complot, mais je suis malgré tout convaincu qu'Irene a reçu un entraînement psycho-militaire. Ça se voit et ça s'entend.

– Qu'est-ce qu'elle a appris à faire exactement ?

– À mettre le bordel dans la tête des gens. Elle a appris à leur faire croire que noir c'est blanc et que blanc c'est noir. Ce n'est pas la première fois que cela arrive au Danemark. Les expérimentations sur le LSD qui ont été réalisées à l'hôpital de Frederiksberg dans les années soixante-dix avaient été financées par la CIA qui cherchait un remède miracle pour contrôler les pensées et les comportements des gens. Plusieurs patients ont développé des psychoses irréversibles. Ils sont restés là-bas avec un subconscient surstimulé. Ils ne s'en sont jamais remis, certains se sont suicidés.

– Est-ce qu'elle est mariée ? demanda Lene, songeuse.

– Irene ? Non. Je crois que le mariage est une institution bien trop conventionnelle pour elle. Je préfère ne pas penser à ce que peut être sa vie privée, grommela-t-il. Excusez-moi, je sais que je ne devrais pas parler ainsi d'une consœur, mais il y a quelque chose chez elle qui me donne la chair de poule, en dehors de toute considération scientifique.

Lene l'observa plus attentivement. Visiblement le sujet le touchait. À la fois cette collaboration entre la PET et Irene Adler et aussi ce qui était arrivé à Ain. Il semblait presque content d'avoir l'occasion de parler avec quelqu'un comme elle. Quand on est toujours dans le rôle de celui qui écoute, parce qu'on est prêtre ou psychiatre, on doit éprouver le besoin de s'adresser de temps en temps à quelqu'un d'autre. Le besoin de se confier.

Jesper Horn reprit :

– La rumeur dit qu'elle a envisagé à un moment de se convertir à l'islam. Je ne sais pas si c'était pour être plus proche des sujets qu'elle étudiait, ou si elle était réellement convaincue.

– Et elle l'a fait ?

– Je l'ignore. Elle parle couramment l'arabe, et elle a travaillé dans plusieurs universités en Égypte et à Jérusalem. Elle passe sa vie au Moyen-Orient.

– Quand est-ce qu'elle dort ?

– Dans l'avion, je suppose.

– Hmm. Mais revenons à Ain. Si je récapitule, quand vous l'avez rencontrée, elle était déjà très perturbée mais vous ne lui avez pas donné de traitement ? dit Lene.

– C'est exact, dit Jesper Horn. Ce n'est pas moi qui ai eu recours à la psychopharmacologie. Si quelqu'un lui a prescrit des médicaments, ça ne peut être que son médecin traitant – ce dont je doute, parce que le mal-être d'Ain ne pouvait être pris en charge que par un autre psychiatre.

– Comme Irene ?

– Oui. Vous la connaissez ?

– Qu'est-ce qui vous fait dire ça ?

– La façon dont vous avez prononcé son prénom. L'expression de votre visage.

Lene croisa les bras devant sa poitrine et baissa les yeux, gênée. Était-ce à ce point évident ?

– Je ne sais pas de quoi vous parlez.

Le psychiatre pencha la tête de côté et sourit.

– Vous savez que je suis lié par le secret professionnel, n'est-ce pas ? Vous pouvez me parler en toute liberté. Si vous voulez.

Elle ferma les yeux et hocha la tête.

– OK.

Lene avala sa salive, garda les yeux clos.

– Ma fille Josefine a été traitée dans le service psychiatrique fermé de Rigshospitalet pour une dépression sévère, dit-elle d'une voix haute et claire. C'est Irene qui s'est occupée d'elle. Au bout de six mois d'internement, Irene l'a transférée en l'hôpital de jour. Je trouvais que c'était une décision prématurée. Elle n'était pas prête. Une semaine plus tard, elle est venue à la maison et elle s'est tiré une balle dans la tête avec mon arme de service. Elle avait enveloppé sa tête dans une serviette-éponge. Comme lorsqu'elle lavait ses cheveux quand elle était… C'était pour ne pas salir. Elle était pleine d'égards, ma jolie, jolie grande fille. Elle avait vingt-trois ans, et c'est moi qui l'ai trouvée.

Était-ce vraiment elle qui venait de parler si librement et d'une voix aussi posée ?

Jesper Horn se tut. Son visage était strié comme un pelage de tigre par la lumière du soleil filtrant à travers les persiennes.

Lene croisa les mains autour de ses genoux pour les empêcher de trembler.

– Irene n'était évidemment pas la seule à s'occuper de Josefine, mais le fait est que je n'étais pas du tout d'accord avec elle. Je trouvais que Josefine n'allait pas assez bien pour qu'elle signe sa sortie. Je hais Irene Adler. Je l'ai vue par hasard, hier. Elle se promène comme si rien n'était arrivé. Et Josefine…

– Josephine est morte, dit le psychiatre, terminant sa phrase. Sa psychiatre a peut-être commis une erreur de jugement. Mais pas de faute professionnelle. Vous comprenez la différence ?

– Oui.

– C'était la première fois que votre fille était hospitalisée ?

– Oui. Elle avait été brutalisée par des criminels sur lesquels j'enquêtais. Ils l'ont enlevée pour m'obliger à stopper mon enquête. Elle était très mal en point quand on l'a retrouvée, mais je pensais sincèrement qu'elle allait s'en sortir. Elle était d'une nature optimiste et elle était forte. Très saine.

Lene tenta d'avaler quelque chose qui ne se laissait pas avaler. Une grosse boule chaude enfla dans sa poitrine, et elle essaya à nouveau de déglutir. Puis elle y renonça et se mit à pleurer, elle qui ne pleurait jamais.

Sans plus pouvoir s'arrêter.

Dans son métier, il était habitué à voir les gens se laisser aller à leur désespoir, songea-t-elle dans un bref moment de lucidité – avant qu'une nouvelle vague de chagrin ne la submerge.

Jesper Horn poussa vers elle une boîte de Kleenex, mais il se passa un long moment avant qu'elle ne soit en état de s'en servir. Elle se moucha, s'efforça de retrouver une respiration normale, regarda le plafond, la tête basculée en arrière, eut encore quelques sanglots, et réussit enfin à se calmer.

Elle ne se sentait pas soulagée. Elle ne sentait rien du tout.

Le psychiatre sourit. Puis il se leva, fit le tour de son bureau et vint lui poser une main sur l'épaule, avant de reprendre sa place favorite près de la fenêtre.

– Ça va aller ? lui demanda-t-il.

– Je ne sais pas. Peut-être. Merci.

– Ain est la fille de quelqu'un d'autre, Lene. Elle n'est pas Josefine. Et vous n'aviez aucun moyen de prévoir que votre fille allait être brutalisée.

– Je sais. Je le sais très bien.

– C'est pour ça que vous êtes allée travailler à *La Ligne de Vie*, n'est-ce pas ?

– Évidemment.

– C'est bizarre qu'ils vous y aient autorisée, marmonna-t-il.

– Je les ai convaincus. Au départ, ils ne voulaient pas en entendre parler. Je n'aurais jamais dû faire ça. C'était une sorte d'exutoire. Mais c'était malsain, et ça n'a pas fait revenir Josefine. Je n'étais pas douée pour ça.

– Et pour Ain ? Vous allez laisser tomber ?

Elle regarda l'horloge au-dessus de la porte. Il était beaucoup plus tard qu'elle croyait. Jesper Horn avait dû faire passer le message à la secrétaire, d'une façon ou d'une autre, pour qu'ils ne soient pas dérangés.

– Je ne pense pas que j'y arriverai, répondit-elle.

– Pourquoi ?

Elle regarda la pointe de ses vieilles bottes usées.

– Parce que ce n'était pas un suicide, dit-elle. C'était un meurtre. Et aussi parce que c'est la seule chose que je sache faire. Vraiment bien faire.

– Élucider les meurtres ?

– Oui. Elle voulait me voir. Elle ne m'a pas dit au revoir... ni : « nous nous verrons dans une prochaine vie », ni « portez-vous bien », ni « dites au revoir à mes parents pour moi ». Elle ne s'est pas du tout comportée comme quelqu'un qui au beau milieu de la phrase suivante allait se jeter devant un train. Elle n'a pas laissé de lettre. Rien du tout.

– Ce n'était peut-être pas prémédité, dit-il. Elle a pu agir sur une impulsion. Elle a vu arriver le train, et elle a lâché prise, elle était peut-être dans un état d'esprit particulièrement instable et dangereux pour elle-même à cet instant.

– C'est possible, mais je ne le crois pas.

– Alors vous allez continuer ? lui demanda-t-il. Vous allez le faire pour vous, ou pour elle ?

– Je trouve que je le lui dois.

– Pour vous, donc.

– Oui.

Lene se leva et se dirigea vers la porte. Jesper lui dit quelque chose qu'elle ne comprit pas.

Elle se retourna et le regarda d'un air intrigué.

– Quoi ?

– J'ai dit que j'aimerais vous revoir.

– Ici ? Elle rit nerveusement. Ma patronne a déjà essayé de m'envoyer voir différents... spécialistes. Des psychologues. Des *coaches.* Je pense que j'ai dû les pousser à bout, ou quelque chose comme ça. Je pense que je les ai rendus fous.

Elle essaya de plaisanter.

– Il paraît que le dernier en date conduit des taxis à l'heure qu'il est.

– Je ne voulais pas dire ici, et pas en consultation, dit-il.

Lene le regarda sans comprendre. Elle passa une main dans ses cheveux. Sa queue-de-cheval était en vrac et elle savait sans avoir besoin de vérifier dans un miroir que les larmes et le mascara avaient maculé son visage de traces noires. Il n'était pas bien, le type, ou quoi ? Il bandait pour les looseuses ?

– Je parlais d'une rencontre, dit-il.

– Un genre de rendez-vous ? Pour quoi faire ?

– Pas un *genre* de rendez-vous, un vrai rendez-vous. Pour prendre un café… boire un verre de vin… ou vous servir de *punching-ball*, je ne sais pas, moi !

Lene regardait le tableau derrière la tête de Jesper Horn. Ses couleurs s'étaient assombries et semblaient se mélanger. Ce n'était peut-être pas un paysage de bord de mer, après tout, se dit-elle.

Jesper Horn suivit son regard.

– Ma sœur, Maria. Je suis son mécène. J'achète la plupart de ses toiles, et nos parents achètent le reste. Mon père s'en sert pour isoler les combles. Elle n'est pas au courant, bien sûr. Elle est extrêmement productive. Il n'y a rien de plus tragique que d'avoir une âme d'artiste et aucun talent, vous n'êtes pas de mon avis ? Je vis seul avec ma fille. Ma femme est morte d'un cancer du sein il y a sept ans.

– Je suis désolée, dit-elle, mais… vous êtes sérieux ?

– Bien sûr.

Il fit un pas vers elle, mais elle recula comme s'il était un tigre du Bengale empaillé qui soudain était revenu à la vie. Elle entendit un téléphone sonner dans le secrétariat. Les yeux gris de Jesper Horn brillaient dans l'ombre de ses épais sourcils. Il était mince et chétif. Lene regarda à nouveau les boucles d'oreilles et les tatouages. Non, décidément, il n'était pas du tout son genre.

Il sortit un portefeuille de sa poche arrière et en extirpa une carte de visite.

– Mon numéro de portable est inscrit au dos, dit-il. Réfléchissez.

Lene tournait le dos à la porte du bureau. D'une main, elle cherchait à tâtons la poignée de la porte, à la hauteur de ses reins.

– Oui, c'est ça. Je vais réfléchir, bredouilla-t-elle. Merci.

Il hocha la tête et passa derrière elle pour lui ouvrir la porte. Lene traversa le secrétariat au petit trot, sentant le regard de la secrétaire. Elle ouvrit la porte du palier et jeta un coup d'œil au-dessus de son épaule. Debout à côté de sa secrétaire, Jesper Horn lui souriait. Elle faillit se prendre les pieds dans le paillasson.

Elle ne recommença à respirer que lorsqu'elle fut en sécurité dans sa voiture. Elle tourna et retourna l'épaisse carte de visite blanc cassé entre ses doigts. Puis elle tourna le rétroviseur pour regarder son visage dans le miroir. C'était encore pire que ce qu'elle craignait. Ce type était cinglé ou quoi ?

Elle remit le rétroviseur dans la bonne position et chercha le numéro du service psychiatrique de Rigshospitalet dans son répertoire téléphonique.

Le Pr Adler était actuellement en réunion, lui répondit son assistante. Lene se la rappelait comme une fille maigre et fade, probablement choisie par Irene Adler pour mettre en valeur sa propre beauté glamour.

– Je vais venir et attendre qu'elle ait terminé, si vous permettez.

– Vous êtes ?

– Le commissaire Lene Jensen. Ma fille était hospitalisée chez vous à une époque. Mais ce n'est pas d'elle qu'il est question.

– Je suis désolée, Mme Adler est très occupée.

– Même après sa réunion ?

– Après sa réunion, elle en a une autre. Comme je vous l'ai dit, elle n'a pas beaucoup de temps et je crois malheureusement que…

Sous-entendu, l'enfer avait le temps de geler avant qu'Irene Adler trouve un moment pour recevoir le commissaire.

– À vrai dire, elle n'a pas le choix, lança alors Lene. Je dois l'interroger dans le cadre d'une enquête policière, alors soit vous me trouvez un rendez-vous maintenant, soit je débarque dans dix minutes dans sa putain de salle de conférence et je l'arrête pour obstruction au travail de la police. Je connais le service et je trouverai mon chemin.

Il n'y avait plus personne au bout du fil.

Elle regarda le téléphone, incrédule.

Elle rappela le numéro.

Occupé.

Garce !

Elle essaya plusieurs fois de suite jusqu'à ce que, enfin, on prenne son appel.

– Allô ! rugit-elle.

– Secrétariat d'Irene Adler…

Lene inspira profondément.

– C'est encore moi. Je ne sais pas si je me suis bien fait comprendre tout à l'heure. Je dois parler à Irene Adler !

– J'ai bien entendu. Vous avez été très claire.

– Et ?

La femme parut hésiter.

– J'ai essayé de la trouver, commissaire, mais on m'a répondu que le Pr Adler était sortie.

– Alors dites-moi où est allée cette… où je peux trouver Mme le Professeur en psychologie Irene Adler, maintenant ?

– J'avoue que je n'en ai pas la moindre idée. J'ai entendu dire qu'elle partait en voyage.

– Où ça ?

– Je ne sais pas, moi ! J'aimerais pouvoir vous aider mais elle ne me raconte pas où elle va. Elle est tout le temps en déplacement.

Lene ferma les yeux et vit le corps tronqué de Ain reposant immobile sous les draps d'ambulance maculés de sang. Pourquoi perdait-elle son temps à terroriser une pauvre secrétaire entre deux âges qui ne faisait que ce qu'on lui avait dit de faire ?

– C'est moi qui vous prie de m'excuser, bredouilla-t-elle alors. Laissez tomber. Tout va bien. Je trouverai une solution.

– J'aimerais bien pouvoir vous aider, dit la secrétaire, gentiment. Je me rappelle très bien Josefine… votre fille…

– Au revoir, dit Lene.

Pour une fois, il sembla qu'elle ait été sur la même longueur d'ondes qu'Irene Adler. Lene s'enfonça dans le siège de sa 2CV quand l'Audi TT noire de la psychiatre passa à fond de train sur les dos-d'âne de l'étroite rue d'Østerbro. Le Pr Adler possédait une maison ancienne dans le quartier très recherché baptisé *Kartoffelrækkerne*, « les rangs de pommes de terre ».

La grande femme élégante s'extirpa de la toute petite voiture, accrocha la bandoulière de son sac à main sur son épaule et s'engagea dans la petite allée qui conduisait à sa porte d'entrée.

Lene se massa le front et fit une tentative désespérée pour s'arranger un peu avec sa brosse à cheveux, une lingette humide et un élastique. C'était sans espoir. Elle laissa à la psychiatre cinq minutes d'avance, avant de descendre de sa voiture, de traverser le jardinet devant la maison et de donner trois énergiques coups de heurtoir sur la plaque en laiton.

Le joli visage d'Irene Adler, sans maquillage, lui parut étrangement nu et vulnérable, vu de près. En voyant Lene, elle essaya de repousser la porte, mais la commissaire l'en empêcha. La psychiatre renonça en haussant les épaules.

– Eh bien entrez, alors, dit-elle.

– Merci.

– Il y a longtemps que nous aurions dû avoir cette conversation à propos de Josefine, Lene. Je ne comprends pas pourquoi il faut à tout prix que ce soit maintenant et pourquoi il a fallu que vous terrorisiez ma secrétaire.

– Il ne s'agit pas de ma fille, répliqua Lene. Je suis ici pour raison professionnelle, en fait.

De belles sculptures arabes sur bois ornaient les murs et un tapis persan très ancien recouvrait le plancher.

Lene remarqua un sac de voyage avec un billet d'avion sortant d'une poche latérale.

– Vous partez en voyage ?

Irene Adler suivit son regard.

– Une excellente déduction. Mon taxi est là dans une demi-heure, et je suis pressée.

– Où allez-vous ? demanda Lene, distraitement, tandis qu'elle examinait les lieux.

– Qu'est-ce que vous voulez ?

– Vous souhaitez que nous restions dans ce vestibule ?

Irene Adler laissa échapper un soupir excédé et ouvrit une porte peinte en blanc qui donnait sur les pièces de séjour.

Le salon était meublé à la manière d'une tente de Bédouin avec des tables basses en laiton, des poufs en cuir, une pipe à eau, de magnifiques tapis anciens et de nouvelles sculptures en bois sur les murs.

– Où vous avez mis les chameaux ? demanda Lene.

– Qu'est-ce que vous venez faire ici ?

Lene ne répondit pas. Elle fit tranquillement le tour de la pièce parce qu'elle savait que cela allait agacer Irene Adler. Un joli bureau était posé devant une fenêtre donnant sur la petite cour à l'arrière de la bâtisse. Lene prit sur le sous-main une longue canule légèrement incurvée, en argent ciselé. Elle se terminait à une extrémité par un pas de vis adapté à une seringue antique en verre. La pointe était encore aiguisée.

– Qu'est-ce que c'est ?

– Une canule d'embaumement. Elle servait à injecter le formol ou autre liquide adéquat dans les artères des morts. Je m'en sers pour ouvrir mon courrier. Vous pouvez le reposer sur la table, s'il vous plaît. C'est assez précieux, en fait.

Lene reposa l'objet et continua tranquillement son inspection.

Contre l'un des murs était appuyé un pupitre. Lene s'en approcha et découvrit que le ravissant meuble en acajou était en réalité une vitrine éclairée, abritant un coran enluminé et ouvert, offrant aux regards une magnifique calligraphie arabe. Les pages étaient jaunies, aussi fines que des ailes de papillon et décorées de gravures originales. Le livre devait être extrêmement ancien et sans doute d'une valeur inestimable.

– Vous avez fini ? demanda la psychiatre.

– Il est beau, dit Lene.

– Merci. Il représente pour moi un nombre incalculable d'heures de travail et cette vitrine contient de grandes vérités.

– Sûrement, marmonna Lene sans être très sûre de comprendre ce qu'Irene Adler voulait dire par là.

La psychiatre lui désigna un pouf marocain et Lene s'assit avec quelques craquements des lombaires. Irene Adler se posa en souplesse et en silence sur un deuxième coussin, aussi loin de Lene que possible, et elle croisa les mains sur ses cuisses.

– Ain Ghazzawi Rasmussen, dit Lene.

– Qui est-ce ?

– C'est, ou plutôt c'était une jeune orpheline d'origine palestinienne qui a subi un traitement dans votre joli service tout neuf.

– Une patiente, donc ?

– Oui.

– Je n'ai pas le droit de parler avec vous de mes patients, Lene. Vous le savez bien. Vous nous faites perdre notre temps à toutes les deux. Il vous faut un mandat pour venir m'interroger. Vous avez un mandat ?

– Elle est morte. Elle a sauté devant un train à la gare de Nørreport, hier. Elle m'a dit qu'elle prenait des médicaments mais qu'ils ne lui faisaient aucun effet. Elle avait peur, elle était seule et elle était persuadée que quelqu'un la suivait. Ain avait vingt-trois ans. Vous êtes certaine que ça ne vous dit rien ?

La psychiatre ramena un genou sous son menton et croisa les mains autour de sa cheville. Elle était aussi calme et aussi sereine qu'une statue.

– C'est regrettable, évidemment, dit-elle. Mais qu'est-ce qui vous fait croire que c'est nous qui la suivions ?

– Elle a consulté pendant un temps un psychiatre libéral, un certain Jesper Horn, mais elle a cessé les consultations fin décembre et demandé à être envoyée chez vous. Elle avait votre brochure.

Irene Adler haussa les épaules.

– Le nom ne me dit rien. Nous recevons de nombreuses jeunes femmes et elles ont toutes des problèmes. On peut venir chez nous sans être recommandé par un psychiatre. Il suffit de se présenter. Plusieurs de nos patientes préfèrent garder l'anonymat, ce que nous respectons, bien entendu.

– Elle travaillait dans un restaurant à Tivoli le 17 septembre de l'année dernière, dit Lene.

– Il y avait des dizaines de jeunes personnes dans ce cas. Certains ont eu des séquelles psychologiques. Je ne les connais pas tous.

Lene hocha la tête et sortit de sa poche le portable d'Ain. Elle fit apparaître la photo d'Ain et Nazeera à l'écran et la montra à la psychiatre.

– C'est celle de droite.

Irene ne prit pas le téléphone que lui tendait Lene et garda les doigts croisés autour de sa cheville. Son visage était impassible mais ses pupilles se dilataient progressivement. Lene l'observa attentivement.

– Je ne l'ai jamais vue.

– L'autre non plus ? Nazeera ?

– Non.

Elle mentait. Lene en était convaincue.

Elle avait une terrible envie de se lever et de frapper violemment la psychiatre au visage. Pour briser cette façade tellement parfaite et contrôlée. Soudain, elle entendit grincer une latte du plancher au premier étage et elle leva la tête vers le plafond.

– Vous êtes seule ?

– Cela ne vous regarde pas, mais oui, je suis seule. J'aime être seule, figurez-vous.

Irene Adler déplia son long corps et se leva tandis que Lene restait démonstrativement assise.

– Vous me confirmez donc que vous n'avez jamais traité Ain Ghazzawhi, par exemple avec des psychotropes ? Ou une quelconque autre saloperie qui aurait pu lui donner une perception distordue de la réalité et la rendre paranoïaque ?

La psychiatre sourit.

– Vous pensez sérieusement que je vais répondre à cette question ? Au revoir, Lene. J'ai un avion à prendre. J'ai eu grand plaisir à m'entretenir avec vous, mais je crois que vous feriez mieux de trouver un autre sujet d'enquête qu'un suicide. Et, au fait, je peux vous demander si votre visite a un caractère officiel ? Votre supérieure, Charlotte Falster, est-elle au courant que vous venez ennuyer les gens chez eux ?

Lene se leva à son tour et retourna dans le vestibule. Elle leva les yeux vers le sommet de l'escalier blanc qui conduisait aux étages supérieurs. Elle ferma les yeux et huma l'air. Le parfum d'une autre femme flottait dans la maison.

Lene rouvrit les yeux. Irene la regardait avec un sourire mi-indulgent, mi-incrédule et, pour la première fois, Lene eut le sentiment de voir autre chose dans le regard de la psychiatre qu'une arrogance glaciale. Une lueur inquiète et fugitive était passée dans ses yeux bleus.

Lene ouvrit la porte d'entrée et se retourna vers la psychiatre. Vous vous êtes convertie ? lui demanda-t-elle.

– Pardon ?

– Vous vous êtes convertie à l'islam ?

– Ça ne vous regarde pas et il faut que vous partiez, maintenant.

Il y avait une note inédite et presque vulnérable dans le ton de sa voix. Lene sourit. Elle avait un talent inné pour énerver les gens.

Elle sortit et planta une dernière fois son regard dans celui d'Irene Adler.

– Une dernière chose… Irene…

– Allez-vous en !

– Si j'apprends que vous m'avez menti, si j'apprends qu'Ain était votre patiente et que vous et la PET avez testé des substances sur elle, ou que vous l'avez aidée à faire le saut devant ce train, je ne vous lâcherai pas. Vous aurez à répondre de vos actes, quels que soient les relations que vous croyez avoir et le nombre de prix qu'on vous a décernés. Vous pouvez compter là-dessus.

Elle sourit avec douceur.

– Vous avez compris ce que je viens de vous dire ?

Irene Adler claqua si violemment la porte que les mésanges décollèrent de la mangeoire à oiseaux du jardin voisin.

Lene leva la tête vers les fenêtres du premier et eut l'impression de voir quelqu'un bouger derrière les rideaux. Puis disparaître.

Elle songea à demander à Bjarne de vérifier les listes de passagers en partance cet après-midi de l'aéroport de Kastrup, mais y renonça. Irene se rendait probablement à un congrès au Brésil ou sur l'île de Tobago. Un endroit où il y avait des plages et des cocotiers. N'était-ce pas à cela que les médecins employaient le plus clair de leur temps ?

Lene était assise, pensive, à la terrasse d'un café de la place Kongens-Nytorv, en train de contempler le club sandwich posé dans une assiette devant elle. Il ressemblait à un étrange fossile.

Elle qui avait un solide coup de fourchette et qui adorait cuisiner pour Josefine, considérait à présent la nourriture comme un simple carburant. Elle avait failli commander un verre de vin, mais s'était rappelé à temps sa résolution d'il y a quelques heures à peine, de laisser tomber l'alcool pour toujours.

Elle coupa un morceau du sandwich et allait porter la fourchette à sa bouche quand son téléphone sonna. Elle enfourna la bouchée et prit l'appel.

– Allô ?

Lene mâcha, déglutit et but une gorgée d'eau.

– Bonjour, Charlotte.

– Vous êtes en train de manger ? lui demanda sa supérieure, d'un ton scandalisé.

– Euh… oui. Je mange. Vous savez, de la nourriture.

– Vous n'êtes pas venue à la réunion de coordination.

– Bjarne n'était pas là ?

– Si. Il y était. Je vous remercie. Il bafouille et il sue, il s'arrête au milieu des phrases et il perd le fil, même quand il n'y a pas de fil. Un cargo polonais avec une avarie de moteur ? C'est tout ce que vous avez trouvé ?

Elle aurait bien aimé voir Charlotte Falster à sa place, huit heures par jour dans un bureau exigu avec Bjarne !

– Oui, c'est tout, pour l'instant, dit Lene. Désolée.

– Vous faites quoi en ce moment, en fait ? lui demanda l'inspecteur général Falster. À part manger, je veux dire.

Lene s'imaginait Charlotte Falster derrière son bureau bien rangé avec les portraits de son chef de cabinet de mari et leurs deux enfants parfaits, le magistrat et le vétérinaire. Les deux femmes ne s'étaient jamais beaucoup aimées et elles l'avaient su dès la première seconde. Ça avait été une réaction chimique, immédiate. Lene trouvait sa patronne psychorigide, froide et sans imagination et Charlotte Falster considérait Lene comme une individualiste ingérable, une dinosaure femelle, incapable de s'adapter à l'époque moderne, où il faut savoir travailler en équipe, optimiser, organiser, trouver des consensus, faire des rapports et assister à des tas de réunions. Cependant, elles avaient appris à se respecter mutuellement et l'affaire de la chasse à l'homme les avait rapprochées.

Charlotte Falster et son mari étaient venus à l'enterrement de Josefine et, pendant les mois qui avaient suivi, Lene avait pu prendre tous les congés et tout le temps dont elle avait besoin sans jamais avoir eu à donner d'explications. Mais, depuis, leurs relations tant personnelles que professionnelles s'étaient refroidies jusqu'au degré zéro. Lene fonctionnait au ralenti, et, après le drame du parc, Charlotte Falster était tendue comme un arc. Tout le monde – les politiques, les médias et le public – attendait des résultats. Pas aujourd'hui, pas demain, mais hier. Sous peine de crucifixion. La question n'était plus de savoir *si* mais *quand* elle serait remplacée à son poste, à moins qu'il se passe bientôt un événement apte à satisfaire la soif de justice du public et des familles. Dans les milieux policiers, le phénomène était connu comme le syndrome Olof Palme, parce que, à l'instar de l'enquête suite à l'assassinat du Premier ministre suédois, les responsables d'enquêtes étaient destitués, ridiculisés ou taxés d'incompétence, voire de corruption, les uns après les autres. Souvent avec des conséquences tragiques pour l'intéressé et sans que cela ait un quelconque effet bénéfique sur l'enquête.

– Je vous promets qu'on fera tout notre possible, bredouilla-t-elle.

– Je l'espère. Je l'espère sincèrement. Dans votre propre intérêt. Et j'espère aussi que vous réalisez à quel point c'est important. Plus important par exemple que vos petites enquêtes personnelles.

Lene posa son couteau et sa fourchette.

– Qu'est-ce que vous voulez dire ? demanda-t-elle en baissant la voix.

– Gare de Nørreport. Ain Ghazzawi Rasmussen. Qu'est-ce que vous fichiez là-bas ?

Cette fois, Lene se mit en colère.

– Écoutez, Charlotte. Je ne vois pas pourquoi je devrais rendre des comptes sur ce que je fais de mon temps libre, et je n'ai pas l'intention de vous parler de ce que je fais avec mes amis, qu'ils soient morts ou vivants, d'accord ? Et d'ailleurs comment le savez-vous ?

– Ce n'était pas sur votre temps libre ! C'était pendant vos heures de travail. Des heures que vous devriez employer à découvrir comment le terroriste et son complice ont passé la frontière, qui ils connaissaient ici, comment ils se sont organisés, qui ils ont payé pour les transporter en bateau, en avion ou en voiture jusqu'au Danemark. Voilà à quoi vous devez utiliser vos heures de travail !

La voix de l'inspecteur général était montée dans les aigus.

Lene regarda son téléphone, incrédule. Charlotte Falster était la personne la plus réfléchie et la plus imperturbable qu'elle avait jamais rencontrée. Elle ne perdait *jamais* son sang-froid.

– La fille allait se suicider ! cria-t-elle. Elle *s'est* suicidée, ou quelqu'un l'a poussée devant ce foutu train. Personnellement, c'est ce que je crois. Elle m'a téléphoné à *moi*, Charlotte ! Je suis la dernière personne sur cette terre à qui elle a voulu parler, et je suis la dernière à l'avoir écoutée… vous comprenez ? C'est la vraie vie, ça ! Vous le sauriez si de temps en temps vous essayiez de sortir de votre putain de bureau climatisé ! Que vouliez-vous que je fasse ? Que je raccroche ? Que je lui réponde que je devais aller écouter une énième conférence sur le terrorisme salafiste et qu'elle me rappelle du standard de saint Pierre ? Ou qu'elle attende le prochain train pour sauter ? Vous auriez fait quoi, vous ? Elle avait vingt-trois ans ! Le même âge que… que…

Les mots moururent sur les lèvres de Lene. Dans le café, tout le monde s'était tu et elle comprit qu'elle avait dû parler trop fort. Elle fit un signe au garçon et, moins de dix secondes plus tard, il lui apportait sa note. Lene posa sa carte bleue sur le plateau en argent. Au bout du fil, elle entendit la respiration rapide de Charlotte Falster.

Est-ce qu'elle va me virer ? se demanda-t-elle, sentant un soulagement immense et inattendu à cette idée.

– Vous n'êtes pas renvoyée, si c'est ce que vous espériez, dit sa chef. J'ai besoin de vous, même si j'aurais préféré le contraire. Alors pour vous, on l'aurait poussée ? Qu'est-ce qui vous fait dire ça ? Vous en êtes sûre ?

– Non, répondit Lene, d'une voix lasse. Je ne suis sûre de rien du tout ces temps-ci. Écoutez, je vous promets de faire un effort. Je serai demain à Glostrup, dans mon bureau, avec Bjarne et à l'heure. Vous pouvez compter sur moi.

– Parfait. Et, au fait, si vous avez un poste de télévision pas loin, je vous suggère de l'allumer. L'OTAN et le gouvernement danois viennent d'annoncer que le Danemark, la France et la Hollande s'apprêtent à envoyer des unités de combat au Mali et au Niger. Le Parlement est d'accord. Nous faisons partir deux escadrilles F-16, la Garde royale et une compagnie d'éclaireurs, alors que nous n'avons pas encore fait rentrer tous nos officiers instructeurs d'Afghanistan.

Lene reçut l'information avec intérêt. *Afri-Ghanistan*, comme la presse appelait le nouveau front dans le combat contre le terrorisme dans le fin fond des terres ouest-africaines. Passionnant.

Charlotte Falster poursuivit :

– Les premiers chars danois viennent d'entrer au Mali. Notre ambassade au Caire est prise d'assaut. Ils envoient des cocktails

Molotov et brûlent des drapeaux devant les fenêtres. Je suppose que vous comprenez ce que cela veut dire, Lene ?

– Cela signifie que l'état d'urgence est monté d'un cran, marmonna-t-elle.

– Il n'est pas monté d'un cran. Il est chauffé à blanc.

– Je vois.

– Vous allez nous aider ?

– Évidemment.

– Alors à demain, conclut Charlotte. Ah, et autre chose : ne vous approchez plus d'Irene. Elle a appelé pour se plaindre. Et elle n'a pas l'intention d'en rester là. Elle était au lycée avec le ministre de la Justice.

– Quoi ? Mais je n'ai pas...

– Elle prétend que vous lui avez téléphoné quatre fois aujourd'hui, que vous avez harcelé sa secrétaire qui a déclenché une crise de migraine à cause de vous, et que vous êtes allée la menacer à son domicile.

L'avait-elle réellement menacée ? Lene réfléchit. Peut-être s'était-elle montrée un peu hostile, à la fin. Mais merde ! Elle n'était qu'un être humain, après tout.

– Je ne crois pas l'avoir menacée, se défendit-elle. Enfin... peut-être un tout petit peu. Mais il faut dire qu'elle est vachement...

– Je me fiche de savoir ce qu'elle est, Lene, et, tout à fait entre nous, je suis d'accord avec vous, mais laissez-la tranquille ! C'est un ordre. Tout le monde sait que vous lui en voulez de la façon dont elle s'est occupée de Josefine. Vous avez vos raisons, et je ne suis pas compétente en la matière, mais, que vous le vouliez ou non, elle est un élément essentiel de cette enquête. Et elle a un carnet d'adresses insensé.

– Oui, d'accord... Je vous le promets puisque vous y tenez. Je me tiendrai à distance de cette garce.

Lene récupéra sa carte de crédit et se leva. Elle marcha lentement vers la sortie en réfléchissant aux trois choses qui l'avaient étonnée dans cette conversation. Qui avait parlé d'Ain à

Charlotte Falster ? Pourquoi sa chef avait-elle l'air de savoir qui elle était et pourquoi ne lui avait-elle pas demandé quel rapport elle avait avec Irene Adler ?

Elle rejoignit sa voiture, déchira en petits morceaux l'amende qu'elle trouva sous l'essuie-glace et jeta les morceaux dans le caniveau.

Dans son bureau de Glostrup, Charlotte Falster reposa le téléphone portable. Elle resta quelques minutes plongée dans une profonde réflexion puis elle fit une chose qu'elle se serait cru incapable de faire. Elle signa une requête afin d'obtenir un mandat l'autorisant à mettre sur écoute le téléphone du commissaire Lene Jensen et à surveiller ses déplacements. Dans la foulée et sans se laisser le temps de revenir sur cette décision, elle faxa le document pour le moins sensible au substitut du procureur.

Un poste de télévision dans l'angle de la pièce passait des images des tumultes sur la place Tahrir au Caire et des manifestations devant l'ambassade du Danemark sur Hassan Sabry Street. Un mannequin grandeur nature représentant le secrétaire général danois de l'OTAN était en train de brûler devant le portail.

Charlotte éteignit la télévision et, pour la deuxième fois ce jour-là, elle fit une chose qu'elle aurait jusqu'ici cru impensable.

Elle composa un long numéro vers l'international.

Lene détestait cet endroit.

Elle avait la nausée et mal à la tête mais ignorait si c'était à cause de l'odeur du formol ou du manque d'alcool. La veille, elle n'avait bu que du thé – et pris deux somnifères, comme tous les soirs. Ses mains tremblaient.

Ce matin, Bjarne s'était montré encore plus fermé et abattu que d'habitude et Lene se demanda si Charlotte lui avait fait une remarque. Elle s'imaginait la scène : Bjarne, timide, se marchant sur les pieds, pendant que la glaciale et impressionnante inspectrice générale l'interrogeait sur Lene. Elle lui avait peut-être même demandé de la surveiller et de lui faire son rapport. Ce n'était pas exclu. En effet, elle n'avait pas pu aller une seule fois faire pipi ou se chercher un verre d'eau sans qu'il lève la tête pour lui demander ce qu'elle faisait. À 15 h 30, elle avait pris son sac et sa veste et elle était partie sans lui dire au revoir, alors qu'elle savait que cela allait le mettre dans tous ses états.

À présent, elle se trouvait dans une chambre froide voisine de la salle d'autopsie de l'Institut médico-légal, en compagnie d'une jeune légiste aux dents du bonheur et qu'elle connaissait pour avoir eu affaire à elle dans de précédentes affaires.

Elles attendaient qu'un agent de la morgue, carré et poilu, répondant au prénom de Jésus retrouve la bonne porte de frigo. Enfin, il tira un tiroir en Inox qu'il déposa sur un brancard électrique. Le brancard glissa sur ses roues en caoutchouc silencieuses jusqu'à la salle d'autopsie. Jésus fit ensuite glisser sur la table de dissection le plateau sur lequel reposait Ain. De grandes taches brunes maculaient le drap qui la couvrait.

– Vous allez vous débrouiller ? demanda-t-il.

– Sinon, on vous appellera, répliqua le médecin.

L'homme sortit du local en se dandinant. Il portait de grandes boucles d'oreilles et Lene songea qu'il ressemblait à un personnage de film de pirates. En s'éloignant, il ficha deux écouteurs d'iPod dans ses oreilles.

– Jésus, grommela-t-elle.

La légiste sourit. Elle se tourna vers la table et son sourire s'effaça.

– Vous êtes sûre ?

Lene acquiesça.

– Oui, malheureusement.

– OK, alors allons-y.

Le médecin retira le drap d'un geste vif. Lene fit un pas en arrière et poussa un gémissement en mettant les mains devant son visage.

– Oh, mon Dieu…

– Je suis d'accord. C'est horrible. Je suppose que sa tête devait se trouver près d'un rail et ses genoux près de l'autre. C'est elle ?

– Oui, je crois… Oui, c'est elle. Couvrez-la, pour l'amour du ciel, dit Lene d'une voix étranglée, s'éloignant de quelques pas.

– On va aller dans mon bureau, lui proposa le médecin.

Il y avait deux tableaux d'affichage dans le bureau du médecin légiste. Le premier était couvert de clichés techniques avec règles de mesure, sur lesquels on pouvait voir toutes sortes de mutilations, blessures à l'arme blanche, blessures de défense sur les avant-bras et les mains de diverses victimes et visages fermés et introvertis de personnes mortes. Le deuxième était couvert de dessins réalisés par ses trois enfants. Lene n'avait jamais compris ce qui avait pu amener la jeune femme à choisir un métier comme celui-là, mais elle se souvenait l'avoir entendue murmurer un jour qu'on ne pouvait pas les laisser s'en tirer comme ça. Et que c'était important.

– Café ? demanda-t-elle.

– Non, merci.

Le médecin alla s'asseoir à son bureau.

– Ain va être enterrée après-demain à l'église de Værløse, informa-t-elle la commissaire.

– Merci.

– Que se passe-t-il, Lene ? Il y a une enquête en cours ? On ne m'a pas dit que la police s'intéressait à elle. Je risque d'avoir des problèmes ?

– Que voulez-vous dire ?

– Je crois que vous savez ce que je veux dire. Je veux dire que j'aurais eu du mal à expliquer que vous m'aviez appelée chez moi, hier soir, pour me demander d'effectuer un profil pharmacologique complet sur une fille qui s'est jetée sous un train à la gare de Nørreport et à qui personne d'autre ne s'intéressait.

La légiste se pencha vers Lene et posa ses belles mains fines sur sa table de travail. Elle souleva un presse-papier en ivoire sculpté et lui trouva une nouvelle place à côté d'un mug en céramique rempli de crayons et de stylos, sur lequel il était écrit *Maman.* Lene regardait les jolies mains sans répondre.

– Donc je ne l'ai pas fait, dit la légiste.

– Qu'est-ce que vous n'avez pas fait ?

– Je ne l'ai expliqué à personne.

– Merci.

– Maintenant, dites-moi qui elle est.

– J'étais bénévole à *La Ligne de Vie,* commença Lene. J'ai parlé avec elle plusieurs fois au téléphone. Elle était malheureuse… pour un tas de raisons très différentes les unes des autres. Elle pensait que quelqu'un la suivait. Elle se sentait coupable de quelque chose, mais n'a jamais voulu me dire de quoi il s'agissait. Elle a consulté un psychiatre pendant une courte période. Jesper Horn. Vous le connaissez ?

– Non.

– Bref, elle a arrêté la thérapie parce qu'elle pensait qu'elle serait mieux soignée dans un nouveau service de Rigshospitalet spécialisé dans les problèmes des immigrés qui a été créé après l'attentat du parc. Discrimination, crimes haineux… ce genre de choses.

– J'en ai entendu parler.

– J'étais en ligne avec elle juste avant qu'elle meure. J'ai tout entendu, en direct.

L'autre hocha légèrement la tête.

– Elle était déprimée. Elle était arabe. Elle avait été adoptée, n'est-ce pas ? Elle se sentait poursuivie. Et coupable. Le train… Je ne vois pas où est le problème…

– Le problème est qu'elle ne m'a pas du tout donné l'impression de quelqu'un sur le point de se supprimer. Elle avait vingt-trois ans, bon Dieu ! Et j'étais sur le point de venir la rejoindre pour parler avec elle, sur sa demande ! Il aurait suffi qu'elle attende cinq minutes et je suis sûre que nous aurions trouvé une solution.

Elle regarda son interlocutrice.

– Vous ne me croyez pas, n'est-ce pas ? Vous croyez que je fais un amalgame avec quelqu'un d'autre ? Vous croyez que je suis…

– Dingue ?

– Oui, murmura Lene, infiniment lasse en regardant ses mains posées sur ses genoux, qui tremblaient toujours bien qu'elle essaye de les tenir tranquilles. Elle commençait aussi à avoir un tic nerveux sous l'œil droit. Un nerf tressautait en permanence sous sa peau et elle savait que, vue de l'extérieur, elle avait l'air de faire de petits clins d'œil sympathiques et idiots alors qu'elle n'était vraiment pas d'humeur à ça.

Le médecin étudiait le visage chaotique de Lene, l'air fasciné. Au bout d'un moment, elle secoua la tête, quitta la commissaire Jensen des yeux et se mit à pianoter sur son clavier, faisant apparaître divers fichiers sur son écran d'ordinateur.

– Vous vous rendez compte que j'ai fait travailler deux laborantins toute la nuit pour analyser des prélèvements de tissu et de sang appartenant à Ain Ghazzawi Rasmussen ? Vous savez que je vais devoir leur donner des RTT pendant au moins trois mois pour leur faire récupérer ces huit heures supplémentaires ? Vous réalisez que j'ai annulé la première séance de cinéma en tête-à-tête avec mon mari depuis nos vingt et un ans ? C'est-à-dire au siècle dernier ? Au dernier millénaire, pour être tout à fait exacte.

– Je suis désolée, dit Lene, espérant avoir pris un air suffisamment contrit.

– Vous n'avez pas à être désolée parce que vous n'en aviez aucune idée, grommela la légiste, tout en examinant des diagrammes à l'écran. Enfin, si cela peut vous consoler, je ne crois pas que vous soyez dingue.

– Ça me console beaucoup. Et qu'est-ce qui vous fait dire ça ?

– Il y a effectivement un problème. Regardez !

Elle montra une courbe à la commissaire. Le tracé régulier présentait un certain nombre de pics notables.

– C'est quoi ? demanda Lene.

– Je n'ai jamais vu cela auparavant, c'est assez exceptionnel. Nous avons trouvé une sorte de diéthylamide d'acide lysergique, c'est-à-dire du LSD, dans le sang d'Ain. Il s'agit sans aucun doute d'une nouvelle drogue.

– Un genre de LSD, dites-vous ?

– Une version nouvelle et améliorée, précisa la légiste. On a ajouté plusieurs groupes d'atomes de soufre à la molécule active. Je pense que cela permet à la drogue d'agir plus vite, plus longtemps et plus fort. Et le phénomène d'accoutumance doit être énorme.

À présent, Lene ne tenait plus en place. Elle s'approcha de la fenêtre et se mit à tripoter les lames des persiennes en PVC. Depuis l'Institut, elle pouvait voir les bâtiments de plain-pied abritant le service psychiatrique de l'hôpital.

– Comment la consomme-t-on ?

– Elle n'avait pas de trace d'injection. On peut prendre la drogue sous forme de comprimés, on peut l'inhaler et on peut la consommer en gouttes, sur un morceau de sucre. Ça n'a pas d'importance. La drogue est assimilée aussi bien par le système digestif que par l'appareil respiratoire.

– Quel effet a-t-elle sur celui qui la prend ?

– La substance ouvre la porte à leur inconscient et elle la laisse béante. Les couleurs sont altérées et plus fortes. Les choses de tous les jours paraissent étranges ou menaçantes. C'est l'hallucinogène le plus puissant qu'on connaisse. Certains n'en reviennent jamais.

– Ils deviennent paranoïaques ?

– Absolument. Le produit contient presque le même alcaloïde que celui qu'on trouve dans le champignon appelé l'ergot de seigle ainsi que dans la datura. Les oracles de Delphes étaient en réalité des prêtresses qui se mettaient en état de transe en respirant des fumées de tiges de datura brûlées. Cela peut rendre fou. Et évidemment paranoïaque.

Lene se tourna vers elle, les bras croisés.

– J'ai l'impression que cette merde était la dernière chose dont Ain avait besoin, dit-elle.

– Peut-être ignorait-elle qu'elle en consommait.

– Pardon ?

– Le produit n'a pas d'odeur et pas de goût. On peut le mettre dans le Coca-Cola d'une personne à son insu. Ou prétendre qu'il s'agit d'autre chose. Il suffirait d'être en position d'autorité. D'être médecin, par exemple.

– Vous parlez sérieusement ?

– Oui.

– Mais pourquoi voudrait-on faire une chose pareille ? s'enquit Lene.

La légiste réfléchit quelques secondes.

– Je ne suis pas spécialiste en la matière, dit-elle alors. Le LSD a été synthétisé par hasard par un chimiste des laboratoires Sandoz en Suisse en 1938. La CIA s'est beaucoup intéressée au produit dans les années cinquante parce que les Américains espéraient pouvoir utiliser la drogue comme une sorte de sérum de vérité. Pendant la guerre froide, on a pu assister à une véritable course de vitesse sur l'armement chimique entre les Américains et les Russes. L'Union soviétique utilisait des drogues pendant les procès-spectacles contre les dissidents, notamment en Hongrie après 1956 et en Tchécoslovaquie à partir de 1968. On voit sur les documentaires vidéo des hommes politiques intelligents et à forte personnalité et des scientifiques brillants se comporter comme des zombies. Privés de toute dignité et de toute résistance, ils avouent tout ce qu'on leur demande, renient leurs convictions les plus profondes et deviennent capables de livrer des enfants ou leurs meilleurs amis au KGB.

– Vous pensez que le phénomène est en train de se reproduire ? demanda Lene. Dans la guerre contre le terrorisme, par exemple ?

– Je n'en ai aucune idée. C'est très bizarre de voir des atomes de soufre ajoutés à un alcaloïde aussi puissant. Ce n'est pas le genre de choses qu'on peut faire chez soi dans sa cuisine. Ce qui signifie que quelqu'un y a travaillé sérieusement. Alors qui était cette fille, Lene ?

– Je crois que je vais quand même accepter cette tasse de café, répondit Lene. Vous avez une cigarette ?

– Je ne savais pas que vous fumiez.

Lene secoua la tête.

– J'ai fumé jusqu'à l'âge de vingt-cinq ans. Parfois, je regrette d'avoir arrêté.

– De toute façon, je n'en ai pas.

Le médecin légiste mit la bouilloire électrique en route et versa du Nescafé dans deux gobelets en plastique.

– Sucre ?

– Oui, merci.

– Je n'en ai pas non plus. C'était juste pour être polie.

– Super.

Lene but une gorgée de café.

– Je ne pense pas qu'Ain était quelqu'un en particulier. Mais elle était perdue et hypersensible. Elle avait beaucoup de problèmes, ce qui n'a rien d'anormal, je suppose, quand on a grandi dans un camp de réfugiés. Vous avez découvert autre chose que du LSD dans ses analyses ?

– Non.

– Vous en aviez entendu parler ? Récemment, je veux dire ? De l'utilisation du LSD de cette manière-là ?

– Dans mon job, on entend forcément des choses. Certes, nous sommes des scientifiques, mais le plus intéressant dans les congrès auxquels nous participons sont les discussions informelles pendant les pauses-café. J'ai toujours bien aimé les poisons. Il y a quelque chose de romanesque autour de l'idée du poison.

Lene posa sur la légiste un regard incrédule. Le médecin rougit.

– Vous voyez ce que je veux dire ? Des petits flacons verts avec des têtes de mort et deux tibias formant un signe de croix.

Lene acquiesça vaguement. Elle était en train de se dire qu'on ne connaissait jamais vraiment les gens.

– Je suppose qu'il y a du vrai dans ce que vous dites. Puis-je vous demander de quoi parlent vos collègues pendant les pauses-café ?

– Ils disent qu'Obama ne voit plus d'un très bon œil le *waterboarding*, la simulation de noyade pratiquée sur les individus suspectés de terrorisme. L'expérience d'Abou Ghraib en Irak, de Guantánamo et de Bagram en Afghanistan ont dû le faire réfléchir.

– Et il cherche un autre moyen pour les faire parler que de les torturer à mort ou de les noyer ?

– C'est ça. Les services secrets ont toujours besoin de renseignements, n'est-ce pas ? Et il paraît qu'on va entrer au Mali, maintenant ? Oui, Lene. Mes confrères parlent beaucoup de l'utilisation d'un sérum de vérité. Le plus effrayant avec cette méthode, à mon avis, c'est que les gens ne se souviennent probablement même pas ensuite de ce qu'ils ont raconté.

Lene montra du doigt les petits bâtiments au pied de l'hôpital.

– Vous connaissez Irene Adler ?

– Bien sûr. C'est une véritable star. Elle dispose du plus gros budget de recherche de tout Rigshospitalet. Et elle est toujours magnifique quand elle apparaît dans les réceptions et les remises de prix. Et vous, vous la connaissez ?

– Elle s'est occupée de ma fille. Pouvez-vous m'en dire un peu plus sur son domaine de recherche ?

– Voyons ça.

La jeune femme ouvrit le site *pubmed.com*, la plus grande base de données en matière d'articles et de publications médicales. Elle se rassit au fond de son siège.

– Deux cent trente-six articles ! s'exclama-t-elle. C'est incroyable… *Psychologie clinique*, *Journal de recherche sur le terrorisme*, *Nature et schémas comportementaux*… et je ne sais quoi encore.

Elle leva les yeux de l'écran.

– *A priori*, je dirais qu'elle cherche à identifier des traits de caractère prédominants chez les individus qui choisissent de devenir terroristes et, en particulier, les bombes humaines. Elle a été extraordinairement productive. Son premier article date de l'époque où elle était encore étudiante.

– Qui *choisissent* ?

– Il y a choisir et choisir. Vous avez raison. On ne choisit jamais vraiment.

– D'où vient l'argent ?

– Je ne serais pas surprise qu'elle emploie deux collecteurs de fonds à plein temps qui ne font rien d'autre que d'envoyer des dossiers de demandes de subventions. Dès que ça commence à tourner, ce genre d'affaire, ça fait tout de suite boule de neige. Ses sujets de recherche sont à la fois utiles, modernes et *sexy*.

– Les États-Unis ?

– Les États-Unis, l'Union européenne, des fonds privés. Vous avez parlé avec elle ?

– J'ai essayé, répliqua Lene. Je suis en dessous de la vérité en disant que ça ne s'est pas très bien passé. Elle a appelé ma hiérarchie et s'est plainte que je l'avais menacée.

– Et c'était vrai ?

– De quoi l'aurais-je menacée ? De la décoiffer ou de lui piquer son sac à main Gucci ? Je ne m'en souviens pas. J'oublie tout ces temps-ci.

Lene vida son gobelet et le jeta dans une corbeille à papier. Elle remit sa veste en cuir et ramassa son sac à dos.

– Vous allez avoir des problèmes ? demanda-t-elle.

– Pas si vous vous taisez, Lene.

– Je peux vous assurer du contraire, malheureusement. Mais promettez-moi de cacher ces fichiers dans un endroit sûr, vous voulez bien ? Sur une clé USB attachée au collier du chien, par exemple.

La légiste sourit.

– Bien entendu. Au fait, vous avez visionné les bandes ? Je suppose que oui.

– Quelles bandes ?

– La gare de Nørreport est truffée de caméras de surveillance, dit le médecin. Une manière passive de rassurer les jeunes filles qui prennent le train tard le soir. La plupart ne doivent même pas être branchées.

– Eh merde ! soupira Lene, découragée. J'y ai pensé quand j'y étais. Et puis j'ai oublié. C'est pourtant une telle évidence. C'est vous qui devriez avoir mon job.

La légiste frémit.

– Non, merci. Sans façon.

Planqués dans une voiture banalisée bleu marine, deux hommes observaient le commissaire Lene Jensen. Ils la virent traverser le parking de l'Institut médico-légal et s'asseoir au volant de sa voiture. Elle démarra le moteur, alluma les codes, mais la voiture resta sur place.

– Qu'est-ce qu'elle fabrique ? demanda le plus jeune des deux, coiffé avec une queue-de-cheval.

– Elle réfléchit, ou bien elle dort, répondit son compagnon.

La queue-de-cheval assis sur le siège passager regarda du coin de l'œil son collègue l'inspecteur adjoint Kim Thomsen. Kim avait insisté pour qu'ils ne soient pas remplacés. Pour qu'ils continuent la planque. Ils mangeaient et dormaient dans cette voiture depuis quarante-huit heures et elle sentait aussi mauvais qu'un bus de collégiens en colonie de vacances. Finalement, Lene Jensen et son équipier tourmenté avaient beaucoup de points communs, songeait le jeune homme à la queue-de-cheval. L'un et l'autre étaient des fanatiques. Ils ne pensaient qu'à eux et n'avaient d'égards pour personne dans la quête qu'ils poursuivaient et à laquelle tout devait être sacrifié. Il étrangla un bâillement. Mais c'était aussi grâce à des gens comme eux qu'on avait découvert la source du Nil, et l'Amérique, et la tombe de Toutânkhamon… Putain de trous du cul monomaniaques !

Lene Jensen n'était qu'une silhouette imprécise dans sa 2CV à cinquante mètres de distance.

Une ampoule LED clignota sur un équipement spécial connecté à l'iPad. Il mit un casque audio sur ses oreilles.

– Elle téléphone.

– À qui ?

– Une seconde… Nazeera. Encore une fois.

Il entendit le grincement du vinyle du volant sous les doigts crispés de Kim.

– C'est la cinquième fois, aujourd'hui !

– Au moins.

– Elle décroche ?

– Bien sûr que non. C'est toujours le même message. *Saaluuut, c'est Nazeera, laissez-moi un message important ou sympa…*

– Et elle, qu'est-ce qu'elle dit ?

– *Rappelez-moi, Nazeera. C'est important. C'est Lene Jensen. Je vous appelle à propos d'Ain*, répéta Queue-de-cheval, qui s'appelait Christian Erichsen de son nom de baptême. Et elle redonne à chaque fois son numéro de téléphone, alors qu'il s'affiche à l'écran. Elle est con ou quoi ?

Il retira le casque et se tourna vers l'Institut médico-légal au moment où la légiste passait devant les fenêtres de son bureau, enfilait un bonnet sur ses cheveux courts et blonds et éteignait sa lampe de travail.

– Qu'est-ce qu'elles ont découvert, à ton avis ?

– Rien du tout, grogna Kim.

– Elle est détectable cette drogue, ou pas ?

– Bien sûr que non.

Quand la commissaire recula de sa place de stationnement et sortit du parking, Kim Thomsen démarra aussitôt, même s'il eût été plus professionnel d'attendre quelques secondes.

Christian soupira.

Ils suivirent Lene Jensen jusqu'à Østerbrogade. La commissaire se gara, sortit de sa voiture, traversa l'avenue, plongée dans ses pensées, et faillit se faire renverser par un taxi. Les deux retinrent leur souffle. Le chauffeur garda la main sur son Klaxon sur plusieurs centaines de mètres. Il avait dû avoir la peur de sa vie. Lene resta plantée au milieu de la chaussée et suivit distraitement le taxi des yeux. Puis elle finit de traverser et entra dans un McDonald's.

– Merde, grogna Kim.

– Ouais, putain ! C'était moins une, commenta Christian. Putain, la chance qu'elle a eue ! Je voulais dire : *Merde ! Dommage qu'il l'ait ratée !*

Kim tendait et détendait ses doigts. Il respirait fort et Christian ferma les yeux. Il savait ce qui allait suivre : encore un de ses foutus discours de motivation. Pour la troisième fois ce jour-là. Plus le temps passait, plus son collègue éprouvait le besoin de le convaincre – et peut-être, surtout, de se convaincre lui-même – de l'importance de leur mission.

– Écoute, Christian, je veux être bien sûr que tu as compris que c'est maintenant ! commença-t-il. Et quand je dis maintenant, c'est vraiment *maintenant.* Pas demain, ni dans une semaine, mais *maintenant.* Tu comprends ?

– Je comprends, répondit Christian, les yeux sur le pare-brise. Son équipier ne manquait pourtant pas de sens de l'humour, avant, mais depuis qu'ils avaient commencé cette filature, celui-ci semblait s'être totalement évanoui.

Kim continua, sur le même ton monocorde :

– Une personne est en train de risquer sa vie pour nous, en ce moment. Pour nous tous. Pour le Danemark. Cette personne est en train de tout faire pour que ce qui s'est passé au parc ne se reproduise plus jamais.

Il sembla avaler quelque chose qui avait du mal à passer et Christian changea de position, mal à l'aise. « Je sais, putain, arrête maintenant, songeait-il. S'il te plaît. »

– Je *sais* ! dit-il avec violence.

Kim se tut un instant.

– D'accord. Alors tu sais aussi que jamais je ne permettrai que cette foutue bonne femme hystérique aille tout foutre en l'air.

– Et tu vas faire quoi ? Tu ne vas pas la buter. Je te rappelle qu'elle est dans ton camp.

– Pas dans mon camp à moi, non.

– Allez, ça suffit maintenant.

Kim eut un sourire de mauvais augure et il posa une main sur la cuisse de Christian. Juste assez longtemps pour laisser une trace de chaleur.

– Mais *toi*, tu es dans mon camp, n'est-ce pas ?

– Bien sûr, dit-il. Et il le pensait.

Il n'y avait plus moyen de reculer. Ils avaient mis en place un officier de renseignement à l'endroit précis où ils le voulaient : à l'entrée de la tanière du mufti Safar Khan d'Alep, probablement l'architecte de la bombe du parc de Tivoli et d'une dizaine d'autres attentats réussis en Occident, et cible numéro deux des drones de Barack Obama. L'officier était sur le point de franchir le dernier pas qui le conduirait au sein du sein de la maison de la guerre au Moyen-Orient. En ce moment même, alors qu'ils poireautaient dans cette voiture sur Østerbrogade, la première pelletée de terre de la tombe d'Ebrahim Safar Khan était en train d'être creusée par un espion danois. Une chose que personne n'aurait osé imaginer.

Et Kim en avait tout le mérite. Par son obstination et un travail acharné, il avait triomphé des sceptiques chroniques et des têtes pensantes conventionnelles de la PET.

La taupe, une femme, portait le nom de code Zebra, et elle était l'invention de Kim. C'est lui qui l'avait chassée et recrutée, qui s'était occupé d'elle et qui l'avait formée. Zebra avait beaucoup de talent naturel et de l'eau glacée dans les veines. Et Kim était devenu un élément indispensable. Instable et fanatique, sans aucun doute, mais indispensable. Lui seul pouvait la contacter et lui donner des instructions et la situation était trop sensible et trop incertaine pour qu'il soit même envisagé de le remplacer par un nouvel officier de liaison.

La commissaire débarrassa son plateau et elle sortit du fast-food.

Christian espérait sincèrement qu'elle allait en rester à sa catastrophique ingérence d'aujourd'hui et rentrer chez elle se coucher pour que tout le monde puisse se reposer. Mais un seul regard à la femme volontaire aux longues jambes debout sur le trottoir devant le McDonald's suffit à éteindre tous ses espoirs. Elle avait à nouveau l'air d'être sur le pied de guerre.

– Elle est où ?

– Elle traverse.

– Je le vois bien, putain, je te parle de Zebra.

– Ah, pardon…

Il cliqua sur l'iPad, fit apparaître une carte et zooma sur une croix rouge au milieu de l'écran sur lequel pour l'instant on pouvait voir le hall d'un grand aéroport international.

– Aéroport Reine-Alia en Jordanie. Elle est immobile. Elle doit être en train de faire la queue au contrôle des passeports.

Kim hocha la tête. Dans quelques minutes, l'informatrice louerait un casier à la consigne de l'aéroport dans lequel elle déposerait tous ses équipements électroniques et mécaniques : sa montre-bracelet, son radio-réveil FM, son téléphone portable qui leur donnait la position de l'aéroport situé au sud d'Amman, son ordinateur portable et même ses cartes de crédit équipées d'une puce.

Si les gardes du corps d'Ebrahim Safar Khan trouvaient quoi que ce soit sur elle qui ressemble de près ou de loin à un émetteur GPS, elle serait torturée, violée et abattue. La police jordanienne découvrirait un jour les restes de son corps dans une épave carbonisée, ou quelqu'un la retrouverait dans une décharge publique après que les chiens auraient arraché les sacs en plastique qui enveloppaient son cadavre.

– Bonne chance, murmura Christian tandis que son compagnon démarrait la voiture et prenait en chasse celle de Lene Jensen.

La commissaire tourna quelques minutes dans Jagtvej, fit le tour du rond-point Vibenhus et continua vers le centre-ville. Puis la petite Citroën ralentit l'allure et alla se ranger devant une fourgonnette stationnée à la hauteur du kiosque situé juste en face du numéro 102, l'immeuble où se trouvait l'appartement de feue Ain Ghazzawi Rasmussen.

Christian n'osa même pas regarder la réaction de son coéquipier.

La clinique vétuste de Omar al-Mokhtar Street à Amman servait de bureau d'accueil à Ebrahim Safar Khan. Le principe était simple : soit vous parveniez à convaincre le personnel de la clinique que vos intentions étaient pures et que vous méritiez de quitter le bâtiment par vos propres moyens, soit vous finissiez dans la cour, derrière la clinique, enveloppé dans un linceul et enfermé dans un cercueil en pin de mauvaise qualité, avec un faux certificat de décès cloué sur le couvercle – avec, en règle générale, la mention « arrêt cardiaque » en face de la ligne « cause du décès », une pathologie qui peut aussi être provoquée par deux balles dans la poitrine.

Zebra avait toujours détesté se mettre nue dans la grande pièce carrelée pendant que la grosse femme en blouse sale échangeait des commentaires apparemment humoristiques sur sa toison pubienne partiellement épilée avec de jeunes gens en jeans, blousons de cuir, lunettes de soleil et armés de mitraillettes. Elle ne s'habituerait jamais au contact des doigts gantés de cette femme dans ses divers orifices, ni à la table d'examen répugnante de saleté où on la faisait monter pour la faire passer sous un appareil de radiographie archaïque qui crépitait dangereusement. Mais elle avait appris à entrer en elle-même et à se réfugier dans un endroit où elle se sentait à l'abri et en sécurité.

La grosse femme exprima une déception sadique à ne rien trouver de suspect, ni sur, ni à l'intérieur de Zebra. Elle jeta ses vêtements sur le carrelage à ses pieds et la jeune femme se rhabilla pendant que les gardiens tournaient poliment le dos. Elle réussit à ne pas regarder la solide chaise avec ses sangles de cuir, fixée au sol au milieu de la pièce et entourée de traînées brunâtres qui ne pouvaient être que du sang séché qu'on n'avait pas réussi à effacer.

Elle suivit les hommes à l'extérieur. La Toyota cabossée qui l'avait amenée de l'aéroport avait été remplacée par une Mercedes jaune qui avait l'air d'avoir servi dans le désert depuis l'époque du Déluge. Quant au chauffeur, il aurait pu être le grand-père de Noé. Les trois jeunes gens montèrent dans un vieux fourgon de marchandises noir, garé derrière.

Une vieille main fanée fit signe à Zebra d'approcher. La musique arabe atonale de l'autoradio emplissait la rue tranquille de ses miaulements. Elle ouvrit la portière arrière, jeta son sac de voyage sur la banquette et alla s'asseoir à l'avant. Le vieillard avec un bouc au menton lui posa sur les yeux une grosse paire de lunettes dont les verres étaient doublés d'une feutrine noire.

– *You OK, miss ?*

Ses quelques possessions avaient été soigneusement fouillées à la sortie de l'aéroport et chaque ourlet de ses vêtements consciencieusement palpé. Ses belles solaires Tom Ford récemment achetées à un prix exorbitant avaient été jetées dans un caniveau et écrasées sous un talon impitoyable. Nouvelles procédures.

Elle acquiesça et resserra son foulard autour du cou et du bas de son visage.

– *Period ?*

– Vous pouvez me parler en arabe, répliqua-t-elle.

L'homme continua dans son anglais approximatif. Il devait en être assez fier.

– *Period, miss ?*

– *Period ?*

Elle sentit qu'il faisait un mouvement dans le vide. Peut-être dessinait-il une forme quelconque, ce qui était parfaitement inutile puisqu'elle ne pouvait rien voir.

– *Moon ?*

Il faisait exceptionnellement chaud dans la voiture, en dépit du ridicule petit ventilateur que Zebra avait remarqué tout à l'heure sur le tableau de bord, en dessous des chapelets suspendus au rétroviseur. Le soleil chauffait à blanc le toit de tôle jaune de la voiture. Elle comprit enfin ce que le vieillard voulait dire. Il voulait savoir si elle avait ses règles, ce qui aurait mis le mufti, le vénérable Ebrahim Safar Khan, dans une position délicate, et l'aurait obligé à refuser de la recevoir. L'homme saint ne pouvait en aucun cas se trouver dans la même pièce qu'une femme impure.

– *No moon. No period*, marmonna-t-elle.

– *You sure ?*

–*Yes ! Can we go please ? I have to catch the plane back in three hours.*

– *Water ?*

– *From a sealed bottle ?*

– *Sure.*

Elle entendit qu'il ouvrait une capsule et sentit la fraîcheur du goulot sur ses lèvres. Elle but goulûment. Son estomac gronda et elle posa les mains sur son ventre pour le faire taire. Le moteur Diesel démarra en toussant et le chauffeur passa la première en faisant craquer la boîte de vitesses.

– *Not far !* brailla le vieux pour couvrir la musique et le moteur.

– *Great*, cria-t-elle à son tour.

Ce n'était jamais le même endroit, mais toujours le même *genre* d'endroit ; des maisons basses, carrées avec des toits plats, un patio avec des murs en béton peints à la chaux, sur lesquels de jeunes hommes qui jamais un instant ne relâchaient leur vigilance dessinaient des ombres noires. Des chaises en plastique blanc. Parfois une fontaine murmurante. Et des enfants. Venant des pièces voisines, des voix de femmes qu'elle ne voyait jamais. Et une odeur de nourriture.

Cet endroit était un *foyer*, plus que n'importe quel autre endroit au monde. Il y avait toujours un poste de télévision allumé, mais jamais, jamais de sonnerie de téléphone. Le ciel de Jordanie était constellé d'espions satellites et de drones. Quelques mots prononcés par mégarde par le mufti lui-même ou par l'un de ses fidèles acolytes dans un téléphone portable déclencheraient instantanément une brève et irrémédiable succession d'événements : dans un bureau climatisé de Langley en Virginie, un officier de transmission identifierait leur voix à l'aide d'un logiciel spécial et un petit éclat de métal meurtrier tomberait du ciel sur Amman. En quelques secondes, le drone raptor zoomerait sur la cible grâce à ses caméras thermiques et un missile Hellfire absorberait Ebrahim Safar Khan, ses femmes, ses enfants, ses conseillers, ses chiens, ses ânes, ses voisins et ses gardes du corps dans une boule de feu qui aurait en son cœur la température du soleil.

Elle entendit le fauteuil roulant s'arrêter près de sa tête et n'eut pas de réaction. Elle garda les yeux fixés sur les motifs rouges et bleus compliqués du tapis persan quand le vieil homme serra les freins. Elle était loin d'être la première à s'agenouiller ici. À l'endroit où le front de Zebra touchait le sol, le tapis était usé jusqu'à la corde. Elle s'inclina plus bas encore jusqu'à ce qu'elle entende la voix éraillée du vieil homme au-dessus de sa tête :

– *Assalamu Alaikum*, ma fille. Tu es là. C'est bien. Tu es venue à moi, ma fille. C'est un bonheur trop rare. Mais il est d'autant plus grand qu'il est rare.

– *Walaikum assalam*, vénérable père.

– Laisse-moi te regarder, dit Safar Khan. Elle sut ainsi qu'elle était la seule femme dans la pièce.

Elle se releva sur ses genoux et retira le foulard de son visage. Elle ne leva pas les yeux sur Khan mais elle était assez près de lui pour sentir une odeur de menthe sur son haleine.

– Regarde-moi, dit-il.

Elle cligna des yeux plusieurs fois et le regarda. La barbe blanche d'Ebrahim Safar Khan atteignait le troisième bouton de son gilet rouge, deux largeurs de main au-dessus du manche en corne de rhinocéros de sa Shibrya. Il portait la chachia crochetée blanche des croyants et d'épaisses lunettes fumées qui accentuaient la force de ses yeux noirs, froids et brillants. L'usage intensif du narguilé avait laissé des traînées jaunes dans les poils autour de sa bouche.

Khan étudia son visage. Puis il hocha la tête.

– Assieds-toi, ma fille.

Il lui désigna un tabouret bas. S'asseoir en présence de Safar Khan était un grand honneur. Elle sourit et s'assit en veillant à conserver une attitude humble et respectueuse.

Le mufti croisa ses grandes mains sur ses genoux. Dans l'angle de la pièce, l'un des adjudants de Khan la fusillait de son regard de braise. Elle ne doutait pas un instant que le mollah la considérait comme une grue sans moralité parce qu'elle avait dévoilé son visage devant des hommes, même si c'était sur l'ordre du mufti. Zebra l'ignora. Elle connaissait ce genre de types. Elle les connaissait tellement bien.

Derrière les fenêtres, deux gardes la surveillaient d'un regard sans expression.

Safar Khan se pencha en avant, comme pour soulager ses reins douloureux.

– Tout va bien ?

Zebra acquiesça.

– Tout va bien, vénérable père.

– Personne ne soupçonne rien ? Tu vis ta vie ?

– Je vis ma vie, père, et personne ne se méfie de moi. Je vis dans l'ombre, comme tu me l'as enseigné, mais je vis ainsi parce que c'est nécessaire.

Khan pointa une télécommande vers un écran plasma posé contre le mur. Comme la plupart des maisons d'Amman, celle-ci possédait deux paraboles, l'une orientée vers l'est et l'autre vers l'ouest. Il cliqua plusieurs fois sans résultat et son adjudant vint lui prendre la télécommande des mains et il alluma la télévision sur Al Jazeera, la chaîne panarabe.

Zebra regarda l'écran. Le secrétaire général danois parlait à la tribune du siège de l'OTAN à Bruxelles, avec en arrière-plan la belliqueuse étoile de boussole bleue à quatre branches. Il faisait état de l'intervention militaire commune de l'OTAN au Mali et au Niger contre les djihadistes d'Al-Qaïda, qui, une fois de plus, étaient venus menacer les exploitations de gaz et de pétrole dans les vastes États sous-peuplés du désert. Puis apparaissaient les images d'une piste en plein désert, quelque part au Mali, sur laquelle circulaient des véhicules militaires blindés soulevant des colonnes de poussière dans l'air bleu et immobile. Des soldats burinés en tenue de camouflage étaient assis sur les pneus des camions, et au bout d'une grande antenne flottait le drapeau danois.

L'adjudant jura dans sa barbe noire peu fournie, mais le mufti resta de marbre. Il fit un signe de tête et l'écran plasma devint gris, puis noir.

Safar Khan s'adressa à elle :

– Comme tu vois, ce n'est pas fini.

– Et nous ne nous arrêterons pas tant que les Danois n'auront pas compris le danger qu'ils courent en voulant verser le sang de l'Islam, renchérit-elle.

– Dis-moi comment ça se passe dans ton petit pays.

Zebra sourit.

– Ils n'ont aucune piste. Ils font venir des experts américains et israéliens pour leur expliquer ce qu'ils doivent faire et pour les former, mais cela ne leur servira à rien. Ils n'ont que les visages que nous leur offrons, père, et ces visages ne les mèneront nulle part.

Le mufti sembla satisfait. Il fit signe au jeune mollah qui quitta la pièce. Pensif, Safar Khan versa dans une petite tasse en laiton un café épais et se mit à siroter le breuvage noir. Il fit une grimace et appuya sur son ventre.

– Je ne devrais pas boire de café. Cela me donne des aigreurs d'estomac. Et je ne devrais pas fumer autant de tabac sucré, mais quand on est aussi vieux que moi, il est difficile de changer ses habitudes.

Zebra hocha la tête. Elle avait envie de poser sa main sur le genou du vieillard en signe de compassion, comme l'aurait fait une bonne fille, mais c'était évidemment impossible.

– Attendons-nous quelqu'un, vénérable Khan ? s'enquit-elle.

Son regard devint dur et lointain et il tourna le fauteuil roulant vers le patio. Au même instant, deux jeunes gens entrèrent et s'agenouillèrent sur le carrelage en marbre fissuré de mauvaise qualité. Ils s'agenouillèrent le front sur le tapis. L'adjudant vint poser un sac de voyage en cuir usé derrière eux et il reprit sa place contre le mur.

Le mufti tendit ses mains vers les nouveaux arrivants en signe de bénédiction et leur demanda de se relever afin qu'il puisse voir leurs visages. La voix du vieillard était aussi chantante que s'ils avaient été des fils hautement chéris de retour d'un long voyage. Le mufti approcha son fauteuil pour leur permettre de lui baiser les mains. Puis il plaça son fauteuil roulant de façon à pouvoir également voir Zebra.

– Tu connais Fadr et Samir, dit-il.

Zebra sourit aux deux hommes. Samir, le plus âgé, était un beau garçon. Il avait des cheveux noirs jusqu'aux épaules, de grands yeux dorés sous des cils épais et des traits virils et réguliers. Le seul bémol à sa beauté était l'étrange cicatrice en forme d'étoile sur sa tempe gauche qui faisait une tache blanche et morte sur la peau lisse et brune. Il rendit à Zebra son sourire, mais s'empressa ensuite de baisser les yeux.

– *Assalamu Alaikum*, dit-il d'une voix sourde.

Zebra joignit les mains devant sa poitrine.

– *Walaikum assalam*, Samir. Tu vas bien ?

– Je vais bien, sœur.

Fadr, avec sa fine moustache au-dessus du bec-de-lièvre, inclina la tête et ils se saluèrent comme des frère et sœur.

Safar Khan roula son fauteuil de façon à se trouver derrière les deux jeunes hommes agenouillés qui continuèrent à regarder devant eux. L'adjudant prit le sac de voyage sur le sol et le posa sur les genoux du mufti.

Khan posa sur Zebra un regard grave au-dessus de la tête de Fadr et Samir.

– Notre mouvement est petit mais il est aussi meurtrier qu'un cobra nouveau-né. Et s'il est aussi puissant, c'est parce que nous nous connaissons et qu'aucune personne étrangère à notre organisation n'a le pouvoir de nous mettre en danger. Nous sommes forts parce nous avons la foi, parce que nous sommes purs, parce que nous vivons dissimulés dans une obscurité séculaire. Nous sommes exempts de toute peur parce que nous appartenons déjà à l'au-delà. Nous sommes chastes. Nous ne craignons ni Israël, ni les croisés chrétiens. Nous sommes des enfants rassurés dans notre certitude d'être aimés par Dieu.

Il se pencha et posa une main sur l'épaule de Fadr. Le garçon sursauta et regarda Zebra, les sourcils froncés, comme s'il essayait de lire quelque chose sur son visage. Elle secoua légèrement la tête tandis que le mufti poursuivait :

– La pureté, Fadr. Ce mot signifie quelque chose pour toi ?

Le jeune homme sourit.

– Bien sûr.

Le mufti ouvrit le sac sur ses genoux et jeta une poignée de DVD par terre devant le jeune homme. Les films se dispersèrent sur le carrelage et Zebra se pencha légèrement pour lire les titres des films : *Rocco Ravages Ibiza*, *Teen Gangbang*, *Double Anal Penetration*… Les jaquettes révélaient toute une mosaïque d'orifices féminins pénétrés par d'énormes sexes masculins luisants.

– Père… supplia le garçon.

– TAIS-TOI !

Zebra songea qu'elle venait d'entendre la vraie voix de Safar Khan. Une voix qui n'avait plus rien de flûté ni de cassé et semblait au contraire émaner d'une grande et belle cloche. Une voix faite pour porter loin au-dessus des toits d'une ville et appeler les habitants à la prière.

Fadr plongea le visage dans ses mains. Soudain, le mufti se leva de son fauteuil, comme par miracle. On lui tendit un objet long et brillant à travers une fenêtre, le vieil homme saisit la poignée du sabre et leva l'arme très haut. Les doigts de Fadr glissèrent de son visage et, à nouveau, son regard chercha celui de Zebra. Ses lèvres remuaient sans qu'il en sorte le moindre son.

La lame traversa l'air et fendit sa tête du sommet du crâne jusqu'à la moitié de son front avec le bruit le plus tranchant et le plus sec du monde. Les bras et les jambes du garçon se tendirent comme sous l'effet d'une décharge électrique, et, l'espace d'un instant, il contempla en louchant la lame recourbée qui dépassait entre ses sourcils, avant de tomber en avant sans un bruit tandis que Zebra hurlait pour lui sans pouvoir s'arrêter. Samir vint s'agenouiller près d'elle et il l'enferma entre ses bras. Elle essaya de se dégager de son emprise mais il était trop fort et il la retint sans effort. Alors, elle renonça et laissa les dernières secondes qu'elle venait de vivre redéfiler dans sa tête.

Elle venait d'assister à quelque chose qui ne pouvait pas avoir eu lieu. Avant de devenir le meilleur marionnettiste de bombes humaines du Moyen-Orient, Ebrahim Safar Khan était professeur à l'université de Londres où il enseignait la pensée islamique. Des dizaines de photographies et de vidéos de ses cours, des congrès auxquels il avait assisté et des conférences qu'il avait données circulaient sur la Toile. L'homme ne marchait plus depuis un accident de la circulation survenu en 1998. Tout le monde le savait. Elle mieux que quiconque.

Lorsque le terrible coup de sabre était tombé, Zebra avait regardé le visage de Samir. Il n'avait même pas cligné des yeux au moment où on avait fendu en deux la tête de son ami. Samir savait ce qui allait arriver, se dit-elle. C'était peut-être même lui qui avait trouvé les films et dénoncé son ami. Elle ne devait pas sous-estimer Samir. Il était beaucoup plus qu'une jolie figure. Safar Khan le regardait avec une affection véritable, voire avec respect.

– Relève-toi, ma fille.

Le mufti était à nouveau assis dans son fauteuil, ses mains maigres posées sur les accoudoirs. Il baissa un long moment les yeux avec un air douloureux, avant de faire signe à ses jeunes gardes du corps de porter le garçon dans le patio, où l'attendait un brancard hospitalier ultramoderne. Deux techniciens ambulanciers en blouse blanche posèrent des électrodes sur la poitrine de Fadr. En quelques instants, ils eurent inséré avec habileté une canule spéciale dans sa trachée-artère, à laquelle ils fixèrent plusieurs accès intraveineux. Puis l'un d'eux lui posa une ventilation artificielle à l'aide d'un ballon noir autogonflant pendant que l'autre raccordait les électrodes à un moniteur de contrôle.

La scène était aussi diabolique que surréaliste et Zebra sentait la nausée dans sa gorge. Elle se souvenait à présent avoir entendu la sirène lointaine d'une ambulance quelques secondes avant l'exécution. Un homme d'un certain âge, le visage chaussé de lunettes à monture dorée et vêtu d'une blouse blanche immaculée, vint retirer avec précaution la lame du sabre du crâne du garçon. La plaie saignait étonnamment peu. On lui fit un bandage de contention provisoire à l'aide d'épaisses compresses de gaze bleue. Le médecin lui éclaira le fond de l'œil des deux côtés puis il s'approcha de la fenêtre. Il salua le mufti avec déférence en posant ses mains jointes d'abord sur sa poitrine, puis sur son front.

– *Assalamu Alaikum*, mon cheikh. Un coup magistral, monsieur. Le garçon est mort, mais pas mort.

– Tu en es sûr ?

– Je ne suis qu'un homme, Safar Khan, mais c'est mon opinion. Son cœur bat.

– Bien. Alors emmène-le et prépare-le.

Le médecin s'inclina profondément et le brancard fut conduit jusqu'à l'ambulance qui attendait à l'extérieur.

Zebra se ressaisit. Elle savait qu'on l'observait et qu'on évaluait ses réactions.

– Samir, emporte les films, marmonna Khan.

Samir ramassa les films, les jeta du bout des doigts comme s'ils étaient souillés dans le sac qu'il posa sur le rebord de la fenêtre d'où des mains invisibles le firent disparaître.

Safar Khan se gratta la barbe et regarda Zebra. Il fit un geste désolé vers le patio.

– Ce n'était pas à cause des films, ma fille. Je comprends les films. Ils sont répugnants, mais Fadr est jeune, et le monde et le désir masculins sont ainsi faits. Tu n'es pas de mon avis ?

Elle acquiesça et Khan poursuivit :

– J'ai été jeune, moi aussi. J'étais encore de ce monde. Ce qui est impardonnable, c'est qu'il a acheté les films à Copenhague.

– À Copenhague ?

– Dans le kiosque qui se trouve en face de l'appartement où ils étaient cachés. Samir m'a dit que Fadr était sorti pendant qu'ils attendaient là-bas.

– Pour acheter des cigarettes, intervint Samir.

– Est-ce qu'il est habituel d'acheter un paquet de cigarettes et quinze films pornographiques ? demanda Khan. La réponse est non. Le propriétaire du kiosque se souviendra de lui, et la caméra de surveillance de la boutique aussi. Tu es toujours d'accord, ma fille ?

– Oui.

Khan sourit avec douceur.

– Fadr nous sera plus utile sous la forme d'un cœur qui bat dans une enveloppe morte qu'il ne l'a jamais été quand il était en vie.

Zebra s'écria joyeusement :

– Et vous marchez, grand Khan ! C'est un miracle. Allah soit loué et remercié !

Elle crut un instant qu'elle était allée trop loin. Beaucoup trop loin. Le jeune mollah revenu entre-temps et qui se tenait contre le mur le plus éloigné telle une statue de sel lui jeta un regard qui aurait dû la changer en cendres. Même Samir, le plus réaliste d'entre eux, ferma les yeux comme s'il avait mal.

Le vieux cligna plusieurs fois, étonné. Puis il jeta la nuque en arrière et éclata d'un rire rocailleux dévoilant une véritable fortune de dents en or. Ce fut comme si la pièce elle-même s'élargissait de soulagement.

– Ne montre jamais à personne qui tu es vraiment, ma fille, ni aux vivants, ni aux morts, ni à tes ennemis, ni à tes amis. Jamais ! Souviens-toi de ce conseil. Il est plus important pour toi qu'il ne l'a jamais été.

– Je m'en souviendrai, répondit-elle.

Khan invita ses conseillers à la table. Une femme apporta du café, des sorbets et des fruits. Il se leva à nouveau du fauteuil roulant, s'étira et se mit à marcher de long en large dans ses savates en peau de bouc.

– As-tu trouvé ce que je t'ai demandé, en Russie, Samir ?

Samir ouvrit un sac de sport noir. Il posa sur le carrelage deux gilets munis de poches plus larges et plus plates que des poches ordinaires, remplies d'explosifs aux câbles invisibles. Les gilets étaient fabriqués dans une sorte de Néoprène gris foncé, le genre de matériau qu'on utilise pour fabriquer les combinaisons de plongée.

– Ils ont coûté cher, Khan. Mais je pense que cela valait la peine. Ils sont modernes. Beaucoup moins encombrants que les anciens gilets Semtex. On peut les porter sous une veste sans que personne ne les remarque. L'explosif est du nitrate d'isopropyle. Pas un chien détecteur d'explosifs n'est capable de le renifler et le détonateur se trouve à l'intérieur d'un simple téléphone portable.

Il sortit de sa poche un sachet en plastique transparent rempli de billes de la taille de petits pois et le tendit à Safar Khan qui le tourna et le retourna entre ses mains d'un air pensif.

– Le sachet est armé et très solide, expliqua Samir. Les billes sont en verre, mais aussi efficaces que des billes d'acier ou de plomb à une distance de cinquante mètres.

Safar Khan fit passer le sachet de billes miraculeuses à son lugubre adjudant.

– C'est bien, dit celui-ci. Cela signifie-t-il que le gilet peut passer par un détecteur de métaux sans être repéré ?

Samir sourit.

– Bien sûr. Celui ou celle qui le porte se déplace librement. Les explosifs sont reliés par des câbles en fibre optique. Il n'y a pas de métal dans les câbles non plus. Seulement de la silice, des miroirs et… de la lumière.

Safar Khan battit des mains, enchanté.

– De la lumière ! Allah t'aime, Samir !

Le jeune homme sourit et inclina humblement la tête. Zebra essaya de garder un visage impassible et les yeux au sol. Elle devait à tout prix dissimuler la brûlante jalousie qu'elle ressentait. Son instinct ne l'avait pas trompée. Samir était l'élu. Pas elle. Samir serait celui qui accomplirait la volonté de Khan et qui serait le prolongement du cerveau et de la main du cheikh. Et elle n'aurait plus qu'à obéir.

Elle inspira profondément deux fois de suite avant d'oser lever les yeux. Samir croisa tranquillement son regard. Ses yeux n'exprimaient aucun triomphe, mais elle savait que sa déception ne lui avait pas échappé.

– La question maintenant est de savoir où et quand, dit Khan.

– Peut-être notre sœur pourrait-elle nous aider, suggéra Samir, gentiment.

Elle lui décocha un sourire sans chaleur.

– J'ai plusieurs idées, père, si vous m'autorisez…

Il acquiesça avec bienveillance et Zebra parla dates, moments favorables, surveillance, présence de journalistes et voies d'accès.

L'adjudant posa un narguilé à côté du fauteuil roulant du vieil homme et l'alluma pour lui. Un parfum épicé de tabac et de pomme se répandit dans la pièce au plafond bas tandis que le mufti la laissait parler sans l'interrompre.

Quand elle eut terminé, il hocha la tête, pensif.

– Il y a de bonnes choses dans tout cela, ma fille. Mais peu de temps pour les accomplir, n'est-ce pas ?

Elle sentit le rouge lui monter aux joues.

– Je sais, père. Mais à mon avis, le plus vite est le mieux, et avec ces nouveaux gilets…

– Mais pourquoi une telle précipitation ?

– Parce qu'ils progressent. Ils ont bientôt fini d'étudier les photos de Tivoli. Tôt ou tard, ils trouveront une piste et je serai alors dans une position délicate. Si le prochain attentat doit avoir lieu dans mon pays, je pense que nous devons agir rapidement. Les frontières sont mieux gardées et il est de plus en plus difficile d'entrer en Europe.

Elle se tut et le narguilé emplit le silence de ses glouglous.

Khan la regarda quelques instants, puis il se tourna vers Samir et lui fit un signe à peine perceptible.

Zebra comprit que c'était le moment de partir.

– Donnez-moi votre bénédiction, mon père.

Elle s'agenouilla.

– Qu'Allah te protège, ma fille. Je vais réfléchir à ce que tu as dit.

La main de Khan resta une seconde posée sur sa tête.

– Samir… tu veux bien ?

Le jeune homme l'accompagna jusqu'au taxi qui l'attendait. Le chauffeur semblait endormi, ou mort, et Samir passa le bras par la fenêtre pour actionner le Klaxon à fond. Le vieillard sursauta et poussa une bordée de jurons.

Samir tint la portière à Zebra.

– Tes idées ne sont pas mauvaises, petite sœur, dit-il en la refermant derrière elle. Pas mauvaises du tout.

– Merci, répliqua-t-elle froidement.

En fermant les yeux, elle pouvait encore entendre le bruit du sabre.

– Nous avions prévu qu'ils allaient mieux surveiller les frontières et aussi que ce serait plus difficile la prochaine fois.

Samir lui dit cela avec un sourire légèrement condescendant qui l'agaça au plus haut point. Elle estimait avoir prouvé sa valeur au moins autant que lui.

– Nous trouverons une solution, *inch'Allah*, ajouta-t-il. Tiens-toi prête. Nous entrerons, ne t'inquiète pas.

Zebra lui tendit la main à travers la fenêtre ouverte et Samir la regarda avec un peu d'inquiétude avant de la prendre avec prudence. Elle effleura délicatement la paume de Samir du bout des doigts en passant la langue sur ses lèvres. Elle ne doutait pas qu'il comprendrait le message.

– Au revoir, petit frère, murmura-t-elle en plongeant ses yeux dans les siens.

Il rougit. Elle savait qu'elle pouvait avoir qui elle voulait. Les hommes comme les femmes. À part le mufti et son jeune adjudant, évidemment. Et encore. S'ils avaient des testicules et une libido, elle pouvait les avoir eux aussi.

– *Airport, miss ?*

Le vieillard se tourna avec difficulté vers la banquette arrière. De petites boules de pus jaunes s'étaient formées aux coins de ses yeux.

Zebra lui fit un large sourire.

– *Yes, please. And turn the music on !*

Elle ouvrit son sac, sortit son miroir et étudia son visage. Elle gonfla un peu ses joues et regarda le résultat. Elle pouvait rendre ses lèvres plus épaisses, élargir son nez. Changer de couleur de cheveux n'était pas très compliqué. Elle savait précisément quelle serait sa cible à Copenhague. Le reste n'était qu'une question d'organisation.

Le cœur de Lene battait étonnamment vite quand elle se retrouva dans l'escalier de service, sur le palier d'Ain, en train d'essayer de se convaincre qu'elle avait le droit et le devoir d'être là et de faire ce qu'elle avait l'intention de faire.

La porte était fermée par une serrure à l'ancienne et aucun fil électrique recouvert de peinture indiquant la présence d'un système d'alarme n'entourait le chambranle. Dans l'appartement voisin, un chien aboyait, un enfant hurlait et une femme tentait de calmer les deux.

Lene actionna la poignée, sans résultat. Elle avait vu Michael ouvrir des portes verrouillées avec son rossignol en quelques secondes, mais Lene ne possédait pas ce genre d'outils et elle n'avait jamais été très douée pour la serrurerie. Elle compta dans sa tête pour faire passer le temps et elle en était à trente-cinq quand le silence revint dans l'appartement voisin. Elle fit un pas en arrière et donna un coup de pied puissant et précis sous la poignée. La porte s'ouvrit dans un bref craquement de bois brisé.

Elle devina plus qu'elle ne vit un carrelage en damier noir et blanc au sol de la cuisine plongée dans l'obscurité. Elle resta quelques instants immobile pour s'assurer que la voisine ne réagissait pas au fracas, mais n'entendit que les aboiements du chien et la télévision que quelqu'un alluma.

Alors elle tira la porte derrière elle, alluma le plafonnier et regarda autour d'elle : un réfrigérateur qui bourdonnait doucement, une odeur de renfermé, une cuisine impersonnelle. Une dizaine de magnets étaient collés à la porte du frigo, mais ils ne retenaient ni photos, ni pense-bête, ni cartes postales, ni factures impayées. Les parents adoptifs d'Ain les avaient peut-être emportés avec eux. Elle sortit le bac à glaçons du freezer, ouvrit des tiroirs et des placards au hasard sans rien trouver qui ne soit pas normal, rangé, propre et semblable à ce qu'elle aurait pu voir dans des millions d'autres appartements. Elle passa la main derrière les meubles de cuisine et inspecta tous les coins et recoins avec sa Maglite. Rien.

Le voisin du dessus se déplaçait lourdement en toussant à fendre l'âme. Le chien d'à côté jappa, mais dans l'appartement de la fille régnait un silence complet. Un bonnet de laine de couleur sombre, un châle en pashmina fuchsia et une jolie veste en daim étaient suspendus sur le portemanteau de l'entrée. Dans un placard, elle trouva un aspirateur et des produits d'entretien, et à côté de la porte un grand miroir accroché au mur. Elle visita la chambre à coucher aussi froide et austère qu'une cellule monacale avec son lit de fer étroit et chaste, son couvre-lit blanc au crochet et ses murs complètement nus. La chambre ne contenait que ce lit, une table de nuit et une armoire.

Rassurant et sensuel, un parfum frais et citronné lui emplit les narines en ouvrant l'armoire dans laquelle Ain rangeait ses vêtements. Lene tira un tiroir et en sortit une poignée de culottes, de strings et de soutiens-gorge dans la dentelle la plus fine. La jeune femme n'était peut-être pas aussi chaste qu'il y paraissait de prime abord.

Son regard alla du lit étroit à la lingerie fine.

La fille torturée et angoissée par l'existence avait une autre facette : elle était aussi une femme sûre d'elle et de son corps.

Lene se mit à genoux devant la table de nuit et ouvrit la petite armoire qui se trouvait en dessous. Elle ne trouva rien à l'intérieur qu'elle ne se soit attendue à trouver chez une jeune fille moderne – hormis une bande adhésive de cinq centimètres de longueur collée à l'envers de la porte en bois. Il s'agissait d'une qualité particulière d'adhésif 3M que Lene connaissait pour l'avoir vue des milliers de fois sur des scènes de crime parce que la police scientifique du monde entier l'utilisait pour relever les empreintes digitales sur les surfaces rigides.

Elle détacha la bande, la plia et la mit dans sa poche.

Lene contemplait un poster représentant un chat ivre buvant de l'absinthe verte, accroché au mur du salon, quand quelqu'un tourna le bouton de la porte d'entrée.

Un homme se racla la gorge sur le palier.

– Ain ?

Le battant de la boîte à lettres se leva et retomba, comme une guillotine.

– Ain ?

Lene retint son souffle.

– Allez ! Ouvre, putain !

Le cœur battant la chamade, elle retourna sur la pointe des pieds dans la cuisine, éteignit le plafonnier, sortit sur le palier sombre de l'escalier de service et entra en collision avec un objet dur et contondant qui l'atteignit au ventre avec une grande violence. Dans son champ de vision qui se troublait rapidement, elle distingua vaguement une haute silhouette et, quand elle tomba en arrière, deux larges mains l'en empêchèrent.

Son agresseur la regardait en silence tandis qu'une violente douleur et une sensation de vide lui tordaient l'abdomen.

Au bout d'un moment qui lui sembla durer une éternité, ses poumons se remplirent à nouveau et ce fut au tour de son deuxième agresseur de l'agripper par les cheveux et de lui tirer brutalement la tête en arrière.

– Mais, je… murmura-t-elle d'une voix ténue qu'elle maîtrisait à peine. Mais, bon Dieu… écoutez-moi…

On lui enfila un sac en toile sur la tête. Lene ne se souvenait pas avoir déjà eu le sentiment d'être aussi aveugle et désorientée. Elle sentit qu'on serrait un cordon sous son menton. Elle lutta fébrilement pour continuer de respirer, persuadée que les deux hommes avaient décidé de l'étrangler. Elle sentait l'odeur de celui qui lui faisait face, ce qui lui permit de deviner sa position. Elle fit une ultime tentative pour se dégager en donnant un violent coup de tête en arrière et sentit le haut de son crâne percuter un objet mou, dur et mobile… un visage, peut-être.

L'attaquant de derrière poussa un hurlement mais son bras resta noué autour du cou de Lene et il tira sa tête vers lui si fort qu'elle sentit ses cervicales craquer et riper les unes sur les autres. Elle accompagna le mouvement et, en même temps, elle envoya un violent coup de pied à l'attaquant de devant.

Il poussa un rugissement surpris, et Lene reconnut la sensation caoutchouteuse et souple de testicules entrant en contact avec sa cheville. Ce n'était pas la première fois de sa vie qu'elle avait l'occasion d'administrer un coup de pied dans une paire de couilles et elle en tirait chaque fois la même satisfaction.

Les deux hommes l'allongèrent à plat ventre sur le palier exigu, ils lui tordirent les bras dans le dos et attachèrent ses poignets à l'aide d'un serre-câble en plastique.

Elle essaya de protester du fond du sac qui lui couvrait la tête mais n'y gagna qu'un coup de pied dans la nuque. Le temps s'arrêta et elle plongea dans une obscurité sans fond.

Le chef de cabinet Otto Jarl Falster ne se souvenait plus quand il avait pour la dernière fois passé une nuit ininterrompue, à jouir d'un sommeil réparateur. Il avait pourtant toujours été un bon dormeur. Son épouse depuis dix-sept ans veillait à ce qu'il mange sainement et mène une vie équilibrée. Il buvait peu, ne fumait pas, détestait les dîners d'affaires et les déjeuners officiels qui n'en finissaient pas. Il faisait un parcours de trente-six trous toutes les semaines pendant la saison de golf et parcourait à vélo, été comme hiver, le trajet entre leur maison de Hellerup et son bureau à Slotsholmen.

Mais depuis deux ans qu'il avait changé de ministre de tutelle, et surtout après que sa femme avait été nommée chef d'instruction et coordinatrice de l'enquête après l'attentat du parc, toutes ses nuits avaient été perturbées par les appels incessants destinés à sa femme et les aigreurs d'estomac que lui provoquait l'incompétence de sa jeune ministre.

Cette femme était tout simplement irrécupérable. Ses qualifications se bornaient à être jeune, à être une femme et à avoir reçu à la naissance un visage relativement photogénique. Enfin, elle venait d'une famille culturellement monomaniaque qui produisait des députés pour le Parlement danois depuis des générations et semblait incapable de faire autre chose. Comme une dynastie d'acrobates de cirque. Les seuls contacts que la ministre avait eus avec la vraie vie remontaient à l'époque où elle avait été déléguée de classe dans un lycée de province, et aux trois années qu'elle avait passées à étudier les sciences politiques à l'université.

Le chef de cabinet avait fini par dormir comme Nero, le chat de la famille, d'un sommeil léger, inquiet, ne fermant qu'un œil sur deux, l'oreille aux aguets dans le noir.

Cette nuit-là, le téléphone portable de son épouse avait sonné à une heure et demie du matin et, quand elle avait allumé sa lampe de chevet, son mari avait déjà les yeux grands ouverts, fixés sur les stucs du plafond.

Otto Jarl Falster avait protégé ses yeux avec son bras et il avait poussé un long soupir. Il avait plusieurs fois émis l'idée de convertir une chambre d'enfants, dont ils ne se servaient plus, en chambre à coucher séparée, mais sa femme n'avait pas voulu en entendre parler – « Si on fait ça, on ne se verra plus du tout, mon cher Otto », avait-elle argué, faisant allusion à leur vie sexuelle à la fois active et variée.

Il décida toutefois de remettre la question sur le tapis dès que possible, mais pas dans l'immédiat, car sa femme semblait particulièrement énervée.

– Quoi ? s'écria-t-elle avant de se mettre à enchaîner les questions à la vitesse d'un tir de mitraillette : Où ? Quand ? Maintenant ? Dans *son* appartement ? Vous ne faites rien du tout, vous avez compris ? J'arrive.

– C'est pas vrai ! Dis-moi que je rêve ! gémit le chef de cabinet en sentant des remontées acides dans son œsophage.

Le chat sauta du pied de leur lit où il passait ses nuits et s'en alla en leur lançant un regard outragé.

Otto Jarl Falster ferma les yeux et sentit la pression du matelas se modifier quand sa femme bascula les jambes hors du lit et se leva. Il entendit le crépitement nerveux de l'électricité statique quand elle passa une blouse au-dessus de sa tête, et le zip sec d'une fermeture Éclair.

– C'était qui ? lui demanda-t-il. Pas parce qu'il était intéressé par la réponse, mais pour faire preuve d'un minimum de compassion.

– Personne, marmonna-t-elle indistinctement.

– Ça veut dire quoi *personne*.

– Tais-toi, Otto. Quand je dis *personne* je veux réellement dire *personne*.

– Alors reviens te coucher.

– Tu sais bien que c'est impossible, chéri.

Elle se parla à elle-même en enfilant ses bottes : « Qu'est-ce qui se passe en ce moment ? Mais qu'est-ce qui se passe, bon Dieu ? Les gens sont devenus dingues, ou quoi ? »

Il pensa à sa ministre.

– Tu as raison, mon cœur. Tu ne veux pas qu'on parte en Polynésie française ?

Elle se pencha sur lui. Sa peau sentait le parfum Cerruti 1881. Il adorait ce parfum et il leva les bras pour l'attirer contre lui.

Elle lui donna une tape sur les doigts et posa un baiser sur son front.

– Il faut que j'y aille.

– Tu es vraiment la seule à pouvoir gérer le problème ? Je te rappelle que tu es inspecteur général de la police, Charlotte. Ils ont fait sauter le palais du gouvernement, ou quoi ?

– Pas encore, mais je parie que tu serais content si ça arrivait, je me trompe ?

Otto Jarl Falster caressa un instant cette idée. Un sentiment de paix et de bien-être l'envahit.

– Ce serait merveilleux, murmura-t-il. À condition que personne ne soit blessé, bien sûr.

– Bien sûr.

Le chef de cabinet s'allongea sur le flanc et il la regarda partir. Elle était toujours mince et droite malgré deux maternités et son pas était vif et décidé. Ils s'étaient rencontrés au vieux club d'escrime *Mahout*. Lui débutait au fleuret. Elle avait été sans pitié et il était rentré chez lui couvert de bleus.

Il poussa un nouveau soupir et roula sur le matelas pour aller éteindre sa lampe de chevet.

Lene ne savait pas combien de temps elle était restée sans connaissance et elle n'avait pas envie de reprendre conscience. À quoi bon ?

Quand elle se réveilla à nouveau, elle vit que le mobilier de sa cellule se limitait à un matelas recouvert de latex noir. Un néon au plafond, hors de portée et protégé par une grille, diffusait une lumière blanche et froide. Il y avait un W.-C. en Inox dans un angle de la pièce, mais pas de papier toilette. Le local puait le vomi et l'urine. Les murs étaient carrelés et exempts de graffitis.

Lene rampa jusqu'au lavabo et elle vomit. Elle tira la chasse, se leva et s'examina. On avait enlevé les attaches autour de ses poignets et le sac qu'elle avait sur la tête. Elle déboutonna sa chemise et découvrit une large ecchymose bleue et sensible entre ses côtes flottantes et son estomac. Elle se frotta la nuque et gémit faiblement quand ses doigts rencontrèrent une zone tuméfiée à la base du cou. Elle trouva aussi une plaie dans son cuir chevelu dont elle eut du mal à évaluer la gravité à cause de ses cheveux collés par le sang coagulé. Elle se souvint avoir donné un coup de boule à l'un de ses agresseurs et avoir reçu un coup de pied dans la tête.

La porte de sa cellule était une paroi grise et lisse. Elle y appliqua l'oreille mais n'entendit que les battements de son propre cœur.

– Hé ! Il y a quelqu'un ? Merde !

Lene tapa sur la porte avec les mains mais celle-ci ne bougea pas d'un millimètre. Elle donna des coups de pied dans le panneau et se fit mal aux orteils. Puis elle alla s'asseoir sur le matelas, le dos appuyé au mur froid et posa les mains sur ses yeux.

Elle n'avait aucune idée de l'endroit où elle se trouvait, ni de l'heure qu'il pouvait être.

Elle tendit les jambes et se souvint du morceau d'adhésif à prise d'empreintes. Tout au fond de sa poche, elle trouva le bout de plastique collant et le leva dans la lumière. En tout cas, il était réel. Elle s'allongea sur le côté, le Scotch entre les doigts, comme s'il avait été une petite veilleuse dans un vaste univers sombre et hostile.

Elle se réveilla la troisième fois à cause du bruit d'un trousseau de clés. Quelqu'un ouvrit la porte et un pas léger traversa la cellule. Elle entrouvrit les yeux et vit une paire de bottes noires à hauts talons à la hauteur de sa figure. Les bottes étaient surmontées par un pantalon gris au pli impeccable et, tout au bout de l'individu, elle trouva le visage sans expression de Charlotte Falster.

– Vous pouvez vous tenir sur vos jambes ? lui demanda-t-elle.

– Où suis-je ?

– PET. Søborg.

Lene la regarda sans comprendre.

– PET ? Comme dans : Services de renseignement de la police ?

– Oui. Où pensiez-vous être ?

Elle passa une main lasse sur son front. Gémit.

– Mais oui, où avais-je la tête ? C'est évident !

L'inspectrice principale lui tendit la main et l'aida à se relever. Bien que Charlotte ait une tête de moins que Lene et qu'elle soit beaucoup plus fine, elle avait une force surprenante.

Lene posa la main sur ses côtes.

– Aïe…

– Que vous est-il arrivé ?

– J'espérais que vous alliez me le dire.

– Physiquement, je veux dire ?
– J'ai pris une branlée.
– Venez.

Elle la suivit dans un couloir désert et très éclairé, flanqué d'autres portes grises en acier. Leurs talons claquaient sur le carrelage. Derrière une porte, quelqu'un ouvrit un robinet d'eau et se mit à chanter, en arabe.

– Vous avez des problèmes, Lene, de très gros problèmes, dit Charlotte sans se retourner.

– Je suis au courant.

– Je ne crois pas.

Charlotte stoppa si brusquement que Lene faillit lui rentrer dedans. Ce ne fut qu'à ce moment qu'elle réalisa que sa supérieure était dans un état de fureur indicible. Ses yeux qui n'étaient plus que deux fentes brillaient d'un éclat méchant et les muscles fins qui émergeaient du col de sa veste bleu marine étaient allongés et tendus.

– Je vous avais ordonné de laisser Ain en paix ! siffla-t-elle. Je me souviens très nettement vous avoir dit d'oublier cette fille et de vous occuper de votre travail. Vous m'aviez promis de lâcher l'affaire et de vous concentrer sur les frontières et les accès avec notre ami Bjarne. Vous avez une idée du nombre de personnes qui vous pensent totalement inapte à tout travail policier ? Et vous êtes au courant que le personnel d'entretien a découvert le petit placard où vous pensiez pouvoir cacher vos bouteilles de vodka vides ? Tout le monde vous considère comme ma petite œuvre caritative personnelle et personne ne comprend mes motivations, vous l'ignoriez ça, n'est-ce pas ?

– Je suis désolée, Charlotte, je...

Elle ne savait pas quoi dire.

Elle remarqua que le rouge à lèvres de Charlotte avait été appliqué légèrement de travers sur la lèvre supérieure. Elle devait vraiment être hors d'elle.

– Cela ne vous donne quand même pas le droit de me faire tabasser, grogna-t-elle.

– Dans les circonstances actuelles, ils ont tous les droits ! Et la PET voit en vous une menace évidente envers la mission la plus sensible qu'ils aient entreprise depuis longtemps. Il vous manque la vue d'ensemble, Lene, et vous êtes en train de tout foutre en l'air.

– C'était une punition en bonne et due forme, protesta-t-elle. Et depuis quand est-il devenu normal que les policiers s'agressent entre eux ? Et c'est quoi cette vue d'ensemble dont vous me parlez ? On peut savoir ? Et pourquoi Ain est-elle tout à coup devenue si importante qu'on ne puisse pas approcher de son appartement sans en prendre plein la gueule ?

– Vous allez le savoir dans un instant, bien que vous ne le méritiez pas. Et, pour répondre à toutes vos questions, en ce moment, la fin justifie les moyens. Et c'est valable pour tout le monde ! Si, pour une fois, vous pouviez regarder un peu au-delà de votre tragédie personnelle, vous vous apercevriez que le pays est en état d'urgence. Vous n'êtes pas la seule à avoir perdu un être cher. Les familles des 1 241 morts du parc de Tivoli pleurent aussi leurs proches. Certains en ont perdu plus que vous. Sans parler des centaines de personnes qui ont survécu mais sont aujourd'hui contraintes de vivre avec un handicap. Peut-être pourriez-vous utiliser ce qui vous reste de cerveau pour penser
à ça.

Charlotte avait l'air d'avoir encore des choses sur le cœur, mais elle tourna les talons et continua son chemin par un escalier en fer qui résonna bruyamment sous ses pas.

Le soleil n'était pas encore levé et le quartier général de la PET était calme. Quelques femmes en uniforme qui bavardaient devant une machine à café se turent en voyant passer la commissaire mal en point et l'inspecteur général Falster. Charlotte s'engagea dans un nouveau couloir, ouvrit une porte capitonnée et fit passer Lene devant elle.

Elle vit qu'elle se trouvait dans une salle d'interrogatoire classique : une table en bois et quatre chaises en plastique inconfortables qui n'avaient aucune chance de constituer une arme efficace, deux micros suspendus sous les plaques isolantes du plafond, un miroir sans tain dans un mur et une caméra dans chaque angle. Un ordinateur portable ronronnait au milieu de la table sur laquelle Lene aperçut également son portefeuille, ses clés, sa Maglite, son téléphone portable et une carafe d'eau. Elle se dit qu'elle avait bien fait de cacher le smartphone d'Ain sous le siège de sa 2CV.

Elles n'étaient pas seules. Un homme blond avec une queue-de-cheval et un blouson en cuir taché de sang était assis à la table. Il tenait une poche de glaçons sur son nez et le bas de son visage et la regardait sans sourire. Lene aperçut un holster noir et la crosse d'une arme sous son aisselle gauche.

Un homme athlétique, la quarantaine, les cheveux prématurément blanchis, se tenait appuyé contre le mur, son poids également réparti sur ses deux jambes, les jambes écartées et des chaussures de jogging aux pieds. Il devait être le propriétaire de la paire de testicules qu'elle avait endommagée tout à l'heure sur le palier de l'escalier de service d'Ain. Il se tenait aussi immobile que son camarade, mais, contrairement à lui, il avait un regard vide, noir et impitoyable.

Elle reconnut l'agent de la PET qu'elle avait remarqué lors de la conférence de l'Américain à l'hôtel de police. Ils étaient assis dans la même rangée et elle se souvenait que l'agent avait posé une question. Mais elle ne se souvenait plus laquelle. Plus tard, sur le parking, il était passé à côté d'elle et s'était assis au volant d'une Ford Mondeo bleu marine.

Charlotte posa la main sur son épaule, elle lui indiqua une chaise et alla s'asseoir en face d'elle, de l'autre côté de la table.

– Voici le commissaire Christian Erichsen des services de renseignement de la police, commença Charlotte.

Lene hocha la tête et l'homme leva une main.

– Vous m'avez cassé le nez et deux dents de devant, se plaignit-il d'une voix nasillarde. J'espère que vous êtes fière de vous.

– Je suis désolée. Mais vous auriez dû me dire qui vous étiez ou au moins m'écouter. Je n'aime pas me faire agresser dans le noir.

– Je peux comprendre ça.

« Il n'est pas aussi froid que l'autre », songea Lene.

– Et voici l'inspecteur adjoint Kim Thomsen, reprit Charlotte. Il est responsable de l'enquête sur l'attentat du parc pour la PET.

– Vous m'avez suivie, constata Lene, pour qui quelques pièces du puzzle commençaient à se mettre en place. Elle se rappela la voiture bleu foncé qui avait imité son demi-tour près de la place du Triangle. Elle s'en voulait maintenant d'avoir été si aveugle, si sourde, si vulnérable et si stupide.

– J'aimerais savoir pourquoi.

– Parce que vous vous mêlez de choses auxquelles vous ne comprenez rien. La voix de Kim était basse mais glaciale. Et parce que vous êtes en train de bousiller plusieurs années de travail de renseignement.

Le commissaire à la queue-de-cheval retira la poche de glace de sa figure.

– Nous ne vous suivions pas, mais nous sommes tombés sur vous alors que nous surveillions une amie d'Ain. Au début, ça n'avait rien de personnel. En fait, c'est vous qui en avez fait une affaire personnelle.

– Nazeera ?

– Nazeera Gamil, oui.

Il remit la poche de glace en place.

– Pourquoi ?

– Pourquoi quoi ?

– Pourquoi vous surveilliez Nazeera ? Et pour quelle raison avez-vous relevé des empreintes digitales dans l'appartement d'Ain ?

Lene sortit de sa poche le morceau de ruban adhésif taché de poudre d'iode rouge et le posa sur la table.

Charlotte se pencha et examina l'adhésif les sourcils froncés. Puis elle croisa les bras et se tourna vers Kim Thomsen.

– Vous êtes autorisé à répondre à la question, inspecteur Thomsen, dit-elle haut et fort, principalement à l'intention des micros.

– Vous êtes sûre ? s'insurgea l'agent de la PET en regardant Lene comme si elle était un résidu de fond de poubelle.

– Certaine, oui, répliqua Charlotte.

Il traversa le local avec une démarche de cow-boy, s'assit en soupirant, tourna l'ordinateur portable vers lui et entra son mot de passe. Lene se leva et vint regarder au-dessus de son épaule. Il sentait la transpiration rance. Une trace d'alliance apparaissait sur le bronzage de son annulaire gauche.

L'agent de la PET afficha à l'écran une photo très haute définition et posa l'index sur l'image :

– La femme que vous voyez ici s'appelle Elsa Valerius-Klüver, commença-t-il d'une voix monotone. Elle a cinquante-six ans et elle se trouvait devant le restaurant *Picasso* à Tivoli à 10 h 46 le 17 septembre, l'année dernière. Le photographe est son mari Åke Valerius-Klüver, cinquante-huit ans. Le couple habite Södertälje en Suède et ils étaient en vacances au Danemark avec leur camping-car. Vous me suivez ?

– Elsa, Åke, camping-car. Et alors ?

Kim Thomsen cligna plusieurs fois des deux yeux, irrité.

– Et alors, ça.

Il traça un rectangle à droite de la femme souriante dans sa robe d'été à fleurs et ses Crocs rose fluo et zooma sur la zone d'ombre qui séparait le restaurant de la salle de jeux voisine. Deux jeunes gens étaient en train de discuter. Lene s'approcha de l'écran. La fille était élancée, elle avait la taille fine et elle était en tenue de serveuse : chaussures noires confortables, pantalon noir, long tablier blanc, chemisette blanche. On distinguait parfaitement ses traits.

– Ain, constata-t-elle.

– Oui, Ain, votre amie suicidaire, acquiesça-t-il.

Christian intervint :

– Åke Valerius-Klüver est ingénieur des Ponts et Chaussées et, comme tous les ingénieurs, c'est un pédant obsessionnel. Pendant ses loisirs, il fait de la photo naturaliste. Lui s'est spécialisé dans la photo de rapaces. Il utilise un matériel photographique de professionnel avec de la pellicule un milliard de pixels et des objectifs Carl Zeiss. En décembre, il a téléchargé une série de photos sur le portail *Attentat à Tivoli* de la police criminelle, parce que c'est un citoyen responsable. La prise de vue que vous voyez ici vient de la carte mémoire de son appareil et les clichés sont sensationnels.

Lene désigna l'interlocuteur d'Ain.

– Et lui, c'est qui ?

– La bombe humaine, répondit Kim.

– Hein ?

– Nabil Maroun, un terroriste de dix-huit ans, assassin, originaire de Damas et presque aussi performant que Mohamed al-Amir Atta, dit l'inspecteur, laconique.

L'image devint moins nette quand l'agent agrandit le détail. Le jeune homme portait une casquette de base-ball bleue, descendue bas sur son front, un anorak de couleur claire, un jean et des baskets orange. Son cou et ses jambes étaient fins et son visage maigre. Le blouson étaient trop volumineux pour sa corpulence et, malgré le temps ensoleillé, il était zippé jusqu'au menton. Les yeux qu'on devinait à peine dans l'ombre de la visière étaient cernés et d'une fixité étrange. Sa bouche avait un pli grave mais les lèvres étaient jeunes et pleines.

– Merde, murmura Lene.

Charlotte n'avait pas bougé. Elle regardait le plafond d'un air absent. Elle connaissait évidemment les photos, se dit Lene.

– Vous en êtes absolument certains ? demanda-t-elle.

Kim se tourna vers Charlotte Falster.

– Montrez-lui, dit-elle.

Il frôla Lene et, en collant sa bouche tout près de son oreille, il gronda d'une voix sourde :

– Salope !

– Contentez-vous de faire ce qu'on vous demande, Kim, répliqua Lene à voix haute. Et pensez à vous brosser les dents de temps en temps.

Les yeux de l'homme à la queue-de-cheval, à demi dissimulés derrière la poche de glace, lui sourirent.

Le ciel au-dessus du désert était pur et bleu comme un œuf de pie. Loin, très loin sous la caméra, on pouvait deviner la petite ombre aérodynamique du drone. L'avion sans pilote volait vite et droit comme une flèche. Les détails étaient extraordinaires. Les falaises se découpaient noires comme l'encre. Lene remarqua plusieurs tertres arides le long du lit d'un cours d'eau à sec. Derrière un amas rocheux se tenaient trois chèvres à poil long, parfaitement immobiles.

Des chiffres en blanc en bas de l'écran, suivis de coordonnées GPS variables, dataient l'événement au 17 avril 2013 à 11:23:56 TAI[1]. La hauteur de vol du drone était de 5 400 pieds. Le petit appareil silencieux survolait quelques arbres de triste allure qui avaient miraculeusement réussi à prendre racine et à pousser sur une falaise abrupte, puis il suivait une piste goudronnée pratiquement ensablée et, enfin, un long chemin de terre conduisant à quelque destination perdue au milieu des montagnes sauvages.

Le drone rattrapait un camion bâché couvert de poussière qui gravissait péniblement le flanc escarpé de la montagne. On pouvait presque entendre le moteur protester et la boîte de vitesses craquer. Le véhicule soulevait derrière lui un large éventail de

1. *TAI ou UTC : Temps Atomique International.*

poussière qui restait longtemps en suspens dans l'air immobile. L'altimètre hésita un peu avant de se stabiliser à une hauteur de 13 600 pieds, plus de 4 km, ce qui n'empêchait pas l'enregistrement de rester aussi net que détaillé.

– Kuth E Sar Tangal, annonça Kim, ou, en tout cas, c'est l'endroit répertorié le plus proche. Je doute que l'emplacement où se trouve le camp porte un nom quelconque. On n'y trouve que des scorpions, des terroristes et des chèvres.

– C'est où ? demanda Lene.

– Au nord-est de l'Iran. Les Iraniens et le Hezbollah ont leurs camps d'entraînement dans la région. C'est tranquille.

Il montra le camion.

– Ça, c'est le camion de ravitaillement qui vient toutes les semaines apporter de la nourriture, de l'eau, des ordres, de nouvelles recrues, du gasoil pour le générateur électrique et quantité de cartouches et de cibles pour le champ de tir.

Dans une vallée entre deux massifs escarpés, on distinguait à présent deux rangées irrégulières de tentes, deux cabanons en toile ondulée et un plateau dégagé sur lequel était installé une sorte de champ de tir.

Le drone ralentissait et reprenait de l'altitude, tandis que la caméra zoomait sans difficulté sur le camp d'entraînement.

Il devait faire une chaleur intenable dans cet endroit, songeait Lene. On devait pouvoir faire cuire un œuf au plat sur les toits de ces remises en tôle. Un poste de mitrailleuse, installé à un bout, en contrôlait la seule voie d'accès. Des toiles de tente en loques tendues sur quatre perches et des sacs de sable troués étaient l'unique moyen pour les hommes de trouver un peu d'ombre.

Kim fit avancer l'enregistrement. Le drone était maintenant si près du sol que Lene baissa la tête par réflexe. C'était mieux, ou pire, que tout ce qu'elle avait pu voir dans les productions hollywoodiennes. La caméra repérait chacun des individus vivant dans le campement, gelait leur visage dans des rectangles séparés, les regroupait et les agrandissait. Le résultat était exceptionnel. Tout le monde était identifié en quelques instants, autant les jeunes hommes habillés d'un mélange peu réglementaire d'uniformes de brousse, de jeans et de T-shirts qui déambulaient fièrement entre les tentes, que les jeunes femmes vêtues de manière tout aussi décontractée, mais la tête couverte.

Sur le champ de tir, une dizaine de recrues vidait des kalachnikovs sur des silhouettes en carton trouées qui devaient personnifier des Navy Seals de la marine américaine ou des Israéliens. Un petit groupe était en train de faire des pompes sous l'œil sévère d'un instructeur tandis que d'autres se reposaient à l'ombre des toiles de tente.

– La photo prise dans le parc a été le point de départ, expliqua Kim d'un ton neutre. L'animosité avait pour l'instant quitté son visage et sa voix. Il était redevenu l'analyste objectif et compétent des services secrets qu'il était et Lene se fit la réflexion que l'inspecteur devait être sacrément bon dans sa partie quand il n'était pas… à côté de ses pompes.

– Quand nous avons reçu les photos de Åke Valerius-Klüver, nous avons demandé à la CIA de comparer le visage de Nabil Maroun avec les banques de données.

Il continua à cliquer jusqu'à ce qu'il arrive sur l'image d'un jeune homme assis sur une caisse de munitions dans la rue principale du camp. Il buvait une gorgée dans une gourde recouverte de feutre et, au moment où il baissait la main, on voyait clairement son visage glabre. Puis la bouteille remontait. Il devait rentrer d'une séance d'entraînement car des auréoles de transpiration mouillaient encore ses aisselles, et son cou était trempé de sueur. Le drone poursuivait son trajet lointain en un mouvement circulaire à l'inverse des aiguilles d'une montre de façon à ce qu'on puisse observer le garçon sous tous les angles. En face de lui, un camarade de son âge se tenait accroupi. Ses avant-bras reposaient sur ses genoux et il se balançait d'arrière en avant sur ses mollets, comme pour soulager des crampes après un parcours du combattant. Le visage était maigre et extrêmement jeune. Lene regardait ses longues incisives qui disparaissaient dans une fine moustache et elle songea qu'il avait dû se faire opérer d'un bec-de-lièvre et que l'opération devait avoir été bâclée.

– Qui est le garçon avec le bec-de-lièvre ?

– Nous l'ignorons.

« Il ment », se dit-elle.

Lene se versa un verre d'eau, le but et se demanda s'il y avait quelqu'un derrière le miroir sans tain.

– Ce drone a survolé l'Iran il y a un an, n'est-ce pas ?

Kim s'assit au fond d'une chaise, croisa les mains sur son entrejambe et acquiesça.

– C'est exact.

– Alors pourquoi n'a-t-il pas atomisé toute la bande, pendant qu'il y était ? Les filles, les garçons, les instructeurs, tout le monde ? Il est équipé de missiles, non ? S'il avait fait ça, l'attentat du parc n'aurait pas eu lieu !

Christian posa la poche de glace sur la table et Lene éprouva un petit pincement de remords en voyant le nez fracturé du beau jeune homme.

– Le drone était américain, expliqua-t-il d'une voix nasillarde. Il n'était pas armé. C'était un appareil minuscule, presque invisible, et équipé des toutes dernières technologies en matière de caméras sensibles. Le système est appelé Argus et il peut englober tout Copenhague dans un seul cadre. En outre, ce camp d'entraînement se trouve en Iran et l'Iran est une nation indépendante et souveraine.

– Le Pakistan et le Yémen aussi, répliqua-t-elle. Ça n'empêche pas les Américains d'envoyer leur drones sur qui ils veulent, là-bas…

– Le Pakistan et les États-Unis sont des alliés. D'une certaine manière. On ne peut pas en dire autant de l'Iran, n'est-ce pas ? Le problème, c'est que personne n'arrive à savoir où ils en sont dans leur programme atomique, et qu'on n'a pas non plus envie de lancer un compte à rebours et de voir Tel Aviv disparaître sous un champignon atomique. Quant au Yémen, on s'en fout.

La Corée du Nord ne leur a pas envoyé d'uranium enrichi, et, de toute façon, ils ne sauraient pas quoi en faire.

– D'accord. Comment connaissez-vous son nom et comment savez-vous qu'il vient de Damas ?

À nouveau, Kim et Charlotte échangèrent un regard. Celui de l'agent Thomsen était presque suppliant, mais l'inspecteur général hocha la tête avec fermeté.

L'agent ouvrit à contrecœur un nouveau fichier. Cette fois, l'enregistrement provenait d'une caméra de surveillance du service des visas, dans un aéroport américain. Une file de voyageurs attendait devant une grosse femme noire à la coupe afro, en uniforme bleu marine et un gros pistolet sur la hanche.

– Aéroport de Newark, États-Unis, il y a un peu plus de trois ans, dit-il en désignant au milieu de la queue un personnage voûté, de grande taille, vêtu d'un costume froissé par le voyage.

– Hassan Maroun, de Damas, quarante-sept ans, grossiste et importateur d'épicerie orientale. Sunnite. Il voyageait avec un passeport syrien, mais, au départ, c'était un réfugié palestinien originaire d'Al-Araqal en Cisjordanie.

– C'était ?

– Hassan, son épouse et deux fillettes en bas âge, les sœurs de Nabil, ont été tués par une grenade de mortier à Damas. Un seul membre de la famille Maroun a survécu.

Il désigna le garçon brun, maigre avec des traits fins, presque féminins, devant l'homme voûté. Le garçon se tournait et disait quelque chose à son père qui lui souriait, posait la main sur son épaule et disait quelques mots à voix basse. Puis il levait à nouveau les yeux et regardait dans le vide, avec la patience infinie du prisonnier qui se sait condamné à perpétuité.

La queue continuait d'avancer vers l'obligatoire prise d'empreintes digitales et la photo. Puis la figure de l'enfant remplissait l'écran. En dessous de son visage sérieux s'affichaient son identité, son numéro de passeport et l'empreinte de son index.

Kim se tourna vers Lene.

– Alors, convaincue ? Il était dans le parc le 17 septembre, il était au camp d'entraînement en Iran. Nous avons son nom, son numéro de passeport, ses empreintes digitales. Si ça ne vous suffit pas, nous pouvons tout reprendre depuis le début.

Lene prit le morceau de bande adhésive posé sur la table.

– Et je suppose que vous avez retrouvé ses empreintes dans l'appartement d'Ain ?

– Oui.

– Mais pourquoi tous ces gens continuent-ils de passer leurs journées dans la salle Mosaïque, si vous avez déjà identifié le kamikaze ?

– Ça s'appelle les services secrets, chérie. Nous préférons que tout le monde pense que nous n'avons rien trouvé.

Lene regretta de ne pas lui avoir fait encore plus mal.

– Je vois. Je présume qu'il n'a pas agi seul ? Où sont les autres ?

Charlotte haussa les épaules.

– Bien sûr qu'il n'a pas agi seul. Ils étaient trois. L'un d'eux a acheté une cartouche de cigarettes et quinze films porno dans le kiosque qui se trouve en face de l'appartement. Quinze films porno est un achat dont on se souvient. Nous n'avons rien sur le troisième. Seulement ses empreintes. Nous avons trouvé une sorte de fanion noir, dans l'appartement d'Ain. *Al-uqàb*, l'aigle, c'est ainsi qu'on appelle ce type de drapeau. C'est une copie de l'étendard islamique. Il n'a qu'une seule signification selon les experts : djihad saint.

– Son téléphone et son appartement étaient sur écoute ?

– Évidemment, répondit Christian.

– Pourquoi ne vous êtes-vous pas contentés de l'arrêter ?

– Parce qu'elle ne nous aurait mené nulle part ! Elle fréquentait les mosquées en périphérie de Nørrebro, un club pour jeunes filles musulmanes à Møllegade où elle s'est liée d'amitié avec Nazeera Gamil, mais nous sommes loin de connaître toutes ses relations. C'était peut-être une simple groupie. C'est ce que je commence à croire. Ou alors, c'était une fondamentaliste pure et dure, qu'est-ce que j'en sais ? Ou une fanatique qui prenait son pied en baisant avec de jeunes djihadistes suicidaires. Histoire qu'ils s'en aillent avec de bons souvenirs. Ou bien elle se cherchait une famille ou le chemin de La Mecque et du paradis. En réalité, cela n'a aucune importance. Elle était surveillée. Évidemment qu'elle était surveillée. On voulait savoir qui elle fréquentait, à qui elle parlait et avec qui elle couchait.

– Et alors, vous le savez, maintenant ? lui demanda Lene.

Kim se leva brusquement et, s'adressant à Charlotte, il rugit :

– Terminé ! Je ne donnerai plus aucune information, compris ? Nada ! J'en ai assez dit !

On aurait entendu une mouche voler.

Lene regarda avec fascination les pommettes de Charlotte sur lesquelles grandissaient progressivement deux taches écarlates. Elle s'attendait à une explosion. Mais elle ne se produisit pas. Le sujet était trop sensible, sans doute. Tout le monde avait besoin de tout le monde. Détruire la collaboration entre le Renseignement et la police judiciaire aurait été un péché mortel que la hiérarchie ne lui aurait pas pardonné.

Avec sa nature équilibrée et sa franchise naturelle, ce fut Christian qui désamorça la situation :

– Je pense que Kim a raison, Charlotte, même s'il manque parfois de diplomatie. Nous nous sommes déjà montrés très coopératifs. J'espère que ce que nous lui avons appris aidera Lene à retrouver un peu de quiétude. Et si c'est le cas, elle devrait s'en contenter, car la quiétude est un luxe, en ce moment. Mais il est inutile qu'elle en sache plus. Ce serait dangereux, pour tout le monde.

Il sourit à Charlotte mais dans ses yeux l'avertissement était clair.

Kim était retourné s'asseoir. Il avait détourné les yeux des deux femmes.

– Je crois que c'est le moment d'y aller, Lene, annonça Charlotte en se levant.

– Je crois aussi.

Elle se leva également, s'apprêta à dire quelque chose, mais se tut. Puis elle se tourna vers Christian.

– Le jour où Ain est morte…

– Oui ?

Il la regardait tranquillement.

– Où étiez-vous ? Je sais où était Kim, mais j'aimerais savoir où vous étiez, Christian.

Charlotte lui prit le coude, mais elle se dégagea. Elle garda les yeux fixés sur Christian et attendit.

Il jeta un bref coup d'œil à son camarade, puis regarda Lene à nouveau.

– Je ne sais pas. Chez moi, je pense. Je devais dormir.

– Christian était chez lui, dit Kim. Et maintenant foutez-moi le camp !

Charlotte avait tiré les rideaux et fait du café. La cafetière glougloutait paisiblement dans la cuisine. Elles étaient assises chacune à un bout du sofa, un mug à la main. Elles avaient fait la route de Søborg à Glostrup dans la voiture de Charlotte et ne s'étaient pas dit un mot durant tout le trajet.

Lene était plus couchée qu'assise, les talons de ses bottes touchant à peine le sol. Elle était épuisée et elle avait mal partout. Sa nuque commençait à se raidir et elle souffrait le martyre chaque fois qu'elle tournait la tête. Elle avait l'impression que ses cervicales étaient déplacées.

– Antalgique ? lui proposa sa supérieure.

– Oui, merci.

Lene resserra sa veste de cuir autour de son cou. Charlotte lui donna un plaid et elle le posa sur ses jambes. Elle avala les comprimés avec le café chaud.

– Vous êtes satisfaite ? demanda Charlotte.

– Satisfaite de quoi ?

– De l'explication qu'on vous a donnée.

– Je suppose, oui. Merci. Pourquoi l'avez-vous fait ? Vous n'étiez pas obligée de me fournir une explication. Vous auriez pu me mettre à pied ou me laisser croupir dans cette cellule !

L'inspecteur général étira ses bras maigres vers le plafond en effectuant quelques rotations des poignets accompagnées de craquements sonores. Elle porta le regard au-delà de Lene pour contempler au loin le soleil levant qui tissait de fragiles et translucides rubans jaunes, rouges et mauves dans le ciel.

– Mais c'est bien mon intention, Lene. Vous allez être mise à pied, répliqua Charlotte.

– Quoi ?

Lene tombait des nues.

– Ce n'est pas vrai ? Vous ne pouvez pas faire ça !

– C'est pourtant ce que je vais faire. Pour votre bien et surtout pour le mien. Je ne peux pas continuer à vous couvrir, Lene, et je sais que vous n'allez pas vous arrêter. C'est dans votre nature. Vous êtes comme le scorpion dans l'histoire de la grenouille, du scorpion et du fleuve. En outre, Kim va probablement porter plainte contre vous. Il a de puissants soutiens en haut de la hiérarchie et je n'ai ni le temps, ni l'énergie pour vous tirer d'affaire cette fois-ci. Désolée.

Lene se leva.

– Merci pour le café.

– Asseyez-vous !

Elle fit la sourde oreille.

– Asseyez-vous, je vous dis !

Lene s'arrêta aussi brusquement que si elle était rentrée dans une paroi de verre. Ça avait décidément été une nuit sans précédent. Tabassée par ses propres collègues, le rouge à lèvres de travers, la voix de sergent-chef, et maintenant ça !?

Lene retourna s'asseoir sur le canapé, le plus loin possible de sa patronne qui cacha ses yeux derrière son avant-bras d'un geste las. De minces bracelets d'or dégringolèrent le long de son poignet.

– Dites-moi ce que vous savez, Lene, lui demanda sa supérieure, doucement. À propos de cette Ain.

– Ce que je sais ? Je sais qu'elle n'avait rien à voir avec la femme qu'ils ont décrite tout à l'heure, commença Lene, hésitante. Elle était sincèrement terrifiée. Elle se sentait poursuivie et elle avait raison puisqu'elle était filée par les deux clowns de Søborg. Et moi, pauvre idiote qui me croyais plus maligne que les autres, j'ai passé mon temps à lui dire qu'elle était paranoïaque… cinglée. Alors qu'elle ne l'était pas du tout, en fait !… Oh ! merde !

Elle se tut.

– Continuez.

– D'ailleurs, pourquoi m'aurait-elle appelée, moi, si elle était une terroriste sans scrupule ? Ça n'a aucun sens. Et pourquoi serait-elle restée au Danemark après l'attentat du parc ?

– Pour préparer le suivant. Et elle ne savait peut-être pas ce que vous faisiez dans la vie.

Lene hocha la tête.

– Admettons, mais pourquoi se jeter sous un train tout à coup au lieu d'aller se réfugier auprès de ses amis, dans son réseau, et disparaître de la circulation ?

L'inspecteur général haussa les épaules.

– Je vous accorde qu'elle était jeune, inexpérimentée et qu'elle ne savait plus où elle en était. Mais Ain était peut-être une révolutionnaire romanesque ayant trouvé une sorte de famille au sein de l'organisation. Beaucoup de filles dans la fraction de l'Armée rouge et dans les Brigades rouges étaient des jeunes filles bien élevées, bonnes élèves et issues de milieux aisés. Elles avaient appris à broder et à composer des bouquets, elles étaient capables de discuter de la période bleue et de la période rose de Picasso avant de se révolter contre les privilèges qu'elles avaient hérités de leur père, de leur mère et de leurs ancêtres et de se mettre à étudier le foquisme de Che Guevara. Peut-être Ain a-t-elle mis un certain temps à comprendre que des centaines de personnes bien vivantes, des enfants, des hommes, des femmes et des jeunes de son âge étaient morts à cause d'une chose qu'elle avait faite. C'est sans doute pour cela qu'elle a commencé à vous appeler.

Charlotte versa à nouveau du café dans les mugs. Ils venaient de l'atelier d'un céramiste célèbre. Lene ne se rappelait plus lequel.

– Non, dit-elle.

– Non, quoi ?

– Tout ça colle trop bien, vous ne voyez pas ? Drones, photos d'identité, empreintes digitales, photos souvenirs de vacances d'un touriste suédois photographe naturaliste qui prend des clichés très haute définition à l'instant précis où Ain et ce Nabil Maroun sont en pleine conversation. Combien de temps se sont-ils parlé ? Deux minutes, maximum. Et celle qui a toutes les réponses est une pauvre fille un peu paumée qui se suicide juste au bon moment, et avant que la PET ait eu le temps de l'appréhender. Ce Kim, là… vous voyez bien qu'il est complètement taré ?

Charlotte gonfla les joues puis laissa l'air s'échapper très très lentement.

– Alors dites-moi qui a orchestré tout ça ? demanda-t-elle. Une théorie du complot est la dernière chose dont nous ayons besoin. Car nous serions au beau milieu d'un complot, à vous écouter. Les services secrets ont falsifié, à votre avis ? Les drones ? Le camp ? Le père et le fils dans l'aéroport américain ? Le photographe suédois ? Vous divaguez, Lene.

– Écoutez, Charlotte : on a trouvé un genre de LSD nouvelle génération dans le sang d'Ain. Ça aussi c'est un fait. Je peux vous donner le numéro du médecin légiste, Helle Englund. Vous la connaissez. Elle est excellente dans sa partie. Ceux qui prennent cette drogue ne se rappellent pas l'avoir prise et ils ne se souviennent pas de ce qu'ils ont dit pendant qu'ils étaient sous l'effet du LSD, ni à qui ils ont parlé. C'est un genre de sérum de vérité.

– Les légistes, à présent ? Je peux savoir combien de personnes vous avez mises au courant de cette affaire ultrasecrète ?

– Aucune, répliqua Lene, fâchée. Mais Ain avait du LSD dans le sang et seule Irene Adler peut le lui avoir fait prendre. Les terroristes, c'est toute sa vie, si je ne m'abuse ?

Charlotte fit une grimace résignée.

– Bientôt vous allez me dire que c'est elle qui est derrière l'attentat du parc. Vous avez des preuves de ce que vous prétendez ? Vous vous souvenez, n'est-ce pas, de ce concept juridique qu'on appelle une preuve ?

– Je m'en souviens. Et non, je n'en ai pas.

– Et vous n'en trouverez pas puisque, comme je vous l'ai dit, vous êtes suspendue.

Charlotte se leva et se mit à faire les cent pas. Puis elle s'arrêta devant Lene.

– Kim Thomsen, vous le connaissiez ?

– Non. Hormis le fait que c'est un psychopathe qui assomme ses collègues. Et je n'ai aucune envie de le connaître. Les services secrets travaillent dans leur coin comme une sorte de loge maçonnique. Ils ne fraient pas avec le commun des mortels.

– Il s'est peut-être montré un peu trop zélé, admit sa supérieure.

– Zélé ! Vous plaisantez ! Si son collègue n'avait pas été là, il m'aurait emmenée au port de Nordhavn et il m'aurait jetée à l'eau avec un banc attaché autour du cou. Et d'abord, qui lui a donné l'autorisation de me filer ?

La seule réponse possible lui apparut brusquement et elle posa sur Charlotte un regard incrédule. Dans l'aube naissante, l'inspecteur général avait l'air particulièrement désolé.

Lene hocha lentement la tête.

– Évidemment, murmura-t-elle. J'aurais dû m'en douter. C'est vous qui dirigez tout cela. Vous avez mobilisé toute une équipe à cause de moi ? Franchement, je les plains, parce qu'il n'y a rien de plus ennuyeux que la vie que je mène.

– Je fais ce qui me semble le mieux adapté avec les ressources dont je dispose, Lene, et je n'ai ni le temps, ni l'envie de me préoccuper des états d'âme de qui que ce soit. Ils ne comptent pas. Ce qui compte, c'est que les terroristes vont revenir. Et vous êtes en train de détruire notre unique chance de les en empêcher. Il va y avoir un nouvel attentat. Il y aura d'autres morts. Beaucoup, beaucoup de morts. J'étais obligée de vous surveiller.

Elle recommença à faire les cent pas pendant que Lene réalisait lentement ce qu'elle venait d'entendre.

– C'est une certitude ? s'inquiéta-t-elle.

– Oui, c'en est une, et je regrette beaucoup de vous l'avoir révélé. Vous avez vraiment un rare talent pour me mettre dans des situations impossibles, Lene.

Charlotte s'approcha de la fenêtre et regarda le parking désert.

– Si vous parlez de ceci à qui que ce soit, je vous jure que je ne vous le pardonnerai pas.

– Pourquoi m'avez-vous demandé si je connaissais Kim ? Et comment se fait-il qu'il ait autant d'appuis ?

– Vous avez perdu Josefine. Lui a tout perdu.

– Comment ça, tout ?

– Tout. Anne, sa femme de trente-six ans, et leurs deux petites filles de dix et douze ans se trouvaient dans la file d'attente pour monter sur *Le Vaisseau du ciel*, le 17 septembre. Malheureusement.

– Oh ! mon Dieu, murmura Lene. Elle pensa aux yeux de l'homme. Elle aurait dû le voir dans son regard. Elle voyait la même chose dans le sien, tous les matins.

– Vous avez cela en commun, tous les deux. Je vous accorde qu'il a l'air instable, mais le contraire serait étonnant. Ce que nous lui imposons est inhumain. Mais, pour l'instant, il n'a pas d'autre solution que de continuer, du mieux qu'il peut, et nous essayons de lui rendre la tâche aussi supportable que possible. Nous faisons la même chose pour vous.

– Il n'aurait jamais dû être mis sur cette affaire ! s'écria Lene. C'est une décision irresponsable, amateuriste et totalement contraire à l'éthique. Il réagit émotionnellement à tout et croit avoir le droit de faire les choses comme il l'entend.

Charlotte n'avait pas l'air de l'écouter. Elle sirotait son café, les yeux dans le vague. Enfin, elle revint vers Lene.

– Comme je vous l'ai dit, pour l'instant, il n'y a pas d'autre solution. Il est le seul fonctionnaire de la PET à avoir été trois fois en opération extérieure : Bagdad, Kaboul et Islamabad. Pour la plupart, une seule Opex est déjà une opération de trop. Cet homme a vu plus de choses là-bas qu'un être humain devrait être autorisé à en voir.

Lene étudia discrètement le visage de sa supérieure au-dessus du bord de sa tasse. On *savait* que les terroristes allaient revenir au Danemark. Charlotte venait de le dire implicitement et il n'y avait qu'une seule explication : les services secrets de la police étaient mobilisés parce qu'ils avaient réussi à infiltrer le réseau. En enquêtant sur la mort d'Ain, elle avait approché leur agent de trop près. De nouvelles hypothèses et de nouveaux soupçons se bousculèrent dans sa tête.

Elle prit une gorgée de café et lança innocemment :

– Vous venez de dire que les terroristes allaient revenir. Vous avez donc la certitude qu'ils préparent un nouvel attentat ?

– Oubliez ce que j'ai dit.

Lene sourit.

– Je vous promets que je ne le répéterai à personne. Croix de bois, croix de fer !

L'inspecteur Falster resta intraitable.

– Encore un peu de café ?

Lene allait refuser mais elle changea d'avis. Derrière les verres des lunettes de sa supérieure, elle avait cru voir une hésitation.

– Je veux bien, merci… En imaginant le cas où ils prévoiraient effectivement une nouvelle attaque, de quelle échéance parlons-nous ?

Charlotte soupira.

– *Nous* ne parlons de rien du tout, Lene. Il n'y a pas de *nous*. Vous êtes suspendue, mise à pied. C'est terminé.

Lene réfléchissait à toute vitesse. La position officielle du Danemark était de ne pas se laisser intimider par le terrorisme, ce qui signifiait que le Danemark maintiendrait son calendrier officiel comme si l'attentat du parc n'avait jamais eu lieu. L'ex-Premier ministre Tony Blair était par exemple convié à titre d'orateur d'honneur lors de l'assemblée générale annuelle du parti social-démocrate qui devait se tenir à la fin de la semaine prochaine. Lene élimina cette idée. Un ex-Premier ministre était une cible peu vraisemblable pour une organisation terroriste. Pas assez spectaculaire.

Il y avait aussi le Conseil des ministres des Affaires étrangères de l'Union européenne. Il se tenait après-demain, à Copenhague, et plusieurs points controversés étaient à l'ordre du jour : les implantations israéliennes dans la vallée du Jourdain et les printemps arabes en Tunisie, en Lybie, en Égypte, au Yémen et en Syrie. Les ministres européens devaient aussi se prononcer sur l'intervention de l'OTAN au Mali et au Niger. Les yeux du monde seraient braqués sur le ministère danois des Affaires étrangères et, plus précisément, sur Eigtveds Pakhus, sur l'île de Christianshavn, un bâtiment réputé difficile à sécuriser. Faire sauter un Conseil des ministres était une action assez spectaculaire pour le plus ambitieux des terroristes.

– À quoi pensez-vous ? lui demanda Charlotte, suspicieuse.

– Excellent, ce café, marmonna Lene. Colombie ?

– Aucune idée. C'est du café, c'est tout.

– Le Conseil des Affaires étrangères, peut-être ?

Charlotte secoua la main comme pour chasser une mouche.

– Évidemment. Il n'y a pas besoin d'être Einstein pour le deviner. Mais il y a d'autres possibilités. Le Pr Ehud Berezowsky doit recevoir un prix international de la paix et être nommé professeur émérite. Ça se passe dans la salle des fêtes de l'université de Copenhague dans deux jours. Le recteur, le doyen, quelques membres du gouvernement et plusieurs représentants de la Maison royale seront présents aux côtés de personnes éminentes de la communauté religieuse œcuménique. Berezowsky enseigne à l'université de Tel Aviv et, depuis plusieurs décennies, il défend les droits des Palestiniens et parle en faveur de la restitution des biens réquisitionnés dans les territoires occupés. Il a déjà deux fois failli être tué par une secte juive ultra-orthodoxe, la première fois par une lettre piégée, la deuxième par deux balles dans la poitrine pendant une manifestation à Tel Aviv.

– Alors il est dans leur camp, riposta Lene. Il mène le même combat !

– Ce qui le met encore plus dans la lumière des projecteurs. Il est célèbre et controversé et c'est ce qui les intéresse : le *spectaculaire*.

– Pourtant, ils n'ont pas revendiqué l'attentat du parc...

– Non, mais tout le monde sait qui ils sont : Al-Saleem de Téhéran ou le cheikh Ebrahim Safar Khan d'Amman, et tout le monde chante les louanges des martyrs et de ceux qui tirent les ficelles.

Lene hocha la tête. L'adrénaline était un moyen très efficace pour éliminer la poussière, la moisissure et les blocages des neurones. Elle remarqua entre autres que Charlotte avait domicilié Ebrahim Safar Khan à Amman sans hésitation alors que le consultant américain n'avait rien affirmé et seulement cité Amman comme une hypothèse parmi d'autres.

– Berezowsky sera accompagné par sa femme et plusieurs gardes du corps du Mossad, grommela Charlotte. La cible rêvée.

Elle se leva pour jeter un coup d'œil à l'écran de son téléphone. Lene avait entendu arriver une bonne dizaine de messages et de mails depuis le début de leur conversation.

– Que voulez-vous que je fasse ? demanda Lene.

– Que voulez-vous dire ?

– Vous venez de me renvoyer. Il n'y a même pas dix minutes.

– Mise à pied, pas renvoyée, corrigea Charlotte distraitement. Ce que je veux que vous fassiez ? Je n'en sais rien... Visitez Paris, apprenez l'aquarelle ou repeignez votre cuisine ! J'aimerais bien être à votre place. D'ailleurs, il va falloir que je vous mette dehors, maintenant, j'ai du travail.

– Bien sûr.

Charlotte l'accompagna jusqu'à la porte.

– Vous me promettez de ne plus approcher Ain, ses amis, ses relations, sa famille et son appartement ?

– J'ai le droit d'aller à son enterrement ? Lene consulta sa montre. C'est dans quatre heures.

– Je ne peux pas vous l'interdire. Et, de toute façon, je ne vois pas quelle différence cela pourrait faire.

– Merci.

La porte se referma derrière elle et Lene resta un instant sur le palier. Elle inspira profondément.

Et maintenant ? Le cimetière ? C'était le dernier endroit où elle avait envie d'être, mais il fallait qu'elle y aille.

Elle tourna à l'angle d'un couloir, mais aperçut à l'autre bout la silhouette voûtée de Bjarne et son pantalon en gabardine brune. Elle s'empressa de faire demi-tour et se dirigea vers une autre cage d'escalier.

D'habitude, il y avait toujours des taxis en maraude de l'autre côté de la zone de sécurité élargie. Cette fois, elle n'en vit aucun. Comme par hasard. En plus, une pluie glacée s'était mise à tomber.

Elle regarda autour d'elle en pensant à sa chère vieille 2CV bleue qui la transportait habituellement entre le centre-ville et cet enfer de banlieue, encerclé par les autoroutes, les rocades et les interminables zones industrielles désertes dans lesquelles on ne trouvait signe de vie que dans les stations-service et les cafétérias.

Elle remonta son col pour se protéger du vent. Elle était morte de fatigue et se demanda comment elle allait se sortir de ce guêpier. Elle se demanda soudain pourquoi Charlotte ne lui avait pris ni son insigne, ni son arme de service. N'était-ce pas la coutume quand on suspendait un policier de ses fonctions ?

Elle pensa aussi avec un peu de pitié à l'insomniaque et triste agent Kim Thomsen, aux activistes juifs pour les droits des citoyens et aux ministres européens des Affaires étrangères.

Depuis la fenêtre de son bureau, Charlotte vit Lene traverser le parking sous la pluie. Les nuages gris et bas semblaient posés sur les toits disgracieux des immeubles d'en face. La commissaire mise à pied dans tous les sens du terme boitait un peu et Charlotte retint son souffle en la voyant glisser sur la butte herbeuse qui bordait la rocade. Elle se releva et repartit, d'un pas étrangement lent et hésitant.

Charlotte prit son téléphone et regarda l'écran d'un air las. Elle avait reçu quinze nouveaux messages en dix minutes. Tous plus urgents les uns que les autres : le commandement de l'armée permanente, le chef de l'armée de l'air, la direction de l'aéronautique civile, les forces de sécurité, le ministère de l'Intérieur et le ministère de la Justice, la presse.

Lene avait disparu de son champ de vision.

Elle commença par appeler Kim.

– C'était Falster ?

– Hein ?

– Putain, je te demande si c'était notre chef au téléphone, répéta Christian.

Ses lèvres ressemblaient à présent à deux grosses limaces et il avait du mal à prononcer les mots de plus de deux syllabes. Il posa un regard désabusé sur son bureau qui croulait sous les cartes d'état-major, les plans logistiques, les emplois du temps, les photos aériennes, les rapports et les courriers de services secrets de tous les pays européens dont le ministre des Affaires étrangères séjournait en ce moment à Copenhague et qui, tous, concernaient une seule et unique question : la PET était-elle sûre de pouvoir assurer la sécurité dans la capitale ou bien était-elle dépassée par les événements ?

Kim était plongé dans le mutisme depuis son bref entretien téléphonique. Il avait les mains croisées derrière la nuque et les baskets sales posées sur le bureau. Parfois, lorsqu'il s'assoupissait, ses doigts se détricotaient et sa tête basculait en arrière puis en avant comme mue par un ressort d'horlogerie. Christian ne se souvenait plus quand lui-même avait dormi pour la dernière fois, mais c'était il y a très, très longtemps. Il était aussi fatigué que son collègue, mais il avait assez mal aux dents pour que cela le tienne éveillé.

– Comment vont tes couilles ? demanda-t-il à son équipier.

– Ta gueule, murmura celui-ci sans ouvrir les yeux.

Puis Kim se leva, s'approcha de la machine à café et regarda la cafetière vide. Il ouvrit la boîte à café, constata qu'elle était vide aussi et alla se poster devant la fenêtre pour contempler le paysage lugubre.

– Oui, c'était Falster, et merci de prendre des nouvelles de mes couilles qui vont bien… enfin, non, en fait, elles sont aussi grosses que des avocats, putain. Quelle salope !

– Laquelle des deux ?

– Les deux !

– Qu'est-ce qu'elle voulait ?

– Ils ont trouvé la nouvelle drogue dans le sang et dans le cerveau d'Ain, dit Kim sans se retourner.

Évidemment, songea Christian, découragé. Bien sûr qu'ils l'avaient trouvée. Il n'avait jamais cru à ce qui était écrit sur l'emballage. Ils avaient chopé Armstrong et Contador, pas vrai ? Alors pourquoi n'auraient-ils pas trouvé les traces d'un sérum de vérité dans le corps d'une jeune fille décédée ? Lui n'avait jamais été d'avis d'utiliser le LSD. Il y avait d'autres méthodes. Sans aller jusqu'à utiliser celles de Kim.

Christian se considérait comme une personne civilisée, il voulait juste faire son boulot en respectant les mêmes vieux principes d'honnêteté et d'héroïsme discret avec lesquels il essayait de conduire sa propre existence. Il ne croyait pas aux informations obtenues par la torture ou la persuasion pharmacologique. Il préférait les longues et tenaces joutes verbales avec le prévenu, jusqu'à l'épuisement qui l'amenait à se contredire. C'était une méthode de longue haleine, mais elle était fair-play. Avec suffisamment de patience et d'habileté, on finissait par devenir son meilleur ami, ou en tout cas son dernier espoir en ce monde.

– Qui l'a découverte ?

– Helle Englund. La légiste. Il ne faut surtout pas réagir. C'est un ordre. Elle me l'a répété cinq fois. Si ça sort, on va être crucifiés.

– Je croyais que tous les coups étaient permis… Qu'il leur fallait des gens pour planter les clous plutôt que des martyrs. C'est elle-même qui l'a dit.

– Sauf quand ça se sait. Et qu'elle est la dernière informée.

– Tu m'avais dit qu'il fallait la protéger, putain ! s'exclama Christian, furieux. Pour qu'elle puisse nier toute implication si quelqu'un le découvrait.

– Va lui expliquer.

– En fait, on nous a raconté des conneries. Cette saloperie était dépistable.

Kim ne répondit pas. Il faisait les cent pas dans la pièce. Évitait de croiser le regard de son collègue.

– J'ai toujours pensé qu'Irene Adler était ton talon d'Achille, Kim, continua Christian. Cette bonne femme s'est servie de toi. Elle t'a utilisé comme marchepied pour décrocher un putain de prix Nobel. Tu lui fournis des souris de laboratoire. Elle les fout en l'air jusqu'à ce qu'ils ne sachent plus comment ils s'appellent ou qu'ils se jettent sous un train.

– Ça s'appelle la recherche scientifique.

– Ben voyons. Je suppose que vous baisez aussi de manière scientifique sur fond de musique arabe ?

Kim le regarda avec des yeux qui n'étaient plus que deux grosses pupilles noires dilatées. Son visage devint noir de colère et Christian eut peur d'être allé trop loin. Il crut que l'autre allait se jeter sur lui, l'abattre ou lui envoyer un objet lourd à la figure.

Et, à sa grande surprise, il s'aperçut que cela lui était égal. Il ne croyait plus à ce projet. Ils n'avaient aucune chance d'empêcher un nouvel attentat. Ils en savaient trop peu, tout simplement.

– Rentre chez toi, lui dit Kim. Va dormir.

Christian se leva et se demanda à quelle heure ouvraient les urgences dentaires d'Oslo Plads.

– Et toi, qu'est-ce que tu vas faire ? Je ne sais même plus si j'ose te laisser tout seul.

– Bien sûr que oui. Je vais très bien.

Kim bâilla, relaxa ses épaules et fit à son camarade une grimace qui se voulait un sourire. Mais Christian savait qu'il jouait la comédie. Son coéquipier était sur le point d'exploser.

– Le jour où Ain est morte… dit-il.
– Hmm.
– On faisait quoi ?
– Tu étais chez toi en train de préparer ton foutu café *barista*, comme toujours, et moi j'écoutais une conférence à mourir d'ennui à l'hôtel de police.
– Bon. Si tu en es sûr…
– Évidemment que j'en suis sûr ! J'ai à peu près trois cents témoins. Allez, va dormir et prends une douche. Tu schlingues.
– OK, salut.
– Salut.

Après que son équipier eut quitté le bureau, Kim se rassit. Il plongea le visage dans ses mains et resta un long moment sans penser à rien. Son téléphone vibra plusieurs fois pour signaler des messages entrants mais il l'ignora. Il n'avait pas faim, il n'avait pas soif, il ne ressentait rien. Une secrétaire frappa à la porte et vint poser une pile de documents près de lui. Elle était jeune et nouvelle. Elle resta quelques instants dans le bureau. Il se dit qu'elle allait peut-être poser une main sur son épaule et pria pour que cela n'arrive pas. Elle sentait le café et le gel douche.
– Merci, dit-il sans lever la tête.
– Encore des papiers, dit-elle. Je suis désolée que vous…
– Tout va bien. Merci.
– Je peux vous apporter quelque chose ? Un café ?
« Je voudrais que vous vous en alliez et que vous fermiez la porte, songea-t-il. Je voudrais que le monde s'arrête. Que le temps reparte en arrière, que tout redevienne comme avant. Je voudrais avoir pris une année sabbatique après mon retour d'Islamabad et que nous soyons partis en camping-car en Nouvelle-Zélande avec les filles, comme nous avions toujours rêvé de le faire.

Je voudrais que nous n'ayons pas été là quand ces démons sont venus. »

– Non, merci, répondit-il.

Il sentit une légère chaleur et crut que la paume de sa main allait toucher son épaule. Mais la main resta suspendue, la chaleur s'éloigna et le pas de la secrétaire fit crisser un peu le linoléum quand elle sortit et referma la porte.

Le triste solo de trompette du morceau d'Outlandish, *Warrior//Worrier*, retentit sur son téléphone, annonçant un appel de Zebra. Il ne savait pas si cette sonnerie qu'elle-même avait suggérée contenait un message. Peut-être le connaissait-elle mieux qu'il le croyait.

– Il y a du nouveau ? demanda-t-il.

– Non.

– Une date, une heure ?

– Pas encore. Bien sûr que non. Je ne serai prévenue qu'une demi-heure avant leur arrivée de l'endroit où je devrai me trouver pour les récupérer. Ils viendront par un autre moyen cette fois-ci. Je ne sais pas comment. Ils n'ont pas relâché la sécurité. Au contraire. Ils ont broyé mes lunettes de soleil à l'aéroport, par exemple.

– Des noms ?

– Un. Samir.

– Un nom de famille ?

– Non. Vingt-cinq ans, maximum, cicatrice en forme d'étoile à la tempe gauche. On dirait un impact de balle. Cheveux noirs, aux épaules, yeux brun clair. Beau mec. Syrien. Guerrier.

– Tu n'as pas de photo ?

– Non.

Il réfléchit. Hormis la cicatrice, ce Samir pouvait être n'importe qui. Le nom ne lui disait rien.

– Tu vas bien ? demanda-t-il tout à coup. Elle ne répondit pas. La compassion mutuelle n'était pas une chose à laquelle ils consacraient beaucoup de temps en général.

– Oublie ma question, marmonna-t-il.

– Et toi, ça va ? Tu es prêt ? C'est imminent, maintenant, tu le sais, n'est-ce pas ?

– Oui, je le sais. Et oui, je vais très bien, répliqua-t-il, essayant de mettre un peu d'énergie dans sa voix.

– Lene Jensen ? Vous vous êtes débarrassés d'elle ?

Il se tourna vers la fenêtre.

– Je pense qu'elle a compris le message, même si ça n'a pas été facile. Elle est suspendue de ses fonctions, mais elle est dans la nature. Si tu la croises, débrouille-toi pour être gentille mais débarasse-t-en aussi vite que possible. Mais surtout ne lui mens pas. Elle le sentirait tout de suite.

– D'accord.

– Tu m'appelles aussitôt que tu sais quelque chose, d'accord ? conclut-il tout à fait inutilement avant de raccrocher.

Son visage se fendit d'un léger sourire. Il ressentait une fierté presque paternelle chaque fois qu'il parlait avec Zebra. Elle était exceptionnelle. La meilleure informatrice et opératrice qu'il ait jamais rencontrée. Elle avait des nerfs d'acier. Il l'avait vue dormir comme un bébé dans une chambre d'hôtel minable et surchauffée, sans ventilation, à Karachi, après avoir assisté à dix heures d'interrogatoire musclé, avec humiliation, coups et simulation de noyade de plusieurs jeunes gens arrivés dans des cages en provenance du Waziristan et soupçonnés d'appartenir à Al-Qaïda.

N'entendait-elle pas les cris, le bruit mat des battes de cricket rencontrant la chair encore et encore, les vomissements explosifs des prisonniers et les bruits d'étouffement par noyade quand on entourait la tête des victimes d'une serviette crasseuse sur laquelle on versait lentement un filet d'eau, faisant ressentir à l'homme sous la serviette-éponge la peur la plus élémentaire de l'être humain ? Ne ressentait-elle aucune pitié quand on leur mettait un collier autour du cou et qu'on les traînait sur le sol en leur ordonnant d'aboyer comme l'animal que leur religion leur dictait de considérer comme impur ?

Tous craquaient à un moment ou à un autre et racontaient à leurs bourreaux tout ce qu'ils voulaient entendre, et parmi ces informations s'en trouvaient quelques rares qu'ils n'avaient pas déjà. L'ISI, les services de renseignement pakistanais, savait pratiquement tout sur tout. Tous ces hommes, sans exception, étaient tôt ou tard réduits à l'ombre confuse et pleurnicharde de ce qu'ils avaient été. Ce n'était pas une question de volonté, de maturité, de religiosité, de responsabilité ou d'honneur car ces vertus hautement respectables n'étaient qu'un fragile vernis que la douleur faisait craquer et disparaître. C'était une simple question de biologie. L'homme était et restait une bête.

Les jours passés dans les sous-sols du quartier général des services secrets pakistanais éveillaient parfois sa libido complexe. Il était arrivé plusieurs fois qu'après une longue journée dans l'obscurité, l'odeur de vomi, de pisse, de merde et de désespérance, elle essaye d'entraîner Kim dans sa chambre d'hôtel. Le plus souvent, il refusait mais, de temps en temps, il cédait à la tentation. C'était inévitable. Ils passaient des mois là-bas et n'avaient que l'autre comme unique compagnie. Sans compter qu'elle était prodigieuse.

Après quelques heures de sommeil, elle quittait l'hôtel dans sa quête de satisfaction sexuelle et ne revenait qu'un peu avant l'aube. Elle s'enfermait sans bruit dans sa chambre et Kim, allongé, en nage dans la chambre voisine, restait éveillé, étudiant les étranges taches brunes qui maculaient le plafond et ne se rendormait qu'en entendant les ressorts du sommier grincer sous elle.

Elle était un improbable mélange d'équilibre, d'intelligence, de froideur et de sensualité, capable de faire tomber n'importe qui dans ses filets.

Le téléphone sonna à nouveau et il fronça les sourcils avec un horrible pressentiment quand il vit que l'appel venait d'une conseillère juridique des chemins de fer danois qu'il avait draguée pendant qu'il préparait la réunion des ministres des Affaires étrangères. Elle était célibataire, sans enfant, sûre d'elle et amatrice d'opéra, et voyait en Kim une sorte de Siegfried de banlieue. Un diamant brut qu'elle voulait se charger de polir.

– Salut, Grethe, répondit-il d'une voix neutre.

– Bonjour, toi, minauda-t-elle. Écoute, je t'appelle juste pour m'assurer que je n'ai pas fait une bêtise. J'ai eu une requête un peu inhabituelle. Elle a été contrôlée par le chef de service qui a donné son feu vert il y a une vingtaine de minutes, mais… enfin, c'est un jeune et… Je sais que ça ne sert pas à grand-chose d'appeler maintenant vu que les bandes ont déjà été envoyées à Glostrup en taxi, mais… bref, vous avez déjà eu les fichiers une fois et je pensais que c'était suffisant. S'il faut vous envoyer les choses plusieurs fois, maintenant, on ne va pas s'en sortir…

Kim résista à l'envie de hurler.

– Quelle requête, Grethe ? Rassure-toi, je suis sûr que tu n'as pas fait de bêtise. Pas toi. De quels fichiers parles-tu et qui te les a réclamés ?

Elle lui fit un rapport circonstancié et interminable pendant lequel il eut le temps d'avoir des visions étranges et de voir, en spectateur, sa main gauche se déplaçant sur la table, comme si elle avait une volonté propre ou qu'elle avait reçu des instructions auxquelles lui-même n'avait pas eu accès. Il pressa de toutes ses forces la main sur le plateau du bureau. Sans résultat. Il ne la contrôlait plus.

Lene Jensen, évidemment. Encore et toujours elle.

La haine avait-elle réellement un goût ? Kim trouvait qu'elle avait un goût de métal, de terre et de bile.

– Et donc vous lui avez fait parvenir les CD ?

– Oui, il ne fallait pas ?

Les muscles de sa mâchoire lui faisaient mal.

– Mais si, tu as très bien fait, Grethe. Nous travaillons en collaboration avec la police criminelle sur cette affaire. Mais évidemment que vous ne devez pas faire les choses deux fois. Ça n'a pas de sens. Nous avons déjà les enregistrements de la gare de Nørreport. J'en ai une copie sous les yeux. Je vais lui parler. Bjarne Poulsen, tu dis ? L'assistant de Lene Jensen ?

– Oui, c'est ça. Nous ne pouvons pas les effacer, tu comprends. Nous sommes obligés de garder l'original des bandes. Les gens ne comprendraient pas.

– Je suis désolé. Tu as bien fait d'appeler.

– Je t'en prie. Et, au fait, j'ai deux billets pour *Aïda*, avec Anna Netrebko et l'orchestre symphonique du Seeland, tu vois le genre, et mon amie a attrapé la grippe alors je pensais que peut-être, tu…

Il raccrocha le téléphone et regarda sa main au bord du bureau.

Elle ouvrait un tiroir et en sortait un sac en tissu opaque qu'elle posait sur la table. Le sac était une sorte de souvenir du temps passé avec les services secrets pakistanais. Tout chef des interrogatoires qui se respecte devrait en posséder au moins un, lui avaient dit ses homologues, le plus sérieusement du monde. Kim alluma la lampe de bureau et retourna le sac avec précaution : des taches du sang séché de Lene Jensen en souillaient le fond, et quelques longs cheveux roux étaient restés collés au tissu.

Il posa le sac devant lui et croisa à nouveau les mains dans sa nuque. Il voyait d'ici les gros titres :

Association de malfaiteurs : Les services de renseignement de la police et les psychiatres de Rigshopitalet administrent une drogue de type LSD à des individus suspectés de complicité avec les terroristes. Des psychoses ont été constatées dans plusieurs cas. Le médiateur et le ministre de la Santé s'intéressent à l'affaire.

Il ne le permettrait pas. Il devait arrêter cela. Pour Zebra. Si son identité était dévoilée, tout serait foutu. Plus personne ne pourrait empêcher la prochaine attaque et jamais il ne retrouverait ceux qui avaient tué Anne et les gosses pour leur faire payer ce qu'ils avaient fait. La dernière tâche qui lui restait à accomplir ici-bas.

II

Michael Sander vit Lene arriver de loin. Elle boitait de la jambe gauche et se frottait la nuque. Elle marchait, trempée et pâle comme une morte, le mobile collé à l'oreille, et faillit rentrer dans un homme qui promenait son chien. L'animal se mit à gambader autour de ses jambes, pour jouer, mais elle resta immobile, comme un robot en panne de courant, sans un regard pour le promeneur ni pour son chien. L'homme tira sur la laisse pour s'éloigner de l'étrange bonne femme.

Des maisons de plain-pied, toutes identiques, construites dans les années soixante-dix flanquaient la rue pavillonnaire. Un quartier de noces d'argent, songea Michael. Plus de crédit sur les maisons, les enfants partis, les dérivatifs pour colmater les brèches dans les mariages et dans l'existence par des vérandas, des carports, des thuyas sculptés, des dallages sophistiqués et des voitures un peu trop coûteuses, depuis longtemps épuisés. Pas une bicyclette d'enfant ni un landau à l'horizon. Juste une tranquillité figée.

Il pensa à la petite bourgade du sud de la Fionie où il vivait avec femme et enfants. Par hasard ou par nécessité ? Il l'ignorait. Son épouse, Sara, tenait une bouquinerie dans la rue principale, l'un des commerces les mieux achalandés de la ville, ce qui en disait long sur la suffocation lente du Danemark rural. À présent, tout ce qui n'était pas les cinq villes principales du pays était devenu rural.

Il éteignit son iPad et bâilla. Il avait suivi Lene depuis le moment où elle était sortie des locaux de la PET à Søborg jusqu'à Glostrup et il avait attendu patiemment devant le complexe de la PJ qu'elle en ressorte. Il l'avait perdue de vue quand elle avait tourné de manière inattendue sur la rocade mais avait retrouvé sa trace grâce à son téléphone portable.

Il était devenu ridiculement facile de suivre quelqu'un à distance. Sur un *chatroom*, Michael avait téléchargé une petite application du nom inquiétant de *Your-Cell-Told-Me*, qui permettait de transformer n'importe quel téléphone portable en émetteur GPS. Si on connaissait le numéro et que le portable était allumé, on pouvait tranquillement suivre son propriétaire à la trace avec un smartphone, une tablette ou un ordinateur.

Il ouvrit la portière de sa voiture, sortit et attendit Lene Jensen sur le trottoir. Elle n'était plus au téléphone et marchait en regardant par terre, laissant ses pieds la porter mécaniquement vers l'avant. Elle faillit le contourner sans le voir mais il la freina en posant la main sur son épaule. Ses pieds s'immobilisèrent. Elle leva la tête et le regarda.

– Michael ?

Elle cligna des yeux comme si elle n'était pas tout à fait certaine que ce soit lui.

Il la prit par le bras et la conduisit jusqu'à sa Mercedes flambant neuve et spécialement équipée. Il continua à lui tenir le coude pendant qu'il lui ouvrait la portière, parce qu'il savait que, sinon, elle continuerait à marcher vers l'horizon comme une souris de laboratoire échappée de sa cage.

Elle s'assit à la place du passager et étendit ses longues jambes.

Il fit le tour de la voiture, alla s'asseoir au volant et monta le chauffage.

– Musique ? demanda-t-il.

– Pardon ?

Il s'enfonça dans son siège, les mains croisées sur les cuisses.

– Je disais musique. Laisse tomber.

Ils restèrent ainsi un long moment en silence pendant que l'horloge du tableau de bord égrenait le temps.

– Comment m'as-tu trouvée ? demanda-t-elle enfin.

– Ton portable.

– La Somalie ?

– La vérité ?

– Oui.

– Le pays devrait appartenir à une autre planète. Mars, par exemple. Ou n'exister que dans un cauchemar. Je crois que je suis tombé malade là-bas. Une saloperie d'infection tropicale quelconque. Je suis tout le temps mort de froid. Et je pisse marron. Alors que j'avais bouffé des tonnes de comprimés contre la malaria.

Elle se tourna vers lui et sa main gauche entama un geste vers lui. Peut-être l'aurait-elle posée un instant sur sa cuisse pour marquer sa compassion. Mais la main regretta à mi-chemin et alla rejoindre sa jumelle.

Les choses ne se passaient pas de manière froide, compétente et distanciée comme il l'avait prévu. Il avait toujours travaillé ainsi, aussi loin qu'il se souvienne. Les sentiments étaient inutiles, perturbants, et ils pouvaient s'avérer mortellement dangereux. Il la connaissait à peine. Et il n'avait aucune raison d'avoir gardé pour elle une quelconque affection. Elle avait failli l'abattre à deux reprises, elle était bizarre, butée, querelleuse, contrariante et rousse.

– Pourquoi refuses-tu de me parler ? lui demanda-t-il. Je t'ai appelée un milliard de fois.

– Je me suis dit que tu avais assez à faire à aider les riches et les puissants à conserver leur pouvoir et leur argent, comme il se doit, répliqua-t-elle. Pourquoi devrais-tu te préoccuper de moi ? Je ne suis rien. Mais je suis flattée, bien sûr. Je vais bien. Merci.

– Tu as une sale gueule, dit-il. Tu n'as pas l'air de quelqu'un qui va bien.

– Merci beaucoup.

Elle passa les doigts dans ses cheveux trempés, dans une vaine tentative de s'arranger un peu. Puis elle y renonça et les laissa retomber. Ses vêtements commençaient à dégager de la vapeur et les vitres se couvrirent de buée.

– Tu es rentré chez toi depuis ton retour de Somalie ?

– Non.

– Pourquoi pas ?

Il fit un geste vers le pare-brise et le monde gris et pluvieux dehors, comme si le paysage avait été une réponse en soi.

– Qu'est-ce que tu fais ici, Lene ? Je veux dire précisément ici ?

– J'ai été mise à pied. Après dix-huit ans de bons et loyaux services. Foutue dehors. Virée. Je suis une paria. Et je n'ai pas trouvé de taxi.

– Pourquoi as-tu été mise à pied ?

– C'est une longue histoire, Michael, répondit-elle, lasse, en se tournant vers la vitre latérale. Une longue histoire affreusement triste.

– Raconte. J'ai tout mon temps, et j'adore les tragédies.

Il se pencha pour allumer l'autoradio et tomba par hasard sur une chanson de Chrissie Hynde des plus appropriées. *I'll stand by you.* Il choisit de le voir comme un bon signe.

– Tu le sais depuis le début, n'est-ce pas ? lui demanda-t-elle tout à coup.

– Quoi ?

– Ce qui est arrivé à Josefine. Tu savais que ça allait se passer comme ça. Merci pour la couronne, au fait. Elle était très belle.

Michael gardait les yeux sur le paysage devant lui.

– J'avais déjà vécu une situation similaire.

– Ah, où ça ?

– Tu es sûre que tu as envie de le savoir ?

– Oui.

– J'ai retrouvé un jour une jeune femme qui avait été enlevée, brutalisée et violée pendant plusieurs jours. Ses kidnappeurs voulaient une rançon. Je l'ai libérée à la demande de son père, un riche Hollandais. Elle a fini dans une clinique en Suisse. Elle est devenue folle. Elle se badigeonnait avec ses propres excréments pour tenir les gens à distance. Les hommes surtout, évidemment.

– Merci, dit Lene.

Michael éteignit la radio.

– Qu'est-ce que tu penses de la voiture ? lui demanda-t-il.

Elle sourit un peu et, pour la première fois, ses yeux étaient de la partie.

– Très belle, Michael. Magnifique. Elle est à toi, ou tu l'as volée devant le *Sheraton* ?

– Elle est à moi. Allez, raconte.

Son visage couleur de cire commençait peu à peu à rosir dans la chaleur de l'habitacle, elle arrêta de trembler et sa voix se raffermit.

– Tout a commencé avec Ain, une fille arabe qui m'a appelée sur *La Ligne de Vie.* Elle travaillait dans un restaurant du parc de Tivoli et prétendait être responsable de la catastrophe. Il y a des tas de photos d'elle devant son restaurant, en train de parler avec un jeune homme, un certain Nabil Maroun de Damas qui a été identifié par la PET comme étant le porteur de bombe. J'ai vu les photos. Ils ont aussi trouvé les empreintes digitales du kamikaze dans l'appartement d'Ain.

– Qui l'avait envoyé ?

– Ebrahim Safar Khan d'Amman. *A priori.*

Michael hocha la tête.

– J'ai entendu parler de lui. Il est intelligent et très dangereux. Il était professeur à Londres avant de devenir un assassin.

– L'identification de Nabil Maroun ne fait aucun doute, poursuivit-elle. Les services secrets ont fait du bon boulot. La fille m'a appelée cinq minutes avant de se jeter sur la voie. Elle a eu le temps de me dire qu'elle était suivie. L'Institut de médecine légale a trouvé une nouvelle sorte de LSD dans son sang. Une substance qui brise les gens, les rend psychotiques, paranoïaques et suicidaires. Tu en as entendu parler ?

– À vrai dire, oui, répondit Michael. C'est la dernière nouveauté en matière de méthodes d'interrogatoire depuis l'arrivée de l'administration Obama. Il y a plus d'avocats qui défendent les droits de l'homme et du citoyen aujourd'hui qu'il n'y a de prisonniers à Guantánamo. Maintenant, quand les services secrets américains torturent les gens par simulation de noyade, ils sont obligés d'utiliser une carafe de dînette Hello Kitty, et ensuite ils doivent leur dire pardon. Les centres d'interrogatoires secrets de la CIA ferment les uns après les autres, et l'agence concentre tout son argent et tous ses efforts sur la surveillance électronique plutôt que d'aller s'asseoir devant le feu de camp des indigènes et recruter des officiers de renseignement, à l'ancienne. Ils ne promettent plus à personne l'asile politique, la nationalité américaine et un tour à Disneyland et préfèrent leur balancer un drone sur la tronche plutôt que de les interroger. C'est une très mauvaise idée, si tu veux mon avis. Que feront-ils quand ils seront arrivés en bas de la liste, hein, je te le demande ? Le sérum de vérité, le plus souvent du LSD, est la nouvelle alternative. Il suffit d'en mettre dans le dentifrice ou dans le dernier verre de la victime, mélangé à du propofol, pour qu'ils ne se souviennent même plus s'ils étaient là ou ailleurs étant donné que cela efface la mémoire immédiate. C'est ça qui a tué Michael Jackson. Cela dit, je ne vois pas les Danois se servir d'un truc pareil.

– Irene Adler. Elle est psychiatre à l'hôpital central de Copenhague et super ambitieuse. Elle a vécu plusieurs années au Moyen-Orient et c'est une sommité dans le domaine de la recherche sur la psychologie des kamikazes. Elle se prend pour Dieu et se croit intouchable parce qu'elle a serré la main à la reine et à Nelson Mandela.

– Et c'est aussi elle qui s'est occupée de ta fille, n'est-ce pas ? demanda Michael en se disant qu'il aurait mieux fait de se mordre la langue.

Lene se tourna brusquement vers lui. Elle lui lança un regard meurtrier.

– Ça n'a absolument rien à voir, Michael !

Il croisa les mains et prit son expression la plus humble.

– Excuse-moi de te contredire, mais ce serait un suicide professionnel de faire une chose pareille. Tout finit par se savoir. Si les expériences doivent se faire dans le civil, il y a trop de personnes impliquées : personnel infirmier, laborantins, étudiants-chercheurs, étudiants en médecine.

– On voit que tu as passé beaucoup de temps à l'étranger. Tu ignores comment c'est devenu dans ce pays, répliqua Lene. Des choses qu'on aurait juré impossibles au Danemark et imaginées uniquement dans le pire des États policiers sont devenues monnaie courante à présent. La moitié des téléphones du pays est sur écoute. On installe des caméras de surveillance partout et il faut pratiquement passer à travers un détecteur de métaux pour monter dans un bus ou entrer dans une bibliothèque. Tout part à vau-l'eau.

– C'est Charlotte Falster qui t'a suspendue ?

– Bien sûr ! C'est elle qui décide tout, maintenant. Ils m'ont vue parler à une amie d'Ain. Une femme qui s'appelle Nazeera Gamil. Trente-deux ans, célibataire, sans enfant. Elle vit ici depuis l'âge de quatorze ans, son père est un économiste chercheur jordanien de haut niveau à l'université de Copenhague. Elle était aussi la maîtresse d'Ain. Très belle, fascinante, à vrai dire. Je suppose qu'ils s'intéressent à elle à cause de ses origines.

– Probablement, dit Michael. Ou alors, c'était un hasard, un contrôle de routine.

– C'est possible. Bref, deux agents de la PET m'ont trouvée un peu trop curieuse et ils ont commencé à me filer. J'ai parlé au psychiatre d'Ain et j'ai essayé de faire parler Irene Adler. Elle a porté plainte. Suite à quoi, Charlotte Falster m'a demandé de me mêler de mes affaires, ou…

– Qu'a dit son psychiatre ?

– Il m'a draguée, dit-elle avec un sourire en coin.

Michael la regarda.

– Toi ? Pourquoi ?

Il tendit la main vers elle. Mais le mal était fait.

– Excuse-moi.

Elle repoussa sa main. Avec violence.

– Laisse tomber. Tu as raison. Pourquoi un homme aurait-il envie de passer du temps avec moi ? C'est ridicule. Tu n'as pas besoin de t'excuser.

– Ce que je voulais dire, c'est que pour moi les psychiatres n'ont rien d'humain. C'est pour ça. Tu es toujours aussi…

– Ferme-la, Michael. Tu es vraiment con.

Elle bâilla, se cala au fond du siège tiède et confortable et commença à s'assoupir. Il la prit par l'épaule et la secoua doucement.

– Quoi ? grommela-t-elle.

– Cette fille, Ain, pourquoi t'appelait-elle ? Elle a laissé une lettre ? Un truc écrit au rouge à lèvres sur son miroir ? Un message ? Une confession ?

Lene fouilla dans son sac et sortit une plaque de comprimés ronds et blancs sous blister. Elle en extirpa un de l'aluminium et le fourra dans sa bouche.

– Tu as de l'eau ?

Il sortit une bouteille d'eau minérale de la boîte à gants et elle déglutit en faisant d'horribles grimaces.

Il fit un mouvement du menton vers le sac qu'elle referma soigneusement et serra contre elle comme une protection.

– C'est quoi ?

– Un calmant.

– Un calmant ? Tu es déjà en train de t'endormir, bordel !

– Non, je suis insomniaque. Je… je ne dors plus. Impossible.

– Fous-moi ça en l'air, ordonna-t-il. Décroche, net !

– Je ne peux pas.

– OK. Fais ce que tu veux. Elle a laissé une lettre, alors ?

– Non.

– Elle a sauté, ou on l'a poussée ?

– On l'a poussée. J'en suis certaine.

– Ah oui ? Pourquoi ?

– Elle ne parlait pas comme quelqu'un qui va se suicider.

Michael ne la contredit pas. Il avait toujours trouvé que Lene avait un jugement très sûr, même si, en ce moment, elle n'était que l'ombre d'elle-même.

– Alors qui était-elle, ton infortunée petite Arabe ?

– Je ne sais pas, mais j'ai bien l'intention de le découvrir, quoi qu'on en dise et malgré ma mise à pied. Mais toi, qu'est-ce que tu fais là ? Tu es trop cher pour moi. Ce n'est pas vingt mille couronnes par jour que tu prends pour tes services ?

– Soixante-quatre mille, ces temps-ci. C'est la crise. Les gens font des trucs vraiment bizarres. En ce qui me concerne, j'espère qu'elle ne s'arrêtera jamais.

– Tu n'as pas besoin d'une assistante, par hasard ? Je crois que mon avenir dans la police est quelque peu compromis. J'ai l'impression qu'ils trouvent que j'ai atteint mes limites. Ou le fond, je ne sais pas.

– Une assistante ? Pourquoi pas. Alors ? Qui, à ton avis ?

Lene réfléchit. Je crois qu'elle n'était personne en particulier. Je crois juste qu'elle n'a pas eu de chance. Je crois que les gens en qui elle avait confiance l'ont trahie. Utilisée. Elle ne savait pas ce qu'elle faisait. C'était une pauvre fille crédule et innocente. Elle n'avait pas de convictions politiques. Elle avait beaucoup trop de problèmes personnels pour se soucier du conflit au Moyen-Orient et pour se préoccuper de justice ou d'injustice. C'est l'avis de son psychiatre et je crois qu'il l'avait bien cernée. Elle était simplement Ain. Une fille gentille et pas très intelligente qui voulait faire plaisir à tout le monde. Quelqu'un avait réussi à la convaincre qu'elle était responsable de ce qui était arrivé au parc. *Je mérite de mourir, pas une fois mais plus d'un millier de fois,* disait-elle. Mille deux cent quarante et un morts, c'est plus que mille, n'est-ce pas ?

– Hmm.

– Et elle se sentait coupable de la mort de chacun d'entre eux.

– Elle a parlé au porteur de bombe, fit remarquer Michael. Et il était chez elle.

– Il est possible qu'elle l'ait aidé. Et il est possible aussi qu'elle ait ignoré qui il était. Elle n'a commencé à consulter ce psychiatre qu'au mois de novembre. Deux mois après l'attentat.

– Et la PET t'a tabassée pour te faire comprendre que tu avais passé les bornes.

Elle acquiesça.

– Qui sont-ils ?

– Le premier est un inspecteur adjoint qui s'appelle Kim Thomsen. Il a perdu sa femme et ses deux petites filles dans l'attentat du parc. Je pense sincèrement qu'il est givré et fanatique. L'autre, Christian Erichsen, est normal et loyal. Ils sont liés par un code de camaraderie indéfectible, tous les deux. Kim a servi trois fois sur le terrain, à Kaboul, à Bagdad et à Islamabad. C'est du jamais-vu et il est considéré comme un héros.

Elle parla à Michael de la rencontre à Sorø.

Il hocha la tête en pianotant sur le volant.

– Il n'y a qu'une seule explication. Ils ont une taupe chez Safar Khan et c'est Kim qui l'a formée, sinon il y a longtemps qu'on l'aurait écarté de l'affaire. Il est l'officier de liaison de cet agent qui ne peut et ne veut avoir affaire qu'à lui.

Il se tourna vers Lene.

– Je me trompe ?

– Non.

Il se cala à nouveau au fond de son siège.

– Si je ne fais pas erreur, alors tu ferais mieux de le laisser tranquille, Lene. Tu risques effectivement de foutre en l'air l'opération. C'est une grosse responsabilité. Très grosse.

– Je sais que je risque de tout gâcher. Charlotte me l'a dit, et c'est à cause de ça qu'elle m'a suspendue. Pour m'écarter. Je sais qu'elle n'avait pas d'autre solution…

– Mais ?

– Je trouve que tout cela colle un peu trop bien. Mais je me trompe peut-être. J'aimerais simplement savoir si Ain s'est suicidée ou pas. C'est important pour moi. Je ne parviens pas à penser en termes de milliers de victimes, Michael. Je n'arrive à penser qu'à une seule victime à la fois. Je suis peut-être un peu mesquine et… stupide.

– Mais non, tu n'es pas stupide, répliqua-t-il. Quant à moi, je n'ai aucun mal à croire qu'ils vont revenir. Pour eux le Danemark n'est qu'un petit cochonnet sans défense en train d'attendre un homme capable de se servir d'un couteau. Cas d'école : ils reviennent. Leur cible ?

– Il y a un sommet européen de ministres des Affaires étrangères qui commence après-demain sur l'île de Christianshavn, sécurité maximale, hélicos, snipers sur les toits des immeubles voisins, nageurs de combat dans le port de Copenhague, le Jægerkorps dans les airs et bouches d'égout scellées dans tout le quartier. Tony Blair est invité à faire un discours à l'assemblée générale annuelle des sociaux-démocrates. Sécurité modérée. Et, enfin, il y a ce professeur israélien qui a vivement critiqué la politique d'expropriation d'Israël. On doit lui remettre un prix à l'université de Copenhague et lui décerner le titre de professeur émérite. Les activistes sionistes ont déjà essayé de l'assassiner à deux reprises. Je ne connais pas le niveau de la sécurité prévu pendant son séjour, mais je doute que le Mossad le laisse voyager sans gardes du corps, et je ne vois pas qui pourrait être mieux placé qu'eux pour le protéger. Le grand rabbin Bent Lexner sera présent à la remise de prix ainsi que des membres de la famille royale, le recteur et les doyens de l'université.

– Comment s'appelle-t-il, ce professeur ?

– Ehud Berezowsky.

Michael hocha la tête.

Il est une cible possible, en effet. Oublie Tony Blair. Il est sans importance.

– Et le Conseil des ministres des Affaires étrangères ?

– Bien sûr ! Spectaculaire. Un Everest pour tout kamikaze un peu ambitieux. Le Moyen-Orient serait fou de joie après une prouesse comme celle-là.

Il allait allumer une cigarette quand le téléphone de Lene sonna.

Bjarne était au-delà du stade de l'hystérie et au bord de l'implosion. Il avait la voix de quelqu'un qui vient de faire un infarctus et parlait avec le timbre aigu d'une petite fille.

– Il essaye d'entrer, Lene. Il entre, maintenant !

Un bruit de craquement éclata au bout du fil et une voix d'homme au comble de la rage rugit, traitant le pauvre Bjarne de *gros tas de merde*.

– Qui est-ce, Bjarne ?

– Au secours, Lene !

Elle lança un regard à Michael qui avait déjà enlevé le frein à main et passé la première sur sa merveille allemande. Elle posa le téléphone sur sa cuisse pour étouffer les cris d'orfraie de Bjarne et dire à Michael :

– Fais demi-tour ! La PJ ! Vite !

Elle reprit le téléphone et eut l'impression d'entendre le bruit mat d'une batte de base-ball frappant une pastèque. Puis les gémissements pathétiques du technicien à qui son agresseur ordonnait de lui remettre immédiatement ces foutus enregistrements de la gare de Nørreport avant qu'il lui abîme tellement le portrait que sa mère ne le reconnaîtrait pas.

Elle abaissa le téléphone. La haine noircissait son regard.

Kim.

Encore lui.

Pourquoi devrait-elle s'arrêter alors que lui n'arrêtait jamais ?

Lene se mordait la lèvre, inquiète, sans quitter des yeux Michael qui, avec une tranquille virtuosité, pilotait la voiture gris métallisé en une succession de dérapages contrôlés sur les routes mouillées de pluie du quartier résidentiel jusqu'à ce qu'ils arrivent sur la rocade. Il rétrograda brusquement et les huit cylindres bi-turbo de la Mercedes émirent un grondement contrarié. Ils s'engagèrent sur la bretelle d'accès en faisant une queue-de-poisson à un camion hollandais dont le chauffeur écrasa furieusement son Klaxon. Lene s'enfonça dans le siège les bras tendus vers le tableau de bord. Elle était trop choquée pour hurler. Elle avait vu défiler au ralenti chaque détail du camion : le pare-chocs avant boueux, un sticker sale au nom d'un fabricant de freins d'Apeldoorn. Les numéros et les lettres de sa plaque minéralogique, aussi grands que des maisons.

On aurait à peine pu glisser un billet de banque entre l'aile avant de la Mercedes et le mastodonte hollandais.

– Miiiichaeeeel… !

Il se tourna vers elle.

– Quoi ?

Elle ferma les yeux.

– Rien. Dis-moi que ce machin a des airbags !

Le compteur oscillait autour des 180 km/h sur la rampe d'accès. Le camion colossal rapetissait rapidement dans le rétroviseur.

– Bien sûr. Qu'est-ce que tu crois ?

Elle retira prudemment ses mains du tableau de bord. Devant eux la route était dégagée même si elle lui paraissait se rétrécir étrangement en forme de tunnel.

– Qu'est-ce qui se passe, au juste ? demanda Michael.

– J'ai demandé à Bjarne, mon assistant, de réclamer à la compagnie des chemins de fer les bandes de surveillance de la gare de Nørreport, datant du jour où Ain est morte. Et maintenant, ce cinglé de Kim est en train de le tuer.

– C'est complètement dingue !

– Je sais ! Il ne va vraiment pas bien.

– C'est à cause de l'agent infiltré, dit Michael. Il ferait n'importe quoi pour protéger son agent. Je le comprends. S'il le prépare et le bichonne depuis des années et qu'il a réussi à le ou la faire entrer dans le repaire de Safar Khan, c'est exceptionnel, fantastique, admirable… et extrêmement gonflé.

Lene acquiesça.

– Je suis d'accord avec ce que tu dis, mais Bjarne est un gentil *geek* qui collectionne des emballages de chewing-gum avec des images de Star Wars et habite chez sa mère. Il n'a jamais fait de mal à une mouche. Il a été victime de harcèlement dans l'enfance. Un épisode comme celui-là risque de le détruire.

La voiture se déplaça en crabe sur une rampe d'accès, comme si toutes les roues étaient capables de tourner individuellement.

– Une minute et vingt secondes, dit michael avec une certaine fierté. Je t'accompagne ?

– J'aimerais bien, mais je ne sais pas comment te faire entrer. Cet endroit est plus protégé que Fort Knox.

– On trouvera un moyen, dit-il, confiant, et, pour la première fois depuis des mois, Lene se sentit un peu moins seule. Michael était la pièce manquante dans tous les puzzles qu'elle essayait d'assembler. Même ceux qu'elle aurait préférer ignorer.

Il se garèrent sur l'une des places de stationnement réservées aux civils et coururent se mettre à l'abri de la pluie. Les pans du manteau de Michael lui battaient les mollets. Il pleuvait plus fort que tout à l'heure et des gouttes glacées leur cinglaient le visage. Ils gravirent les marches quatre à quatre puis traversèrent le hall jusqu'au comptoir d'accueil en marchant normalement. Lene ne reconnaissait pas le planton, une jeune femme brune. Sa chemise d'uniforme était fraîchement repassée et elle portait son holster sur la hanche gauche, la crosse vers l'avant.

– Monsieur est mon invité, dit Lene en montrant sa carte.

La fille regarda Michael qui lui réserva son sourire le plus éclatant. Comme il ne lui faisait pas le moindre effet, il tendit à la place sa carte de presse.

Il avait sans doute une demi-douzaine d'identités différentes dans son portefeuille.

– Berlingske Tidende, dit Lene. Il doit interviewer Charlotte Falster. Cela vient d'être organisé.

La fille hocha la tête et le fit passer par le détecteur de métaux. Lene suivit l'opération avec inquiétude, mais aucune sonnerie ne se déclencha et la lampe resta éteinte.

– Je vais juste appeler sa secrétaire pour qu'elle me confirme le rendez-vous, dit la fille.

Lene se tourna vers l'escalier, s'attendant à chaque instant à voir apparaître un Kim Thomsen triomphant, une pile de DVD entre les mains.

Michael sourit, compréhensif.

– Bien sûr. Mais faites vite, nous n'avons pas beaucoup de temps. Si Mme Falster veut que son annonce officielle sur l'attaque terroriste paraisse dans le journal de demain… « Il regarda sa montre… » Il faut aussi rédiger l'article. On peut attendre la télé bien sûr, mais ce sera trop tard pour la version papier. Enfin, surtout, ne vous inquiétez pas, nous savons que vous avez des ordres.

La fille le regarda.

Lene avait envie de l'assommer, mais elle s'obligea à se calmer et à sourire gentiment. Elle jeta un coup d'œil à son insigne.

– Écoutez, Nanna, je suis sûre que Charlotte Falster ne vous tiendra pas pour responsable si Jesper arrive trop tard pour la deadline. On trouvera une autre solution. Ne vous faites pas de souci.

La jeune femme tendit un insigne « invité » à Michael, qui s'empressa de le lui prendre des mains.

Devant le petit local aménagé dans un coin de la salle Mosaïque, ils trouvèrent une foule de policiers à la retraite et de techniciens grisonnants, certains d'entre eux engagés dans une discussion aussi indignée qu'inutile, d'autres, désireux de faire quelque chose, en train de tambouriner à la porte et sur les cloisons de plâtre. Lene songea en passant que tous ces gens avaient de toute façon travaillé pour rien puisque Nabil Maroun avait été identifié depuis longtemps. Mais, d'un autre côté, cette tâche avait peut-être redonné un sens à leur existence.

Une femme aux cheveux gris coupés en un carré sévère, le visage chaussé de lunettes étroites, vert pomme, se tourna vers Lene et lui dit avec colère :

– Nous avons appelé la sécurité, mais personne n'est venu. Ce type est enragé !

Un petit bout de langue nerveux humecta ses lèvres roses et minces.

Un couinement strident leur vrilla les oreilles, comme si on castrait un verrat sans anesthésie. La femme fit un geste d'impuissance. Ses joues étaient toutes roses. Elle allait enfin avoir quelque chose à raconter à la table de bridge.

Lene se retourna pour voir où était Michael, mais il l'avait devancée. Sans prendre d'élan, il troua le mur de Placoplâtre à côté de l'encadrement de la porte. Elle crut d'abord qu'il avait mal visé, mais comprit vite l'intérêt de la manœuvre. À travers cet orifice, il allait pouvoir ouvrir le verrou de l'intérieur. Il entra le premier et Lene lui emboîta le pas.

On aurait dit qu'une bande de hooligans s'étaient acharnés sur le bureau. Ordinateurs, scanneurs, tables et chaises, sans oublier les maquettes d'avions et d'hélicoptères, gisaient dans tous les coins, écrasés et en miettes.

Un Kim survolté était penché au-dessus du pauvre technicien informatique sans défense, recroquevillé en position fœtale contre le mur, les mains levées pour protéger sa tête. L'inspecteur adjoint lui hurlait des menaces en lui frappant le dos et les fesses avec un pied de table cassé. Il se retourna et posa sur les nouveaux venus un regard étrangement voilé. Bjarne tourna également vers eux son visage baigné de larmes, et Lene sentit une rage sourde l'envahir à la vue de cet homme vieillissant qui revivait sans doute l'enfer de son enfance maltraitée.

– Espèce de salopard, dit-elle en regardant autour d'elle pour trouver une arme appropriée.

La figure de Kim Thomsen était livide de colère. Ses lèvres bougeaient, mais aucune parole sensée n'en sortait. Le voile opaque qui lui brouillait les yeux se dissipa. Il vit à qui il avait affaire, mais son regard n'en devint pas moins assassin. Au contraire, il commença à avancer vers Lene qui n'avait trouvé qu'une malheureuse règle pour se défendre.

Michael la poussa gentiment et elle le regarda l'air offusqué. C'était son combat et elle se sentait tout à fait capable de le mener seule. Bjarne était à elle. Michael, le visage inexpressif, ignora l'agent de la PET et traversa calmement la pièce jonchée de débris.

Lene savait que derrière le grand front lisse de Michael se cachait un puissant cerveau analytique. Le reste de son corps était en revanche cruellement marqué. Lene l'avait un jour vu nu jusqu'à la ceinture et c'était une vision qu'elle n'était pas près d'oublier. Son torse ressemblait à la photo aérienne d'un champ de bataille. Il était couvert de greffes de peau à l'aspect granuleux et de tissu cicatriciel tendu et ridé, dans les endroits où les greffes n'avaient pas pris. Le bas du dos était couvert de petites cicatrices faisant penser à une succession d'atolls volcaniques, en souvenir de projectiles entrés à gauche du nombril et ressortis dans le dos. Il avait aussi une longue cicatrice irrégulière due à une colostomie provisoire qu'il avait dû subir parce que les balles avaient bousillé ses intestins.

Il était impossible de regarder ce corps sans être pris d'une immense pitié pour l'homme, aussi agaçant puisse-t-il être au demeurant. Mais son visage avait été miraculeusement épargné et, si l'on faisait abstraction des cigarettes, Lene savait que Michael se maintenait toujours dans une condition physique parfaite. C'était son assurance vie, comme il disait.

Il para le coup de pied de table de Kim. Et, à vrai dire, les choses n'allèrent pas plus loin.

En deux temps, trois mouvements, l'agent du renseignement était couché par terre à côté de Bjarne qui, lui, était en train de se relever. Les jambes repliées sous lui, les bras pendant mollement le long du corps et les yeux fixant le plafond sans le voir, il tentait en vain de déglutir avec un râle sinistre et avait visiblement du mal à respirer. Lene avait à peine eu le temps de voir le coup bref et précis que Michael lui avait administré au larynx avec le creux situé entre son pouce et son index. Le geste lui avait semblé si simple et si évident.

– Il va mourir ? demanda-t-elle.

Michael regarda l'homme à terre. La peau de son visage était légèrement cyanosée. Kim Thomsen levait vers lui un regard suppliant, comme s'il avait pu respirer à sa place. Une écume blanche coulait de ses commissures.

– Non, répondit-il. Il réfléchit un instant et se pencha pour regarder sa victime de plus près. Enfin, je ne crois pas, corrigea-t-il.

Il traîna Kim contre le mur et le mit en position assise. L'agent de la PET ouvrait et refermait la bouche comme un poisson hors de l'eau. Il réussit enfin à avaler une première goulée d'air avec un long et pénible sifflement. Il se plia en deux et inspira une deuxième fois.

Pendant ce temps-là, Lene essayait de consoler son assistant qui sanglotait de douleur et de honte.

Il levait vers elle des yeux humides et désespérés.

– Je ne lui ai rien dit, Lene. Rien du tout.

– Bien sûr que vous ne lui avez rien dit. Je savais que vous ne lui diriez rien. Vous êtes formidable. Vraiment formidable. Je suis très fière de vous.

Le technicien tremblait.

– C'est vrai ?

– Oui, c'est vrai. Je suis incroyablement fière de vous.

Il reprit quelques couleurs, et ses yeux un peu de vie. Il les tourna vers l'agent de la PET, mais détourna vite le regard, l'air à nouveau terrifié.

Quel salaud ! songea Lene, impuissante. Quel immonde salaud ! Le peu de confiance en lui que son technicien avait réussi à gagner avec les années, le semblant d'amour-propre qui lui permettait d'arriver entier au bout de ses journées venaient de lui être arrachés, avec les racines, par la foutue réincarnation du tyran de cour de récréation de tous ses cauchemars. Elle avait une furieuse envie de balancer un coup de pied à la gueule de l'inspecteur adjoint incapable de se défendre. Ou inviter Bjarne à le faire, mais ça, elle doutait fort qu'il en ait le courage.

Michael vint les rejoindre et Bjarne le regarda comme s'il était Dieu en personne. Il posa la main sur l'épaule du technicien et lui demanda comment il se sentait. Lene aurait pu l'embrasser, mais elle ne savait pas comment il le prendrait. Sans doute la repousserait-il avec une remarque sarcastique. Peut-être. Sûrement.

Kim Thomsen s'était levé. Il se dirigea vers la porte sans les regarder, les mains sur sa gorge. Les policiers à la retraite et les informaticiens s'écartèrent sur son passage. Michael jeta un regard interrogateur à Lene qui secoua la tête.

– Laisse-le partir. Où sont-ils, Bjarne ?

– Là, dans ton placard secret.

– Il n'est plus très secret, apparemment.

Michael écarta la fontaine d'eau minérale et ouvrit une petite trappe dans le mur. Derrière une bouteille de Stolichnaya à demi pleine et deux blisters de comprimés étaient empilés plusieurs CD-ROM entourés d'un élastique. Il les glissa dans la poche de son manteau.

– Excuse-moi, Bjarne, mais je suis obligée de partir maintenant. Je ne peux pas faire autrement, dit Lene. Ça va aller ?

Son assistant hocha la tête, très malheureux, mais il retrouva un peu le moral quand la courageuse vieille dame aux cheveux gris et aux lunettes vertes vint mettre le bras autour de ses épaules.

– Je vais m'en occuper, dit-elle.

Elle marmonna quelques mots que Lene n'entendit pas et il la regarda avec des yeux reconnaissants.

Lene lui posa affectueusement la main sur le bras et elle s'en alla.

Ils marchèrent côte à côte sur l'asphalte trempé.

– Où as-tu appris ce truc-là ? lui demanda-t-elle.

– Quoi donc ?

– Ce truc que tu as fait tout à l'heure ?

Elle imita, sans coordination ni vélocité, son coup au larynx contre un adversaire imaginaire.

Michael rigola.

– C'est ma petite sœur qui me l'a enseigné.

– Ta petite sœur ?

– Oui.

– Tu te fous de moi ?

– Pas du tout. Elle est partie dans un kibboutz en Israël après son bac et elle n'est jamais revenue. Maintenant elle vit à Haïfa et elle a un fils adolescent avec un ophtalmologiste. Elle a la nationalité israélienne et…

– Et quoi ?

Il haussa les épaules.

– Elle est super douée pour se battre. Elle était dans l'armée. Ils font ça toute la journée, là-bas. Si je devais me battre contre elle, sérieusement, je n'aurais pas une chance. Je ne déconne pas. On fait quoi maintenant ?

Lene regarda sa montre.

– Je dois me rendre à un enterrement à Værløse. La cérémonie commence dans vingt minutes, dit-elle.

Il la regarda des pieds à la tête.

– Tu es sûre que tu ne veux pas faire un brin de toilette, avant ?

– Je ne vois pas où ?

– Alors, au moins, assieds-toi tout au fond. Tu vas dans une église, pas à l'école du cirque.

Lene n'en revenait pas. En règle générale, Michael était l'homme du monde décontracté par excellence. Nonchalant, ironique, cultivé et plein d'humour. Mais parfois, un autre homme se manifestait chez lui. Un homme conformiste, pointilleux et incroyablement puritain.

Michael avait proposé de l'accompagner, mais Lene ne trouvait pas que c'était une bonne idée. Alors il était resté appuyé à la voiture à fumer des cigarettes sous le soleil qui avait suivi la pluie, comme il se doit.

L'église était moderne et géométrique et elle ne lui plaisait pas. Elle ne ressemblait en rien à la solide et basse église médiévale qui semblait être née du paysage lui-même, où son père était pasteur et où il avait grandi jusqu'à ce que son père se fasse virer. Les hommes du conseil paroissial et la femme évêque du diocèse en avaient décidé ainsi d'un commun accord. Il s'était vu accuser de comportement inapproprié et d'ivrognerie, mais la vérité était que le père de Michael avait fait cocus presque tous les hommes de la paroisse. Il avait systématiquement sauté toutes ses ouailles de sexe féminin et brisé le cœur de la mère de Michael pendant que lui-même s'enfonçait dans un lent processus d'autodestruction. Michael, quant à lui, l'avait toujours adoré et il lui avait tout pardonné.

Il regarda l'écran de son téléphone. Il n'avait eu aucun appel. Il n'était pas rentré chez lui en Fionie depuis six semaines et il n'avait pas parlé à sa femme et à ses enfants depuis une semaine. Il repoussait sans cesse l'appel – et Sara faisait probablement la même chose. Chaque heure qui s'écoulait rendait la chose plus difficile et il se sentait peu à peu comme un étranger dans sa propre vie.

Peut-être en avait-il trop vu, avec le temps. Tout était devenu tellement relatif. La vie, la mort, la foi, l'amour et l'innocence n'étaient qu'une question de circonstances fortuites ou de mauvais timing, et le fossé qui s'était creusé entre ses missions et sa petite vie de province bien tranquille devenait chaque fois plus infranchissable. Ces cinq dernières années, il n'avait pratiquement été chez lui qu'en visite. La vie normale lui semblait de plus en plus inutile, étrange et irréelle. Il était peut-être en train de se transformer en l'un de ces experts, bien payés, vides, sans racines et accros à l'adrénaline, qu'il croisait dans les sociétés de sécurité privées et qui entraient en Afghanistan, en Irak ou en Yougoslavie comme instructeurs ou comme gardes du corps, au moment où les forces de la coalition se retiraient. Il avait toujours eu pitié de ces gars-là. Peut-être devrait-il commencer à se regarder dans une glace.

Comme pour accompagner ses pensées, les cloches de l'église se mirent à sonner tristement. Il prit ses petites jumelles dans la boîte à gants et scruta les alentours. Il s'était garé en lisière de la forêt de Hareskoven et depuis une heure il n'avait vu passer qu'un couple de yuppies en VTT et deux bonnes femmes maigres qui faisaient leur jogging en bavardant, sans effort et sans s'essouffler. Il songea à l'agent secret sombre et amer. Michael connaissait ce genre de types. Ils n'abandonnaient jamais. Quand l'agent de la PET était passé à côté de lui, tout à l'heure, Michael avait vu l'expression dans son regard : « c'est juste la première manche, disaient ses yeux. Vous n'avez pas gagné. Vous ne gagnerez pas. » Et si Kim était l'officier de liaison d'un agent infiltré dans le réseau terroriste d'Ebrahim Safar Khan, il pouvait et devait aller jusqu'au bout.

Michael se frotta la figure. C'était un sacré dilemme. Qui avait raison ? L'obstiné et cinglé Kim Thomsen, ou l'obstinée et cinglée Lene Jensen ?

Aucun des deux, probablement.

Ou tous les deux, peut-être.

Avait-il neutralisé la mauvaise personne ? Est-ce qu'il aurait dû laisser Kim récupérer les films ? D'un autre côté, il semblait impossible à Michael que la PET ait réussi à infiltrer la cellule de Khan alors que les plus grandes agences de renseignement du monde occidental essayaient en vain d'y parvenir depuis des années.

La femme pasteur apparut sur le perron de l'église et les gens sortirent pour regagner leurs voitures. Michael se concentra sur les deux derniers, une femme mince aux cheveux gris, habillée de noir et soutenue par son mari. Lene lui avait décrit les parents d'Ain. La femme pleurait doucement et essuyait ses yeux dans un mouchoir. Ils prirent longuement congé du pasteur, montèrent dans une Volvo grise et s'en allèrent.

Ils étaient convenus avec Lene qu'elle sortirait de l'église en compagnie de Nazeera, l'amie d'Ain, pour qu'il puisse la prendre en photo. Les deux femmes firent le tour de l'église, plongées dans leur conversation, et firent halte au pied du clocher. Elles étaient à près d'une centaine de mètres de l'endroit où il se trouvait, et pourtant, il pouvait compter chaque poil de leurs sourcils à travers le téléobjectif.

Lene avait raison, cette femme était sensationnelle.

Une robe en lainage léger moulait ses hanches aux courbes magnifiques et une brise légère collait sa jupe à ses longues jambes fines et à sa taille mince. Elle avait les mains enfoncées dans les poches de son trench ouvert. Les épaules étaient droites, le cou élancé, le teint parfait et les yeux grands et verts comme ceux de Lene. Son sourire révélait une dentition qui devait être le rêve de n'importe quel dentiste, à condition qu'il s'intéresse au but à atteindre et non à la perspective de gagner de l'argent. Elle avait les pommettes hautes et un front pur. Ses cheveux d'un noir bleuté étaient rassemblés dans la nuque avec une barrette en ivoire. Elle portait des bottes noires à talons qui la rendaient un peu plus grande que Lene. De temps à autre, les mains quittaient leur refuge et s'agitaient, expressives. Elle se déplaçait comme une danseuse. Parfois elle passait la main dans son opulente chevelure sombre.

Le contraste entre les deux femmes était violent. Le visage de Lene était pâle et abîmé, ses traits tirés. Son maquillage et sa coiffure étaient un désastre, ses vêtements étaient déchirés et tachés. Elle marchait avec précaution pour ménager ses nombreuses blessures et ses mains ne quittaient pas les poches de sa veste en cuir. C'était comme de voir un cheval pur-sang à côté d'un chien vagabond et, pourtant, Michael se surprit à zoomer sur le visage fatigué de la commissaire de police.

Il ne pouvait pas s'en empêcher. Il y avait... c'était difficile à expliquer... Elle avait tellement plus d'âme et de personnalité.

Elles firent un tour complet de l'église et disparurent de son champ de vision un instant, avant de réapparaître sur le parvis. Elles échangèrent quelques phrases supplémentaires, puis Nazeera Gamil et Lene s'embrassèrent et l'Arabe se dirigea vers une BMW noire. Michael fronça les sourcils. Il lui semblait avoir compris qu'elle travaillait comme serveuse dans un café à Østerbro. Mais c'était peut-être la voiture de son père.

Il remarqua aussi que le sourire s'était effacé du visage de l'Arabe aussitôt qu'elle avait tourné le dos à Lene. Elle ne regarda ni à droite, ni à gauche, et quitta rapidement le parking. Une silhouette était restée parfaitement immobile derrière les vitres teintées, pendant tout le temps qu'avaient duré la cérémonie et la discussion entre les deux femmes. Michael croyait qu'elle aussi était venue accompagnée. Il voyait à présent qu'il s'agissait d'un énorme chien au poil sombre.

Les gestes de Lene n'avaient plus rien de raide. Elle marchait vers lui d'un bon pas. Michael s'assit au volant et se pencha pour lui ouvrir la portière.

Elle attacha sa ceinture et se tourna vers lui.

– Alors ?

– Nazeera ? Elle est sublime. Qu'est-ce qu'elle fout dans un endroit comme Værløse alors qu'elle devrait être en train de marcher sur un *catwalk* pour Victoria's Secret à Milan ou être la fille du mois de mars dans *Playboy* ?

– On se calme, Michael.

– C'est toi qui m'as posé la question.

– Oui, mais essaye de répondre avec ton cerveau, quand même.

Il rigola.

– Sacré chien !

– C'est son garde du corps Rudy ou Rudolf. Je l'ai vu de près. Il fait la taille d'un poney.

– Qu'est-ce qu'elle a dit ?

– Rien. C'est surtout moi qui ai parlé. Elle m'a juste demandé ce qui m'était arrivé. Le sang, les bleus partout, la manche de ma veste à moitié arrachée. Elle voit tout.

– Elle est allée voir les parents d'Ain ?

– Non. J'ai l'impression que personne dans cette église ne la connaissait. Les gens la regardaient, bien sûr. Surtout les hommes. Mais pas comme s'ils l'avaient déjà vue.

– Leur liaison n'était pas officielle, alors ?

– Non, je ne crois pas.

– Tu lui as dit quoi quand elle t'a demandé pourquoi tu étais dans cet état ?

– J'ai dit que j'enquêtais sur le suicide d'Ain et que quelqu'un trouvait que ce n'était pas une bonne idée. Je lui ai demandé si elle savait pourquoi Ain – et moi – déclenchions de telles passions, mais elle semblait n'en avoir aucune idée. Elle m'a répété plusieurs fois qu'Ain était tout à fait normale. Un peu excessive, peut-être, un peu paumée. Mais une gentille fille. Elle avait l'air surprise de ce que je lui disais.

– Elle avait l'air grave et décidé quand elle t'a quittée, dit Michael. Comme si elle avait envie de poser à quelqu'un des questions très précises. Elle m'a l'air d'une fille sacrément solide.

– Ça, c'est sûr.

– Tu as parlé avec les parents d'Ain ?

– Juste mes condoléances mais ce n'était ni le lieu, ni le moment de leur poser des questions.

– Tu n'as pas dit à Nazeera que le service de renseignement de la police était sur l'affaire ?

Lene secoua la tête. Elle se mit à fouiller dans son sac, sans doute à la recherche de ses fichus comprimés, mais elle renonça.

– Ce n'était pas nécessaire, bien que ça m'ait effleurée. J'ai eu l'impression qu'elle savait déjà qui était derrière tout ça.

– Intéressant.

Lene bâilla en mettant la main devant sa bouche et s'avachit dans son siège.

– Je crois que je n'ai jamais été aussi fatiguée de toute ma vie, marmonna-t-elle. Mes yeux me brûlent.

Elle dénicha une paire de lunettes dans son sac et les chaussa.

Ils roulaient lentement. Michael regardait régulièrement dans ses rétroviseurs arrière et latéraux, mais tout était calme et il n'y avait pratiquement aucune circulation sur ces routes étroites traversant la forêt.

– Qu'est-ce qu'on fait, maintenant ? demanda Lene au bout d'un moment.

– Pour l'instant, tu vas te faire un peu oublier. Il y a trop de gens qui s'intéressent à toi. Il faut te mettre au vert.

Elle sourit.

– La cabane de scouts ?

Michael frémit. Pendant l'affaire de la chasse à l'homme, ils avaient passé quelques jours inoubliables dans une cabane de scouts glacée et sans confort à Herfølge, dans l'est du Seeland. C'était épouvantable.

– Je pensais plutôt à l'hôtel *Admiral*, dit-il. Il y a de l'eau chaude. Ils changent les serviettes tous les jours, il y a l'électricité, ils te posent un After Eight sur ton oreiller le soir, il y a un room service et un minibar.

Elle posa la main sur son bras un court instant.

– Tu me tentes, Michael, mais je crois que je ferais mieux de rentrer chez moi.

– Non.

– Comment ça, non ?

– Non, Lene. Tout est trop incertain, en ce moment. Les gens sont sur les dents, ils craignent une nouvelle catastrophe et agissent sans réfléchir. Regarde Kim et cette histoire de films. Il peut arriver des choses insensées et irréparables. Nous devons trouver un endroit tranquille, te mettre à l'abri. Essayer de savoir qui sont nos amis et qui sont nos ennemis, et contre qui nous nous battons.

– Nous et les autres ?

– C'est ça.

Elle retira ses lunettes et le regarda dans les yeux.

– C'est très gentil de ta part, mais je suis sûre que tu as autre chose à faire de plus lucratif. Et je n'ai pas besoin d'une baby-sitter. Je suis une grande fille, maintenant. J'ai beaucoup grandi dernièrement.

– Mon planning est vierge en ce moment, insista-t-il. J'ai tout mon temps.

– Alors rentre chez toi. Tu as une femme et des enfants, putain !

Elle fit une pause et ajouta :

– Je me trompe ? J'ai loupé un épisode ?

– Non, non, tout va bien. Ils vont tous bien. Super. Fantastique. Aucun problème. Tous les trois. Et le chien aussi.

– Alors que se passe-t-il ? Tu es en train de divorcer ? Ne fais pas ça, Michael, c'est d'une telle banalité.

Il lui jeta un regard oblique. C'était comme s'ils ne s'étaient jamais quittés. Ils reprenaient leur relation exactement où ils l'avaient laissée, problématique, sur la défensive et aussi compliquée que deux ans auparavant.

– Je ne suis pas en train de divorcer, dit-il. Enfin pas que je sache, mais…

– Mais quoi ?

– Tu as été mariée… Tu sais bien que le mariage est le cimetière de la conversation, à moins que les deux parties soient dans le coma. Au début, on parle de tout et on a envie de tout faire ensemble. Du matin au soir et jusqu'au bout du monde. Tout est permis et tout est possible, mais, au bout d'un ou deux ans, bizarrement, on ne parle plus que de la vie de la paroisse. Le reste du monde est devenu territoire interdit pour une raison ou pour une autre. On s'est fixé des objectifs ensemble et on les a oubliés en chemin et, quand on ne les a pas oubliés, on en a trouvé de nouveaux. C'est comme ça ! Je te suis, tu me fuis ; tu me suis, je te fuis. C'est à devenir dingue.

Il tapa sur le volant.

– Et puis il y a autre chose aussi, murmura-t-il.

– Quoi ?

– Je n'arrive plus à rentrer chez moi. C'est vachement difficile. C'est la nuit et le jour, tu comprends ? Entre ce que je fais là-bas dans l'antichambre de l'enfer, et nettoyer la gouttière, faire les courses au supermarché, aller à des réunions de parents d'élèves, organiser des barbecues avec les voisins et trouver quelque chose à dire à tous ces gens. Les deux vies sont incompatibles. Il regarda Lene. Avant c'était tout ça qui était la réalité, ce que je vivais en Fionie. Les enfants. Sara. Les gens de notre ville. Maintenant c'est là-bas, dans ces endroits où tout marche de travers, que je me sens… peut-être pas chez moi… mais à ma place.

– Je peux comprendre ça, Michael. Mais je ne crois pas que ce sera toujours comme ça. Je crois que ça va changer avec le temps. Nous croyons toujours que nous allons rester les mêmes, mais ce n'est pas vrai. Nous changeons.

– Sara ne le comprend pas.

– C'est normal. Elle ne *veut* pas le comprendre. Elle ne *peut* pas le comprendre. Pour elle, ce serait comme de baisser les bras et de lâcher prise. Elle doit vivre avec toi. Elle t'a donné deux enfants. Elle s'occupe de tout toute seule quand tu n'es pas là. Et chaque jour, elle doit vivre avec la peur qu'il t'arrive quelque chose.

– Bon, d'accord. Mais s'il te plaît, laisse-moi être ton ange gardien pendant vingt-quatre heures, le temps que tu te reposes un petit peu et que tu réfléchisses. Tu en as besoin. Quand on est fatigué, on fait des erreurs. De graves erreurs.

Il pensait à son technicien, Bjarne. Elle aurait dû prévoir que Kim allait être au courant, pour les films.

– Si tu y tiens, alors j'accepte, merci. L'hôtel *Admiral* est une très bonne idée, finalement, dit-elle, avec lassitude. Michael, dis-moi ce que tu penses de Kim Thomsen !

– Il continuera tant que tu ne renonceras pas.

– Alors il n'arrêtera pas.

Il sourit.

– Dois-je en conclure que toi non plus ? J'avoue que ça ne m'étonne qu'à moitié.

– Tu as raison, je n'arrêterai pas.

– Et si son propos est effectivement d'assurer la protection de quelqu'un de très important ?

– Dans ce cas, je l'aiderai autant que je pourrai. Je m'y engage. Mais pour l'instant, je le crois tout simplement incapable de faire la différence entre le bien et le mal, entre sa haine, son désir de vengeance et la cause sacrée.

– Bon, alors on va se comporter en professionnels. Téléphone ?

Elle lui tendit son nouveau smartphone hors de prix. Il le jeta par la vitre et, dans le rétroviseur, elle le vit éclater en mille morceaux sur la chaussée.

– Il m'a coûté plus de quatre mille couronnes ! s'écria-t-elle.

– Si je t'ai retrouvée grâce à ton mobile, ils le peuvent aussi, dit Michael. Autre chose ? Tablette ? Ordinateur portable ?

– Ni l'un, ni l'autre. Je doute qu'il y ait un émetteur GPS dans mon bâton de mascara. Tu as un vague souvenir de ce qu'on gagne dans la police ?

– J'ai préféré l'oublier, répliqua-t-il. Tu as besoin de quelque chose chez toi ?

– J'ai besoin de tout ! Vêtements, maquillage, sous-vêtements, pistolet, brosse à dents. Je pue, bordel !

– Je ne sens rien, dit-il, gentleman.

– Tu l'as prise en photo ?

Avec le pouce, il montra la banquette arrière.

– L'appareil est… commença-t-il. Puis il changea d'avis. Non, attends…

– Que j'attende quoi ?

Elle tâtonna sur la banquette arrière et trouva l'appareil.

– Tu ne préfères pas les voir sur un ordinateur ?

– Ce sera parfait comme ça.

Elle fit défiler toute la série, fronça les sourcils et refit défiler les photos en sens inverse avant de poser l'appareil photo sur ses genoux.

– Michael, pourquoi n'y a-t-il que…

– Quoi ? Elles ne sont pas bonnes ?

– Si, si… Tout va bien. Elles sont excellentes.

Elle reposa l'appareil photo où elle l'avait pris.

Michael arpentait le trottoir de Kong Georgs Vej, surveillant les véhicules, les entrées d'immeubles et les vitrines des boutiques pendant les vingt minutes qu'il fallut à Lene pour préparer les affaires dont elle pensait avoir besoin pendant sa retraite involontaire.

Il traversa rapidement la rue et se mit au volant aussitôt qu'il la vit sortir de son immeuble. Elle s'était changée mais, à première vue, elle n'avait pas eu le temps de remédier beaucoup à son apparence.

– Tout s'est bien passé ? lui demanda-t-il tandis qu'ils roulaient vers Allégade.

– Personne n'avait mis le feu à mon appartement, si c'est ce que tu veux dire.

– Pas de caméra ? Pas de micro ?

– Je n'ai pas vérifié.

Une demi-heure plus tard, ils laissaient la voiture dans un parking souterrain à proximité de l'hôtel *Admiral.* Ils traversèrent Bredgade, passèrent devant l'église de marbre et s'engagèrent dans Tolbodgade. Michael portait le sac de voyage de Lene sur l'épaule.

Elle fit un petit geste du menton vers l'entrée de l'hôtel. Quelques hommes d'affaires en déplacement fumaient devant les portes à tambour.

– Je suis supposée être Mme Sander ?

– Petersen.

– Mme Michael Petersen ?

Il haussa les épaules.

– C'est juste un nom, Lene. Tu peux t'appeler Maude Varnæs, Leni Riefenstahl ou Maria Callas, si tu préfères. Je connais la concierge. Elle est très discrète. Elle a été formée dans la meilleure école hôtelière de Zurich. Je suis amoureux d'elle, en fait, mais il ne faut le répéter à personne. Ce n'est pas la première fois que…

– Que tu emmènes quelqu'un dans ta chambre ?

– Non.

– Mais, d'habitude, elles n'ont pas ton âge et elles n'ont pas l'air d'être passées sous un bus.

– J'imagine qu'il s'agissait de modèles plus jeunes, en manteau de lapin, cuissardes noires, minijupe, accent ukrainien et prestations tarifées ?

Michael haussa les épaules.

– Je parle de clients, Lene. Et mes clients ont toutes sortes de profils. C'est mon bureau, ici, quand je suis à Copenhague.

– Je comprends.

Il s'arrêta au milieu du trottoir et un couple de touristes japonais dut faire un écart pour les contourner.

– Est-ce qu'on s'est mariés, toi et moi, sans que je m'en rende compte ? Ou à la faveur d'une cuite ?

– Non !?

– Bon, alors sois gentille d'arrêter de te comporter comme si nous l'étions. J'entends suffisamment de remarques de ce genre à la maison.

– Pauvre Michael.

– Et puis la ferme !

Pendant quelques minutes, ils manœuvrèrent maladroitement et avec une certaine gêne dans l'immense chambre de Michael, avec ses hauts plafonds et sa vue spectaculaire sur le port de Copenhague. Ils avaient tous les deux l'habitude de vivre seuls et n'arrêtaient pas de se rentrer dedans pendant qu'il branchait ses mobiles, rechargeait ses appareils photo et son ordinateur portable et que Lene rangeait ses vêtements de rechange dans les placards et se faisait de la place sur l'étagère de la salle de bains.

Michael commanda une bouteille de vin et quelques sandwichs auprès du room service. Lene alla prendre un bain. Michael ouvrit la porte-fenêtre et fuma trois cigarettes sur le balcon en regardant les vieux gréments à quai et les bateaux promenade jaunes qui transportaient leurs passagers entre Holmen et l'Opéra. Le garçon d'étage frappa à la porte et Michael arrangea les assiettes, les couverts et les verres sur la petite table basse du coin canapé.

La douche coulait toujours dans la salle de bains.

Les enregistrements des caméras de surveillance de la gare de Nørreport, pris le jour de la mort d'Ain, représentaient cinq CD en tout. Quelqu'un avait soigneusement noté dessus la date, le numéro de la caméra et l'heure. Il inséra le premier disque dans le lecteur. Il dut télécharger quelques programmes sur Internet avant de trouver le logiciel compatible et, quand il réussit à ouvrir les fichiers, il les transféra dans son programme de traitement d'images.

Il passait de plus en plus de temps devant un ordinateur pour les besoins de son travail et il commençait à avoir de solides connaissances en matière de traitement d'images numériques. L'époque où il filait les gens, interrogeait des témoins et des proches et où il passait des jours et des semaines à fouiller des registres et des archives était révolue et elle ne lui manquait pas. Il était rare désormais qu'une information ne soit pas accessible en quelques clics de souris, et son budget *bakchich* avait considérablement diminué ces dernières années.

Il s'apprêtait à visionner le premier film quand Lene vint le rejoindre. Elle avait le visage rosi par la chaleur du bain, ses cheveux étaient enveloppés dans une serviette blanche et elle portait un peignoir de l'hôtel, épais et moelleux. Sans maquillage, elle ressemblait à une toute jeune fille. Elle avait des mollets minces et de jolis pieds et Michael réalisa qu'il ne l'avait jamais vue autrement qu'en jean délavé, en bottes et en veste de cuir. Elle lui sembla plus petite.

– Tu as faim ?

Elle acquiesça et s'assit à la table basse. Elle sentait bon mais ses yeux étaient trop brillants. Il remarqua un hématome bleu, noir et gonflé à la base de son cou et elle bougeait la tête comme si elle avait été soudée à ses épaules.

– Je te sers un verre ?

– Je veux bien. Pour t'accompagner. Je ne bois plus.

Il lui versa un verre de vin et se versa un verre d'eau.

– Et toi ?

– Je vais juste prendre un café, répondit-il avec un sourire. Je voudrais travailler un peu sur ces films.

Elle prit une bouchée de poulet et de salade, mâcha avec précaution et regarda autour d'elle dans la chambre, en tournant le corps tout entier.

– C'est chouette, ici, dit-elle.

– C'est un ancien entrepôt. Les plafonds sont à six mètres de hauteur.

– Tu prends toujours la même chambre ?

– Oui. La 408.

Ils se turent.

Michael but du café et de l'eau, mangea un peu. Son regard revenait sans cesse à l'ordinateur alors que Lene restait concentrée sur son assiette.

Ils levèrent les yeux en même temps.

– Quoi ? dit Michael.

Lene rougit.

– Rien, je croyais que tu voulais me dire quelque chose.

– Écoute, Lene, nous nous comportons comme deux foutus adolescents débarqués sur une plage après un naufrage.

– C'est comme ça que je me sens.

– Pourquoi ? Nous avons dormi ensemble dans des cabanes de scouts, des voitures et des tentes. Et même dans un hélicoptère, maintenant que j'y pense.

Elle se leva.

– Je vais m'habiller.

Il lui prit le poignet au passage. Elle avait de longs doigts et ses ongles étaient coupés court. Il sentit son pouls rapide.

– Il est bientôt 6 heures. Tu devrais aller te coucher. Tu es fracassée. Essaye de dormir.

Elle dégagea doucement son poignet.

– Il faut que je rentre chez moi.

– Chez toi ? Mais pourquoi, Lene ? Ce n'est pas prudent. Ici, tu es en sécurité.

Elle se tourna vers la fenêtre. Elle se tenait très droite, les bras croisés, la tête un peu en arrière. Ses yeux étaient sur le point de déborder.

Elle baissa la tête et laissa les larmes couler. Tant pis.

– J'ai oublié mes somnifères, Michael. Pardon. Mais je ne peux pas dormir si je ne les prends pas, et je ne peux pas réfléchir si je n'ai pas dormi, et je ne me souviens pas de la dernière fois où j'ai dormi sans les avoir pris. Je te jure, je ne m'en souviens pas !

Elle se mit à sangloter et Michael se leva. Il avait envie de la serrer fort et longtemps dans ses bras, de la consoler, de lui raconter un tas de belles histoires qui finissent bien, mais il n'arrivait pas à s'en rappeler une seule et pas un mot ne parvint à franchir ses lèvres. Il ne pouvait pas se résoudre à la toucher. Elle ressemblait à une gamine de dix-sept ans avec sa peau blanche et ses taches de rousseur et sans son maquillage habituel qu'il avait toujours trouvé excessif.

– OK, OK, très bien. Je vais aller te les chercher. Dis-moi le nom de ton poison.

– Imovane. La boîte est sur ma table de nuit. Je ne sais pas comment j'ai pu oublier ça.

– Je n'ai pas l'intention d'aller les chercher chez toi ! Une rencontre par jour avec ce Kim Thomsen suffit largement à mon bonheur !

– *Idem !* Ce type est comme un lapin Duracell, il n'arrête jamais…

– Je connais.

Il prit son mobile sur le bureau, choisit un numéro dans sa liste de contacts et l'appela. La conversation dura moins d'une minute. Il donna son numéro de Sécurité sociale et raccrocha.

– C'est un médecin. Un ami. Ou plutôt… je lui ai retrouvé son chat, un jour. Il a envoyé une ordonnance par mail à la pharmacie, je vais aller chercher ta drogue.

Lene baissa les yeux sur ses ongles de pieds rose pâle, impeccablement vernis.

– Merci.

– De rien.

Il la prit malgré tout par les épaules et la conduisit doucement vers le lit.

– Je vais chercher ton somnifère. En attendant que je revienne, je veux que tu restes tranquillement au lit, que tu regardes la télé et que tu te reposes, d'accord ?

– D'accord. Je te le promets. Et toi, tu dors où ?

– Dans le canapé. Il est très confortable.

– Il fait un mètre cinquante.

– Je dors toujours dans la position du fœtus. C'est à cause de mon enfance malheureuse.

– Merci, Michael. Tu es…

– Je suis quoi ?

– Rien.

Elle se coucha sagement sous la couette et il lui apporta la télécommande. Elle avait l'air plus jeune que jamais. Vulnérable. Son visage se détendit. Elle se remit à pleurer.

Il pleuvait des cordes à présent. Michael ne trouva un taxi libre qu'à Store Kongensgade et il était trempé et frigorifié quand il arriva à la pharmacie de garde à Frihedsstøtten. La pharmacie était pleine d'enfants enrhumés, de mères inquiètes et de retraités et il dut attendre une éternité avant de se voir délivrer le médicament par un pharmacien au bord du *burn-out*.

Il alla prendre un autre taxi à la gare centrale, regarda d'un air pensif la superposition de containers de chantier et les grues jaunes qui bloquaient toujours l'accès au parc de Tivoli. Son chauffeur d'origine turque fit de nombreux et incompréhensibles détours pour le raccompagner à l'hôtel, sans jamais éteindre sa radio qui jouait des complaintes anatoliennes qui avaient toutes l'air de parler d'un amour passionné et impossible.

La jeune concierge avec qui Michael avait noué une subtile, muette et pourtant sincère amitié au fil de ses précédents séjours avait maintenant pris place derrière le comptoir de l'accueil. Leur communication était aussi discrète que leur amitié et se traduisait principalement par des hochements de tête, des regards et un langage expressif des sourcils. Comme tout bon employé d'établissement hôtelier, elle savait précisément qui était client et qui ne l'était pas, qui se trouvait dans quelle chambre, pourquoi il ou elle s'y trouvait et quelle relation il ou elle avait avec l'hôte payant.

Elle servait un couple d'Allemands quand Michael passa devant la réception, mais haussa les sourcils de deux millimètres à son intention. Il n'en fallait pas plus à Michael pour comprendre qu'elle était au courant de la présence de Lene, qu'il n'avait aucun message et qu'il n'était rien arrivé de particulier pendant son absence.

Il suspendit son manteau mouillé dans le petit vestibule de la chambre et traversa sans bruit l'épaisse moquette. Seule la lampe de bureau était allumée. Il s'approcha du lit, les comprimés et un verre d'eau à la main.

Lene dormait comme un bébé.

Elle était allongée sur le côté, les mains croisées sous la joue comme un enfant insouciant, ses iris mobiles sous les minces paupières. Ses lèvres étaient entrouvertes et son souffle régulier.

Michael regarda d'un air incrédule les somnifères et le verre d'eau qu'il avait entre les mains. Ses souliers clapotaient à chacun de ses pas, il tremblait de froid et mourait d'envie de la secouer pour lui enfoncer de force ces fichus comprimés dans la gorge.

Au lieu de ça, il se tourna vers la télévision au pied du lit, rapprocha une chaise du bout du pied, avala le verre d'eau et se mit à regarder une émission d'informations décrivant les mesures de sécurité resserrées dont feraient l'objet les hôtels qui abriteraient les délégations étrangères de l'Union européenne. Il s'agissait du plus gros déploiement de forces de sécurité depuis la visite de Barack Obama et d'Oprah Winfrey. La conférence devait s'ouvrir sur un dîner officiel au palais d'Amalienborg le lendemain soir. La journée du vendredi serait consacrée aux délibérations, qui se tiendraient au ministère des Affaires étrangères, et le soir les ministres donneraient leurs conférences de presse. Le samedi était le jour des départs.

On était aujourd'hui mercredi et Michael réfléchissait au risque d'une nouvelle attaque. Elle ne lui paraissait pas improbable. La réussite de leur première action avait eu de quoi encourager les terroristes et le Danemark était toujours un membre proéminent de la coalition des croisés néo-impérialistes qui essayaient d'imposer la démocratie et une décadente Charte des droits de l'homme à d'ancestrales sociétés bédouines. Il essaya de se mettre à leur place. Les ministres des Affaires étrangères ? Ou Ehud Berezowsky ? Ou les deux peut-être ? Cette dernière hypothèse semblait un peu trop difficile pour Safar Khan. Son organisation était efficace, mais petite.

Il songea à demander leur avis à ses contacts en Israël. Il n'avait pas raconté à Lene toute la vérité sur sa sœur Ida. Comme beaucoup d'Israéliens de culture mélangée, elle avait… des attaches. La diaspora était et avait toujours été le gros atout du Mossad par rapport à toutes les autres agences de renseignement. Il disposait de ressources humaines loyales, avec une connaissance locale dans tous les coins du monde, et ceux qui étaient appelés obéissaient au nom d'Eretz Israel, la mère patrie. Y compris une citoyenne arrivée depuis peu, comme sa sœur. Vivre dans un pays aussi grand que la région du Jutland, dos à la mer et dans une partie du monde où tous les peuples et tous les gouvernements luttent officiellement pour vous anéantir, vous et votre famille, était des plus stimulant pour sa ferveur patriotique, même si elle ne niait aucunement les agressions constantes que l'État d'Israël faisait subir aux minorités apatrides de la région. Elle comparait souvent le pays à une Sparte ultramilitarisée, mais dans sa bouche la critique n'avait rien de péjoratif : le Mossad encourageait les différences et la mésentente. Il prétendait qu'elles stimulaient l'acuité des sens.

Mais il n'avait pas le temps de faire ça. La conférence démarrait le surlendemain. En outre, il y avait peu de chances qu'Ida et ses amis sachent quelque chose sur Safar Khan que les services de renseignement de la police et Charlotte Falster ignoraient.

Comme par hasard, l'inspectrice générale avec ses cheveux gris et sa coupe au carré apparut à l'écran au même instant. Charlotte Falster était aussi impeccable qu'à l'accoutumée mais elle avait l'air fatiguée. Il faillit monter le son de la télévision mais Lene émit un grognement et se retourna dans son sommeil. De toute façon, le journaliste devait poser les questions habituelles. La police était-elle satisfaite des mesures de sécurité mises en place ? Y avait-il un risque qu'un attentat terroriste comparable à celui du parc puisse se reproduire ?

Charlotte Falster affichait un visage souriant et confiant, mais, derrière le verre de ses lunettes, les yeux exprimaient l'inquiétude.

Le reportage se terminait de la seule manière possible : par le film de la famille Hansson, que presque tout le monde sur la planète devait connaître puisqu'il avait depuis longtemps battu tous les records de vues sur YouTube.

Jonathan Hansson Jr. était un jeune avocat de Portland, dans l'Oregon, en visite au Danemark avec sa fiancée Julie, entre autres pour lui faire découvrir le petit village de Møn d'où la famille Hansen – comme elle s'appelait alors – avait émigré dans la nuit des temps. Le jeune couple se trouvait dans la plus haute nacelle de la grande roue du parc à 11 h 13 le 17 septembre.

Julie était blonde, jolie et pleine de taches de rousseur et Jonathan Hansson, amoureux, balayait longuement son visage, son cou et son épaule nue à travers l'objectif de sa caméra vidéo. La jeune fille plissait les yeux dans la lumière du soleil et, intimidée, elle repoussait la caméra qui à la place se mettait à filmer la haute tour verte du *Vaisseau du ciel* et ses chaînes tendues à l'horizontale avec au bout de petits paniers dans lesquels des silhouettes lointaines tournaient dans le ciel limpide de Copenhague. L'image était parfaite et la composition très réussie.

Soudain on entendait le cri de Julie. Le cadre tremblait un peu puis il revenait sur le mouvement circulaire de l'explosion qui se propageait au travers des édifices, des stands et des pavillons tout autour du *Vaisseau du ciel*, jusqu'à ce que tout cela s'écroule comme un immense château de cartes. La poussière, la fumée et toutes sortes d'objets impossibles à identifier planaient lentement vers l'objectif et l'on entendait le claquement de billes d'acier ricochant sur les rayons métalliques de la grande roue. La nacelle ralentissait puis s'arrêtait, oscillant doucement pendant que les deux jeunes gens hurlaient d'horreur.

– *It's the tower, for Christ's sake!* criait Jonathan Hansson, et, avec une présence d'esprit remarquable, il zoomait sur l'immense tour qui avec une lenteur incroyable commençait à basculer vers le nord du parc. On entendait les cris distants et faibles des pauvres gens. Puis un siège se décrochait de ses chaînes et une forme sombre et méconnaissable était propulsée par la force centrifuge à travers les airs. Ensuite les événements se succédaient à toute allure. Des formes sombres et désarticulées se dessinaient sur le fond rouge des briques de l'hôtel de ville. Julie hurlait et se levait dans la nacelle et Jonathan tendait le bras pour la forcer à se rassoir. Le *Vaisseau du ciel* versait à présent dans un angle impossible et se cassait brutalement et silencieusement en deux sous son propre poids.

– *It's falling, oh my God!* pleurait Julie, le visage caché dans ses mains. *It's falling... God, God, dear God! Jon, it's sooo terrible, poor them, poor, poor them... Poor, poor people!*

La caméra suivait la chute de la tour jusqu'au bout et filmait l'énorme nuage de poussière qu'elle soulevait en touchant le sol du parc.

C'était loin d'être le seul document filmé de la catastrophe, mais, techniquement, c'était le plus réussi. Il avait l'avantage de la vue exceptionnelle depuis le sommet de la grande roue, et du bouleversant témoignage sonore des deux jeunes gens horrifiés.

Le film Hansson était quasiment devenu le reportage officiel de la tragédie du parc. C'était lui que toutes les chaînes de télévision, les écoles et les films documentaires utilisaient systématiquement. Celui qui resterait gravé dans toutes les mémoires.

Ain était morte à 11 h 48 exactement.

La ligne E entre Køge et Hillerød circulait régulièrement et il y avait six caméras de surveillance en état de marche sur les quais de la gare. Trois sur celui où se trouvait Ain, dans la direction du nord, et trois autres sur le quai de la rame allant vers le sud et, pour autant que Michael puisse en juger, les films n'avaient pas été truqués. On n'y voyait aucun à-coup anormal et les horloges digitales des caméras avançaient sans interruption.

La jeune femme était vêtue d'une courte veste en daim beige, d'un jean, et chaussée de baskets grises. Elle portait une écharpe bleue autour du cou et un sac en cuir de couleur claire à l'épaule. D'après Lene, elle mesurait 1,73 m et pesait 61 kg et Michael n'eut pas de mal à l'identifier sur les trois enregistrements du quai nord alors qu'elle n'apparaissait nulle part sur ceux du quai sud.

Il put la voir de dos, de face et de profil du côté droit, depuis le moment où elle descendait l'escalier jusqu'à celui où elle disparaissait de l'image. Le grand rush du matin était terminé, et l'affluence de l'après-midi pas encore commencée. Les passagers étaient presque tous des jeunes, hormis quelques couples qui marchaient sans précipitation sur les dalles du quai.

Pendant les vingt premiers mètres, on voyait la fille avancer d'un bon pas et sans se préoccuper des autres voyageurs. Elle tenait la lanière de son sac de la main gauche et, de la main droite, elle pressait un téléphone contre son oreille. Elle se frayait rapidement un passage entre les voyageurs en regardant derrière elle à plusieurs reprises. Elle était pâle mais pas affolée. Quand elle s'arrêtait de parler, ses lèvres restaient entrouvertes. Elle avait de grands yeux sombres. Ses yeux semblaient fixés sur un point droit devant elle, à mi-distance. Son pas était long et sûr et elle ne paraissait ni saoule, ni droguée. Elle était peut-être terrorisée, mais son système nerveux central fonctionnait parfaitement. Elle avait indéniablement l'air d'une personne qui ne doute pas qu'elle va rester en vie et n'avait pas l'expression vide et introvertie de quelqu'un qui est sur le point de se donner la mort.

Il n'y avait pas de son sur l'enregistrement mais il suffisait de regarder les mouvements des gens pour comprendre ce qui se passait. Par exemple, tout le monde se retournait en même temps à l'arrivée du train de 11 h 47 en provenance de Valby. Le train s'arrêtait, les portes s'ouvraient et une foule de voyageurs envahissait le quai d'en face qui se vidait petit à petit, à mesure que celui sur lequel se trouvait Ain se remplissait. Ain arrivait au point repère indiquant l'endroit où allait s'arrêter le train allant vers le nord. Elle regardait à nouveau au-dessus de son épaule puis s'arrêtait brusquement et restait tournée vers l'escalier par lequel elle était descendue.

Michael cliqua d'une zone du quai à l'autre et se concentra sur les personnes qui descendaient l'escalier. Un jeune couple en train de discuter, un garçon portant sa bicyclette sur les dernières marches, un aveugle guidé par un labrador sable qui faisait de petits arcs de cercle devant lui pour se repérer, un…

Michael gela l'image.

Un homme s'était arrêté contre le mur, sur la quatrième marche avant le pied de l'escalier. Michael encadra la zone, l'agrandit – et perdit tous les détails.

Ain avait maintenant l'air terrifié. Elle se décomposait et devenait très pâle. Elle baissait la main dans laquelle elle tenait le mobile puis se remit à marcher mécaniquement. Les voyageurs s'agglutinaient maintenant au bord de la voie et la jeune Arabe disparaissait dans la foule. Les feux avant du train éclairaient le tunnel et l'image tremblait légèrement au moment où le train entrait en gare.

Il trouva les toutes dernières images d'elle sur le film tourné par la caméra située près du deuxième escalier, côté nord. On apercevait fugitivement son profil pur et typé et ses cheveux noirs qui se soulevaient dans le courant d'air créé par l'arrivée du convoi. Le train ralentissait, les gens se resserraient un peu plus puis ils s'écartaient brusquement, tous en même temps, de l'endroit où il avait vu Ain pour la dernière fois, laissant derrière eux une section de quai déserte.

Le train s'immobilisait et le conducteur, un homme d'un certain âge, se levait et ouvrait sa vitre. La foule continuait de s'éloigner de la locomotive. L'homme posait les mains sur le bord de la fenêtre et se penchait pour regarder l'espace entre le bord du quai et le train. Puis ses mains quittaient le rebord de la fenêtre et montaient jusqu'à son visage et il se laissait retomber sur son siège. Il se passait douze secondes avant qu'il déverrouille les portes et déclenche l'alarme.

Michael approcha les yeux de l'écran. Les chaussures et le bas des jambes de l'inconnu se trouvaient toujours sur la quatrième marche avant le bas de l'escalier, contre le mur, alors que tout le monde se bousculait pour monter l'escalier en courant et s'enfuir au plus vite.

Finalement, le témoin tranquille et passif se laissait entraîner par le flot ascendant et il sortait de l'image.

Un téléphone portable blanc était resté sur le quai. Un vieux monsieur en imperméable s'en approchait, se baissait pour le ramasser et le portait à son oreille. Il semblait dire quelque chose. Sa femme venait le rejoindre, elle lui prenait le bras et désignait le sol. Il échangeait un regard avec elle, acquiesçait et reposait prudemment le mobile où il l'avait trouvé. Sa femme l'entraînait vers la sortie.

Michael se frotta les yeux et bâilla à se faire craquer la mâchoire. Il était mort de fatigue et songea brièvement à aller prendre une douche glacée, mais n'en eut pas le courage.

Une simple manœuvre en deux temps, songea Michael, sombre. Le premier poursuivant attire l'attention de la victime et la pousse à avancer et, pendant qu'elle se retourne pour voir son agresseur, le deuxième complice qui se trouve devant en profite pour commettre le crime.

Cette technique est connue dans son milieu sous le nom de *Kansas City Shuffle.* Avec une victime inexpérimentée – et Ain était la victime la plus naïve et la plus vulnérable que Michael ait jamais vue – ça marchait à tous les coups parce que les gens croient toujours que le danger arrive par l'arrière.

Deux contrôleurs venaient inspecter la voie. Le premier vomissait aussitôt et secouait la tête à l'intention de son collègue et du conducteur livide qui avait fait reculer le train de quelques mètres. Ils soutenaient le vieil homme pour l'aider à descendre de la locomotive et allaient l'asseoir contre un mur.

Les secours, un médecin urgentiste et la police étaient sur place en moins de six minutes, comme put le constater Michael, impressionné. Le médecin descendait sur la voie, s'accroupissait, regardait sous le train et se relevait. Il se tournait vers le chef des secouristes et une jeune femme brune en uniforme de policier et il haussait les épaules. D'après ce Michael pouvait voir, il ne leur disait rien. C'était probablement inutile. Le médecin et son assistant quittaient la gare : leur présence était inutile. Les secouristes commençaient à ramasser des morceaux du cadavre sur la voie. Michael ferma les yeux et compta à trente. Quand il les rouvrit, Ain était couchée sur la civière et recouverte d'un drap blanc.

Trois minutes plus loin sur la bande, il vit arriver une personne qu'il connaissait bien : Lene entrait dans le cadre de la première caméra de surveillance. Elle regardait fixement devant elle. Elle ne ressemblait pas à une enquêtrice professionnelle qui venait examiner et évaluer une potentielle scène de crime. On aurait dit une somnambule.

Michael revint aux images qui précédaient la chute d'Ain sur la voie. Où était ce foutu deuxième agresseur ? Il ou elle devait se trouver là, sous ses yeux.

Les voyageurs attendant le train se rassemblaient au bord de la voie, puis ils s'écartaient à nouveau, laissant un demi-cercle vide sur son écran. Juste avant de mourir, Ain s'était mêlée à un petit groupe d'adolescents avec des skate-boards sous le bras ou émergeant de leurs sacs à dos : parkas noires, baggys et sweat-shirts à capuche. Déguisés. Elle s'arrêtait brusquement, levait la tête, fermait les yeux et se remettait à marcher.

Deux secondes après, elle était morte.

Michael alla s'asperger le visage d'eau froide dans la salle de bains, s'essuya, jeta un coup d'œil à Lene qui dormait toujours comme un bébé et revint s'asseoir.

Il dessina des schémas et des diagrammes. L'axe du train, les escaliers, l'emplacement des caméras. Les trois caméras placées sur le quai sud ne lui étaient d'aucune utilité... ou peut-être que si...

Il les avait négligées, parce qu'à aucun moment elles ne filmaient Ain. Mais avaient-elle filmé autre chose ? Si lui-même avait été l'acteur principal d'un *Kansas City Shuffle*, il aurait évité les caméras qui avaient le plus de probabilité de filmer la cible et attendu qu'une occasion se présente de traverser le quai, ce qui avait été le cas au moment où le train pour Køge en provenance de Valby s'était vidé de ses passagers.

L'assassin se trouvait peut-être même dans le train en question.

La demi-heure suivante, il se concentra donc sur le train de Valby et la bande de skaters qui avaient traversé le quai pour attendre leur correspondance vers Hillerød.

Les cinq gamins se ressemblaient tous avec leurs sweat-shirts à capuche, leurs écharpes, leurs bonnets et leurs parkas. Ils ne parcouraient que quelques mètres avant d'entrer dans le champ des caméras dont Michael avait déjà étudié les images.

Un sixième membre du groupe suivait un mètre derrière les autres : parka noire, vans, baggy, sweat-shirt avec une capuche tirée bien en avant de façon à ce qu'on ne voie pas son visage. Il se positionnait en marge de la foule sur la trajectoire d'Ain pendant que les autres garçons se ruaient vers le bord de la voie au moment où le train entrait en gare. Quand Ain arrivait au milieu de la bande, elle s'arrêtait, levait le visage et fermait les yeux comme quelqu'un qui... quelqu'un qui... merde !!

Michael se leva, ouvrit la porte du minibar et regarda son contenu, incrédule. Du Cacolac ! Qui buvait du Cacolac ? Il était dans l'ornière et, en même temps, il avait l'impression énervante que la solution se trouvait devant son nez. Il était juste trop aveugle et trop bête pour rassembler les dernières pièces du puzzle. Il s'accroupit et sortit deux mignonnettes de whisky du frigo, les vida dans un verre, ouvrit la porte-fenêtre et alluma une cigarette.

Il espérait que l'alcool et la nicotine allaient donner un coup de *kick* à ses neurones. Il pensa à son fils de sept ans qui commençait à s'entraîner sur le dos-d'âne devant chez eux à faire ses premières figures sur son skate adoré, un cadeau que Michael lui avait rapporté des États-Unis. Il portait la signature d'un *rider* californien de vingt et un ans qui était son héros et, d'après Sara, il dormait avec cette planche.

Il leva la tête et sourit à son reflet dans la baie vitrée sombre.

– Mais dis donc, mon bonhomme, il est passé où, ton skate, à toi ?

Il envoya sa cigarette dehors d'une pichenette et emporta son verre jusqu'à l'ordinateur. Son cœur battait, il savait qu'il avait trouvé la pièce manquante. Le garçon avec la parka sombre, celui un peu à la traîne et qui suivait les autres en baissant les yeux, la figure cachée sous sa capuche. Bonnet, gants. Mais pas de sac à dos. Pas de skate-board.

Michael reconstitua la scène. Le garçon ne faisait pas partie du groupe. Il avait rejoint les autres sur le quai et les avait utilisés comme camouflage.

I've got you under my skin, I've got you deep in the heart of me… Michael se mit à fredonner une version très personnelle du standard de Sinatra. Mais il entendit le sommier grincer sous la commissaire et arrêta de chanter, se contentant de mimer les paroles avec ses lèvres.

Ain s'était arrêtée sur le quai, elle avait levé la tête et fermé les yeux avant de se remettre à avancer… Ain s'était arrêtée sur le quai, elle avait levé la tête et fermé les yeux avant de… Ain s'était arrêtée…

Comme quelqu'un qui écoute un mélodie, ou quelqu'un qui sent un parfum, une odeur qui n'est pas supposée être là, songea Michael. Elle humait l'air. C'était ça qu'elle faisait ! Elle s'arrêtait pour humer l'air ! Une odeur. Un parfum. Les skaters de seize ans ne se parfument pas. Ils préféreraient encore qu'on les enterre vivants. Ain n'avait peut-être même pas analysé cette incohérence. Elle fuyait, elle était comme un animal aux abois, tous ses sens en alerte. L'ouïe, le goût, l'odorat et la vue étaient à leur niveau de perception maximal.

– Tu n'es pas un garçon, murmura-t-il. Donc tu es une fille et tu dois te croire très maligne et très dangereuse, mais tu ne seras jamais aussi maligne et aussi dangereuse que moi.

Michael était apaisé, à présent. Il était dans cet état de totale satisfaction qu'il ressentait chaque fois qu'il découvrait une chose que personne au monde n'avait été capable de découvrir. Une meurtrière. Un garçon qui était en fait une fille. Grande, mince, dissimulée sous un déguisement et totalement dénuée de scrupules. Faite de l'essence dont on fait les meilleurs terroristes.

Il bâilla et s'étira. Maintenant il pouvait se reposer. Il l'avait mérité.

À part une jeune fille avec un gros étui à guitare sur le dos, il n'y avait pas âme qui vive dans la rue. Elle ralentit et descendit de sa bicyclette quelques maisons plus loin. Elle ouvrit le portail et tira le vélo dans le jardin. La lumière du hall s'alluma, éclairant le perron, la fille et l'allée jusqu'à ce que la fille entre dans la maison et referme la porte derrière elle.

Il attendit une heure supplémentaire avant d'ouvrir le portail à son tour et de remonter les dalles fendues de l'allée. La maison était calme, et celles des voisins étaient plongées dans l'obscurité. La pluie s'était arrêtée et ses semelles ne laissèrent aucune trace. La lune n'était plus qu'un croissant minuscule et c'était une nuit noire et froide.

La sonnette tinta doucement et mélodieusement et elle vint lui ouvrir.

Il referma la porte derrière lui et se colla contre elle. Ils se taisaient tous les deux. Il sentait la chaleur de son corps et les poils se dressèrent d'excitation sur ses avant-bras.

– Tu es seule ?

– Bien sûr, répondit-elle. Viens.

Elle portait un long caftan sans manches, fermé par une ceinture en tissu, attachée en un nœud souple. Ses bouts de seins pointaient sous la matière fluide. Elle était très proche. Elle tenait son beau visage aux traits purs un peu penché et ses cheveux retombaient en cascade sur une épaule. Elle s'attendait à ce qu'il la prenne dans ses bras et qu'il l'embrasse, mais il passa à côté d'elle dans le hall et entra dans le salon.

– Tu veux boire quelque chose ? lui proposa-t-elle.

– Tout à l'heure, peut-être.

– Tu l'as vue ? demanda-t-elle. Elle s'obstine ?
– Plus pour longtemps.
– Tu en es sûr ?
– Oui. Après cette nuit. Oui.
– Tu m'as manqué, dit-elle. Viens.

Un effluve de Coco Mademoiselle, à peine perceptible. Elle baissa la tête et, d'un geste étudié, elle dénoua sa ceinture et la laissa glisser au sol. Les pans du caftan s'entrouvrirent et, dans la faible lumière venant de la rue, ses aréoles étaient très sombres et dures et le reste de son corps très clair et incompréhensiblement lisse et beau. Elle prit sa main et la mit entre ses cuisses. Il enfonça doucement le doigt dans son sexe.

– Oui, murmura-t-elle.

Il la poussa contre le bureau et leurs langues s'entremêlèrent. Ils tanguaient ensemble comme seuls des amants peuvent tanguer. Il trouva son clitoris et joua avec jusqu'à ce que le murmure dans sa gorge se fasse plus grave. Il plaqua une main sur ses reins et elle fit bouger son ventre d'arrière en avant, cherchant la caresse.

Il trouva la longue canule d'embaumement sur le plateau de la table, exactement à l'endroit où elle devait être. Leurs bouches se détachèrent et il la regarda intensément dans les yeux.

– Allons là-haut ! supplia-t-elle.
– Oui.

Avec un immense chagrin, il enfonça avec violence et précision la longue aiguille pointue dans son œil gauche grand ouvert qui lui souriait. Le globe oculaire n'offrit pas de résistance particulière et l'os mince de l'orbite céda avec un craquement à peine audible. L'aiguille continua tranquillement sa course dans son cerveau.

L'œil droit s'écarquilla de surprise, puis une intense douleur l'obligea à le fermer fort. Elle ne cria pas, elle n'en était sans doute déjà plus capable, et il relâcha la pression de sa main libre dont il s'était servi pour la bâillonner. Elle traversa lentement le salon en traçant un large cercle, évitant inconsciemment les meubles. Elle tenait la tête très droite et le sang coulait librement de son orbite. Pas un son ne sortit de sa bouche. Un sang noir coulait de son menton, se répandant sur son cou et sa poitrine en étroites rigoles ramifiées.

Son parcours la ramena devant le bureau et face à lui. Quinze centimètres argentés lui sortaient de la tête et, en un geste désespéré, il frappa la seringue du plat de la main. L'aiguille continua de s'enfoncer jusqu'à ce qu'elle rencontre un obstacle dans son crâne.

Alors enfin vinrent le cri strident et les convulsions. Il la plaqua sur le sol et écrasa un coussin sur sa figure. Le cri continua, interminable, étouffé par le coussin. Il appuya de toutes ses forces et finit par entendre ses talons nus cogner brièvement le plancher. Elle cessa de bouger. Il retira le coussin et vit sa pupille droite se dilater lentement à cause du manque d'oxygène. Son pouls ne battait plus à la carotide. Sa bouche s'ouvrit.

Il resta un long moment assis à côté d'elle, la tête entre les mains, marmonnant des excuses incohérentes, avant de commencer à mettre de l'ordre.

Le tout avait pris moins d'une demi-heure.

Il sortit de la maison, laissa la porte ouverte, inspecta soigneusement les alentours et s'en alla.

À mi-hauteur de la rue, une fenêtre de toit était entrouverte et il entendit un air de guitare.

Le Learjet blanc bimoteur de *Trinity Air Ambulance* en provenance d'Amman obtint l'autorisation d'atterrir à 4 h 36 et le train d'atterrissage toucha la piste 23A de l'aéroport international de Francfort deux minutes plus tard. L'avion alla se garer dans la zone privée de l'aéroport, le plus loin possible de la tour de contrôle. Il s'arrêta et coupa les moteurs devant un long bâtiment administratif de petite taille, dans lequel seules les fenêtres du rez-de-chaussée étaient éclairées. Une ambulance spéciale et une Volkswagen verte avec à son bord deux douaniers vieillissants à moitié endormis arrivèrent à l'avion simultanément, alors qu'on descendait l'escalier.

Deux hommes élégamment vêtus de l'uniforme blanc de la compagnie de transport commencèrent à décharger de grosses caisses blindées en plastique orange de la soute et à les empiler sur le tarmac. Il travaillaient vite et bien. Chaque caisse était équipée d'un tableau de bord et d'une unité de réfrigération et couverte d'une fine couche de givre.

Les ambulanciers donnèrent un coup de main pour sortir les dernières caisses de la soute arrière.

L'un des jeunes gens de la *Trinity Air* coinça une longue mèche noire derrière son oreille, sourit au plus vieux des deux douaniers et lui tendit un épais classeur contenant le manifeste de dédouanement. Il était décontracté, sympathique et compétent et parlait un anglais impeccable. Le douanier remarqua une cicatrice blanche en forme d'étoile sur sa tempe gauche.

Le vieux douanier savait qu'ils n'avaient pas beaucoup de temps : le don d'organes destinés à un marché européen exigeant et insatiable était une affaire urgente et grave et, apparemment, cette fois, on avait touché le jackpot. Un jeune homme de vingt-deux ans, en parfaite santé, était tombé d'un échafaudage quelque part dans la banlieue d'Amman.

Pour une fois, tout s'était déroulé sans encombre. Le jeune homme avait aussitôt été transporté dans une clinique universitaire où on avait constaté que, mis à part le traumatisme crânien et l'hémorragie cérébrale qui allait le tuer très rapidement, il souffrait uniquement d'une fracture de l'humérus. Mais le cœur battait encore, et le système respiratoire continuait d'oxygéner son sang et ses organes.

Les parents étaient des gens modernes et compréhensifs. Les médecins avaient déclaré la mort cérébrale après un scanner et une longue série d'examens neurologiques, et l'équipe de transplantation avait obtenu toutes les autorisations nécessaires moins de deux heures plus tard. Bloc cœur-poumons, reins, foie, os, moelle osseuse et cornées. Les cornées et la moelle osseuse partaient à Houston, au Texas, et, conformément au Registre international des transplantations d'urgence, la clinique universitaire Johann-Wolfgang-Goethe allait être l'heureuse bénéficiaire des autres organes.

Le douanier lécha son pouce et son index et compara la liste de colisage et les caisses orange. Les contenus et les codes correspondaient. Il sentait l'impatience de tout le monde autour de lui. Ce genre de transport étaient une simple routine, mais, quelque part au centre de l'Allemagne, plusieurs personnes attendaient le coup de fil le plus important de leur vie, soit parce qu'elles-mêmes étaient mourantes, soit parce que leur enfant attendait une greffe pour survivre : « On a trouvé un donneur. Venez ! Tout de suite ! »

– Vingt-deux ans, murmura-t-il. Pauvre garçon, c'est triste.

Le jeune homme à la cicatrice pinça les lèvres et hocha gravement la tête.

– Très triste, en effet, *Herr Zollbeamten*.

La sœur du douanier avait bénéficié d'une greffe de rein à la célèbre clinique Goethe, suite à un don d'organe en provenance de Jordanie, et le douanier n'avait aucunement l'intention de compliquer le travail plus que nécessaire de ces gens. Il demanda à voir leurs passeports, mais ne les examina que de manière superficielle. Il hocha la tête et sourit. Le jeune homme posa une main amicale sur son épaule. L'équipage se mit à charger les caisses d'organes dans l'ambulance spécialement équipée où elles furent raccordées à une unité de réfrigération et d'oxygénation aussi élaborées que celles de l'avion. La responsabilité de l'équipe de transport ne s'arrêtait qu'une fois que l'hôpital bénéficiaire avait accusé réception des organes, après quoi elle prenait un avion de ligne pour rentrer, si l'avion sanitaire n'avait pas le temps de les attendre.

Les portières de l'ambulance se refermèrent et le douanier donna quelques ordres au gardien dans son talkie-walkie afin qu'il les laisse sortir de l'aéroport sans vérification supplémentaire.

L'ambulance s'engagea sur la E451 et roula vers le nord. Samir et son nouveau compagnon, Adil, un jeune vétéran de la guerre civile syrienne, citoyen hollandais à l'origine, firent passer leurs bagages à l'arrière de l'ambulance. Leurs valises ne contenaient que des vêtements de rechange et des affaires de toilette et seraient passées sans encombre à travers n'importe quel contrôle. Ils retirèrent leurs tenues blanches et enfilèrent d'épais pull-overs et des vestes en cuir.

Adil enfila ensuite une paire de gants en coton et se mit en quête des deux caisses marquées d'un repère presque invisible, tracé à la craie blanche. Il déverrouilla les couvercles et un petit nuage de glace carbonique s'éleva vers le plafond de l'ambulance. Il souleva avec précaution une barquette de polystyrène pleine de glace carbonique, et la posa sur le plancher du fourgon. Sous la première barquette étaient rangés les deux gilets explosifs ultramodernes, fabriqués en Russie, avec leurs sachets de billes de verre et leur explosif inodore, le nitrate d'isopropyl. Samir l'aida à ranger les gilets dans un sac de sport. Ils remirent à sa place la barquette de glace carbonique, et ouvrirent la deuxième caisse d'organes. Sous le polystyrène, ils trouvèrent cette fois deux carabines automatiques AK-47 à canon scié, communément appelées mini-kalachnikovs, quatre chargeurs pour chacune, ainsi que deux épaisses enveloppes, l'une contenant l'argent destiné au capitaine polonais qui viendrait les chercher au port de Rostock dans quelques heures, l'autre des euros et des devises danoises pour faire face à d'éventuels imprévus.

Ils avaient fini le transfert de bagages quand l'ambulance s'arrêta sur une aire de repos. L'un des chauffeurs alla pisser derrière un buisson. Il alluma une cigarette et fit ensuite tranquillement quelques allers-retours sur le parking pour s'assurer qu'il n'y avait personne. Puis il revint à l'ambulance et frappa un coup sur la porte arrière.

Samir et Adil reçurent la brève accolade traditionnelle et quelques bénédictions à voix basse de leurs camarades. Ils agrippèrent la poignée de leurs lourds bagages et se dirigèrent vers une Audi d'un modèle peu récent. L'ambulance reprit la route vers Francfort et la clinique universitaire qui attendait le précieux chargement de pièces de rechange humaines qui avaient un jour appartenu à un jeune homme avec un bec-de-lièvre.

Les clés de l'Audi étaient cachées dans le pot d'échappement. Adil s'assit à la place du passager et commença à régler le GPS pendant que Samir rangeait les sacs et les valises dans le coffre avant de lever la tête pour contempler quelques instants la nuit étoilée.

Le moment était à la fois triomphal et mélancolique. L'arrivée en Europe s'était déroulée exactement comme l'avait prévue Safar khan, et, grâce aux accords de Schengen et à l'ouverture des frontières, ils ne rencontreraient aucun obstacle pour continuer leur voyage vers le Danemark. Ils accompliraient leur mission sacrée, *inch'Allah*, et beaucoup de gens importants et puissants mourraient de leur main. Et s'ils faisaient tout bien, s'ils étaient soigneux et consciencieux, ce serait aussi la fin de leur existence.

Il retourna s'asseoir dans la voiture. Adil le regarda sans rien dire et Samir hocha la tête, démarra la voiture et prit la direction de Rostock-Warnemünde, sur la côte de la Baltique.

Otto Jarl Falster fut réveillé par le bruit qu'il détestait le plus au monde. La sonnerie de portable de sa femme. Il sonnait, encore et encore, et elle ne décrochait pas. Le chef de cabinet s'appuya sur son coude et il se tourna vers son épouse dans le lit. Ses yeux étaient grands ouverts dans le noir, mais elle était apparemment complètement tétanisée. Il se laissa retomber, rassuré par le fait que, au moins, elle respirait encore. Il consulta les chiffres fluorescents de sa montre-bracelet. Cinq heures et demie du matin. C'était insupportable. Littéralement insupportable.

Après ce qui lui parut une éternité, elle alluma sa lampe de chevet, se redressa et marmonna quelques phrases indistinctes dans le téléphone.

Les mots devinrent peu à peu plus clairs : « Qui ? », « Où ? », « Non, non… Ne la touchez pas. Il faut faire venir un médecin légiste… Helle Englund, par exemple. Non, oublie "par exemple", je veux que ce soit elle. » Et, enfin, l'inévitable phrase, honnie entre toutes : « J'arrive. »

Elle s'habillait plus vite à présent qu'un soldat du feu et en moins d'une minute, debout à côté du lit, prête à partir, elle disait à son mari :

– Ta gueule, Otto.

– Je n'ai rien dit !

– Non, mais je sais ce que tu allais dire.

Il fronça les sourcils.

– Alors, tu es en train de me reprocher quelque chose que tu penses que je vais dire ?

– Oui.

– *Bon voyage*, grommela-t-il, en français.

– On échange si tu veux. J'irai à tes rendez-vous.

Il éclata d'un rire caverneux.

– J'ai une réunion de deux heures avec la ministre, ce matin. Si tu y vas à ma place, je te parie que tu l'égorges avant la fin.

Son visage se radoucit. Elle venait peut-être de penser à son reflux œsophagien et à ses aigreurs d'estomac.

– Mon pauvre chéri, dit-elle.

Il sourit bravement.

– C'est toi la pauvre chérie. Il y a quelqu'un qui est mort ?

Elle soupira et il lui prit la main. Celle avec l'alliance.

– Irene Adler. Quelqu'un l'a assassinée.

– Adler ?

Il s'assit.

– Oui.

– Pauvre Irene Adler.

– Oui.

– On sait qui a fait ça ?

Ses yeux se perdirent dans le vague.

– Il n'y a qu'une seule personne, à ma connaissance, qui ait pu avoir à la fois l'envie et la possibilité de le faire.

– Qui ?

Elle lui reprit sa main.

– Oh, Otto. C'est impossible… enfin… je ne peux pas supporter l'idée que ça puisse… Lene Jensen est évidemment la seule à avoir eu des raisons de faire ça. Irene Adler s'est occupée de sa fille. Une jeune femme qui s'est suicidée.

– J'étais avec toi à son enterrement, Charlotte.

Il reposa sa nuque contre la tête du lit et regarda, pensif, dans la pénombre de leur chambre. Sa femme l'observait. Enfin, il leva les yeux vers elle et se frotta le menton.

– Qu'est-ce qu'il y a ?

– La commission Thomas Thierry.

– Tu parles du ministère de l'Intérieur ? Quelle commission, Otto ?

– Une commission très privée qui dépend directement du ministre de l'Intérieur et du ministre de la Défense. Nous assurons la coordination des différents services de renseignement danois. Tous les pays ont ce genre de commission, même si peu de gens le savent.

– Je vois.

– Je me ferais virer si ce que je vais te dire devait se savoir, Charlotte. Bref… c'est nous qui avons accordé à Irene Adler les subventions pour son centre, par l'intermédiaire de cette commission. J'y ai participé.

Elle posa une main fine et chaude sur son épaule et il chercha son regard.

– Il fallait faire *quelque chose*, Charlotte !

– Je comprends.

– Ils trouvaient tous le projet créatif et innovant, mais moi j'ai toujours pensé qu'il était dangereux de mélanger les soins psychiatriques et des interrogatoires liés au renseignement, mais il n'y avait pas vraiment de précédent en la matière, alors nous avons décidé d'essayer. C'est peut-être quelqu'un des services secrets qui a fini par trouver que la collaboration devenait problématique. La presse deviendrait dingue si elle l'apprenait. Je te demande simplement d'envisager cette hypothèse, Charlotte.

– Je te le promets.

Elle se tourna vers lui au moment de sortir de la chambre.

– Merci, dit-elle.

Elle referma la porte derrière elle et Otto Jarl Falster ouvrit le tiroir de sa table de nuit pour prendre ses antiacides. Par précaution, il en prit trois.

La rue avait été bouclée avec les bandes de sécurité rouge et blanc de la police criminelle, et les gyrophares bleus des véhicules d'intervention illuminaient les façades étroites des maisons, par intermittence. Il n'y avait pas beaucoup de badauds dans la rue, mais de nombreux voisins, plus ou moins vêtus, suivaient les événements avec intérêt derrière leurs fenêtres.

Deux fourgonnettes blanches de la police scientifique était garées devant le numéro 19. Charlotte descendit de sa Passat et approcha de la maison. Elle frissonna. Il faisait particulièrement froid pour un mois d'avril, et on avait battu des records de températures négatives. Elle aperçut deux silhouettes dans une Ford Mondeo bleu marine, stationnée à l'extérieur des bandes de sécurité. Le gyrophare était posé sur le toit, mais pas allumé. Elle se pencha et tapa à la vitre côté conducteur. Kim ne réagit pas. Son équipier lui dit quelque chose et, enfin, il abaissa sa vitre.

– Vous attendez quoi ? demanda-t-elle.

Elle se pencha un peu plus et Christian lui sourit depuis le siège passager. Il leva vers elle une bouteille Thermos chromée et un gobelet propre. Un thermomètre rond était incrusté dans le flanc du Thermos. Charlotte connaissait sa réputation de *barista* amateur.

– Non, merci, dit-elle sans quitter des yeux l'agent Thomsen immobile derrière son volant.

L'inspecteur adjoint regardait droit devant lui, comme si Charlotte n'était pas là. Ses rides étaient comme tatouées sur son visage à l'encre noire et sa mâchoire était mangée de poils blancs et gris.

– Irene Adler, dit-il, estimant apparemment qu'il n'y avait rien d'autre à dire.

Charlotte se releva et enfonça les mains dans les poches de son manteau.

– Oui, c'est regrettable. On s'en occupe.

Les muscles de ses mâchoires travaillaient sous la peau tendue.

– Vous ne trouverez rien du tout, comme d'habitude, grogna-t-il. Et puis il n'y a qu'une seule personne qui veuille tuer Irene Adler et vous savez très bien qui c'est.

Charlotte baissa vers lui un regard d'un calme parfait.

– Dites cela encore une fois, Kim, et je vous assure que je veillerai à ce que dans moins de cinq minutes vous soyez mis en retraite anticipée pour dépression nerveuse avec attestation de psychiatre, de la médecine du travail et tout le bataclan, même si ça doit être la dernière chose que je ferai de toute ma carrière. Vous finirez gardien de parking et je n'en ai rien à foutre que vous ayez la langue bien enfoncée dans le cul de votre supérieur. Et si les deux psychopathes que vous êtes essayent de blesser, d'emmerder ou de vous en prendre encore une seule fois à Lene ou à quelque autre membre de mon équipe, y compris à mes informaticiens, ce sera le même prix. Vous m'avez bien entendue ?

Elle se pencha à nouveau à la vitre et, ignorant Kim, elle dit à Christian :

– Vous voulez bien être gentil de traduire ce que je viens de dire au crétin qui est assis à côté de vous ?

Christian avait légèrement pâli. Elle ne savait pas si c'était à cause de la fatigue ou de son langage, mais elle n'en avait rien à foutre.

– C'est entendu, Charlotte, d'accord. Absolument. Pas de problème.

– Parfait. En outre, je pense que vous avez mieux à faire que de rester là à glander. Si je ne m'abuse, les premières délégations arrivent à 11 heures. Ce serait peut-être une bonne idée de refaire le tour des consignes de sécurité. Ce serait extrêmement gênant si quelqu'un explosait sur une bombe entre l'aéroport et l'hôtel *Marriott.*

Elle fit un bref signe de tête en guise d'au revoir, souleva le ruban de sécurité et remonta l'allée conduisant à la maison mitoyenne d'Irene Adler.

Charlotte entendait des gens marcher à l'étage et fouiller le sous-sol. La porte des salons était ouverte et les longues pièces étroites étaient peuplées de personnages en combinaisons blanches en Nylon, les pieds enveloppés dans des protections bleues. L'un d'eux lui tendit une paire de couvre-chaussures et elle les enfila.

La décoration évoquait une scène du film *Casablanca* avec ses statuettes arabes archaïques à la géométrie compliquée, sculptées dans de riches essences, ses pupitres, ses innombrables tapis persans, ses tables basses en laiton et plus de coussins que de chaises. Irene Adler était couchée au milieu du plancher et, dans le total abandon du trépas, elle semblait occuper la majeure partie de la pièce.

Une femme en blanc aux cheveux courts et blonds était agenouillée à côté de la victime, en train de lire quelque chose sur l'écran de son smartphone. Un fil blanc partant du téléphone s'insinuait entre les cuisses écartées de la morte et disparaissait. Charlotte fronça les sourcils et s'approcha prudemment. La femme leva la tête et lui sourit. Charlotte reconnut l'amie de Lene Jensen : le médecin légiste Helle Englund.

– C'est une nouvelle *app* ? lui demanda-t-elle.

– Il y a des *apps* pour tout, maintenant. Celle-ci mesure la température rectale. Elle est assez précise, je dois dire.

Charlotte hocha la tête et regarda le visage d'Irene Adler. L'œil bleu à droite regardait sans le voir le plafond du salon tandis que de l'œil gauche sortait une aiguille courbe couleur argent, d'une longueur d'environ dix centimètres. La bouche était entrouverte, dévoilant une rangée de dents parfaites. Le sang avait dessiné un delta à plusieurs ramifications sur le visage, le cou et la poitrine. Les aréoles de ses seins étaient petites et brunes, l'entrejambe nue et épilée.

La légiste sortit le thermomètre du derrière du cadavre, retira le préservatif et rangea sonde et fil dans un sac en plastique. Elle se releva et elles restèrent un moment toutes les deux, côte à côte, à regarder la femme assassinée.

Charlotte montra du doigt la macabre arme du crime.

– Qu'est-ce que c'est ?

– Je crois que c'est une canule pour embaumer les morts. Dans l'Antiquité, elle servait à injecter le liquide d'embaumement ou le formol dans leurs artères. J'en avais déjà vu de semblables au musée de l'Histoire de la médecine.

– Monstrueux.

La jeune femme hocha la tête.

– C'est assez macabre. Et pas très efficace.

Le front de Charlotte se fronça. Elle commençait à avoir la nausée.

– Ah bon ? J'aurais pensé qu'un truc comme ça, enfoncé dans le cerveau… provoquerait un court-circuit instantané ?

– C'est probablement ce que le meurtrier croyait aussi, dit Helle Englund. Mais il n'y a que dans les films que ça marche comme ça. Dans la réalité, on voit même des cas où des gens, souvent des Groenlandais, ont fixé un ciseau de menuisier dans l'étau d'un établi et tenté de se suicider pour une raison ou une autre en se tapant violemment la tête contre le tranchant de l'outil. S'ils n'ont pas la chance… ou la malchance de toucher l'une des grosses artères du cerveau, en fait, il ne se passe pas grand-chose. Ils s'évanouissent, convulsent peut-être un peu, mais ils n'en meurent pas. Le cerveau est un organe insensible. Il ne réagit ni à la douleur, ni au froid, ni au toucher.

– Alors il se passe quoi ?

– Certains restent là jusqu'à ce qu'on les trouve, d'autres parviennent eux-mêmes à desserrer l'étau et à rentrer chez eux appeler une ambulance.

Charlotte se tourna vers la légiste.

– Vous vous moquez de moi, n'est-ce pas ?

– Non, non. Je vous assure que c'est vrai.

Elle sourit. Il y avait un espace entre ses deux dents de devant, ce qui lui donnait un certain charme.

Elle montra le plancher à l'inspecteur général.

– Vous voyez là une trace de sang circulaire assez caractéristique. Elle commence et finit devant ce bureau. Ma première hypothèse est que le coup a été porté alors qu'elle se tenait dos à ce secrétaire. La canule a lésé le cortex moteur, c'est-à-dire la matière blanche de la partie gauche du cerveau qui commande le bras droit et la jambe droite, les influx nerveux étant inversés. Elle pouvait marcher, mais seulement vers la droite, c'est-à-dire dans le sens des aiguilles d'une montre. Elle s'est déplacée dans la pièce après avoir été frappée, mais elle est revenue à son point de départ et donc à son meurtrier. Elle a dû vouloir fuir, mais s'apercevoir très vite qu'elle ne pouvait pas se diriger. Elle…

– Stop !

Helle Englund regarda Charlotte, l'air étonné. Tout ceci devait être aussi naturel pour elle que de parler du prix du litre de lait, ou du dernier gagnant de X Factor, mais ça ne l'était pas pour l'inspecteur général.

Elle avait été sous-secrétaire de bureau, puis secrétaire d'État au ministère de la Justice avant d'entrer à la police judiciaire. Elle n'avait pas beaucoup d'expérience en matière de scène de crime et de crime à proprement parler, mais ses lacunes étaient compensées par son intelligence et son imagination. C'était d'ailleurs l'une des choses que Lene avait contre elle, le fait qu'elle n'ait jamais travaillé sur le terrain.

Elle leva la main et fit l'effort de sourire.

– Merci. Je comprends et je n'ai aucune difficulté à m'imaginer la suite. Alors qu'est-ce qui l'a tuée si ce n'est pas cet étrange objet planté dans… son cerveau ?

Elle s'éclaircit bruyamment la gorge.

– On l'a étouffée avec ça ! répliqua la médecin légiste, le doigt tendu.

Un technicien était en train d'enfouir un coussin rond, en cuir, dans un sac en plastique.

– Le coussin était couvert de sang. Si je devais deviner, je dirais que le tueur s'est impatienté, ou qu'il est devenu nerveux, ou qu'il n'avait plus le temps d'attendre, et qu'il a allongé sa victime sur le sol et pressé le coussin sur son visage jusqu'à ce qu'elle meure.

– Ça semble logique, en effet, admit Charlotte. À quelle heure est-elle morte ?

– Sa température centrale est de 26,7 °C et la température de la pièce est de 19,2 °C.

La légiste pianota sur une application de son smartphone.

– Environ 3 h 20.

– Elle avait un rendez-vous galant ? Elle est dans une tenue très... accueillante.

– Il n'y a pas de sperme dans le vagin et aucune trace de lésion des organes génitaux, mais je dois la ramener à l'Institut médico-légal avant de pouvoir affirmer quoi que ce soit.

Charlotte hocha la tête et regarda autour d'elle. Apparemment, la cuisine était libre pour le moment. Elle y entraîna la légiste et ferma la porte derrière elles.

– Asseyez-vous, lui dit-elle, désignant une chaise près d'une longue table rustique.

Helle Englund obéit, intriguée.

Charlotte réfléchit un instant. Elle ne savait pas bien par où commencer et, pour se donner le temps de réfléchir, elle alla ouvrir la porte de l'immense frigo américain. Il ne contenait que de l'épicerie fine et écologique. Un large assortiment de fruits et de légumes, presque aucun produit lacté, mais quelques sachets en aluminium fermés, venant de la poissonnerie de Frederiksborggade, l'un des meilleurs poissonniers de Copenhague, et datés de la veille. Il y avait aussi trois bouteilles de moët-et-chandon. Irene devait recevoir régulièrement la visite de personnes de passage, venant de l'étranger, et il devait souvent y avoir de nouvelles subventions ou de nouvelles publications dans *Nature* ou dans *The Lancet* à fêter.

Elle referma la porte, s'assit en face du médecin légiste et se mit à tricoter ses doigts sur la table.

– Écoutez, Helle. C'est bien Helle, n'est-ce pas ?

La femme sourit, acquiesça et Charlotte reprit :

– Rien de ce que nous allons nous dire maintenant ne doit sortir d'ici, et quand je dis *rien*, je veux vraiment dire *rien*. Nous sommes d'accord ? Je vais vous poser quelques questions auxquelles je vous demanderais de répondre aussi clairement et aussi sincèrement que possible. C'est très important.

– OK.

– Vous connaissez le commissaire Lene Jensen, n'est-ce pas ?

– Pas dans le privé, bien sûr, mais oui… je la connais.

Charlotte regarda ses ongles. Ils avaient besoin d'une manucure.

– Selon votre point de vue professionnel, et je sais que vous n'êtes ni psychologue, ni psychiatre, mais… que pensez-vous d'elle ? Je crois que vous vous êtes vues récemment, et vous avez travaillé ensemble sur plusieurs affaires par le passé. Est-ce qu'elle est… Je veux dire, est-ce qu'elle va bien, d'après vous ?

La jeune femme hocha la tête.

– Absolument. Elle est épuisée et malheureuse. Elle est peut-être en dépression. Mais il y a de quoi, non ? Elle s'en veut de ce qui est arrivé à sa fille. Et, dans une certaine mesure, elle a raison. C'est ça le problème. On ne se débarrasse pas d'un sentiment de culpabilité comme celui-là du jour au lendemain. Mais elle est solide. Elle avance. Je sais pourquoi vous me posez cette question. Mais c'est une fille carrée et je mettrais ma vie entre ses mains sans hésiter, si je peux me permettre d'exprimer les choses de manière aussi pompeuse.

Charlotte traçait machinalement des parallélépipèdes sur la table de style campagnard. Elle avait envie de sourire mais s'efforçait de garder le masque.

– Vous pouvez vous le permettre, Helle. Il est même possible qu'un tas de gens doivent bientôt remettre leur vie entre ses mains. Donc, d'après vous, elle n'est pas folle à lier ?

– Pas le moins du monde.

– Merci. Et à présent, j'aimerais vous parler d'Ain Ghazzawi Rasmussen. Vous avez retrouvé une sorte de LSD modifié dans son sang, si j'ai bien compris ? Je vous rassure, Lene ne m'a pas dit ça comme ça. Mais j'ai finalement réussi à lui tirer les vers du nez.

– C'est exact. Les doses n'étaient pas très élevées et il s'agissait de simples traces. Mais c'est vrai, nous en avons trouvé dans son sang et dans son liquide céphalo-rachidien.

Charlotte semblait perplexe.

– Des traces, seulement ? Ce qui signifie qu'elle n'était pas sous l'effet de stupéfiants quand elle est passée sous le train ? Et qu'elle n'était ni confuse, ni désorientée ?

– C'est difficile à dire, mais, d'après moi, non. Personne ne connaît précisément les doses « thérapeutiques » de ce genre de substance. À part les gens qui les administrent et ceux qui les produisent, bien sûr. Mais, en tout cas, son organisme avait pratiquement éliminé la drogue au moment où elle est morte.

– Et qui a pu la lui donner ?

Helle Englund se tourna vers la porte donnant sur le salon.

– Lene pensait que c'était Irene Adler, mais elle n'avait pas de preuve, je crois.

– Le produit peut fonctionner comme une sorte de sérum de vérité, c'est ça ? demanda l'inspecteur général.

– Cela ne fait pas l'objet de publication et on n'en parle pas ouvertement dans les congrès, mais pas mal de gens pensent que les services secrets s'en servent à cet effet. C'est plus discret que la simulation de noyade, le fameux *waterboarding*, ou que la torture. C'est à la mode. Après en avoir parlé avec Lene, je me suis mise en relation avec certains de mes confrères, à l'étranger, et plusieurs avaient eu affaire à des cas où le LSD semblait avoir été utilisé dans le cadre d'un interrogatoire. Et je parle de pays dits civilisés.

Charlotte se leva et alla ouvrir la porte.

– Merci beaucoup, dit-elle. Vous m'avez été très utile. Vraiment. J'apprécie.

Charlotte échangea quelques mots avec Arne, le plus âgé des experts, connu pour sa mauvaise humeur, mais aussi pour son talent exceptionnel et sa loyauté. S'il tombait sur des dossiers, des listes ou des fichiers électroniques de patients qui avaient été traités dans le service très particulier d'Irene Adler à l'hôpital Risgshospitalet, elle en serait informée aussitôt.

Les techniciens n'avaient encore rien trouvé, affirma-t-il. Il faillit se gratter la nuque avec son gant de latex couvert de sang, mais retint son geste à temps. Ils n'avaient même pas trouvé d'ordinateur dans la maison.

– Est-ce qu'il y avait des signes d'effraction ?

– Non.

– Alors elle connaissait son meurtrier ?

– Dans le cas contraire, elle a été très imprudente en le faisant entrer chez elle à trois heures et demie du matin, je trouve. Et, au fait, il n'y a pas de judas dans la porte.

Charlotte hocha la tête. Irene Adler n'avait pourtant rien d'une femme imprudente.

– Qui a trouvé le cadavre ?

– Le livreur de journaux. Elle fait partie de sa tournée depuis des années et il n'était jamais arrivé auparavant qu'il trouve la porte ouverte. Il s'est dit qu'il y avait quelque chose de louche et il est entré.

– Donc la porte était ouverte ? murmura-t-elle, pensive.

Arne faillit à nouveau se gratter la nuque. S'il devait tout répéter plusieurs fois de suite, ils n'allaient jamais s'en sortir.

– Oui, elle était ouverte.

– Et son portable ?

– Dans la cuisine. Elle n'avait passé aucun appel depuis hier après-midi où elle avait appelé un chercheur à San Diego. Et personne ne l'avait appelée, malheureusement.

– Merci, Arne.

– Je vous en prie.

Charlotte ressortit de la maison. La plupart des voisins étaient allés se coucher, à présent. La Mondeo des deux agents de renseignement était partie. Irene Adler était vêtue, comme elle l'avait elle-même souligné, de manière très accueillante. Ce n'était pas par hasard. Elle attendait la visite d'un amant, pas celle d'un assassin. Et, de toute évidence, pas celle de Lene.

Elle poussa un soupir. La psychiatre devait fréquenter énormément de monde.

Michael rêvait de la Somalie. Ou plutôt, il tentait dans un état semi-éveillé de mettre de l'ordre dans ses souvenirs chaotiques et confus. Il retrouvait la chaleur minérale qui faisait vibrer l'air au-dessus des sommets des montagnes basses et ocre qui s'élevaient à l'infini, le troupeau de hyènes qu'il avait vu un jour à l'aube traverser le lit desséché de la rivière du côté du campement des pirates avec leurs têtes carrées qui pendaient lourdement entre leurs pattes avant, et le soleil levant qui éclairait la fourrure de leur dos d'une teinte rougeâtre.

Il était allongé, sous un filet de camouflage, immobile derrière un amas de rochers à trois cents mètres du campement. Il avait posé une compresse de gaze sur la lunette de sa carabine afin que sa position ne soit trahie par aucun reflet.

Michael était là depuis deux jours, dans le silence brûlant, interrompu seulement par le bourdonnement des insectes et quelques rares conversations sur le téléphone satellite avec un coordinateur de mission, basé sur un navire de la marine danoise, dans le golfe d'Aden. Le soleil était un trou incandescent dans un ciel sans nuage. Il avait observé les maigres adolescents somaliens, défoncés par leur sempiternel mâchouillage de khat, quand ils sortaient les marins danois et les trois religieuses allemandes de la cabane en tôle surchauffée et qu'ils s'amusaient à les faire passer par les verges sous les crosses de leurs kalachnikovs, les faisaient danser sur place en tirant par terre à leurs pieds et les couchaient sur le dos pour leur pisser dessus. Ils étaient jeunes et il faut bien que les enfants s'amusent. Michael avait eu l'occasion de voir des choses bien pires. Au moins, ils ne mutilaient pas les hommes, et ils ne violaient pas les bonnes sœurs. Ils s'ennuyaient, simplement.

Ils n'étaient pas les seuls. Michael s'ennuyait au moins autant que les preneurs d'otages, et l'eau qu'il tétait avec parcimonie dans ses camelbacks était chaude et répugnante bien qu'il la stérilise avec quelques gouttes de nitrate d'argent. De surcroît, sa présence était probablement superflue. Il était convaincu que le Jægerkorps danois ou leurs petits copains de la SAS britannique ou encore les Navy Seals américains étaient planqués quelque part dans l'étroite vallée, enterrés comme lui, aux aguets. Michael n'était là que pour rassurer l'armateur sur le fait que tout se passait bien.

Les insectes étaient près de le rendre fou. Il y en avait partout. Ils vivaient, grandissaient, se multipliaient sous sa peau et il ne pouvait pas se badigeonner de répulsif parce que les chiens maigres qui gambadaient le long de la clôture en contrebas l'auraient senti et seraient devenus curieux.

La troisième nuit, dix minutes avant le lever du soleil, parce qu'un quelconque officier était monté sur le pont, avait brusquement pris la décision d'intervenir et que les analystes avaient levé le pouce pour donner le feu vert, l'ordre avait finalement été donné de libérer les otages.

Jusqu'au dernier moment – et dans le plus grand secret –, on avait hésité à emmener les nonnes. Les ravisseurs de la cellule Al-Shabaab avaient demandé une rançon à l'ordre des Sœurs du Sacré-Cœur de Jésus et, par extension, à l'Église catholique à Rome, mais Michael ignorait totalement laquelle. Une fontaine, une statue équestre, quatre mètres carrés du plafond de la chapelle Sixtine ? Tout le monde savait que les trois jeunes Allemandes mourraient de vieillesse avant que le Vatican admette qu'il avait un petit problème à résoudre, là-bas, dans la corne de l'Afrique. Le consensus final avait donc été de les emmener.

Dès que le signal avait été donné, Michael avait chaussé ses lunettes de vision nocturne, il avait croisé les mains sous son menton, s'était efforcé d'ignorer les insectes volants et rampants qui le tyrannisaient et il avait tendu l'oreille. Il n'avait pas entendu arriver les hélicoptères sur la zone d'atterrissage qui se trouvait sur l'autre versant des montagnes basses et l'autre rive du fleuve asséché, mais il avait vu les six individus armés jusqu'aux dents passer la crête en courant sur la frontière entre l'ombre et la lumière. Il n'y avait aucun mouvement, ni dans les tentes, ni dans les cabanes en tôle où les otages étaient enfermés la nuit. Apparemment, même les chiens dormaient. Le commando se dispersa en éventail et, cinq minutes plus tard, Michael vit des lueurs bleues isolées éclairer les murs et les tentes, pendant quelques secondes. Tout semblait s'être passé comme prévu.

Ce matin-là, on n'avait pas fait de prisonnier et pas laissé de survivant. C'est pourquoi il avait été surpris de voir tout à coup une longue silhouette maigre sortir de l'unique commodité du camp et s'enfuir dans les collines. Il faisait presque jour et Michael voyait la djellaba battre contre les longues jambes du garçon. Ses sandales levaient de petits nuages de poussière dans la légère brise matinale.

Il avait poussé un juron en remarquant un objet sombre et rectangulaire dans la main du fuyard. Un poste de radio ou un téléphone par satellite. Le gamin avait disparu dans un pli du terrain et réapparu un peu plus loin. Il s'était appuyé hors d'haleine contre une paroi rocheuse. Il devait être terrorisé. Michael l'avait vu se pencher en avant et tripoter l'appareil. Il avait pris son excellent fusil de sniper muni d'un silencieux, ouvert le bipied et retiré le cache de la lunette de visée Schmidt & Bender. Le garçon s'était accroupi, le téléphone collé à l'oreille. Il avait remonté la capuche de sa djellaba. Michael avait dans le viseur un morceau de son cou et la partie droite de son dos.

Il s'était mis en position de tir et avait inspiré profondément. Il n'avait pas le temps et encore moins le choix. Si le jeune pirate appelait des renforts, les forces spéciales d'intervention et les otages seraient déjà loin quand ses amis arriveraient. Ils seraient tranquillement installés à bord de leurs hélicoptères. Michael, lui, n'aurait pas cette chance. Il n'y avait pas d'hélicoptère prévu pour l'évacuer de la vallée. Peut-être un pick-up Isuzu datant d'avant les pyramides, conduit par un jeune garçon sans montre, avec un œil qui disait merde à l'autre, viendrait-il le chercher ainsi qu'il avait vaguement été convenu.

C'était un choix militaire et bureaucratique. Le Jægerkorps ne voulait en aucun cas être responsable de la sécurité d'un civil, aussi compétent et expérimenté soit-il. Si son jeune chauffeur daignait se montrer un jour, il l'enfouirait sous des sacs de millet et des caisses d'oignons sur la benne du pick-up et il le conduirait sur une plage tranquille au nord d'Hordio, où, si le commandant du navire de guerre jugeait la manœuvre sans danger, il serait récupéré par un corps du régiment des nageurs de combat. Former des soldats d'élite coûtait cher et on préférait les utiliser pour faire des sauts en parachute dans les fêtes de village et ce genre d'occasions.

Les pirates alertés par le jeune survivant n'auraient à s'occuper que de Michael dans cette vallée étroite et facile à cerner. La fin du scénario était écrite d'avance. S'il avait de la chance, ils se contenteraient de l'exécuter.

Il expira la moitié de l'air qu'il avait dans les poumons et tira. La distance était si importante qu'il se passa presque une seconde avant que la poussière se lève autour de la djellaba du garçon. Il tomba en avant, et Michael regarda un long moment sa silhouette en position de prière sans détecter le moindre mouvement. Il voyait clairement les plantes de pieds roses du jeune homme dans sa lunette de précision.

Michael avait vu apparaître les six commandos du côté du campement, portant deux civières sur lesquelles étaient allongés les marins, les bonnes sœurs trottinant derrière parce qu'elles en étaient encore capables, n'ayant été prises en otages qu'un mois auparavant. Le petit groupe avait disparu derrière les collines dans la direction opposée à celle qu'avait prise le fuyard.

Son bivouac démonté, Michael était descendu dans le fond du vallon. Il savait que c'était imprudent, mais dès l'instant où il avait vu le fugitif, il s'était dit qu'il y avait un problème.

Il s'était glissé à travers les rochers hauts comme des maisons et s'était approché du mort par derrière, une arme à la main, sécurité enlevée et canon dirigé vers la tête du garçon agenouillé. Quand il était arrivé à un mètre de lui, il avait rengainé son pistolet. La balle l'avait atteint au milieu du dos, et il avait dû mourir sur le coup. À quelques mètres du corps était posé un téléphone par satellite Thuraya. Michael le ramassa et regarda le journal d'appels sortants. Le dernier avait été passé l'avant-veille.

Il avait pris le cadavre par le bras et l'avait couché sur le dos.

Puis il s'était relevé et, choqué, il avait contemplé le visage qu'il avait sous les yeux, encadré par la capuche grise de la djellaba. La fille ne devait pas avoir plus de seize ans. Avec une patience infinie, quelqu'un avait noué ses cheveux noirs et crépus en plusieurs dizaines de petites nattes, attachées avec des bouts de laine rouges. Un véritable chef-d'œuvre géométrique. Son sein droit n'était pas plus gros qu'une demi-pomme et un orifice de sortie sanglant apparaissait dans sa partie supérieure. Michael écarta le tissu ensanglanté. La jeune fille était encore en vie et elle miaulait comme un chaton. Des bulles de sang pulmonaire sortaient de la plaie. La terre et le rocher en dessous d'elle étaient d'un rouge brun. Son joli visage aux traits fins était gris sous la peau noire et elle était grande et mince. Les Somaliennes étaient les femmes les plus grandes, les plus élancées et les plus fières du monde.

Ses grands yeux noirs avaient suivi quelques instants les gestes des mains qui l'examinaient puis ses paupières s'étaient fermées. Sa poitrine s'était soulevée, elle était retombée, et ça avait été terminé.

Elle avait rassemblé ses mains sur son sexe pour protéger sa vertu. Michael les y avait laissées pendant qu'il l'examinait. Puis il les avait écartées doucement et avait soulevé la djellaba.

Ensuite, il avait rabattu la capuche sur son visage et avait recouvert le corps de la jeune fille avec autant de pierres qu'il avait pu en ramasser.

Il contempla les poutres apparentes au plafond, et, pendant quelques instants, il se demanda où il était. Il avait une solide gueule de bois, et sa langue avait le même goût que les chaussettes d'un évêque, comme on dit en Angleterre. Il était seul. Il le devina sans avoir besoin de vérifier. Lene n'était plus là.

Michael se leva avec un léger gémissement, étira son corps de la position recroquevillée qu'il avait adoptée entre deux fauteuils et craignit l'espace de quelques secondes de ne plus jamais pouvoir remarcher normalement.

Il était sept heures et demie du matin et il comprit brusquement ce qui l'avait réveillé. Ce n'étaient pas les hélicoptères Blackhawk de Somalie mais ceux de la police danoise qui depuis le matin sillonnaient le ciel de Copenhague. Lene avait fait le lit avant de partir. Il glissa la main sous la couette qui avait conservé son parfum. Le matelas était encore chaud. Son sac de sport était encore posé par terre et il y avait de la vapeur d'eau sur le miroir de la salle de bains.

Michael prit une douche chaude qu'il refroidit petit à petit pour finir immobile sous le jet d'eau glacée avec un gigantesque hurlement retenu.

Il pissa et regarda son urine avec inquiétude. Elle était plus brune que jamais. La fièvre noire. Ce n'était pas comme ça qu'on appelait le dernier stade du paludisme ? Quand on commençait à pisser du sang et que les reins étaient détruits par le parasite ?

Le continent africain. Il avait lu quelque part qu'il vous marquait pour la vie. C'était vrai.

Il se frotta devant la glace pour se sécher, et il était en train de se brosser les dents quand il l'entendit rentrer.

– Lene ?

– Oui.

Il enfila son pantalon et une chemise, avala un anti-inflammatoire et un antalgique et sortit de la salle de bains.

Elle avait l'air étonnamment en forme et semblait rajeunie de dix ans. Elle avait les cheveux propres et tirés en queue-de-cheval. Une bonne nuit de sommeil avait fait des miracles. Son regard était clair et sa bouche détendue.

Elle brandit deux grands gobelets et un sac en papier.

– Café, croissants, cigarettes. J'ai remarqué qu'il ne t'en restait plus.

– C'est gentil. Mais tu sais que tu aurais pu appeler le service d'étage. Ils sont ouverts vingt-quatre heures sur vingt-quatre et leur café est excellent, répliqua-t-il, bougon.

Elle haussa les épaules. Elle bougeait la tête plus facilement que la veille, et elle avait caché les hématomes sur son cou avec un foulard gris et doux.

– J'avais besoin de respirer. Il ne pleut plus. Il y a du printemps dans l'air.

– Tu t'es réveillée à quelle heure ?

– Il y a deux heures, à peu près. Viens boire ton café pendant qu'il est chaud.

– Je suis allé t'acheter des somnifères, hier, lui rappela-t-il.

Elle rougit.

– Je ne sais pas ce qui m'est arrivé. Vraiment. Je me sens incroyablement bien. Je ne comprends pas. Merci beaucoup. Je crois que…

– Que quoi ?

– Que c'est parce que tu es là… C'est bon de ne pas être seule, en fait.

– Merci.

Ils s'assirent dans le coin canapé. Michael dévora croissants et viennoiseries sucrées, il but le café et se sentit redevenir presque humain. Lene lisait les journaux. Ils étaient bien, tranquilles, comme des gens qui voyagent dans le même compartiment de train vers une destination agréable.

Il s'approcha de la baie vitrée avec son gobelet de café et sa première cigarette.

– J'ai tiré sur une fillette en Somalie et je l'ai tuée, raconta-t-il, en regardant le port, désert. Elle devait avoir à peine seize ans. Je l'ai abattue dans le dos.

Il lui jeta un coup d'œil par-dessus son épaule. Lene finit de mâcher, s'essuya les lèvres dans sa serviette en papier qu'elle plia soigneusement avant de répondre :

– C'est terrible, Michael. Terrible. Je ne sais pas quoi dire, mais je suppose que ce n'était pas pour t'entraîner…

Il frotta son visage dans ses mains et ses poils de barbe émirent un son râpeux sous ses doigts.

– Non, ce n'était pas pour m'entraîner. J'ai cru qu'elle allait appeler du renfort. J'étais seul et je savais que je ne réussirais jamais à m'échapper de ce foutu vallon s'ils venaient. Et puis, je croyais que c'était un jeune homme.

– Ça fait une différence que ce soit un garçon ou une fille ?

– Ça ne devrait pas, mais oui, ça en fait une. Surtout dans ce cas-là. Elle était enceinte de quatre ou cinq mois, je crois.

– C'est pour ça que tu n'es pas rentré chez toi ?

Le front de Michael se plissa. Il réfléchit.

– Non… oui, peut-être. Je ne sais pas. C'est l'une des raisons, j'imagine.

Lene se leva et vint s'appuyer à la rambarde du balcon. Puis elle se tourna vers lui, elle le regarda droit dans les yeux et posa la main sur son bras. Il aurait pu la prendre dans ses bras, mais il s'écarta et alla s'asseoir devant le bureau. Il alluma l'ordinateur et attendit.

– Enfin, en tout cas, pendant que tu roupillais ferme dans *mon* lit, moi j'ai travaillé dur, presque toute la nuit, se vanta-t-il. Et j'ai du nouveau.

– Tu as trouvé quelque chose ?

– Tu avais raison, Ain ne s'est pas suicidée. J'en suis convaincu.

– À 100 % ?

– À 100 %.

Les épaules de Lene tombèrent un peu, elle mit les mains sur ses joues et le regarda au-dessus de ses doigts longs et fins.

– Putain… Pardon. Mais je l'ai toujours su et tout le monde me disait que j'étais…

– Folle ?

– Oui.

Michael lui montra quelques extraits choisis dans les enregistrements. Entre autres, celui où l'on voyait l'observateur immobile dans l'escalier.

– Tu as vu, il ou elle reste là, sans rien faire. Plutôt il. Les chaussures sont trop grandes et trop moches pour appartenir à une femme. C'est quelqu'un qu'elle connaît et qui la terrorise. Elle regarde derrière elle une bonne dizaine de fois pendant qu'elle te parle au téléphone. Tu l'as ressenti ?

– Tout à fait. Elle était incohérente et très effrayée.

– Elle est tellement occupée à surveiller ses arrières qu'elle ne fait pas attention à ce qui se passe devant. Son assassin s'est mêlé à un groupe de skaters. Sweat-shirt à capuche, parka. Sauf qu'il n'a pas de skate.

Il gela l'image à l'instant où Ain s'arrêtait, levait la tête et humait l'air.

– On dirait qu'elle sent une odeur qui n'est pas supposée être là, dit Lene.

Michael leva un sourcil, contrarié. Ça c'était sa réplique. Celle qui allait prouver son immense perspicacité. Il se faisait une joie de la sortir.

– C'est une femme habillée en garçon, poursuivit Lene, concentrée. Mais elle a oublié qu'elle était parfumée.

– C'est pas vrai, merde ! Ça m'a pris près de quatre heures pour arriver à cette conclusion. Comment as-tu fait pour ?… Je dois *vraiment* être malade.

Elle sourit.

– Tu veux dire que ta mystérieuse maladie tropicale a atteint ton cerveau ?

Il repoussa sa chaise et se leva.

– Oui, je vais finir comme un légume avec un bavoir et des couches.

– C'est l'explication la plus plausible, non ?

– Absolument.

Lene se pencha pour regarder l'écran de plus près.

– Mais pourquoi ? Pourquoi la tuer ? Elle est…

– … un simple pion sur l'échiquier, dit Michael, terminant sa phrase. On s'est servi d'Ain et on l'a sortie du jeu quand on n'a plus eu besoin d'elle. Elle les a fait entrer dans le parc, et elle les a cachés dans son appartement. Peut-être avait-elle conscience de ce qu'on lui demandait de faire. Peut-être pas. Si l'on en croit ce qu'elle t'a dit, elle n'a dû le réaliser que plus tard.

– Mais pourquoi maintenant ? Pourquoi fallait-il qu'elle meure maintenant ?

– Parce qu'ils vont revenir. Ils savaient qu'elle parlait avec toi et ils savaient que tu étais de la police.

– Qui l'a tuée ?

– C'est ce que nous devons découvrir, non ?

– J'aimerais bien.

– C'est important pour toi, n'est-ce pas ?

Elle fronça les sourcils.

– Bien sûr.

– Même si tu risques de foutre en l'air l'opération de la PET ? Ce n'est plus une affaire maintenant, Lene. Il ne s'agit plus seulement de toi et de *La Ligne de Vie*, et de ce que tu aurais pu faire, mais que tu n'as pas fait, etc.

– Et s'ils se trompaient, Michael ? S'ils étaient en train de protéger la mauvaise personne ?

– Il n'y a rien qui t'autorise à penser ça.

– Oui, je sais… C'est juste une…

– … intuition ?

Michael la regarda d'un air découragé, ne sachant plus qui il devait soutenir et qui il devait arrêter. Kim, le fanatique torturé peut-être en train d'empêcher un nouvel attentat terroriste au Danemark en accomplissant un excellent travail de renseignement, ou la fanatique et torturée commissaire Jensen qui avait… une intuition.

– À quoi penses-tu ? lui demanda-t-elle en posant à nouveau la main sur son avant-bras.

Il sourit sans répondre.

– Je commande encore un peu de café ?

– Peut-être qu'ils se sont servis d'Ain une toute dernière fois, suggéra Lene un peu plus tard. C'est juste une idée, comme ça.

– Raconte !

Elle pensait à l'expert américain venu faire sa conférence sur un nouveau type de terroristes, il y a quoi… trois jours ? Elle avait l'impression que c'était il y a trois ans.

– Il est à peu près impossible d'infiltrer une cellule terroriste, c'est bien ce que tu m'as dit ? On peut essayer de recruter un dissident qui n'a pas trop envie de devenir le prochain martyr du djihad, en lui promettant l'asile politique, de l'argent et une nouvelle identité. Mais les informations ne seraient jamais totalement fiables. Les gens disent ce qu'ils veulent, n'est-ce pas ?

Michael chercha un objet qu'il puisse utiliser comme cendrier et alluma une cigarette.

– C'est leur force, acquiesça-t-il. Si tu en sais trop, ou que tu as passé trop de temps dans le réseau sans véritablement monter dans la hiérarchie, tôt ou tard, il y a quelqu'un pour te pointer du doigt et te dire : *chahid*, martyr ! Félicitations ! J'aimerais bien être à ta place !

– Donc il vaut mieux se servir d'un véritable agent pour infiltrer l'organisation ?

– C'est évident, mais totalement impossible. Quand ils ne se connaissent pas depuis l'enfance, ils ont été présentés par quelqu'un qui les connaît depuis qu'ils sont tout petits. Sinon, le réseau récupère des orphelins dans les écoles coraniques. Il suffit d'un infime détail pour te faire repérer. Un accent qui ne correspond pas, un nom, une façon de t'agenouiller, de manger, de saluer les gens ou de prier. Ton identité doit être parfaite, vingt-quatre heures sur vingt-quatre. Tout le monde a essayé de placer un officier de renseignement dans le réseau de Safar Khan, mais personne n'y est jamais parvenu. En plus, ils te demandent une preuve de ton engagement…

– En exigeant que tu tues quelqu'un ?

– Oui.

– Comme Ain, par exemple ?

Michael la regarda à travers les volutes troubles de sa cigarette. Il haussa les épaules.

– C'est juste la dernière épreuve. Avant, il faut que tout le reste soit en ordre. Ils doivent te faire confiance. Tuer quelqu'un, c'est la cerise sur le gâteau. Un acte rituel.

– Et en Afghanistan et au Pakistan, Kim a confectionné le gâteau, songea-t-elle à voix haute. C'est peut-être lui qu'on voit sur les marches à la gare de Nørreport…

– Un agent de la police secrète danoise mêlé à l'assassinat d'une jeune Danoise de vingt-trois ans ? J'ai bien compris que tu ne le trouvais pas particulièrement sympathique, mais là je trouve que tu pousses un peu le bouchon, Lene…

– Pas du tout, le coupa-t-elle. Ce type a tout perdu. Tu comprends ? Sa femme et ses deux filles sont mortes. Il a vécu dans des endroits où les vies humaines ne valent pas un clou et il a travaillé avec les services secrets pour qui la fin justifie toujours les moyens. S'il croit, s'il est convaincu qu'il a le pouvoir de sauver des centaines de vies de Danois innocents, en prenant simplement une vie de plus, il n'hésitera pas une seconde. Et il n'hésitera pas à en prendre une de plus, et encore une… Son problème, je crois, c'est qu'il ne sait pas où ni comment s'arrêter.

Elle baissa les yeux.

– Quand Josefine est morte, quelque chose en moi s'est brisé, Michael. Je ne sais pas exactement quoi, mais je sais que je ne redeviendrai plus jamais la même personne. Tout est devenu tellement flou. Tellement insignifiant. Elle était là, ma grande fille avec qui j'avais passé vingt-trois ans de mon existence, et, du jour au lendemain, elle n'était plus là. Alors que, normalement, c'était à moi de partir la première, dans de nombreuses années. Je ne peux même pas imaginer ce qu'on doit ressentir quand on perd toute sa famille un jour dans un parc d'attractions… je serais devenue folle, encore plus folle que je ne le suis déjà, et franchement… je n'en aurais rien à foutre d'une vie de plus ou de moins. Je ne vois pas pourquoi ce ne serait pas la même chose pour Kim.

Elle se leva brusquement et partit dans la salle de bains. Elle ferma la porte à clé derrière elle et se regarda dans le miroir. Elle étouffait. Elle n'arrivait plus à respirer. Elle emplit le lavabo d'eau froide et plongea le visage dedans. Les bulles d'air montaient de ses commissures et de ses narines, le long de ses joues. Elle entendit sonner le téléphone de Michael dans la chambre. Le son était amplifié par l'eau. Le téléphone sonna et sonna et, enfin, Michael répondit. Elle entendait sa voix calme et posée.

Lene sortit la tête de l'eau et avala une grande goulée d'air. C'était une technique qu'elle utilisait quand le chagrin et l'angoisse lui serraient la gorge. Ça marchait et ça marcha cette fois aussi.

Il tapa à la porte de la salle de bains.

– Lene !… Lene ?

– Laisse-moi, deux minutes ! Tu ne comprends pas que…

Il soupira si fort qu'elle l'entendit à travers la porte. Elle n'avait jamais rencontré personne qui soit capable de soupirer aussi fort et de manière aussi démonstrative que Michael, mis à part quelques gros et très vieux chiens. Avec ses soupirs, il pouvait tout exprimer, de l'ennui au découragement, en passant par l'agacement. Ce soupir-là signifiait qu'il était très mécontent d'elle.

– Tu n'as pas entendu le téléphone ? C'est pour toi, aboya-t-il, furieux, et elle espéra qu'il avait posé la main sur le micro. C'est ta patronne, enfin, ton ex-patronne.

– Charlotte ?

– Oui, Charlotte. Je lui dis que tu t'es noyée dans le lavabo ? Ou que tu es en train de prendre un bain avec le grille-pain, ou quoi ?

– Une seconde.

Elle se dépêcha de s'essuyer le visage et les cheveux et lui ouvrit la porte. Michael lui tendit le portable.

– Ça fait au moins dix fois que je vous appelle. Vous n'avez plus de portable ?

– Il est cassé, répliqua Lene. Comment avez-vous eu le numéro de Michael, et comment saviez-vous que j'étais avec lui ?

– Je vous propose que nous parlions de ça un peu plus tard.

Lene regarda Michael, retourné boire son café sur le balcon et faisant semblant de ne pas écouter la conversation.

– Si vous voulez.

– Irene Adler est morte, Lene. On l'a trouvée dans son salon de bonne heure ce matin. Quelqu'un lui a planté une longue et monstrueuse canule d'embaumement dans l'œil et dans la cervelle et, comme ça n'a pas suffi à la tuer, il ou elle l'a ensuite étouffée avec un coussin.

Lene se taisait.

– Je suis allée moi-même sur place de bonne heure ce matin, poursuivit Charlotte. Elle s'éclaircit la voix et dit avec un petit rire gêné :

– Ce n'est pas vous, au moins ? Je veux dire… non, bien sûr que non.

– Non.

– Tant mieux, mais j'étais obligée de vous poser la question, vous comprenez, à cause de…

– Je comprends parfaitement.

Charlotte Falster eut à nouveau ce petit rire embarrassé qui ne lui ressemblait pas.

– Vous avez un alibi, j'espère ? La plupart des gens savent que vous n'étiez pas les meilleures amies du monde.

– Vous et moi non plus, Charlotte, mais je ne suis pas encore venue vous assassiner.

Lene regarda Michael. C'est vrai qu'il était plus mince et plus pâle que la dernière fois qu'elle l'avait vu. Il avait peut-être attrapé l'une de ces maladies tropicales en Somalie, finalement. Elle sentit une petite pointe d'inquiétude inattendue. Pourquoi n'était-il pas rentré chez lui en Fionie, pour consulter son médecin et se faire soigner ?

– Non, Irene et moi n'étions pas amies. C'est un fait. Et oui, j'ai une sorte d'alibi. Vous aviez autre chose à me dire ?

L'inspecteur général Falster inspira, mais son expiration ne contenait aucune réponse.

– Que voulez-vous dire, Lene ? demanda-t-elle au bout d'un moment. Ce n'est pas suffisant ? Je pensais que vous alliez…

– Je vous rappelle que vous m'avez suspendue, hier matin. Je me suis inscrite à un cours d'aquarelle en Toscane, comme vous me l'avez conseillé. Je brûle d'impatience, d'ailleurs, ajouta-t-elle, méchante.

– J'ai vraiment dit ça ? Je n'en ai aucun souvenir. Mais si je peux vous mettre à pied, il entre aussi dans mes prérogatives de vous réembaucher.

– Je suppose, oui, répliqua Lene après une courte pause. Alors, c'est d'accord. Dites-moi qui est l'agent de Kim, Charlotte. L'officier de renseignement ? Le messie de la PET ?

Du coin de l'œil, Lene vit que Michael s'intéressait de nouveau à la conversation.

– Jamais ! C'est le plus pur et le plus odieux chantage que j'aie jamais entendu. Peut-être que tu souffres d'une blessure d'amour-propre, mais moi j'ai la responsabilité de trente ministres des Affaires étrangères, de leurs délégations et d'un professeur juif qui vient à Copenhague chercher un prix honorifique dans trois heures. *Si*… et j'ai bien dit *si* Kim Thomsen ou un autre agent des services de renseignement de la police disposait d'informations concernant un éventuel attentat terroriste sur le sol danois, cela ne regarderait que le chef de la PET, l'officier de liaison en question et moi. C'est comme ça et pas autrement.

Lene entendait à sa voix qu'elle était inflexible.

– Ain ne s'est pas suicidée, lança-t-elle. On l'a poussée. C'est ce qui ressort des enregistrements des caméras de surveillance de la gare de Nørreport. Nous sommes convaincus, Michael et moi, qu'elle a été tuée par une femme, dont nous n'avons pas établi l'identité.

– Vous en êtes certains ?

– Tout à fait certains.

– Pour quel motif l'aurait-on tuée ?

– Parce qu'elle devenait gênante. Nous pensons qu'elle ne savait pas ce qu'elle faisait quand elle a fait entrer Nabil Maroun dans le parc. Elle l'a compris avec le temps et elle s'est mise à appeler *La Ligne de Vie* et à consulter un psychiatre. Elle a dû parler à quelqu'un à qui elle n'aurait pas dû en parler.

Lene remarqua avec surprise à quel point le mot *nous* lui était venu facilement. Il donnait du poids à ce qu'elle disait.

– Comment pouvez-vous affirmer qu'elle ne savait pas ce qu'elle faisait ? protesta Charlotte.

– J'en ai l'intime conviction. Et tant que je n'aurai pas déniché les preuves qui doivent se cacher là, quelque part, il va falloir vous contenter de cela. Et si je dois revenir travailler, il va falloir me laisser continuer à creuser dans cette direction. Je connaissais Ain et j'aurais dû lui venir en aide au lieu de la traiter de paranoïaque.

– Ce que vous êtes en train de me dire, c'est que vous ne laisserez pas tomber avant d'avoir découvert si Ain servait de cobaye à Irene Adler ?

– Exactement.

Charlotte avait retrouvé son autorité et toute son efficacité.

– Il est impossible de mener une enquête comme celle-là dans des délais aussi courts, Lene. Pour comprendre la nature exacte de ses travaux, il faudrait rassembler une commission d'experts scientifiques internationaux. Je crois savoir qu'elle travaillait avec six chercheurs titulaires et une vingtaine d'étudiants de troisième cycle. Elle était aussi directrice de thèse pour d'innombrables doctorants étrangers. Ce sont tous des gens loyaux qui, de surcroît, dépendent de ses subventions. Cela prendrait des mois, voire des années, de trouver les chiffres et les protocoles que vous recherchez, Lene… Vous le savez ?

Lene se frotta le front. Son moment de triomphe et d'arrogance était passé. Charlotte avait raison. La documentation sur les expériences illégales d'Irene Adler avec le LSD devait être cryptée et soigneusement enfouie dans le cyberespace, ou déposée sur un serveur iCloud introuvable.

– Vous avez probablement raison, marmonna-t-elle en obligeant ses neurones à *passer la première* et à accomplir le travail policier le plus élémentaire. Y avait-il des traces d'effraction sur la maison ? Vitre cassée, serrure forcée ?

– La porte d'entrée était ouverte. C'est le livreur de journaux qui l'a trouvée.

– Donc, elle connaissait son agresseur et il ou elle voulait qu'on la retrouve rapidement. C'est intéressant. Normalement, un meurtrier aurait intérêt à ce que la victime soit découverte le plus…

– Je sais, Lene. Et je sais aussi que vous pensez que mes capacités en matière de travail sur le terrain tiendraient sur un timbre-poste.

Lene ne la contredit pas, puisque c'était la vérité.

– Je vais chez Irene Adler, tout de suite.

– Prenez le temps de finir votre petit déjeuner, répliqua l'inspecteur général Falster. La police scientifique est encore là-bas pendant au moins une heure. Je suis contente d'avoir réussi à vous joindre au téléphone. Vous avez l'air d'aller mieux. Beaucoup mieux, même.

– Oui. Merci. Au revoir.

– Vous ferez mes amitiés à Michael. Et, au fait, Lene !

– Oui.

– J'ai parlé à Kim. Je suis désolée de ce qui s'est passé avec Bjarne. Je pense que l'agent Thomsen vous laissera tranquille, désormais.

– Merci.

– Puis-je vous faire promettre de ne plus l'ennuyer non plus ?

– Évidemment, répliqua Lene avec chaleur et sans le penser une seconde. Je sais qu'il a besoin de calme pour faire son travail. Et je comprends à quel point c'est important.

– Vous êtes sûre de comprendre à quel point ?

– Absolument. Je vous souhaite une bonne journée, Charlotte. Au revoir.

Elle rendit son téléphone à Michael.

– Je suis réembauchée.

– Félicitations.

– On a assassiné Irene Adler.

– C'est ce qu'il me semblait avoir compris.

– Hein ? Oui… ce qui est bizarre… très bizarre, en fait, c'est que je me rappelle très exactement l'arme du crime.

– Une baïonnette ? Une hallebarde ? Une guillotine miniature ?

– Non, une très ancienne canule d'embaumement. Son meurtrier l'a enfoncée dans le cerveau en passant par l'œil. Elle était posée sur son bureau. Quand je suis allée l'interroger chez elle, je l'ai eue entre les mains. Je voulais l'observer de plus près mais elle m'a demandé de la reposer.

– Donc, il y a tes empreintes digitales sur la foutue arme du crime ?

– Tu sais bien que j'ai passé toute la nuit ici, avec toi, Michael.

Elle garda les yeux posés sur lui.

Michael retourna allumer une cigarette près de la porte-fenêtre, restée ouverte. Il souffla l'air par les narines et pointa le bout incandescent de la cigarette vers elle. Les hélicoptères tournaient comme de gros insectes bruyants dans le ciel plombé.

– Pour quelqu'un d'aussi intelligent que toi, même si tu ne le prouves que par intermittences, c'est une remarque totalement stupide. Je ne suis pas juriste mais le fait est que tu n'y étais pas !

– Tu sais bien que si !

– Je dormais. Je ne peux donc pas affirmer que tu étais là. Quand je me suis réveillé, tu n'y étais pas. Tu as pris un taxi pour quitter l'hôtel ?

– Non, j'ai fait une longue promenade.

– Le café et les croissants, tu les as payés avec ta carte de crédit ?

– J'avais du liquide, dit-elle.

– Tu as parlé avec quelqu'un à la réception, en partant, ou en revenant ?

– Le portier de nuit regardait la télévision derrière quand je suis sortie, répondit Lene, réfléchissant de toutes ses forces. Et quand je suis revenue, il y avait un arrivage matinal de touristes suédois et je ne pense pas qu'on m'ait remarquée.

– Super, soupira-t-il.

– Pourquoi l'aurais-je tuée ?

– Parce que tu la détestais, parce que tu haïssais chaque atome de cette femme et que tu lui reprochais le suicide de ta fille ?

– Mais…

Elle plongea le visage dans ses mains. Au bout d'un moment, elle écarta les doigts et regarda Michael.

– Mais toi, tu me crois, n'est-ce pas ?

Il fronça les sourcils, étonné.

– Bien sûr que je te crois, idiote. Si tu avais été longtemps absente, je l'aurais su. Tes draps étaient encore chauds et ils avaient le parfum de…

Il vit son expression changer.

– Il y avait de la buée sur le miroir de la salle de bains, putain ! D'ailleurs, tu n'aurais jamais fait une chose aussi stupide.

– Merci, Michael, dit-elle doucement. J'apprécie vraiment que tu…

– Le problème c'est que ce n'est pas moi que tu dois convaincre. Alors on fait quoi, maintenant ? Je trouve qu'on devrait travailler séparément.

– Je vais aller voir le lieu du crime, acquiesça-t-elle. Il doit y avoir un indice. Il y a toujours un indice. Et toi ?

Michael sépara les différents éléments de son téléphone portable et les jeta dans le port par la porte du balcon. Puis il sortit un nouveau mobile de sa boîte d'origine et une carte SIM de son portefeuille.

– Note ce numéro, dit-il en lui tendant un stylo.

– Où ça ?

– Sur ton poignet, ou sur ton front, je m'en fous. Mais dans ce cas pense à écrire à l'envers pour pouvoir le lire dans un miroir.

– Et je t'appelle avec quoi ? Il n'y a plus de cabine téléphonique nulle part.

– Tiens.

Il prit un deuxième smartphone dans sa valise et le lui lança.

– Merci.

– Il y a une carte SIM dans la boîte, j'ai le numéro et la batterie est déjà chargée.

– Tu vas faire quoi, maintenant ? Tu n'es pas obligé de faire quoi que ce soit, Michael. Tu en as déjà bien assez fait. Et, à vrai dire, tu as l'air un peu malade.

– Ah bon ?

– Oui, je trouve. Tu ne crois pas qu'il serait temps que tu t'occupes un peu de toi ? Que tu ailles voir un médecin, qu'il te fasse un diagnostic et que tu commences à te soigner, par exemple ? Tu sais, le genre de trucs que font les gens normaux quand ils sont malades ?

Michael alla dans la salle de bains tirer sur ses paupières inférieures pour examiner ses muqueuses dans la glace.

– Je le ferai, promit-il. Mais pour commencer, je vais me reposer un peu pendant que tu joues les détectives de choc, d'accord ?

– D'accord. Mais quand tout cela sera terminé, je te conduirai à l'hôpital.

– Parfait. Ça me va. Fais attention à toi. Juste une chose, Lene ?

Elle était déjà dans l'entrée, en train d'enfiler la deuxième manche de sa veste.

– Oui ?

– Si ce n'est pas toi qui as assassiné Irene Adler, alors c'est qui ? Et pourquoi ?

– Aucune idée, mais je ne tarderai pas à le savoir, répliqua Lene, sûre d'elle. Un peu trop au goût de Michael.

– Prends soin de toi, marmonna-t-il. Appelle-moi si tu tombes sur… nos ennemis.

Lene soupira.

– Nos ennemis ? Tu veux dire le reste du monde ? OK, je n'y manquerai pas.

Michael ne se sentait vraiment pas bien. Il savait qu'il était hypocondriaque, mais, après tout, les hypocondriaques aussi tombent malades ! Il avait envie d'appeler la réception pour demander qu'on lui remplisse le minibar de whisky, mais, finalement, il commanda un autre Thermos de café.

Ces pensées moroses étaient une façon de repousser l'inévitable démarche suivante qui consistait à appeler son ancien employeur, avec qui il avait passé à Londres douze longues années riches d'enseignements, dans la très célèbre et très cosmopolite société de sécurité Shepherd & Wilkins. Ou plus exactement son fidèle archiviste, Sandy Huffington, ou *Sandy the Syndrome*, comme on l'appelait, pas très gentiment, derrière son dos.

Personne ne savait précisément quel âge avait Sandy. Certaines rumeurs, jamais confirmées, prétendaient qu'il était né et avait grandi dans le vieil immeuble d'Oxford Circus qui abritait la société et que c'était un humanoïde créé par Shepherd et Wilkins à l'intérieur d'un vivarium électrifié, dans le but de concevoir un archiviste immortel à qui ils n'étaient pas obligés de verser un salaire. Depuis, Sandy avait échappé à sa cage de verre et il vivait derrière un énorme bureau surchargé qui selon lui avait appartenu à Lord Louis Mountbatten, vice-roi de l'Inde britannique. Le bureau de Sandy, qu'il ne quittait pratiquement jamais, était une bibliothèque de trois étages, avec l'apparence d'une grotte, située au cœur de l'immeuble. Avec une tendresse un peu nostalgique, on appelait cette pièce la salle des télex. La raison principale pour laquelle on n'avait pas encore renvoyé ou euthanasié Sandy était sa mémoire photographique et sa connaissance détaillée de quasiment tout ce qui s'était passé depuis la création du monde. Il était infaillible, y compris quand il s'agissait de savoir qui couchait avec qui dans cette grande entreprise, qui trichait sur sa note de frais, qui était au courant et qui ne devait surtout pas l'être.

Michael aurait pu passer par la voie officielle. Il travaillait toujours en freelance pour S&W. Mais ce serait plus long et ça lui coûterait une fortune. La société exigerait une ouverture de dossier en bonne et due forme, ce qui générerait déjà une facture d'honoraires de plusieurs milliers de livres. Michael faisait partie de la famille, certes, mais c'était une grande famille qui n'avait pas vocation de philanthropie, même avec ses propres enfants. Depuis le jour où ces messieurs Shepherd et Wilkins avaient créé la boîte au lendemain de la Première Guerre mondiale, elle marchait du feu de Dieu et, à la connaissance de Michael, elle n'avait jamais dépensé une livre pour les bonnes œuvres. Comparé à eux, en matière d'humanisme, Rupert Murdoch était saint Thomas d'Aquin.

Une voix nasillarde l'interrompit dans ses pensées.

– Sandy Huffington, à l'appareil. À qui ai-je l'honneur ?

– Michael Sander. Comment va-tu, Sandy ? La vie te traite comme tu le mérites ?

– Il est à souhaiter que non, Michael ! Comment vas-tu, cher, cher enfant ?

Michael entendit un froissement de papier et Sandy engouffra une bouchée de pizza. Il bouffait de la pizza trois fois par jour. À l'oreille, Michael décida que la pâte de celle-ci était mince et croustillante. Il attendit patiemment que son interlocuteur ait dégluti. Il ne fallait jamais bousculer Sandy. Toute insistance, impatience, menace, colère, supplique ou appel à sa compassion et à sa charité avait pour seul résultat un flot d'injures très classiques et une communication rompue. Tout le monde, du président-directeur général à la dernière petite assistante de bureau, était logé à la même enseigne. En ce sens, Sandy était infiniment démocratique et incorruptible.

– Tu as un peu de temps ? glissa Michael avant la bouchée suivante.

– Pour toi, Michael, toujours ! Je suppose que tu as besoin de mon prodigieux cerveau ? Mon tarif est indexé sur le coût de la vie. Comme d'habitude.

Michael soupira.

– Combien ?

– Deux mille livres pour le rapport de base de cinq pages. Mille pour chaque heure ou chaque page commencée au-delà.

– Le rapport de base fera l'affaire, Sandy.

– Je m'en doutais. Crache !

– Mufti Ebrahim Safar Khan…

– Le cheikh blanc d'Amman ? Tu es déjà bien au-delà du rapport de base, là, Michael, mon cher, cher jeune ami.

– Je n'ai pas besoin d'un profil exhaustif, Sandy, juste quelques renseignements sur l'époque où il était à Londres. Où il habitait, s'il avait emmené sa famille, ce qu'il faisait professionnellement en dehors de son travail de professeur à la London School of Economics. Ce genre de choses. Des noms de rues, p…

Il avait failli dire un gros mot, un péché mortel lorsqu'on s'adressait à Sandy. S'il fallait jurer, Sandy s'en chargeait lui-même.

– OK. C'est tout ?

– Mnn, c'est un peu délicat. Il y a une femme ici à Copenhague. Nazeera Gamil.

Il épela le nom.

– Son père, Khalid Gamil, est professeur d'économie à l'université de Copenhague. La famille est originaire de Jordanie. C'est un chercheur mondialement reconnu dans le domaine de la théorie économique. C'est un tir dans le brouillard, mais il pourrait être intéressant de voir si…

– De voir si par hasard il n'y aurait pas de concordances géographiques, familiales et chronologiques entre ces deux familles jordaniennes ?

– Exactement.

– Pas de problème. Je te dicte mon numéro IBAN.

Michael nota le numéro sur une serviette en papier. Il n'était pas Sandy Huffington qui, lui, n'avait jamais de sa vie noté quoi que ce soit. Il n'avait qu'à projeter les choses devant son œil intérieur : le numéro de passeport des gens, leur taille, leur poids, leur adresse, la couleur de leurs yeux, le numéro du ticket la dernière fois qu'il avait fait le plein d'essence... Il ne se trompait jamais, c'en était effrayant.

– Tu sais que je ne commencerai pas une seconde avant que la somme soit arrivée, Michael.

– Je sais. Dans cinq minutes, ça te va ? rétorqua-t-il avec une note d'ironie. Il retint son souffle. Sandy n'appréciait pas non plus l'ironie.

– Ça me va, grinça la créature, magnanime. Fax ? PDF ? Runes ? Tu es au Danemark, n'est-ce pas ?

– PDF, s'il te plaît.

– Tu n'as pas changé d'adresse e-mail, Michael ?

– Non.

– Je l'ai toujours en tête.

– Je sais.

– Michael ?

– Oui.

– Je voudrais te donner un conseil. Et il est gratuit. Débrouille-toi pour garder toujours au moins un continent entre Ibrahim Safar Khan et toi. L'homme est mortellement dangereux. Et il est très intelligent. Son quotient intellectuel est nettement supérieur au tien qui, d'après ce que je me rappelle de ta fiche personnelle, est légèrement inférieur au mien. Alors si tu n'as pas envie qu'on retrouve une vidéo de toi sur YouTube en train de te faire égorger devant un drapeau maladroitement barbouillé, avec autour de toi une bande de djihadistes ravis et aussi mauvais photographes que mauvais chirurgiens, tiens-toi à distance, d'accord ?

– Merci… enfin, tu sais ce que je veux dire, Sandy, corrigea Michael en raccrochant.

Il cliqua sur un compte au Luxembourg, ouvert à cet effet, et transféra la somme de deux mille livres sterling à l'insatiable gnome.

Puis il se dit qu'il devrait manger quelque chose. Il appela le room service et commanda un petit déjeuner anglais complet. Cela lui semblait de circonstance après sa conversation téléphonique avec Sandy. Il arrivait que la vie à Londres lui manque. Il était jeune… un peu plus jeune en tout cas, et indépendant. Il était insouciant et n'avait que des passe-temps très sains : les matchs de cricket à *The Oval*, les voitures, les femmes, les armes à feu, les one-man-shows au London Palladium, les concerts de U2… la survie. Ce genre de choses.

Quand arriva la table roulante avec son copieux petit déjeuner, il n'avait plus faim. Il but du café et du jus d'orange et fuma des cigarettes. Il regarda l'heure. Nazeera Gamil devait être au travail dans son bistrot à Østerbro. Il n'espérait pas découvrir quoi que ce soit d'important, mais cela n'empêchait pas d'aller, à l'ancienne, surveiller la belle Arabe.

Michael étudia la rue Marskensgade dans le quartier d'Østerbro sur Google Maps et sur la carte très détaillée de la commune de Copenhague. Il mémorisa en particulier toutes les voies d'issue et les moyens de s'enfuir au plus vite du *Crocodile vert*.

Quelques recherches sur les bases de données traditionnelles et publiques lui apprirent que Nazeera habitait au troisième étage d'un immeuble cossu à Grønningen avec une vue hors de prix sur le Kastellet, la citadelle que Christian IV avait fait construire jadis pour défendre la ville de Copenhague. En consultant le cadastre, il vit qu'elle était propriétaire d'un appartement patricien de cent soixante-quinze mètres carrés, haut sous plafond, d'une valeur de 5,25 millions de couronnes. Elle avait acquis le logement trois ans auparavant et il ne lui restait aujourd'hui qu'un prêt de deux millions à rembourser. L'information était intéressante car, de toute évidence, l'appartement n'avait pas été acheté sur son salaire de serveuse. Mais la famille Gamil avait peut-être de l'argent.

Il vérifia l'heure à sa montre et reprit ses recherches sur Internet. Pour une jeune femme moderne, Nazeera Gamil était étrangement discrète. Il n'y avait pas une seule photo d'elle sur Google et elle n'était ni sur Facebook, ni sur Twitter, Flickr, LinkedIn, Instagram, MySpace, ni sur aucun des réseaux sociaux sans lesquels les autres filles de sa génération n'avaient plus le sentiment d'exister.

Pas de Nazeera Gamil non plus dans les *yearbooks* de lycées, ni aucune inscription universitaire au nom de Nazeera Gamil. Il ne trouva rien sur elle, nulle part.

Michael n'était pas non plus très présent dans le cyberespace, mais, lui, c'était parce qu'il ne s'appelait pas réellement Michael Vedby Sander. Sa petite entreprise était aussi discrète que l'était cette Nazeera et seules quelques personnes très obstinées finissaient par découvrir le site de sa société, enterré dans les abîmes de l'Internet, hors de portée des moteurs de recherche traditionnels. Et même là, il n'y avait presque rien à voir. Après une biographie succincte, on trouvait un numéro de téléphone portable qu'il modifiait au moins une fois par mois. Il n'y avait pas de photo de lui. Michael n'était pas un homme facile et il travaillait uniquement sur recommandation de riches et puissants commanditaires qui préféraient en général rester dans l'ombre.

Le célèbre professeur Khalid Gamil, le père de Nazeera, était en revanche abondamment référencé sur la Toile. Il y avait même des photos de sa femme Judita, anciennement professeur de chimie à l'université de Prague, jusqu'à ce qu'elle rencontre au Caire le jeune et beau Khalid. Michael trouva également quelques photos de deux jeunes gens qui devaient être les frère et sœur de Nazeera. Tous deux avaient un physique de top models. Le frère travaillait dans les effets spéciaux pour un studio de cinéma en Angleterre, et la sœur était conseillère en investissements à la Barclays de Londres.

Michael se mit à marcher de long en large dans la chambre. Nazeera avait été recrutée par une organisation ayant repéré ses multiples talents et apprécié sa triple identité arabe, anglaise et danoise, sa connaissance des langues et sa flexibilité linguistique et culturelle. Elle avait le *curriculum vitae* idéal pour séduire n'importe quelle agence de renseignement. L'organisation l'avait ensuite anonymisée. Lene avait cité Nazeera comme un possible officier de renseignement, un terme banal de l'armée danoise pour désigner une personne employée par les services secrets de la Défense pour recueillir des informations. Ces agents sont le tout premier échelon de la chaîne alimentaire. Ils sont placés à l'étranger dans les paroisses, les clubs sportifs, les associations d'immigrés et les minorités de migrants mal insérés. Michael avait déjà eu l'occasion de rencontrer ces jeunes gens employés par le service de renseignement de l'armée, la FET. Ils parlaient au moins trois langues et avaient deux nationalités et étaient d'une loyauté absolue envers le Danemark.

Mais entrer dans le sein des seins de la cellule terroriste la mieux cachée et la plus efficace du monde était une autre paire de manches. Un officier capable d'accomplir ce prodige était au renseignement ce que Rembrandt est à la peinture en bâtiment. Il devait être d'une étoffe exceptionnelle, d'un sang-froid extraordinaire et avoir une personnalité à la limite de la schizophrénie. Il devait fournir chaque jour une prestation digne d'un Oscar s'il ne voulait pas se réveiller un matin sans sa tête. Ou pire encore.

Michael essaya de chasser Nazeera de sa tête, bien que ce ne soit pas facile, et il se concentra sur une autre idée singulière : l'ingénieur suédois retraité, photographe naturaliste, qui s'était fort opportunément trouvé, avec son excellent matériel numérique, au bon endroit, au bon moment, dans le parc de Tivoli le 17 septembre de l'année dernière, et qui avait survécu à cette journée.

Åke Valerius-Klüver, cinquante-huit ans, 26, rue Tomatstigen, Södertälje. Michael trouva facilement Åke et sa femme Elsa dans l'annuaire suédois local, et également quelques photos du couple sur Google, prises pour la plupart à l'occasion de concours de photographie où l'on pouvait voir l'heureux gagnant sourire, brandissant avec fierté quelque verre gravé ou autre timbale en argent, ou encore un diplôme encadré sur lequel on pouvait lire, par exemple : *prix de la photo de l'année 2008 du magazine* Fiskörnan.

Son dernier trophée datait de mai 2011.

Par acquit de conscience, Michael ouvrit Google Maps. Il n'avait jamais visité Södertälje mais la ville semblait idéalement située à l'ouest de Stockholm, entourée de nombreux cours d'eau, de lacs reliés les uns aux autres et de vastes forêts. L'endroit avait l'air agréable, vu du ciel, en tout cas. Il trouva la rue Tomatstigen dans un quartier arboré et résidentiel avec des maisons très rapprochées et assez semblables les unes aux autres. Il compta les maisons de la rue et décida que le 26 devait être le terrain qui se trouvait à l'angle. Sauf qu'il n'y avait plus de maison. Il y en avait visiblement eu une à cet endroit mais, à présent, il ne restait plus que des fondations et quelques morceaux des murs extérieurs. Il zooma sur l'image au niveau du sol : Google Earth était passé dans la rue avec ses caméras embarquées et avait fait d'excellentes prises de vue des décombres après l'incendie. Au milieu des jolies maisons blanches et proprettes, la ruine noire de suie ressemblait à une dent pourrie dans une denture parfaite. L'enregistrement par satellite datait du mois de novembre de l'année dernière.

Tel un chien de chasse qui a flairé une piste, Michael sentit le sang s'accélérer dans ses veines. Ses sens devinrent plus vifs et, au bout d'une vingtaine de minutes, il trouva le bref fait divers qu'il cherchait : *Länstidningen Södertälje*, le journal local du 20 octobre de l'année dernière, huit lignes coincées entre une publicité pour un coiffeur spécialisé dans les coiffures de mariées, et un article sur une jeune fille de la ville qui venait de gagner une somme exorbitante au Loto : « Åke Valerius-Klüver, 58 ans, et son épouse Elsa Valerius-Klüver ont trouvé la mort dans l'incendie de leur maison rue Tomastigen suite à un court-circuit causé par une couverture chauffante. Les techniciens de la police scientifique sont unanimes dans leurs conclusions. L'incendie est dû à un dysfonctionnement électrique et il ne s'agit pas d'un incendie d'origine criminelle. »

Michael rabattit le couvercle de son ordinateur et s'enfonça dans son fauteuil, assez content de lui. Quelle que soit la personne qui avait téléchargé ces photos d'une netteté exceptionnelle, et peut-être un mail explicatif, sur la page *Enquête Tivoli* de la police criminelle au mois de décembre de l'année précédente, il ne s'agissait pas d'Åke Valerius-Klüver, car, à cette date, ses restes carbonisés et ceux de son épouse reposaient déjà depuis plusieurs semaines dans quelque cimetière de leur région.

« Tout cela est si beau et symétrique, songea-t-il. Les pièces s'imbriquent tellement parfaitement les unes dans les autres. » Il n'avait pas le souvenir d'avoir déjà vu une préparation aussi aboutie dans le cadre d'une action terroriste. Il ne faisait aucun doute qu'une intelligence supérieure était derrière tout cela. Safar Khan, par exemple.

La PET avait reçu, servis sur un plateau, ses deux boucs émissaires : Ain en train de discuter avec le kamikaze Nabil Maroun dans un reportage photo haute définition. Comme on aurait donné un os en plastique à un chiot pendant que les grandes personnes s'occupaient de choses sérieuses. Ain avait été utilisée au maximum : comme pourvoyeuse d'accès naïve et crédule, comme hôtesse ignorante dont l'appartement avait servi de planque aux terroristes pendant qu'ils séjournaient à Copenhague et, enfin, comme victime destinée à prouver la détermination et la loyauté de son assassin.

C'était génial, cynique et infiniment révoltant et, pour la première fois depuis très longtemps, Michael sentit une petite flamme s'allumer au fond de lui. Elle vacilla, grandit puis enfla passionnément. Il se sentait violé dans son humanité à la place de cette jeune femme et empli d'un désir très peu professionnel d'aller demander des comptes aux coupables.

III

Le pont du vieux cargo polonais était chargé jusqu'au plat-bord de caisses contenant des pièces métalliques d'une filature de coton est-allemande qui n'avait pas résisté à la récente ouverture du marché et avait dû être démontée et vendue à un ferrailleur de Göteborg. Le capitaine avait aménagé un espace vide sur le pont entre les écoutilles avant et arrière, où les deux jeunes Arabes étaient à l'abri de la curiosité du reste de l'équipage. Il était connu pour son tempérament volcanique et sa tendance à vite en venir aux poings, mais aussi pour être un homme équitable. Alors personne ne posait de questions. Chacun à bord était convaincu qu'il aurait sa juste part de l'extraordinaire bonus lié à ce voyage.

Les deux jeunes gens avaient déroulé leurs tapis de prière dans le petit carré, ils s'étaient agenouillés face à La Mecque, avaient bu de l'eau, un peu de thé préparé sur un réchaud à alcool et ils avaient partagé du pain et des fruits secs.

Samir était maintenant appuyé au bastingage côté tribord et il regardait le pays sans relief et les longs bancs de sable au large de Falsterbo. Ils étaient en avance et le capitaine avait réduit la vitesse à six nœuds. On entendait à peine les remous sous la coque rouillée. La mer était calme et lisse, mais, près de la côte, on voyait le vent jouer avec de petits nuages d'averse, comme un chat joue avec des pelotes de laine.

Il faisait toujours froid sur l'eau. Il ouvrit la fermeture Éclair de son gros blouson de cuir, croisa les pans de son écharpe sur sa poitrine et referma le blouson. Il n'aimait pas la mer. Il entendit un remue-ménage venant de la cabine arrière et regarda l'heure. Le gros et jovial Philippin qui faisait la cuisine à bord était la ponctualité personnifiée. C'était l'heure où il jetait les restes du repas de l'équipage à la mer et où, comme par magie, des dizaines de mouettes apparaissaient brusquement dans le ciel et se jetaient en hurlant sur la nourriture, parfois, avant même qu'elle ait eu le temps de toucher la surface de l'eau.

Samir sourit. Le phénomène était inexplicable. La minute d'avant on ne voyait pas un oiseau à des miles alentour mais, dès que le cuistot arrivait, elles apparaissaient, comme venues de nulle part.

Il avait téléphoné il y a presque cinq heures, juste avant de quitter Rostock et pendant qu'il y avait encore du réseau. Ils avaient parlé de choses anodines, comme des parents éloignés qui projettent de se voir quelques heures à Copenhague, mais avaient malgré tout réussi à citer et à confirmer dans la conversation un lieu et une heure de rendez-vous. Tout était prêt. Il avait écouté son instinct, guetté la légère hésitation ou une fausseté dans le ton qui aurait pu révéler une trahison, mais n'avait rien relevé. Son sixième sens n'avait à aucun moment été alerté. Le chemin devant lui était aussi droit que la route entre Damas et Homs, d'où il venait, et où il avait commencé à se battre aux côtés des miliciens, après que les premiers manifestants de la ville avaient été tués.

Aussitôt leur conversation terminée, Samir avait extrait la carte SIM de son téléphone et il l'avait cassée en deux. Il avait remis une carte prépayée dans le téléphone et envoyé un SMS avec le nouveau numéro.

Adil, debout à l'avant du bateau, lui avait fait signe et Samir était monté lentement à bord, alors que les matelots jetaient les dernières amarres. Une demi-heure plus tard, ils étaient sur la Baltique.

Les mouettes criaient et se disputaient les dernières miettes de nourriture avant d'abandonner le navire. Samir alluma son iPad et ouvrit une carte marine électronique. Le cargo était matérialisé par une petite icône en forme de bateau et il entra leur vitesse et la distance jusqu'au lieu de rendez-vous sur la règle de calcul.

Ils étaient toujours dans les temps, mais ils n'étaient plus en avance. Le capitaine n'allait pas tarder à communiquer leur cap, leur vitesse et leur destination au service de contrôle du trafic en mer Baltique et le trajet ne devait sembler ni trop rapide ni trop lent sur les radars car cela éveillerait la suspicion. Il remit l'iPad dans sa besace et posa ses coudes sur le bastingage qui avait grand besoin d'être sablé et repeint. Tout était prêt. Les armes, les gilets et le grotesque uniforme blanc qui, associé aux fausses cartes d'identité, allait leur permettre d'atteindre leur cible.

Inch'Allah.

Samir ne ressentait rien. Les combats de Homs et sa captivité chez les guerriers sanguinaires recrutés par le président Bachar Al-Assad dans la vallée de la Bekaa lui avaient enlevé son cœur. Il n'était jamais inquiet et n'avait jamais peur. Il était persuadé que son humanité s'était échappée de sa poitrine comme un oiseau, le jour où il avait été fait prisonnier, et qu'elle l'attendait quelque part, de l'autre côté. Il était le dernier survivant de sa classe de lycée, de son équipe de foot Homs United FC, du club de supporters du Liverpool FC. Il était le dernier survivant parmi tous les amis qu'il avait connus depuis sa naissance dans la rue où il avait grandi.

Il avait été enlevé et torturé par les Alaouites, le clan Al-Assad des montagnes et les forces syriennes régulières. Le dernier matin, ils l'avaient réveillé de son évanouissement avec un seau d'eau froide. Ils l'avaient traîné sur le sol en béton du garage dans le jour qui se levait, avec quinze autres garçons entre douze et quinze ans. Ils les avaient mis à genoux, en ligne, les bras attachés dans le dos, et la ligne avait commencé à puer quand les premiers avaient été exécutés d'une balle dans la nuque et que leurs sphincters s'étaient relâchés. Ceux qui étaient encore en vie pissaient et chiaient de terreur quand ils entendaient les pas de l'officier derrière eux. Pendant ce temps, les Alaouites se pinçaient le nez et hurlaient de rire en imitant les bruits intestinaux des gamins.

L'officier s'était arrêté derrière le garçon qui se trouvait à la droite de Samir. L'adolescent, que Samir ne connaissait pas, avait gardé la tête haute et le dos droit, malgré son équilibre précaire sur les genoux et ses mains attachées. L'officier lui avait ordonné de baisser la tête. Le garçon avait refusé. Il avait commencé à prier à voix haute et des larmes de fierté avaient rempli les yeux douloureux et injectés de sang de Samir. L'un des soldats avait marché tranquillement vers l'adolescent et il lui avait donné un coup de pied dans la bouche. Ses dents étaient tombées dans le sable, blanches et rouges. Le garçon avait continué à marmonner sa prière. Le soldat l'avait attrapé brutalement par les cheveux et lui avait crié des malédictions en lui enfonçant le visage dans le sol, et l'officier lui avait tiré une première balle au sommet de la colonne vertébrale avec son pistolet russe Nagant, puis une deuxième dans la nuque quand il fut allongé par terre.

Samir avait failli pisser de trouille, lui aussi, mais il avait réussi à se retenir. L'officier jurait et transpirait d'énervement derrière lui. Le soldat se tenait prêt au cas où Samir aurait quelque velléité de résistance. Son ombre pesait au-dessus de Samir. L'officier avait posé le canon de son arme sur sa tempe gauche, il avait tiré et la tête de Samir avait été projetée sur le côté par l'impact. Mais c'était un coup manqué, ou bien la balle avait un défaut d'origine, et Samir avait ouvert les yeux et regardé le soldat qui, dans sa frustration, et tandis que l'officier jurait de colère, lui avait cassé le nez du bout de sa botte.

Samir était couché, la joue dans le sable encore frais dans le soleil levant, et il avait entendu l'officier armer son pistolet à nouveau. Le pistolet avait fait « clic » et Samir avait compris qu'il ne mourrait pas ce jour-là. Il avait entendu, très loin, les pick-ups Toyota et les claquements graves des mitrailleuses américaines M50 que les rebelles avaient montées sur la benne des 4×4. Soudain tout avait explosé autour de lui en un ragnarök[1] assourdissant et ce n'est que bien plus tard que lui et les autres survivants avaient vu émerger les rebelles d'un nuage de poussière. La plupart d'entre eux portaient des keffiehs autour du visage, mais les garçons devinaient leurs sourires triomphants derrière le foulard et les lunettes de soleil.

C'est ce jour-là qu'il était mort et ressuscité et qu'il avait donné sa vie à qui voulait la prendre, du moment que c'était au nom d'Allah et contre ses ennemis, les mécréants de l'Occident et les Baathistes, chez lui, en Syrie.

Il alluma une cigarette et pensa à la femme, Zebra. C'était une putain qui dévoilait son visage, conduisait une voiture, couchait avec des hommes et des femmes, fumait des cigarettes et écoutait du rock et du blues. Elle menait une vie impudique. Mais elle était beaucoup plus que cela et elle était pure dans son amour pour l'Islam. Safar Khan la traitait comme sa fille et il n'avait jamais douté d'elle.

Samir n'était pas indifférent à sa beauté. Loin de là. Elle venait parfois lui rendre visite dans ses rêves au petit matin, au moment où il était le plus vulnérable, entre le sommeil et l'éveil, et son image lui valait de honteuses et puissantes érections. Mais comment l'empêcher ?

Lors de l'une de ses visites en Jordanie, Samir l'avait emmenée un après-midi faire une excursion au bord de la mer Morte. À sa demande, ils avaient laissé la voiture sur une place de parking au sommet des falaises, et ils étaient descendus sur la plage à pied. Très loin à l'ouest, on devinait la silhouette dorée des montagnes basses des territoires occupés de Cisjordanie. Le soleil était suspendu au-dessus de l'horizon voilé par des nuages légers comme un duvet, et la chaleur était presque supportable.

1. Ragnarök : dans la mythologie nordique, le Ragnarök est une fin du monde prophétique.

Ils avaient partagé une bouteille d'eau. La femme était restée un long moment immobile sur un rocher, l'une de ses longues jambes, moulées dans un jean, repliée entre ses deux bras, et le menton reposant sur son genou. Son pied dans la chaussure de tennis blanche était nu, et Samir observait la petite veine qui battait doucement sous la peau fine de sa cheville. Elle portait une chemisette blanche et un pull bleu posé sur les épaules. Il pouvait deviner la fine dentelle de son soutien-gorge sous la chemise. La femme regardait vers le large à travers ses lunettes de soleil, et Samir suivait son regard. Un touriste affecté de psoriasis lisait son journal au bord de l'eau à une centaine de mètres de distance.

– Vous êtes déjà venue ici ? lui avait-il demandé.

– Oui. J'aime cet endroit.

– Pourtant il n'y a rien, avait-il répliqué avec un geste allant du sud au nord. Il n'y a rien de vivant. Rien à aimer.

– Si. Il y a le paysage.

Le paysage était nu et élémentaire. Une étendue d'eau grise et lisse, des falaises rouge et brun. La seule chose qui soit changeante était la lumière, qui à ce moment était rouge et violet.

– À part les bactéries, avait-il repris, pensif. On a trouvé des bactéries dans cet endroit qui ne peuvent survivre que dans le sel, et nulle part ailleurs.

– Des bactéries ? Mais vous êtes un romantique, Samir !

Elle avait souri, et il avait bredouillé quelques mots indistincts. Elle était très différente des filles qu'il avait connues à Homs.

Trois chasseurs israéliens étaient brusquement tombés du ciel au-dessus de la Cisjordanie et s'étaient mis à jouer au-dessus de l'eau. Parfaitement synchronisés, ils s'étaient retournés tout à coup et avaient continué à voler, le cockpit à l'envers. À nouveau, ils avaient fait une rotation à 180° puis repris de l'altitude et disparu vers le sud, du côté d'Aravat.

– Vous croyez qu'ils sont invulnérables ? avait-elle demandé, l'air grave.

Il s'était immédiatement lancé dans la glorification de la révolution arabe et l'inéluctabilité historique de l'instauration du califat islamique, mais s'était arrêté au bout de trente secondes. Il avait commencé à bégayer et s'était tu quand il s'était rendu compte qu'elle ne l'écoutait pas.

– Vous ne m'écoutez pas, lui avait-il dit d'un ton de reproche.

Elle s'était tournée vers lui et avait posé un doigt sur ses lèvres.

– Écoutez !

Samir avait obéi, et, au bout de quelques secondes, il l'avait entendu : le chant des cigales.

Elle avait souri.

– Vous voyez bien, Samir, qu'il n'y a pas que des bactéries, ici.

– Il y a quelqu'un ?

Un fourgon blanc de la police scientifique était encore garé devant la maison d'Irene Adler et Lene supposa que les experts étaient toujours au travail. Étrangement, elle n'entendit pas le moindre bruit en poussant la porte d'entrée.

Elle traversa le vestibule, ouvrit la porte donnant sur les deux salons qui occupaient la majeure partie du rez-de-chaussée et sursauta en découvrant un individu en combinaison blanche dans un fauteuil derrière la porte.

– Ah ! bonjour, Arne, c'est toi ? Je croyais qu'il n'y avait personne.

Le chef de la police technique se tourna vers elle et hocha imperceptiblement la tête en guise de salut.

– Lene, dit-il, gravement.

Elle fronça les sourcils. Elle connaissait Arne depuis dix-huit ans et ils avaient toujours bien travaillé ensemble. Il la taquinait affectueusement quand elle lui exposait ses invraisemblables et inacceptables requêtes et ses théories fumeuses, et elle l'écoutait attentivement quand il lui parlait de sa femme qui souffrait de sclérose en plaques et de ses enfants qui avaient toutes sortes de problèmes d'enfants. C'était un passionné de bridge, il possédait plusieurs aquariums d'eau salée et nourrissait à son égard une affection toute paternelle.

Mais le visage mangé d'une barbe poivre et sel et chaussé de lunettes était ce jour-là fermé et sévère.

Un jeune technicien que Lene n'avait jamais vu auparavant sortit de la cuisine, un aspirateur à la main. Arne s'adressa à lui :

– Vous voulez bien aller mettre ça dans le fourgon et faire un saut à la station-service pour m'acheter une boîte de tabac pour pipe Orlik rouge, s'il vous plaît ? Prenez votre temps surtout.

– Mais…

– Au revoir, Andreas.

Le jeune homme traversa le salon la mine déconfite et Lene entendit claquer la porte d'entrée.

Arne lui désigna le fauteuil à côté du sien et Lene s'assit, les genoux serrés et les mains croisées, comme une écolière dans le bureau du directeur. Elle regardait les larges bandes que dessinait le soleil matinal sur le plancher et, pour la première fois depuis très longtemps, elle se sentait en forme et pleine d'énergie.

Elle contempla l'étrange tache de sang circulaire qui commençait et s'achevait près du ravissant secrétaire ancien d'Irene Adler.

– Où était son corps quand on l'a découverte ? demanda-t-elle.

Une lueur mauvaise brillait derrière les lunettes d'Arne. Ses traits se tordirent comme s'il venait de manger une chose amère. Il tendit l'index.

– Là-bas. Sur le dos. Au milieu du cercle. À moitié nue. Mais tu devrais le savoir.

– Comment le saurais-je ?

Lene sourit, essayant en vain de croiser son regard.

– Qu'est-ce qu'il y a, Arne ? Il y a quelqu'un qui est mort ?

– Je ne trouve pas ça drôle, Lene. Pas du tout.

– Oh ! la la ! je rigole ! Bon, alors, combien de brosses à dents ?

C'était la question rituelle chaque fois qu'ils se retrouvaient sur une scène de crime.

– Deux, grogna-t-il à contrecœur.

– Une rose et une bleue ? Une fille et un garçon ? Rasoir et Ladyshaver ?

– Une verte et une rose, vint la riposte, d'une voix lasse. Une fille et une fille, je dirais.

« Mais oui, bien sûr. Une fille et une fille, songea-t-elle en fermant les yeux tandis que le ciel lui tombait sur la tête. Évidemment. Merde ! Bien sûr, bien sûr, bien sûr ! »

– Et deux brosses à cheveux, une avec de longs cheveux blonds, l'autre avec de longs cheveux bruns, poursuivit-il. Les bruns sont inhabituels. J'ai vu à travers une loupe qu'ils étaient de section ovale. Sémites. Peut-être arabes.

– Bien sûr, continua-t-elle de murmurer sans écouter ce qu'il disait.

Lene se rappela l'ombre derrière les rideaux du premier étage le jour où elle avait menacé Irene Adler. Elle se souvint du parfum, différent de celui qu'Irene portait en général, et elle se souvint du bagage avec le billet d'avion dans le vestibule. Elle en avait déduit que c'était la psychiatre qui partait en voyage, mais le sac pouvait aussi bien appartenir à l'inconnue.

Arne avait dit autre chose.

– Pardon ?

– Je disais juste qu'il y a un nombre incroyable de cheveux dans cette maison, quand on regarde attentivement.

– Des cheveux ? Ah bon ?

– Les cheveux blonds d'Irene et des cheveux noirs, arabes, comme ceux de la femme qui est là-dessus.

– Qui ça ?

Arne prit un mince recueil dans la bibliothèque et le tendit à Lene. *Classic Arabic Love Poems of Abu Nuwa.*

– Oxford University Press, 1967. Des poèmes magnifiques, datant du XIIe siècle. Érotiques, soit dit en passant. Et une photo, nettement plus récente.

Lene feuilleta lentement l'ouvrage. Arne avait raison. Si les poèmes avaient quoi que ce soit à voir avec les illustrations, splendides, au demeurant, ils devaient être particulièrement truculents.

– Incroyable ! dit-elle en tenant le recueil en biais. Les positions représentées lui paraissaient physiquement irréalisables, à moins d'être l'une de ces artistes chinoises capables de sauter dans une jarre sans toucher les bords. Mais il est vrai que les gens étaient plus petits, à l'époque.

– Ce n'est pas le genre de sport qu'on pratique tous les jours au club de danses de salon de Ballerup, admit Arne avec une petite étincelle de son humour habituel fort développé.

– À moins que ce soit un club sponsorisé par les kinés de la commune, renchérit-elle.

– Effectivement. Mais avant de te plonger avec un intérêt tout professionnel dans ce livre, je te conseille de le feuilleter jusqu'au bout.

Lene obtempéra et découvrit une photo glacée en noir et blanc.

Elle avait été prise en lumière naturelle, soit tôt le matin, soit à la tombée du jour. L'éclairage devait venir d'une fenêtre située à gauche de la pièce. Sur la photo, une femme nue était allongée sur un lit en désordre. Un doux éclairage gris pâle caressait ses longues jambes, ses hanches aux courbes souples, et dessinait un vallon plus sombre entre ses fesses rondes et les muscles de son dos, en une ligne allant de l'os sacré à la longue chevelure noire qui couvrait la moitié de son visage. Le photographe devait se tenir derrière elle, en biais. Le bras gauche et mince de la femme reposait le long de son corps, sa main était posée à plat sur la ligne parfaite de la hanche, l'autre bras était replié, de sorte que la main se trouvait à la hauteur de la joue. Les doigts étaient détendus et Lene se dit qu'elle devait dormir. La jambe de dessous était remontée sous elle.

Cette photo était le regard d'une personne amoureuse sur un corps profondément désiré. Le cliché dégageait un calme qui laissait à penser que le photographe avait programmé la prise de vue, attendu la lumière idéale, et su quand l'être aimé avait l'habitude d'adopter sa position de sommeil préférée.

Nazeera Gamil.

Toujours elle, ici, là, partout.

Est-ce que parfois, elle se trompait d'adresse, entre l'appartement d'Ain et la maison d'Irene ? Non, Lene ne doutait pas que Nazeera sache à tout moment où elle allait, avec qui elle était – et pour quelle raison.

Elle quitta la photo des yeux et se tourna vers Arne qui regardait ses ongles avec intérêt.

– Le lit ressemble beaucoup à celui qui se trouve au premier étage, fit-il remarquer sans la regarder.

– Ça ne m'étonne pas.

Elle allait se lever, mais une étrange pesanteur dans l'attitude d'Arne la fit se rassoir.

– Nous avons parlé de cheveux, Lene. Tu sais comme moi qu'il n'y a pas deux personnes au monde qui aient exactement les mêmes cheveux.

– Oui.

– C'est d'ailleurs la même chose pour les poils de chiens.

– Ah bon ? Quel rapport ?

Arne prit une pochette en plastique dans sa poche de poitrine et la lui tendit. Il était plein de poils courts et noirs.

– Ça vient du sac de l'aspirateur, expliqua-t-il.

– Des poils de chien ?

– Oui.

– La femme qui est sur cette photo a un chien, dit Lene. Un croisement entre un doberman et un rottweiler. Il a la taille d'un poney. Il s'appelle Rudolf, c'est une sorte de garde du corps, je crois.

– Tu dois avoir raison. Il y a un sac de croquettes pour chiens de grande taille, dans la cave, et nous avons aussi trouvé une gamelle par terre dans la cuisine.

– Alors tout colle, Arne. Pourquoi tu fais la gueule ? Couple de lesbiennes, chien, croquettes. Je suppose qu'une femme peut tout aussi bien avoir enfoncé ce bidule dans son œil, non ? Ça ne demande pas une force physique particulière, je veux dire.

Arne lui sourit d'un air ironique et Lene n'aima pas du tout son expression.

– Oui, une femme aurait parfaitement pu faire tout ça, ajouta-t-il, le regard plein de sous-entendus.

– Bon, on a fini avec les cheveux et les poils ?

Elle pensait à la ville et à son calme inhabituel. La moitié de la capitale avait été bloquée en prévision des cortèges des ministres des Affaires étrangères. Sur son chemin pour venir chez Irene Adler, après ses retrouvailles avec sa chère petite voiture, les rues lui avaient paru silencieuses et désertes, à l'exception des voitures de patrouille, des motos de la police et des hélicoptères de surveillance tournant inlassablement. Les bus étaient quasiment vides, et on se serait cru un jour où le Danemark aurait disputé une Coupe du monde de football, ou bien un dimanche après-midi plutôt qu'un jour de semaine. Personne n'avait envie de se trouver au mauvais endroit, au mauvais moment. La peur transpirait de tous les pores de la ville.

– Pas tout à fait, dit Arne.

Sa main remonta à sa poche de poitrine. Puis elle hésita, fit mine de redescendre tandis que Lene observait avec attention le visage de l'expert. Il exprimait le doute et aussi… le chagrin ?

Finalement, il sortit une deuxième pochette plastique de sa poche et il la lui tendit. Lene la leva dans la lumière venant des fenêtres du salon. De longs cheveux roux étaient enroulés en une petite boucle. Certains d'entre eux collés par le sang. Arne se pencha brusquement en avant, il lui arracha un cheveu et il le posa délicatement sur sa manche blanche.

– J'ai trouvé une petite poignée de cheveux dans la main de la victime, Lene. Ils avaient été arrachés avec les racines et ils m'ont semblé terriblement familiers. J'ai toujours trouvé que tes cheveux roux étaient le plus beau cadeau de naissance que t'avaient fait tes parents.

– Merci, dit-elle d'une voix sourde.

Elle n'ajouta rien et ce fut Arne qui rompit le silence. Il ouvrit les bras en un geste d'impuissance. C'est tout ? Merci ? Je te signale, Lene, que tu es sacrément dans la merde. Tu le sais, n'est-ce pas ? Tu veux bien être gentille de m'expliquer ce que tes cheveux font dans la main d'une femme assassinée ?

Lene jeta un coup d'œil vers lui. Il était pâle de fureur.

– Je n'en sais rien, répondit-elle. Je n'en sais rien du tout. Ce que je peux te dire, c'est que je n'ai pas tué cette femme, Arne. Pourquoi… Pourquoi est-ce que j'aurais…

Sa voix se brisa, comme elle s'y attendait, malheureusement. Tout le monde savait qu'elle haïssait Irene Adler.

Elle s'accroupit devant Arne, essaya de lui prendre la main, mais il la retira. Elle insista comme si cette main était une bouée de sauvetage. Enfin, il la laissa saisir l'une de ses grosses poignes, mais il s'éloigna d'elle en s'enfonçant dans le fauteuil.

Elle plongea le regard dans ses yeux gris, derrière les lunettes.

– Ce n'est pas moi, Arne. Mais admettons que ça le soit. Admettons. C'est vrai, je ne l'aimais pas, Arne. Je la détestais, même. Ou plutôt, je l'ai détestée… pendant longtemps, après l'histoire avec Josefine, mais je ne la déteste plus. Je t'assure. J'ai parlé avec elle à plusieurs reprises. Je suis venue dans sa maison, j'ai découvert que je la considérais toujours comme une femme arrogante, gâtée, ayant une trop haute opinion d'elle-même, mais que je ne la haïssais plus. Il m'arrive de penser la même chose de Charlotte Falster et de ma propre mère, et je ne les ai pas assassinées pour autant, n'est-ce pas ?

Il leva la main de Lene dans laquelle se trouvait toujours la pochette en plastique, de sorte qu'elle se balance entre leurs deux visages.

– Et ça, Lene. Des cheveux roux, frisés, dans la main d'une morte, arrachés avec les racines. Il n'y a pas besoin d'être ingénieur spatial pour faire le rapprochement.

Lene regarda le sachet et elle fit le rapprochement. Cette nuit-là, sur le palier d'Ain. Ils lui avaient mis un sac en tissu sur la tête. Et Kim lui avait donné des coups de pied. Plusieurs coups de pied, peut-être.

Elle se pencha en avant. Sépara ses cheveux pour dégager la plaie qu'elle montra à Arne.

– Regarde ! Mais regarde, putain ! Quelqu'un m'a donné des coups de pied et m'a enfoncé la tête dans un foutu sac. Les cheveux et le sang viennent de ce sac, j'en suis sûre !

Il s'avança à contrecœur et elle sentit ses doigts examiner son cuir chevelu.

Il poussa quelques grognements et cessa de lui tripoter la tête.

– Cela ne prouve rien, dit-il. Mais elle entendit dans sa voix une note d'incertitude qui n'y était pas l'instant d'avant.

– Tu vois bien que cette blessure n'est pas récente, Arne ? S'il te plaît ! Tu as vu des milliers de blessures dans ta vie !

– Qui t'a fait ça ?

– C'est sans importance. Ce qui compte, c'est que tu me fasses cadeau d'un petit miracle. Un tout petit miracle.

Tout allait se jouer maintenant. Arne était de la vieille école. Les nuances n'étaient pas son truc, mais l'honnêteté, l'incorruptibilité et le sens du devoir, l'étaient.

– Tu l'as dit à Charlotte ?

– Pas encore. Mais je vais le faire.

– Quarante-huit heures, Arne. Je te demande quarante-huit heures.

Il se frotta le visage et la regarda entre ses doigts écartés.

– Vingt-quatre.

– Quarante-huit. Allez, Arne, s'il te plaît. Comment veux-tu que je fasse quoi que ce soit en…

Il se leva brusquement.

– Je te donne vingt-quatre heures, Lene, et tu arrêtes de négocier ou je te fais arrêter tout de suite pour meurtre avec préméditation.

– Bon, d'accord. Merci, répliqua-t-elle.

Andreas, l'assistant, passa la tête dans l'embrasure de la porte.

– Je suis revenu, dit-il, inutilement.

– Vous m'avez rapporté mon tabac ?

Le jeune homme brandit la boîte ronde et rouge.

– Alors, allons-y. Nous avons terminé.

– Et son ordinateur ?

– Rassurez-moi, vous n'avez pas de problèmes d'audition ? lui demanda Arne, l'air soucieux.

– Non…

– Parfait, alors on va céder la piste au petit génie aux cheveux rouges, ici présent. Et au fait, Andreas…

– Oui, monsieur.

– Si un jour vous avez la malchance de tomber sur Mme la commissaire sur une scène de crime, il faudra faire exactement ce qu'elle vous demande. Sans discuter. Cela vous évitera beaucoup de soucis, de palabres et de grincements de dents. Je voulais juste vous prévenir.

L'assistant regarda Lene et sourit. Il avait de belles dents, songea-t-elle.

– C'est noté.

Elle lui rendit son sourire.

Arne les observait avec dégoût.

Il poussa le jeune homme devant lui hors du salon et, au moment de passer la porte, il se tourna vers Lene, passa l'index sur sa gorge comme une lame, et mima avec les lèvres : *vingt-quatre…*

Lene examina le lit dans lequel Irene Adler avait photographié sa bien-aimée. Il n'avait pas été défait, la psychiatre ne dormait pas quand son assassin était entré. Une lampe de chevet était allumée et la chambre sentait bon. Sur un coffre en bois de camphre posé devant la fenêtre, un bouddha souriait avec son air moitié énigmatique et moitié con. Le prince tenait un bâton d'encens consumé dans l'une de ses mains boudinées. Lene se dit qu'il avait dû en voir dans cette chambre. Elle ouvrit les portes des rangements, en prenant soin de ne pas toucher la poudre rouge que la police technique avait appliquée pour relever les empreintes digitales, elle écarta les vêtements et inspecta les joints et le fond des placards.

Mais Arne était déjà passé par là et il n'avait pas pour habitude d'oublier quoi que ce soit.

Pendant une heure, elle se promena dans la maison silencieuse. D'innombrables photos de famille décoraient le mur de la cage d'escalier. Sur les tables et les rebords de fenêtres, soigneusement encadrées, étaient disposées des photos en noir et blanc datant des temps heureux avant les grandes guerres : après-midis au soleil, longues robes estivales, capelines, lévriers, enfants en costume de marin ou en robe à smocks, membres souriants de la famille Adler, appuyés au bastingage d'un transatlantique, hommes aux épaules étroites, avec moustache, monocle et cigare, nurses sur de grandes pelouse devant de beaux manoirs tout blancs.

Elle pianota sur le boîtier en noyer d'un vieux transistor et regarda autour d'elle dans le bureau du second. Il y avait une table de travail, plus grande que le secrétaire du rez-de-chaussée et jonchée d'articles, de documents et de manuscrits. Des livres, des rapports et des mémoires emplissaient les étagères, du sol au plafond. Aucune influence orientale dans ce lieu. C'était le bureau de la psychiatre. Ici, pas de décorum, juste les signes d'une vie de travail intense. Mais pas d'ordinateur malgré la présence du routeur qui clignotait dans l'angle de la pièce.

Le sac à bandoulière d'Irene Adler était appuyé contre le pied de la table. Il contenait les clés de la voiture et de la maison, un téléphone portable, des mouchoirs, une paire de lunettes de soleil et toutes les autres bêtises qu'on trouve habituellement dans un sac de femme.

Lene s'assit dans le fauteuil de bureau et observa par la fenêtre les oiseaux venus picorer sur la mangeoire du voisin. Ain et Irene s'étaient-elles rencontrées par l'intermédiaire de Nazeera ? Les deux meurtres n'étaient-ils en réalité qu'un drame de la jalousie sans aucun rapport avec le terrorisme international, les ministres des Affaires étrangères et les professeurs israéliens ?

Elle prit le trousseau de clés dans le sac de la psychiatre et le glissa dans sa poche. Elle venait de claquer la porte derrière elle et s'apprêtait à fermer le verrou quand une idée confuse lui traversa la tête. Elle pensa au magnifique coran ancien dans sa vitrine.

Elle se souvint qu'Irene Adler lui avait dit que la vitrine renfermait un savoir infini. Lene rouvrit la porte et, deux secondes plus tard, elle était devant le meuble délicat. Les pages jaunes du livre étaient éclairées par une lumière indirecte. Il n'y avait ni verrou, ni cadenas.

La vitrine était montée sur quatre pieds très fins. Lene l'écarta du mur. Deux fils partaient de l'arrière du meuble vers le mur et l'un des deux était un câble internet.

– Arne, nous sommes des imbéciles, tous les deux.

Elle tomba à genoux et passa les doigts sur une charnière conique à l'avant de la vitrine. Elle était habilement incrustée dans le bois et pratiquement invisible à l'œil nu. Lene saisit l'arrière du meuble des deux mains et constata que toute sa partie supérieure pouvait pivoter vers l'avant.

Dans un espace aménagé sous le livre religieux reposait un ordinateur portable gris perle, fermé sur ses secrets comme une huître.

Bjarne n'était peut-être pas la personne la plus douée pour l'existence que la terre ait porté, mais il y avait une obstination tranquille et inaltérable dans l'énergie qu'il avait mise à reconstituer leur petit bureau après la visite musclée de Kim. Le réduit était redevenu ce qu'il était précédemment, avec ses restes de sandwichs aux crevettes, son désordre de pièces électroniques aussi nombreuses que mystérieuses, sa bouilloire glougloutante, ses tables, ses chaises et ses ordinateurs remis à leur place d'origine. Si l'on faisait abstraction du trou dans le Placo à l'endroit où le pied de Michael était passé au travers, la razzia de l'agent de la PET aurait aussi bien pu être un mauvais rêve.

Il avait raccordé le PC portable d'Irene Adler à ses propres ordinateurs et il était en train de cracker les codes et les mots de passe, pendant que Lene attendait en buvant un café dégueulasse et en épluchant le courrier. Elle décida qu'il n'y avait rien de très intéressant et envisageait d'appeler Michael pour lui faire part des derniers rebondissements lorsque Bjarne leva le nez de sa tâche.

– Je crois que vous allez trouver ce que vous cherchiez là-dedans, annonça-t-il.

– C'est super, Bjarne. Merci beaucoup.

Il se tordit les mains et baissa les yeux, embarrassé.

– Je vous en prie.

Lene commença à fouiller le disque dur, mais, dans l'angle de son champ de vision, l'informaticien immobile et les yeux obstinément fixés sur un point du sol l'empêchait de se concentrer et elle releva la tête.

– Qu'y a-t-il, Bjarne ? Ça va ? Je veux dire… Je sais que Kim est un salopard fini, mais il faut que vous essayiez de l'oublier maintenant, d'accord ?

Il se redressa et son visage se tordit, c'est-à-dire que ses traits lourds changèrent de centre de gravité et de points d'équilibre. Bjarne souriait.

– Ça va, commissaire. Ne vous inquiétez pas ! Dites donc… ce Michael, là, il est… Whaouh !

Son sourire s'élargit. Bjarne venait de se trouver un nouveau héros en plus de Han Solo, Luke Skywalker et Obi-Wan Kenobi. Lene lui rendit distraitement son sourire puis revint vers l'écran de l'ordinateur.

– C'est vrai, il a ses bons côtés, murmura-t-elle.

Bjarne resta dans la même position.

Lene le regarda enfin avec attention, coinçant une mèche rebelle derrière son oreille.

– Dites-moi ce qu'il y a, Bjarne. Je suis désolée, c'est juste que je suis…

Elle allait dire : « sur le point d'être arrêtée pour meurtre », mais s'interrompit à temps.

– Alors voilà… Vous vous souvenez de ce cargo polonais dont je vous ai parlé, le *Kazimierz-Pulaski*, qui avait remonté la Baltique la nuit du 14 au 15 septembre et déclaré une avarie de moteur au large de Vedbæk ?

– Non, pas vraiment.

– Un bateau qui allait de Kaliningrad à Oslo ?

– Oui, et alors ?

– Il est de nouveau en route. Il a déclaré un chargement de pièces de machines pour la casse et un trajet de Rostock à Göteborg.

Lene poussa un soupir.

– Combien d'allers-retours a-t-il faits depuis septembre de l'année dernière ?

Bjarne vérifia sur un Post-it jaune.

– Onze.

Elle haussa les épaules.

– Vous savez, Bjarne, parfois je me demande si vous et moi vivons vraiment sur la même planète.

Elle regretta ce qu'elle venait de dire quand elle vit sa réaction, mais c'était trop tard.

– Je suis désolée.

– Ne vous excusez pas, c'était juste une idée.

– Je veux simplement dire que ces pauvres marins polonais se contentent de faire leur boulot. Je ne les vois pas faire de la livraison de terroristes autour de la Baltique tous les mois, comme s'ils étaient une sorte de compagnie de transport d'Al-Qaïda.

– Vous avez sûrement raison, admit-il.

– OK.

Elle se plongea à nouveau dans les entrailles du MacBook d'Irene Adler et Bjarne fit rouler son siège jusqu'à son propre bureau.

Le contenu de l'ordinateur était facile d'accès. La plupart des fichiers concernaient les expériences qu'elle et son équipe menaient à Rigshospitalet avec le LSD. Ain était parmi les six jeunes Danois « d'origine ethnique différente » à avoir été traités avec du LSD pendant une période allant de novembre à février. Les deux jeunes gens et les quatre jeunes filles fréquentaient les mêmes mosquées et les mêmes associations et ils se connaissaient plus ou moins. Tous avaient le même diagnostic : dépression légère ou sévère.

Dans le cas d'Ain, il y avait en plus un tas d'enregistrements audio et des films tournés dans son appartement avec des micros et des caméras cachés. Apparemment, l'échange d'informations et de renseignements entre Irene Adler et la PET était exhaustif et leur collaboration allait beaucoup plus loin qu'une simple observation scientifique, d'un côté, et une utilisation à pure vocation de renseignement, de l'autre. Sinon pourquoi la PET aurait-elle transmis au service dirigé par la psychiatre l'intégralité des films et des bandes de surveillance ? Lene se demanda si Irene et Kim se connaissaient avant le drame du parc. Probablement. Et leur collaboration s'était évidemment renforcée et élargie après l'attentat. L'arrangement était aussi avantageux pour Irene Adler que pour la PET. Ils obtenaient des informations et elle récupérait des sujets d'observation. C'était un accord gagnant-gagnant et quelqu'un, probablement une commission secrète appartenant au ministère de l'Intérieur, finançait tout cela.

Lene commençait à comprendre ce que le terrorisme faisait à une nation : il lui enlevait son humanité. Dans sa tentative de se protéger elle-même, elle tuait une partie de son propre organisme. Sa décence, en premier lieu.

Elle ouvrit quelques fichiers au hasard. Les films montraient tout depuis la cuisson de l'œuf à la coque qu'Ain prenait pour son petit déjeuner à l'application de son maquillage devant le miroir de sa salle de bains, en passant par sa visite aux toilettes et ses ébats sexuels où on la voyait faire longuement l'amour avec Nazeera Gamil.

Les enregistrements vidéo des séances à Rigshospitalet semblaient à première vue assez innocents. C'était rarement Irene elle-même qui interrogeait les jeunes gens. Des médecins de leur âge et des internes s'acquittaient des interviews des sujets et de l'administration des comprimés de LSD, qui portaient un nom différent. On parlait d'une nouvelle génération d'antidépresseurs exempte d'effets secondaires. La salle de consultation était claire. On n'y voyait ni stéthoscope, ni tensiomètre, ni la moindre blouse blanche. Une atmosphère paisible et rassurante y régnait.

Jusqu'à ce que la drogue agisse.

Certains tournaient et viraient dans la pièce en gesticulant tandis que de leur bouche sortait un flot de paroles plus ou moins cohérentes ; d'autres étaient brusquement noués et angoissés. Ils croisaient les bras et les jambes, se recroquevillaient, devenaient incapables de soutenir le regard de leur interlocuteur, se repliaient sur eux-mêmes, tombaient dans l'autoapitoiement, la confusion ou le silence.

Une seule fois, le préposé à l'interrogatoire avait été obligé d'appeler de l'aide, grâce un bouton d'alerte situé sous le bureau, quand un jeune Arabe costaud s'était approché de lui les poings serrés en proférant une bordée d'injures dans sa langue. Il avait été maîtrisé et transporté dans la pièce voisine où se trouvait un lit avec draps, couverture, oreiller et sangles en cuir pour la taille, les poignets et les chevilles.

Le médecin venait lui injecter un calmant quelconque et le jeune cobaye s'endormait en marmonnant.

Les vidéos les plus fascinantes étaient celles de la phase de sortie qui se passait dans une salle avec des fauteuils confortables, des tapis au sol, un écran plat, un buffet avec du café, du jus d'orange et de l'eau minérale, des plats de sandwichs et de gâteaux où les jeunes étaient installés pour redescendre après leur trip. Une douce musique classique sortait des enceintes. On leur offrait à boire et à manger et tous avaient l'air d'avoir extrêmement soif. Lene se dit qu'il devait y avoir un genre d'antipoison dans les boissons. Les corps se détendaient, les plus agités se calmaient et même le jeune homme agressif redevenait parfaitement normal au bout d'une demi-heure, et semblait avoir totalement oublié ce qui s'était passé.

Ils appelaient la gentille infirmière par son prénom et quittaient le service, enchantés, presque exaltés, avec dans la main une petite carte avec l'heure de leur rendez-vous suivant.

Il était effrayant de voir à quel point on pouvait manipuler le psychisme d'un être humain, songea Lene. Pourquoi est-ce qu'ils revenaient ? Était-ce parce qu'ils se sentaient compris, reconnus, absous, purifiés ?

Ou bien ce LSD modifié créait-il une accoutumance ? Sans doute. C'était l'avis de Helle Englund, en tout cas.

Elle ouvrit plusieurs interviews qui toutes se déroulaient selon le même schéma : un interrogatoire en profondeur et sans préjugé sur les convictions politiques des patients, leurs familles, les endroits qu'ils fréquentaient et leurs déplacements. Ce qu'ils aimaient et ce qu'ils n'aimaient pas.

Enfin, elle trouva l'interrogatoire d'Ain. Elle était aussi docile et privée de volonté que les autres, mais sa passivité avait l'air d'agacer Irene Adler. La psychiatre s'était elle-même chargée des cinq interrogatoires d'Ain et Lene aurait parié que Kim se trouvait dans une pièce à proximité pendant les entretiens et qu'il soufflait des questions à la thérapeute car elle avait remarqué un petit écouteur dans l'oreille d'Irene Adler.

Tant qu'Ain parlait de son enfance dans les camps de réfugiés en Tunisie et des premières années de sa vie au Danemark, du lycée, de ses amis et de ses amoureux, son débit restait relativement fluide. En revanche, son discours devenait irrépressiblement contraint dès qu'il s'agissait des gens qu'elle fréquentait dans l'association pour filles de Møllegade et de ses amis de la mosquée de Nørrebro. Son langage corporel était naturel et détendu lorsqu'elle évoquait ses parents, sa jeunesse à Værløse et sa scolarité là-bas. Mais elle rougissait comme une pivoine et se crispait quand la psychiatre se mettait à l'interroger sur sa première expérience sexuelle.

Ain devenait complètement muette dès qu'il était question d'opinions politiques ou de ses relations avec des personnes engagées politiquement, elle avait beaucoup de mal à se souvenir des noms des autres participants aux cours d'étude coranique auxquels elle assistait de temps à autre. Et non, elle ne connaissait aucun fondamentaliste musulman au Danemark, personne qui soit parti faire le djihad en Syrie ou qui en soit revenu. En réalité, elle ne semblait porter aucun intérêt aux conflits du Moyen-Orient et les allusions discrètes et subtiles d'Irene Adler aux organisations terroristes se heurtaient à un mur.

Lene se surprit à ressentir une joie maligne à voir Irene Adler se casser les dents encore et encore. Elle devenait de plus en plus insistante, de séance en séance, de plus en plus irritable, et finalement impuissante, mais sa mauvaise humeur glissait sur Ain comme l'eau sur les plumes d'un canard et elle se renfermait de plus en plus à chaque fois.

Pendant le dernier entretien, Irene Adler avait passé presque toute la séance à regarder démonstrativement par la fenêtre. Elle espérait peut-être obtenir ainsi qu'Ain se mette à parler. Mais la jeune fille ne semblait pas s'apercevoir dans quel état d'esprit était la psychiatre, ou alors elle s'en fichait. Elle étudiait avec attention le polissage de ses ongles tandis que défilaient dans sa tête Dieu sait quelles hallucinations provoquées par la drogue qu'on lui avait fait ingérer.

Lene se prépara une tasse de Nescafé dans la cuisine d'astronaute de Bjarne.

Elle suivit des yeux le trajet des gouttes de pluie sur la vitre et songea que les premières délégations des ministres des Affaires étrangères de l'UE avaient atterri à l'aéroport de Kastrup il y a deux heures et que l'avion de la compagnie El Al en provenance de Tel Aviv se poserait dans une heure avec Ehud Berezowsky à son bord.

Il n'y avait plus beaucoup de temps.

Elle ouvrit le dernier dossier jaune à l'aspect inoffensif sur le bureau de l'ordinateur. Irene lui avait donné le nom cryptique de *Notes on LSD-S3-25 : individual cases, ex. protocol.* Lene traduisit cela par : « Notes sur l'utilisation du LSD modifié sur des cas particuliers, en dehors du protocole expérimental ». Il n'y avait ni vidéo, ni enregistrement audio dans le dossier, mais uniquement les noms de quatre patientes à qui Irene Adler avait administré ou eu l'intention d'administrer la drogue : deux femmes d'âge moyen souffrant de graves crises d'anxiété. L'une était une actrice célèbre ayant dû interrompre sa carrière à cause du trac, l'autre était l'épouse d'un industriel danois célèbre. La troisième était une femme de trente ans avec une squizophrénie sévère, dont Lene n'avait jamais entendu parler, et la dernière une dépressive de vingt-trois ans avec tendance suicidaire. Cette dernière avait bien réagi à la fois aux antidépresseurs et aux électrochocs mais la psychiatre l'avait jugée fragile et menacée de rechute.

Cette dernière patiente était sa propre fille, Josefine.

Patiente hospitalisée depuis six mois, des progrès notables sont à constater ces trois dernières semaines, suite aux électrochocs. Un dialogue normal est devenu possible avec la patiente, la majorité du temps. Le regard n'est plus fuyant, mais aussitôt qu'elle est à nouveau seule, la patiente se replie sur elle-même et retombe dans sa souffrance et sa haine de soi.

... Le traumatisme déclencheur ayant été d'une incroyable brutalité et d'un sadisme extrême, les souvenirs de l'épisode continueront de générer un sentiment de danger imminent et une peur de la mort. Parce que la patiente est saine et normale, elle ne peut pas refouler la réalité. Je ne vois ici aucune solution qu'une médication lourde et sans doute plusieurs hospitalisations dans sa vie future, sachant que le risque de suicide restera toujours présent. La patiente a été atteinte dans plusieurs domaines : sa sexualité, sa foi élémentaire en l'humanité, la perception de son propre corps. La patiente a un fort sentiment de culpabilité envers sa mère. Elle estime s'être comportée de manière irresponsable et irréfléchie lors de son enlèvement et croit avoir mis sa mère en danger. Les reproches qu'elle se fait en permanence sont au cœur de sa dépression. Il n'y a évidemment rien de rationnel dans son analyse des faits. Elle n'aurait en aucune façon pu empêcher ce qui s'est passé. Je n'ai pas été confrontée à une telle bestialité depuis l'époque où je soignais des victimes de viol en Bosnie. Nous nous trouvons face à un véritable drame psychologique.

Lene continua sa lecture à travers un rideau de larmes. Elle n'avait pas de mouchoir à portée de main et s'essuya les yeux dans sa manche.

... Nous avons comme toujours trop peu de lits dans le service et je me trouve face à l'obligation de devoir gérer nos ressources. Suite à la tragédie du Parc, nous sommes débordés. Je pense pouvoir prendre le risque de transférer la patiente en hôpital de jour. Elle aimerait retourner vivre chez sa mère dans un premier temps et je n'y vois pas d'inconvénient. La mère me semble être une femme raisonnable, intelligente et forte qui souhaite avant tout le bien de sa fille. Cet arrangement a pour inconvénient de rendre la tragédie plus présente à l'esprit de l'une et de l'autre, mais après avoir pesé le pour et le contre, je pense que c'est la meilleure façon de progresser. La jeune femme a passé plus de temps dans le service que n'importe quel autre de nos patients. J'espère qu'elles vont pouvoir se retrouver et peut-être contribuer à se guérir mutuellement. La mère est à peu près aussi touchée que la fille, elle se fait de fréquents et inutiles reproches, mais ne montre aucun signe de pathologie mentale. Elle a une forte personnalité, elle est capable d'extérioriser ses sentiments et a une structure psychologique de femme indépendante, contrairement à sa fille qui est encore trop jeune pour gérer et relativiser une agression de cette ampleur...

Des compliments et de l'admiration venant d'Irene. Lene ferma les yeux après avoir terminé sa lecture.

Il n'y avait pas grand-chose d'autre dans le dossier. Irene avait envisagé de traiter Josefine avec le LSD modifié dans l'espoir de venir à bout de ses cauchemars, mais c'en était resté à l'état de projet. Elle avait jugé l'expérience trop risquée.

Lene quitta le bureau, sentant les yeux de Bjarne qui lui brûlaient la nuque. Elle traversa la salle Mosaïque et toutes ses têtes baissées et grises, trouva des toilettes vides et s'assit dans la position du penseur de Rodin.

Elle se sentait aussi soulagée que honteuse. Elle était soulagée que quelqu'un, tout le monde finalement, se soit bien occupé de sa fille, et terriblement honteuse de tous les soupçons qu'elle avait eus à l'égard d'Irene et des accusations et des menaces qu'elle avait déversées sur elle.

Elle resta un long moment assise sur la cuvette des W.-C. du cabinet, avant de s'asperger la figure d'eau froide et d'aller faire des allers-retours dans le couloir. Elle avait les bras croisés et les yeux rivés au sol et les gens s'écartaient instinctivement sur son passage.

Elle se souvenait de ce que Charlotte avait dit sur le fait de regarder au-delà de sa tragédie personnelle et d'essayer de comprendre qu'il y avait des gens qui avaient tout perdu. Que des familles entières avaient été décimées ce jour-là.

Elle retourna dans son bureau et Bjarne l'accueillit comme si elle rentrait du front.

– Il est au large de Skanör ! s'exclama-t-il, au comble de l'excitation, en lui montrant une petite icône verte sur une carte marine électronique qu'il avait hackée en passant par le site de l'unité d'intervention des commandos marine.

– Qui est au large de Skanör ?

– Le cargo. Le *Kazimierz-Pulaski*.

– Bjarne, bon Dieu ! Vous ne voulez pas oublier ce foutu bateau et vous occuper de quelque chose d'utile ? Comme par exemple de vérifier si une dénommée Nazeera Gamil a pris un avion à l'aéroport de Kastrup lundi après-midi ou dans la soirée de lundi ?

Bjarne lui lança un regard froissé mais il ferma la carte marine sur son écran et alla visiter une autre province de son univers de hacker totalement illégal.

– Bjarne ?

– Mmn ?

– Que se passera-t-il si la direction de l'Aviation civile ou la Marine nationale découvrent que vous avez hacké leurs bases de données ? Et d'ici, vous pouvez diriger le trafic aérien de l'aéroport de Copenhague ?

– Si je peux donner des instructions aux avions à la place d'une tour de contrôle, vous voulez dire ? Et si je peux faire crasher des avions ?

– Par exemple, oui.

Lene avait posé la question pour rire, mais n'aima pas du tout la lueur mauvaise qu'elle lut dans le regard de l'informaticien. Elle posa une main sur son épaule, bien qu'il n'aime pas ça, et la pressa en guise d'avertissement.

– Pas de bêtises, Bjarne, d'accord ?

L'étincelle macabre disparut.

– Vol de la Lufthanza lundi après-midi pour Amman, annonça-t-il quelques instants plus tard. Nazeera Gamil. L'avion a atterri en Jordanie à 13 h 42, conformément au plan de vol. J'adore la Lufthanza.

Lene regarda les chiffres en vert sur l'écran.

– Quand est-elle revenue ?

– Le même jour à 23 h 19.

– Merci, Bjarne, dit-elle, le visage grave. C'est elle. C'est elle qui est l'officier de renseignement de Kim. Son agent infiltré chez Safar Khan. Je serais prête à parier un million de couronnes là-dessus.

– Qui ça ? s'enquit-il. Mais il parlait déjà dans le vide.

Elle courait presque dans l'escalier. Tout collait. Nazeera Gamil était l'agent infiltré dans l'organisation de Safar Khan. C'était forcément ça. C'était *son* identité et son travail que Kim cherchait à tout prix à protéger. Et c'était elle qui s'était servie d'Ain pour prouver à Khan qu'elle était un élément sur lequel on pouvait compter. Qu'elle était loyale.

Cela collait aussi avec les films de la gare de Nørreport : Ain avait levé la tête et senti un parfum qui n'aurait pas dû se trouver là, dans ce groupe de skaters. Le parfum d'une femme qu'elle connaissait. Deux secondes plus tard, on l'avait poussée dans le dos et elle avait vu le train arriver sur elle.

Encore une histoire de parfum.

Lene se rappelait le parfum capiteux et sensuel que Nazeera laissait derrière elle comme une traîne en marchant dans le couloir du restaurant. Elle avait senti le même parfum dans l'entrée de la maison d'Irene et elle aurait dû le reconnaître à ce moment-là.

Elle traversa le hall précipitamment et franchit la porte à tambour. La pluie était froide sur sa figure mais, plutôt que de la maudire, elle l'accueillit en fermant les yeux et en levant le visage vers le ciel. Elle réfléchissait clairement pour la première fois depuis la mort de Josefine. Sa tête fonctionnait comme avant. Avec des pensées bien ordonnées qui marchaient en formation vers leur conclusion logique. Elle ne croyait pas revivre cela un jour.

Son téléphone vibra dans la poche de son pantalon.

– Oui.

– C'est Bjarne. Pardonnez-moi.

– Il n'y a rien à vous pardonner, Bjarne.

– Pardon.

Elle ferma les yeux.

– Qu'y a-t-il ?

– Nazeera Gamil. Elle s'est rendue quatre fois à Amman l'année dernière.

– Quatre fois ?

– Oui et aussi une fois à Limassol, trois fois à Chypre, une fois à Beyrouth et, il y a deux ans, elle a passé trois mois au Pakistan. Pendant la saison chaude. Islamabad et Karachi. Elle a fait le voyage avec Kim Thomsen, au fait. Même avion.

Lene laissa retomber la main qui tenait le mobile. Trois mois au Pakistan ? Avec Kim ? Et dans les basses terres, au moment où toute personne sensée va chercher un peu de fraîcheur dans les hautes terres ? Une chose était sûre, il ne s'agissait pas d'un voyage d'agrément. Et Limassol. Toutes les factions armées du Moyen-Orient depuis la création de l'État d'Israël en 1948 avaient à un moment ou à un autre eu un état-major, un bureau, ou une antenne médiatique à Chypre. Tous ceux qui ne vendaient pas du miel et qui ne louaient pas des scooters sur cette île étaient d'une façon ou d'une autre liés aux conflits du Moyen-Orient.

– Merci, Bjarne, dit-elle, remontant le téléphone à son oreille.

– Je vous en prie. Je vous appelle s'il y a du nouveau avec ce cargo polonais, d'accord ?

– Faites ça, oui.

Elle trouva sa voiture, s'assit au volant et s'apprêtait à téléphoner à Michael quand ce fut lui qui l'appela.

– Salut. Je sais qui est l'officier de renseignement de Kim, dit-elle, excitée. Je suis à cent pour cent sûre et j'ai trouvé…

– C'est Nazeera. Je suis au courant. Maintenant la ferme et écoute-moi.

Lene entendit un étrange grognement.

– Michael ?

– Attend, une seconde, il faut que…

Il se tut et un grondement sourd remplaça à nouveau sa voix. Puis il y eut un bruit qui lui fit penser à celui que fait un spaghetti en se cassant en deux. Michael hurla et Lene bondit hors de la voiture.

– Il serre la mâchoire dès que j'élève la voix, murmura-t-il.

– Qui ça ?

– Le chien ! Ce foutu chien. Son garde du corps. Il n'aime pas qu'on gueule.

– Rudolf ? Le chien de Nazeera ? Mais… je ne comprends pas, Michael. Qu'est-ce que tu as fait ? Tu lui as pris un truc ? Tu lui as fait quelque chose ? Où es-tu ?

Michael attendit quelques secondes avant de répondre.

– De quoi tu parles ? lui demanda-t-il, s'appliquant à parler doucement. Et que veux-tu que je lui aie pris ? Son os ? Pour l'instant c'est moi son putain d'os !

Le chien gronda parce qu'il avait haussé le ton sur la fin de la phrase.

– Où es-tu ?

–Dans la cour derrière *Le Crocodile vert*. Je suis couché sur la pelouse, il n'y a pas un être humain à trois années-lumière, et ce foutu chien est en train de me bouffer la jambe. Tu as ton arme avec toi ?

– Bien sûr. Mais pourquoi tu n'appelles pas la police ?

– Ce n'est pas ce que je suis en train de faire ? Dépêche-toi, pour l'amour du ciel.

Nazeera était à la fenêtre, dos à Kim et les bras croisés. La faible lumière dans la réserve presque vide et haute de plafond délayait sa silhouette. Une longue courbe gracieuse esquissait la ligne de son corps du sommet de la tête à l'orteil du pied droit en équilibre derrière son autre pied. Ses cheveux étaient lissés vers l'arrière et rassemblés en chignon dans la nuque. Elle portait un long cardigan gris, un jean noir, aucun maquillage et observait sans expression l'homme et le chien sur le carré de pelouse.

Elle était sûre de n'avoir jamais vu cet homme auparavant.

L'inconnu aux cheveux bruns était allongé sur le ventre, la joue écrasée contre le sol et les yeux fermés. Il avait encore à la main le téléphone portable avec lequel il venait d'appeler et Rudy se tenait derrière lui, immobile comme une montagne noire. Les yeux du chien étaient à demi fermés par la concentration, et le seul mouvement du tableau était le frémissement de ses babines noires. Il avait les mâchoires fermées sur le mollet droit de l'homme et de longs filets de bave sanguinolente coulaient sur la jambe de l'intrus jusqu'à la chaussure coûteuse et bien cirée.

L'immeuble servait jadis d'entrepôt pour une salle des ventes qui depuis avait fait faillite. Il avait des barreaux aux fenêtres et de solides portes métalliques. C'était un endroit parfait pour leurs rares rencontres. Un matelas protégé par un couvre-lit rouge était posé dans un angle. À même le sol en béton sale, un seau à champagne à moitié rempli d'eau tiède avec une bouteille de veuve-clicquot vide et deux flûtes achevaient le décor.

Kim avait lui aussi dormi sur ce matelas plusieurs fois à une époque où la vie était moins dure. Il se demanda vaguement avec qui elle avait bu du champagne. Ce n'était pas les possibilités qui manquaient.

– On devrait peut-être en finir avec cette discussion et s'en aller, Nazeera. Je ne crois pas qu'il ait simplement téléphoné à sa femme pour lui dire qu'il serait en retard pour dîner.

Elle se mordait nerveusement l'ongle du pouce.

– Je m'en doute, mais je voudrais savoir qui il est.

Kim se passa la main sur le cou. Il avait encore du mal à déglutir et sa voix était une octave plus basse depuis que le type couché sur la pelouse l'avait maîtrisé avec une facilité si déconcertante à Glostrup. Mais il ne voulait pas inquiéter Nazeera. La mort d'Irene Adler l'avait affectée à un point qu'il ne comprenait pas.

– Je ne peux pas t'aider, malheureusement, dit-il. Je ne l'ai jamais vu. C'est peut-être un agent immobilier. Après tout, l'immeuble est à vendre.

– Il ne ressemble pas à un agent immobilier, répliqua-t-elle sans se retourner. Il n'a pas du tout l'air d'un type qui gagne sa vie en vendant des maisons.

– Tu trouves ?

– Il me fait peur, Kim. Nous sommes si près du but ! Qui est-ce ?

Elle arrêta de se ronger les ongles et croisa les bras devant sa poitrine.

Il avait envie de la serrer contre lui, mais il savait qu'elle se dégagerait de son étreinte avec le regard vide et dur qu'elle lui réservait.

– Toi, tu n'as peur de rien, dit-il en souriant. Tu es Zebra, souviens-toi.

– Les zèbres se font bouffer, Kim. Ils sont placés sacrément bas dans la chaîne alimentaire.

– Peut-être, mais ils sont indomptables.

– Oui… Pardon. Je te promets que je vais…

– Qu'est-ce qu'ils fabriquent, tes amis de Jordanie ? Ils arrivent ? Dis-moi qu'ils sont en route !

– Ils vont venir. Ils n'auront pas de meilleure occasion que celle-là. Ils le savent. Safar Khan le sait. On va leur remettre les insignes que tu leur as fournis. C'était compliqué ?

Il haussa les épaules. Quelle importance de savoir si ça avait été difficile ou pas ? L'important était que les kamikazes vantent l'efficacité de Zebra et son habileté. Ils allaient trouver qu'elle s'était surpassée. Déguisés en serveurs employés par le traiteur international ayant pour mission d'assurer le cocktail de bienvenue et le buffet à l'occasion de la visite d'Erud Berezowsky, ils pourraient accéder sans difficulté à la table d'honneur dans la salle des fêtes de l'université, au moment du déjeuner prévu après la cérémonie de remise de prix.

Le pays ne s'en remettrait jamais, songea-t-il.

La société de catering suisse avait la plus haute accréditation du monde en matière de sécurité et les Israéliens avaient insisté pour l'utiliser. Elle avait servi le sultan de Brunei, Vladimir Poutine, Hugo Chávez et Raúl Castro, le frère de Fidel. La société n'employait que du personnel agréé par les services secrets de plusieurs pays. Toute la vie de leurs employés était fouillée depuis l'école maternelle.

C'est pourquoi son directeur avait été aussi vexé et avait fait tant de difficultés pour remettre à la PET – et en échange de toutes sortes de garanties écrites – les insignes d'identification que portaient ses cuisiniers et ses serveurs à l'occasion de la manifestation. Des cartes plastifiées et marquées avec des hologrammes élaborés. Elles portaient la photo de leur détenteur et Nazeera avait fourni à Kim les empreintes digitales de l'index droit des terroristes. Les cartes n'étaient valables que vingt-quatre heures et tout le monde s'accordait à dire qu'elles étaient infalsifiables.

– Pas trop.

– Tu mens, répliqua-t-elle en se retournant pour le regarder. Son visage était dans l'ombre et difficile à décrypter.

– Tu n'as qu'à prétendre que tu t'es donné un mal fou. Il faut faire l'impossible pour les satisfaire, non ?

– Ne les sous-estime pas, Kim, murmura-t-elle gravement.

– S'il y a bien une chose que je ne fais pas et qu'il ne me viendrait jamais à l'idée de faire, c'est de les sous-estimer. Je ne fais rien d'autre depuis sept mois que de les considérer comme à la hauteur du mal qu'ils sont capables de faire.

– Et après, Kim ? Quand ton joli piège si subtil se sera refermé, et que tout le monde sera mort, ou arrêté, que va-t-il se passer ?

– Après ?

Il se passa la main sur le visage. Il n'en avait aucune idée. Il avait toujours pensé qu'il allait simplement se suicider. Mais il y avait peut-être une autre vie pour lui ensuite. Peut-être avec elle…

– Je n'y ai pas réfléchi, mentit-il. Qu'est-ce qu'il fait ?

– Rien. Il attend. Il est calme et très patient. Je crois que cet homme est dangereux.

Il ne pouvait pas être plus de son avis. Où cette maudite Lene l'avait-elle dégotté ? Et pourquoi n'avait-il entendu dire nulle part qu'elle était recherchée pour le meurtre d'Irene Adler ? La police devrait être en effervescence, les bruits de couloir auraient déjà dû résonner de l'énorme scandale autour de la commissaire rouquine : Lene Jensen avait finalement pété les plombs et assassiné la psychiatre responsable d'une erreur de jugement dans le traitement de sa fille.

Nazeera s'était mise à pleurer. Ses épaules frémirent quand il vint prudemment poser ses mains dessus, mais elle ne le repoussa pas.

– Tu pleures à cause d'Irene ? lui demanda-t-il, surpris.

– Oui !… Oh oui !

– Je suis désolé, bredouilla-t-il. Je crois que je n'avais jamais réalisé que, enfin… que…

– Que nous ne faisions pas que nous servir l'une de l'autre ?

– C'est ça.

Elle s'écarta de lui et se mit à déambuler dans la grande pièce qui sentait le vide et la poussière.

– J'aimais cette femme, Kim. Elle était mon âme sœur, tu comprends ?

« Je comprends surtout que vous étiez aussi cinglées l'une que l'autre », songea-t-il avec une pointe de jalousie.

– Tu vas pouvoir te venger bientôt, dit-il.

– Contre Lene Jensen ?

– Hmm.

Elle posa sur lui un regard inquisiteur et il baissa les yeux.

– Ce n'est pas toi qui as fait ça, Kim ? Pour te débarrasser de Lene, je veux dire. Pour l'empêcher de gâcher ton travail. De détruire ton joli piège. La pensée est absurde, rassure-moi…

– Moi aussi, j'aimais Irene, protesta-t-il. Nous avions une collaboration fantastique.

– Elle était peut-être fantastique, mais elle ne vous a menés à rien, si je ne m'abuse ? Tous ceux que vous avez interrogés étaient des billets perdants, n'est-ce pas ? Il n'y avait rien à aller chercher. C'étaient tous des jeunes gens parfaitement normaux. J'ai pourtant essayé de t'expliquer que Safar Khan n'utilisait que des gens de l'extérieur !

Ses yeux étincelaient.

– Si même moi je ne sais pas qui ils sont, tu peux me dire qui d'autre pourrait connaître leur identité ? Tu sais combien de fois j'ai mis ma vie en danger pour ce ridicule petit pays qui ne pense qu'à la bouffe et à la prochaine naissance royale ? Tu as une idée de quel effet ça fait de se demander en permanence si la seconde suivante sera sa dernière parce que quelqu'un se met à hurler si fort dans ton oreille que tu as l'impression qu'on vient de te tirer une balle dans la tête ? Tu devrais me resservir ton petit speech de motivation sur le fait d'être patriote, de faire la différence, de devenir la meilleure version de soi-même, et aussi celui qui prétend qu'il suffit d'une seule personne décente qui décide de ne rien faire pour que ce soit le mal qui triomphe. Parce qu'à vrai dire j'ai oublié pourquoi je fais ça. À un moment, j'ai même cru que c'était pour toi.

– Ça me touche. Merci.

– Va te faire foutre ! Ensuite j'ai cru que c'était pour ces gens qui viennent tous les jours manger au *Crocodile* avec leurs amis et leur famille, les mamans avec leurs enfants dans des poussettes qui boivent leur café le matin là-bas, les étudiants avec leurs ordinateurs portables qui font durer un *latte* deux heures entre deux cours, ceux qui promènent leur chien au parc, et pour le petit garçon qui vient du Mozambique et qui habite l'immeuble voisin avec ses parents adoptifs et à qui on a donné le prénom de Lionel Messi, sans doute à la demande du père, qui me dit toujours gentiment bonjour quand il me croise.

Kim leva les mains en un geste de défense.

– Mais c'est pour eux que tu le fais, Nazeera ! C'est pour eux que *nous* faisons tout cela ! Nous le faisons pour que Lionel et ses parents n'explosent pas sur une bombe pour la simple raison qu'ils se seront retrouvés au mauvais endroit, au mauvais moment. Je croyais que ça allait sans dire.

Elle se taisait. Il avait envie de la frapper. Il avait envie de la prendre dans ses bras. Il avait envie de l'abattre sur-le-champ et, si cela ne suffisait pas, de l'emmener sur le matelas, là-bas, et de lui faire l'amour jusqu'à ce que le monde disparaisse.

Il la regarda quelques secondes en silence avant de continuer :

– Quand ils m'ont prévenu, j'y suis allé, dit-il lentement. Je ne me souviens pas de grand-chose, à vrai dire. Je ne parvenais pas vraiment à y croire, même quand je suis arrivé dans le parc. J'avais l'impression d'avoir atterri au milieu d'un tournage de film.

– Pauvre Kim, murmura-t-elle.

Il ne savait pas si elle se moquait de lui ou si elle le plaignait réellement.

– Christian m'a accompagné, mais je n'ai réalisé que plus tard qu'il était resté avec moi tout le temps. C'est pour ça que j'ai ce truc avec lui. Il a été là pour moi. Il m'a aidé, vraiment.

J'ai squatté son canapé pendant quinze jours. Bu son éternel café.

– J'ai couché avec lui. Plusieurs fois. Tu le savais ? claironna-t-elle simplement pour avoir le dessus. Ton meilleur ami, ajouta-t-elle, parce qu'il n'avait pas réagi.

– Bien sûr que tu as couché avec lui, Nazeera. Ta chatte est une sorte de porte de saloon par laquelle nous sommes tous obligés de passer à un moment ou à un autre. C'est naturel. Ça n'a pas d'importance. Bref. On ne pouvait pas approcher de la tour elle-même. Elle était cassée en deux comme une foutue règle gigantesque qui serait tombée au milieu de tous ces stands et tous ces décors en papier mâché, ces salles de jeux et ces restaurants. Tout ce putain de pays des merveilles où rien n'est réel. Il y avait le feu partout. Toutes les conduites de gaz avaient éclaté, je crois. Il pleuvait et la pluie était noire.

Elle haussa les épaules, indifférente. S'il avait cru pouvoir éveiller une once de compassion chez elle, il savait maintenant que c'était illusoire. Peut-être aurait-il dû éviter de comparer son sexe à une porte de saloon.

– On croit qu'on va trouver des jolis cadavres bien rangés avec des visages sereins. Comme s'ils dormaient. Mais ce n'est pas le cas, bien sûr. En fait, on ne les trouve pas du tout ! Tout est anéanti et recouvert d'une épaisse couche de cendres, à se demander d'où peut bien venir toute cette cendre. Et le sol est souple quand tu marches. En regardant attentivement, tu commences à trouver des objets ayant appartenu aux morts, ou les morts eux-mêmes. C'est comme de marcher sur un sol en verre en dessous duquel passerait une rue qui se trouve en enfer. Les gens sont aplatis sous les décombres. C'est une image unidimensionnelle et les cadavres sont dans des positions qu'on n'aurait pas cru possibles. Il n'y a plus de haut et plus de bas. On n'arrive pratiquement pas à les voir, alors qu'on sait qu'ils sont là, sous nos pieds, par centaines. Tu sais qu'ils ont trouvé le pied de ma fille à deux cents mètres du *Vaisseau du ciel* ? Avec sa sandale. Il était passé à travers une fenêtre du troisième étage de l'hôtel de ville, dans les bureaux de l'économat. Il était posé sur la table de réunion entre l'eau minérale, le café, le sucre et le lait.

– Ça suffit maintenant, Kim.

Mais Kim ne pouvait plus s'arrêter. Il savait que ce serait la dernière fois qu'il parlerait de tout ça. C'était important pour lui.

– À un moment, je suis resté planté à un endroit pendant plusieurs minutes, à regarder par terre, avant de me rendre compte que je piétinais le corps d'un jeune homme. Je crois qu'il était chinois. Ensuite j'ai vu qu'il tenait une femme dans ses bras. Elle portait une robe claire avec un motif imprimé. Sa tête et ses jambes étaient tendues loin en arrière et on aurait dit qu'il l'avait rattrapée au vol lors d'un saut ou une figure de danse. « Qui est capable de faire une chose pareille ? » me suis-je dit. Qui pense à rattraper quelqu'un alors qu'il sait que la mort va l'anéantir dans moins d'une seconde ? Est-ce qu'il la connaissait seulement ? Ou bien avait-il juste décidé qu'il ne voulait pas mourir sans tenir quelqu'un dans ses bras ?

– Lene Jensen est en bas, annonça-t-elle depuis la fenêtre.

Il la rejoignit en quelques pas et eut le temps de voir le portail se refermer derrière la commissaire. Elle traversa la cour d'un pas décidé, son arme de service dans la main droite, regardant uniquement l'homme et le chien.

Nazeera sortit un sifflet de sa poche et elle le mit dans sa bouche. Le son était plus aigu que ne pouvait le percevoir l'oreille humaine, mais le chien lâcha instantanément la jambe de l'homme. Il jeta un coup d'œil indifférent à la femme rousse qui s'approchait le pistolet tendu devant elle, trotta jusqu'à un trou dans la palissade séparant la cour d'une autre cour et disparut.

La commissaire de police s'arrêta et se mit à inspecter la façade de l'immeuble.

– Je crois qu'on ferait mieux de partir, dit Kim.

Il appuya sur le bouton pour appeler le vieux monte-charge, et ils descendirent côte à côte, comme deux clients anonymes qui prennent le même ascenseur dans un hôtel.

– Qu'est-ce qu'elle fait ici, Kim ?

– Il a dû lui téléphoner.

– Alors ce n'est pas un agent immobilier.

– Probablement pas.

– Ce n'était pas ce que je voulais dire, en fait.

Le monte-charge arriva au bout de sa course et Kim poussa les lourdes portes.

– Qu'est-ce que tu voulais dire, alors ?

– Pourquoi n'a-t-elle pas été arrêtée si elle a assassiné Irene ? Je veux dire, elle est là, en train de se promener tranquillement dans Copenhague alors qu'elle ne passe pas vraiment inaperçue. Elle n'a même pas l'air de quelqu'un qui cherche à passer inaperçue.

Il secoua la tête.

– Je ne comprends pas non plus.

– Non, hein ?

Il essaya de voir ce qu'il y avait dans ses yeux à ce moment, mais elle refusait de croiser son regard.

– Putain que ça fait mal ! Saleté de clébard !

Michael se releva avec peine, comme s'il dépliait une chaise longue. Lene essaya de lui venir en aide mais il la repoussa avec agacement.

– Qu'est-ce que tu as foutu ?

Elle enfonça ses mains inopportunes au fond de ses poches et tourna les yeux vers l'entrepôt.

– Je comprends que le temps t'ait semblé long, répliqua-t-elle. Qu'est-ce que tu fous ici ?

– Merde !

– Merde ? Je dois considérer ça comme une réponse ?

Il termina de se déplier tant bien que mal et examina tristement sa jambe. Arriverait-elle à le porter ? Est-ce qu'il avait la moindre chance de remarcher dessus un jour ?

– Cette fille, cette Nazeera… j'avais envie de venir la voir d'un peu plus près.

– D'un peu plus près ?

– Oui, putain ! Je voulais voir quelles étaient ses fréquentations.

– Et alors, tu as vu ?

– Non !

La douleur était insupportable quand il essayait de prendre appui sur la jambe gauche. Il n'avait pas vu la bête arriver. C'était comme de traverser une forêt dans le noir et de se prendre le pied dans un piège à renard.

Il avait observé Nazeera pendant environ deux heures.

Ce soir-là, elle travaillait derrière le bar. Il n'y avait pas beaucoup de monde. Deux étudiants sur des tabourets en hauteur près de la fenêtre en train de manger leurs burgers et deux mamans dans un box qui faisait penser à un snack américain avec ses banquettes en plastique rouge, sa table carrée en Formica entourée d'un cerclage en acier, ses bouteilles de ketchup et de sauce Worcester.

La belle Arabe se déplaçait vite et avec aisance. Elle avait la démarche fière et droite, mais aussitôt qu'elle avait un moment pour elle et qu'aucun client ne la sollicitait, son regard devenait flou et semblait se perdre dans l'éternité. Elle souriait à nouveau dès qu'on s'adressait à elle, pour retrouver l'instant d'après une expression soucieuse et introvertie. Au bout de deux heures, elle avait sorti son portable de la poche de son tablier et consulté ses messages. Puis elle avait retiré son tablier, elle l'avait plié avec soin, rangé sous le comptoir et avait lancé une phrase à haute voix, en direction de l'arrière-salle. Un homme gras à l'air mélancolique, avec de lourds cernes noirs sous des yeux de basset artésien avait émergé des cuisines pour la remplacer à la machine à café. Nazeera Gamil s'était engagée dans un corridor qui se trouvait derrière le bar et elle avait disparu.

Michael était sorti de sa voiture, il avait traversé la route et étudié la serrure de la porte voisine du bistrot. Il avait vu sur Google Earth et la carte topographique du quartier que l'espace derrière le bâtiment était divisé en plusieurs cours fermées. Dans celle qui se trouvait à l'arrière du *Crocodile vert*, il savait déjà qu'il y avait une remise à vélos, une pelouse carrée et un entrepôt vide à vendre. Il avait forcé la serrure et il était entré.

Une table et quatre chaises pliantes avaient été installées au milieu de la petite pelouse mais il n'y avait ni cage à poules, ni bac à sable, ni landau. Contre la palissade séparant cette cour de la suivante végétaient quelques buissons négligés, sous lesquels devait se cacher le monstre, surveillant ses gestes, prêt à bondir.

La plupart des fenêtres de l'entrepôt étaient couvertes d'une fine couche de peinture blanche. Un matériel de levage rouillé était suspendu sous le toit du bâtiment, mais palans et câbles semblaient ne pas avoir été utilisés depuis des décennies. Il avait traversé la moitié de la pelouse et s'apprêtait à aller jeter un coup d'œil à la serrure d'une porte métallique isolée, peinte en blanc, quand tout à coup il avait senti un étau se refermer douloureusement sur son mollet gauche. Il était tombé et avait tenté d'arracher sa jambe aux crocs de l'énorme chien, mais sa mâchoire était aussi inamovible qu'une pierre tombale.

Il avait lu quelque part qu'il était possible d'étrangler un chien enragé avec une ceinture, mais quand il avait enfin réussi à l'ouvrir et à la sortir des passants de son pantalon, le chien l'avait regardé d'un air torve, comme s'il avait lu le même article, et il avait poussé un grognement terrifiant en serrant un peu plus fort les dents autour de sa jambe. Michael avait entendu son péroné craquer légèrement et il avait compris qu'en une seconde, l'animal pourrait occasionner à sa jambe des dommages irréversibles. Il avait jeté la ceinture loin de lui en signe de soumission. La pression des terribles mâchoires s'était un peu relâchée, comme pour saluer la sagesse de sa décision.

Heureusement, le chien n'avait pas vu d'inconvénient à ce qu'il téléphone à Lene.

Quatre heures plus tard, Michael fut contraint d'admettre qu'il avait connu des moments pires dans son existence. Son énergie vitale était revenue.

L'amélioration était principalement à mettre sur le compte de son séjour aux urgences de l'hôpital où il avait été soigné par une femme médecin qui avait écouté d'un air sceptique les explications de Lene selon lesquelles Michael aurait été victime d'un accident en agissant comme figurant lors des championnats du Danemark de dressage de chiens policiers.

L'animal avait été disqualifié, avait précisé Lene, mais le mal était fait.

Le médecin avait regardé le costume coûteux de Michael et ses chaussures cousues main, sans commentaire. Elle avait injecté de merveilleux liquides antalgiques dans les profondes morsures au mollet, nettoyé la plaie et fait un pansement. On lui avait injecté un antibiotique à large spectre par voie intraveineuse, et l'examen consciencieux de la praticienne n'avait révélé ni veine, ni tendon, ni artère gravement endommagés.

On lui avait fait une piqûre antitétanique et on lui avait remis une brochure sur la rage, à lire attentivement. Michael avait promis qu'il n'y manquerait pas. Les symptômes lui parurent épouvantables et terriblement médiévaux. On aurait bien voulu le garder en observation pour la nuit, mais Lene avait déclaré au médecin qu'elle allait s'occuper de lui.

À présent, il était couché dans son lit, à l'hôtel, la jambe posée sur une pile d'oreillers et de couvertures, un verre de whisky à la main, en train de faire tourner paresseusement deux glaçons dans le liquide ambré.

– Je devrais peut-être prendre encore un peu de Gardénal, non ? marmonna-t-il. L'effet est divin.

– Tes pupilles ne sont pas plus grosses que des têtes d'épingle, répliqua-t-elle sévèrement depuis son fauteuil qu'elle avait tiré sur le balcon. Je vais venir te remettre un gant froid sur le front et te donner ton antibiotique, mais la morphine, ça suffit comme ça. J'ai besoin que tu aies des neurones en état de marche, figure-toi.

Il l'observait, les yeux mi-clos. La lumière de l'après-midi – ou la morphine – donnait à son visage et à son cou une douce teinte pastel. Ses yeux n'avaient jamais été plus verts.

Elle sentit l'insistance de son regard et le regarda à son tour avec plus d'attention.

– Lene ?

– Mmm ?

– Tu veux bien m'achever si j'ai la rage, c'est-à-dire si tu vois que je convulse et que j'ai de l'écume aux commissures, ce genre de choses. Si je commence à tourner la tête comme un foutu hibou, par exemple.

– Avec plaisir, Michael. Mais, à ma connaissance, la rage a été éradiquée au Danemark et je pense que Rudolf est nourri au foie gras, à la viande de bœuf argentin et aux chamallows. Et je suis sûre qu'il est parfaitement à jour de ses vaccins.

– Espérons. Tu es incroyablement belle, au fait, dit-il avec une soudaine envie de fondre en larmes.

– Ta gueule, Michael. Dis-moi ce que tu as trouvé.

Il serra les dents, se redressa dans le lit, s'essuya les yeux et posa le verre sur la table de nuit.

– OK ! Alors, les photos d'Ain en compagnie de Nabil Maroun n'ont pas été prises par un retraité des Ponts et Chaussées photographe naturaliste suédois. Sa femme et lui étaient morts tous les deux au moment où ces photos ont été téléchargées sur la page. Ils ont brûlé dans l'incendie de leur maison à Södertälje suite à un court-circuit d'origine accidentelle. En revanche, elles ont bien été publiées sur la page *Tivoli* de la PJ à son nom. Personne n'a apparemment pris la peine d'en vérifier la provenance. Tout le monde était trop occupé à se frotter les mains de satisfaction.

– J'en étais sûre, murmura Lene. C'était trop beau pour être vrai.

– Exact, mais ces clichés ne sont qu'une toute petite partie de l'histoire. Tu oublies le drone en Iran et les photos prises dans cet aéroport américain. Je pense que celles du parc ont été prises par les amis de Nabil Maroun. Ils l'ont suivi ce soir-là pour s'assurer qu'il n'allait pas changer d'avis ou se faire arrêter. C'est la procédure habituelle. Ils ont dû découvrir l'identité du couple Valerius-Klüver en volant leurs portefeuilles ou en les suivant à leur hôtel.

– Mais pourquoi ?

– Pour que la PET soit contente, qu'elle ait un os à ronger et qu'elle se concentre sur les mauvaises personnes, au cas où elle s'approcherait un peu trop. Je ne sais pas encore de qui ou de quoi, mais j'espère le savoir dans les prochaines vingt-quatre heures. J'ai demandé à une de mes relations à Londres de faire une petite recherche pour moi. On a servi Ain à la PET sur un plateau, et ils devaient être fous de joie. En réalité, c'était un leurre parce qu'elle ne savait pas ce qu'elle avait fait. Elle a juste été très utile quand il s'agissait d'occuper les services de renseignement de la police. Ils l'ont filée, ils ont mis des micros et des caméras dans son appartement et ont traîné tous ses amis et toutes ses connaissances dans ce service de Rigshospitalet où on leur faisait prendre du LSD.

– J'ai trouvé l'ordinateur d'Irene Adler, au fait, dit Lene. Il était caché dans une vitrine qui contenait un exemplaire très ancien du Coran.

– Il y avait quelque chose sur Ain ?

– Il y avait tout ! Les bandes des interrogatoires sous LSD d'elle et de cinq autres jeunes gens déprimés. Ils n'avaient rien à dire. C'étaient juste des jeunes comme tous les autres jeunes issus de l'immigration. Aucun d'entre eux n'avait des opinions politiques radicales, aucun d'entre eux n'avait fait le djihad en Syrie. Il y avait aussi des tonnes de films et d'enregistrements pris dans son appartement.

– C'est bien.

– Que j'aie trouvé ces fichiers ?

– Non. Que ces jeunes soient hors de cause.

Elle leur servit deux cafés et lui apporta sa tasse. Elle s'assit au bord du lit.

– J'ai cru pendant un moment que j'avais de l'affection pour Ain, comme on aime une petite sœur qui vous énerve mais qui, dans le fond, est quand même une chouette frangine. Finalement, je me suis rendu compte qu'elle n'avait pas grand intérêt et qu'en réalité elle ne s'intéressait qu'à sa propre petite personne.

– Comme la plupart des filles de son âge.

Elle croisa les mains sur ses genoux.

– J'ai eu une discussion avec un vieux technicien de la police scientifique quand je suis allée chez Irene. Il s'appelle Arne. Il m'aime bien. C'est un gars de la vieille école. Un type honnête, tu vois le genre ?

– Mm.

– Il m'a montré des cheveux qu'il avait trouvés dans la main d'Irene. Il y avait du sang aussi.

– J'imagine qu'elle a dû essayer de se défendre.

– C'étaient mes cheveux et mon sang, Michael. Arne m'a donné vingt-quatre heures pour prouver que ce n'était pas moi qui l'avais tuée. Tout le monde sait que je la haïssais.

Michael ne dit rien.

Lene lui serra fortement l'avant-bras, faisant déborder son café sur les draps.

– Dis quelque chose, Michael ! Tu sais très bien que je serais incapable de tuer quelqu'un.

Il récupéra tranquillement son bras et posa sa tasse sur la table de nuit.

– Tu veux que je te dise quoi, Lene ? Moi, je te crois. Si tu me dis que tu ne l'as pas tuée, personnellement, ça me suffit. Et je sais aussi que tu es incapable de tuer quelqu'un juste comme ça. Elle a peut-être commis une erreur médicale en traitant Josefine, et peut-être pas, mais je sais que tu sais faire la différence. Bon Dieu ! tu n'es pas…

– Je ne suis pas quoi ?

– Folle.

Lene le gratifia du premier véritable sourire qu'il se souvenait avoir reçu de sa part. Un faisceau de petites rides se dessina aux coins de ses yeux et son nez se fronça.

– Les cheveux, d'où venaient-ils ?

– La nuit où la PET m'est tombée dessus sur le palier de l'escalier de service d'Ain, ils m'ont mis la tête dans un sac et ils m'ont donné des coups de pied. Je me suis évanouie.

Elle se pencha vers lui et écarta ses cheveux pour lui montrer la plaie sur son cuir chevelu.

– Kim, grogna-t-il.

– Oui, évidemment.

– C'est un phénomène, celui-là.

– Tu l'as dit. Mais finalement, quand j'y pense, il n'a rien fait d'autre que ce que j'aurais fait à sa place. Il a perdu sa femme et ses deux petites filles ce jour-là au parc.

– J'entends bien, mais ce n'est pas Irene qui a fait sauter la bombe ! Elle n'a fait de mal à personne, elle, en fait. Il n'a aucune excuse, aucune raison pour l'avoir tuée. Soyons un peu cohérents !

– Elle sourit. Je te signale que tu viens de me dire que j'étais belle alors que, pas plus tard qu'hier, tu m'as dit que j'avais une sale gueule. Et ensuite tu viens me parler de cohérence.

– C'est à cause des médicaments.

– Je vois. Kim ferait n'importe quoi pour me sortir du jeu. Il est même capable d'avoir tué Irene pour ça.

– Ce qui signifie qu'il est aux abois, Lene.

– Évidemment.

– Et qu'il se fout complètement de ce qui lui arrivera après.

Michael entendait Lene dans l'entrée à quelques pas et pourtant il se sentait étrangement abandonné.

Elle avait une photo à la main quand elle revint dans la chambre.

– À quoi penses-tu ? lui demanda-t-elle en voyant l'expression de son visage.

– À ma jambe. Je pensais à ma jambe. Qu'est-ce que c'est ?

– Un cliché qui se trouvait dans la chambre d'Irene Adler.

Michael examina la très sensuelle photo en noir et blanc et la femme nue endormie.

– Est-ce qu'il y a des gens avec qui elle ne couche pas ?

– Sûrement, Michael, mais, cela dit, je crois qu'elle vivait plus ou moins avec Irene. Brosse à dents. Croquettes. Gamelle pour le chien.

– Sois gentille de ne pas me parler de ce chien. C'est une jeune femme très occupée, dis donc !

– Tu ne crois pas si bien dire. Elle est allée quatre fois à Amman l'année dernière, un nombre incalculable de fois à Chypre, et elle a fait plusieurs séjours de plus de trois mois au Pakistan.

– Et pas pour des raisons culturelles, je présume ?

– Probablement pas. Elle est partie là-bas avec Kim, à propos.

– Et Chypre est, après Istanbul, l'endroit où l'on trouve le plus d'agents secrets au kilomètre carré. Tout djihadiste qui se respecte a un bureau à Chypre.

Michael leva les yeux au plafond. Ils pensaient sûrement à la même chose. Nazeera était l'officier de renseignement de Kim auprès d'Ebrahim Safar Khan et elle était autant sur le fil du rasoir que lui. Il n'y avait rien que ces deux-là ne seraient pas prêts à faire l'un pour l'autre aujourd'hui.

– Peut-être tout cela va-t-il très bien se terminer, finalement. Il n'est pas impossible qu'ils sachent parfaitement ce qu'ils font.

– Et la lune est peut-être un fromage.

– Toi, tu n'y crois pas, bien sûr ?

– Bien sûr que non. Kim est incapable de la contrôler. Nazeera Gamil a son propre agenda, je suis prête à le parier.

– C'est possible. Mais tu ne peux pas en être certaine. À propos d'agenda, il se passe quoi, demain ?

– Ehud Berezowsky doit faire une conférence sur le judaïsme dans l'histoire à 11 heures dans les anciens locaux de l'université à Frue Plads. Ensuite on va lui remettre un prix d'honneur et il sera nommé professeur émérite. Le prince héritier et la princesse Mary de Danemark seront présents. Il y a un déjeuner après.

– *Coelestem adspicit lucem*, mumura-t-il.

– Pardon ?

– « L'aigle voit la lumière divine. » C'est ce qui est écrit au-dessus de l'entrée principale du bâtiment. J'ai fait un an de droit là-bas avant de faire mon service militaire.

– Ah bon ? Je suis impressionnée.

– Il n'y a pas de quoi. Je m'endormais à tous les cours. J'espère juste qu'ils ne vont pas tous voir la lumière divine, demain. Et le Conseil des ministres des Affaires étrangères ?

– Il commence de bonne heure. Les négociations et les présentations de projets de loi démarreront dès 8 heures du matin et s'arrêteront à 11 heures. Ensuite, il y aura un déjeuner. Tout se passe à Eigtveds Pakhus dans l'île de Christianshavn. Les conférences de presse auront lieu le soir.

– Pas de distractions et de festivités prévues ?

– Il avait été question d'une soirée à l'Opéra suivie d'un dîner de gala au palais d'Amalienborg, mais tout à été annulé par mesure de sécurité.

– Bonne idée. Reste que le ministère des Affaires étrangères est un cauchemar, dit-il. Il y a plusieurs entrées, extrêmement difficiles à toutes sécuriser en même temps. C'est un endroit confiné qui prête à la claustrophobie. Il n'y a aucun parc à proximité qui pourrait être fermé pour permettre aux gens d'aller faire un tour, tranquilles, pour réfléchir, parler au téléphone ou avoir une discussion en aparté. Ils vont être obligés de sortir sur Asiatisk Plads au milieu des ivrognes, qu'il pleuve ou qu'il vente, ou derrière le bâtiment, entre le musée de l'Architecture et la Maison des Architectes. Il n'y a qu'un seul parking et ce sera obligatoirement la cohue aux moments de l'arrivée et du départ des voitures ministérielles. Il y aura aussi les voitures de police, celles des médias et celles des traiteurs. Que dit la météo ?

– Une seconde, je t'apporte ton ordinateur. Elle se leva pour aller le chercher mais s'arrêta à mi-chemin. Ils vont peut-être transporter les ministres en bateau par le canal à partir de Havnepromenaden. Cela éviterait le cortège de voitures à travers la ville.

– Prions pour que personne n'ait eu cette merveilleuse idée, rétorqua Michael. L'eau est à douze degrés. Une seule grenade envoyée depuis le quai, et c'est terminé.

– Oui. Bien sûr.

Elle posa l'ordinateur sur le lit et Michael alla sur la page de l'Institut météorologique danois.

– Soleil. Un peu de vent, lut-il à voix haute. Pas de précipitations. Au fait, Charlotte Falster est au courant pour Irene Adler et tes cheveux ?

– Je ne serais pas ici en train de te parler si elle le savait. Elle me ferait arrêter immédiatement. Elle est du genre à suivre les procédures.

– Ah bon ?

Elle le regarda, intriguée.

– Non ? Tu as parlé avec elle ? Elle a ton numéro, apparemment.

– Bien sûr que non.

Il s'allongea à nouveau. La douleur dans sa jambe commençait à se réveiller.

– Ça fait super mal, Lene. Allez ! juste un demi-comprimé, s'il te plaît ? Moi je suis allé te chercher tes somnifères !

– Je ne crois pas que ce soit une bonne idée, Michael. Franchement. Imagine qu'il se passe quoi que ce soit et que toi tu sois là, dans le sirop, complètement inutile !

– Un whisky, alors. Je te jure que j'ai mal !

Elle alla chercher une mignonnette de Famous Grouse dans le minibar et le lui versa en soupirant.

– Juste un, alors.

Au bout de quelques minutes, elle rompit le silence en disant :

– Elle s'est bien occupée de Josefine. C'est bien ce qu'elle a fait. Il n'y a rien à dire.

– Qui ?

– Irene. J'ai trouvé une sorte de journal sur son ordinateur. Elle faisait même mon éloge ! Elle a écrit que j'étais forte… que j'étais une bonne mère. Elle était obligée de mettre fin à l'hospitalisation. Ils manquent de lits, et Josefine avait passé plus de temps dans le service que n'importe quel autre patient.

– Je suis content, dit Michael. Que Josefine ait été bien soignée, je veux dire.

– J'ai quand même le sentiment qu'on m'a pris quelque chose. Tout ce qu'elle a écrit sur Josefine et sur moi me fait plaisir, bien sûr, mais maintenant je ne sais pas…

– Tu ne sais pas quoi faire de ta colère ? Laisse faire le temps, Lene. Tu as largement de quoi t'occuper. Tu sais qu'on dit qu'il est parfois aussi difficile de perdre un ennemi que de perdre un ami… ou quelque chose comme ça.

– Essaye de dormir un peu, lui conseilla-t-elle, bottant en touche.

– J'ai trop mal.

Elle sourit et quitta son chevet. Elle resta un long moment devant la porte-fenêtre, les bras croisés, lui tournant le dos.

– Tu choisirais quoi ? demanda-t-elle alors.

Michael souleva sa jambe, mit un oreiller supplémentaire en dessous et la reposa aussi légèrement qu'une aigrette de pissenlit.

– Berezowsky. S'ils réussissent, l'attentat sera moins spectaculaire que l'élimination de tous les ministres des Affaires étrangères de l'Union européenne, mais il aura un impact là où cela a du sens : au Liban, en Jordanie, au Yémen et en Cisjordanie.

– Alors c'est là qu'on sera, demain ?

Michael hocha la tête.

– Oui. Je ne vois pas comment ils pourraient se passer de nous. Moi qui ne tiens pas sur mes jambes, et toi qui vas te faire arrêter par le premier policier stagiaire sur lequel tu vas tomber. Ça va être formidable.

Elle se massa les tempes et s'abstint de tout commentaire.

– Tu as pensé à appeler Kim, tout bêtement ? s'enquit Michael. Pour lui dire ce que tu sais, en espérant qu'il se montre raisonnable ? Il doit être au courant de ce qui va se passer.

– Si c'est le cas, il ne m'écoutera pas. Et en plus…

– Et en plus quoi ?

Elle se retourna.

– Et en plus, je te rappelle qu'il a tué Irene. S'il découvre où je suis, il va me faire arrêter, ou il va essayer de m'éliminer lui-même. Une de plus ou de moins…

Michael soupira.

– Pas faux.

– Allez, essaye de dormir.

– Impossible, grommela-t-il. Puis il bâilla et s'endormit.

Lene observait le visage de Michael dans son sommeil. Ses traits étaient constamment en mouvement. Ils se relâchaient, se détendaient puis se crispaient à nouveau. Il gémit un peu, son front se plissa et Lene se dit que le chien Rudolf venait de hanter ses rêves. Un agent de sécurité unijambiste et une commissaire de police en cavale et soupçonnée de meurtre. Surréaliste. Cette situation était surréaliste. C'était d'ailleurs le dernier mot qu'avait dit Michael avant de sombrer.

Lene était épuisée et découragée. Elle s'assit dans un fauteuil, en rapprocha un autre et tâcha de se recroqueviller sur les deux sièges. Elle n'avait jamais été très douée pour dormir ailleurs que dans un lit. Elle finit par renoncer et alla s'allonger doucement à côté de Michael dans le grand lit double. Couchée sur le flanc, elle continua de regarder son visage inquiet et agité. Elle avait envie de poser la main sur son torse ou sur son bras pour l'apaiser, mais s'abstint. Il valait mieux qu'elle ne le touche jamais.

Que voulait-il exactement ? Il lui avait dit qu'il la trouvait belle et il avait l'air de le penser. Il avait pris beaucoup plus de photos d'elle devant l'église de Værløse qu'il n'en avait pris de Nazeera alors que cette femme était l'incarnation des rêves humides de n'importe quel adolescent.

Il devait se sentir seul et loin de chez lui, décida Lene. Et comme c'était elle qu'il avait sous la main, il ne cherchait pas plus loin.

Ce serait une grave erreur de le toucher, se convainquit-elle en se recouchant sur le dos et se plongeant dans la contemplation du plafond.

Elle fut réveillée par la sonnerie de son nouveau portable. La chambre était plongée dans le silence et l'obscurité. Elle sauta hors du lit, faillit trébucher sur une chaise, trouva le téléphone, le fit tomber par terre et le ramassa.

– Allô ? coassa-t-elle.

– Il recommence, Lene !

– Bjarne… ? Mais… Quelle heure est-il ?

– Une heure et demie. Je vous dérange ?

Elle trouva l'interrupteur et entendit Michael se réveiller, bâiller, s'étirer et pousser un gémissement de douleur en s'apercevant que Rudolf n'était pas seulement un mauvais rêve.

Elle cligna un peu des yeux à cause de la lumière et se tourna vers la nuit noire derrière la fenêtre du balcon. L'eau du port était lisse et réfléchissante comme une nappe de pétrole.

– De quoi tu parles, pour l'amour de Dieu ? Et pourquoi n'es-tu pas couché à cette heure-ci ?

Elle s'étonna de sa propre question. Bjarne avait au moins quarante-cinq ans et il était en âge de décider tout seul ce qu'il voulait faire de ses nuits.

L'informaticien inspira bruyamment, agacé.

– *Kazimierz-Pulaski !* Le cargo. J'ai suivi sa traversée et, à nouveau, il dévie de la zone de navigation internationale. Je me suis renseigné auprès de mes amis de la Marine nationale et ils m'ont confirmé qu'il suivait exactement le même trajet que celui qu'il a pris l'année dernière… trois jours avant… vous savez de quoi je parle.

Il fit une pause pour laisser à Lene le temps d'enregistrer ces informations claires et pour le moins alarmantes.

Lene vit la main de Michael s'agiter dans sa direction, mais l'ignora. La main retomba mollement sur le lit.

– Et où est-il en ce moment ?

– Au large de Klampenborg. À 5,4 milles marins de l'endroit où il a jeté l'ancre l'automne dernier.

Lene regarda sa montre pendant que Bjarne parlait tout excité de commando d'intervention de la Marine nationale, de survol en hélicoptère, de remorqueurs et de caméras thermiques.

– Bjarne ?… Bjarne !!

– Quoi ?

– Nous ne sommes pas en train de démarrer une troisième guerre mondiale ! Ni de couler le cuirassé *Bismarck*. Dans combien de temps est-ce qu'il aura atteint sa position ?

– S'il garde le même cap et la même vitesse, il y sera dans quarante-cinq minutes.

– OK. Je m'occupe de ça. Appelle-moi s'il se passe quelque chose.

– *Roger that !*

Lene soupira. Elle imaginait l'informaticien, penché sur ses écrans d'ordinateur à l'éclairage fantomatique, suivant, tendu comme un arc, la progression dans les eaux territoriales danoises de l'ennemi qui ne pouvait pas s'imaginer une seconde que des yeux vigilants le surveillaient à Vanløse.

– À plus tard, Bjarne. Et je vous en supplie, gardez votre calme, d'accord ?

– Vous pouvez compter sur moi.

Lene avait le cerveau en ébullition. Trois quarts d'heure ? Elle regarda vers le lit. Michael était-il bon à quoi que ce soit ? Il allait falloir au moins une heure pour le sortir du lit et l'habiller. Minimum.

Cela lui prit moins de dix minutes. Lene avait oublié que Michael avait des ressources cachées. Elle l'avait pourtant vu à l'œuvre sur les hauts plateaux arctiques de Norvège, où il avait imprimé un rythme impitoyable à leur marche à travers les étendues enneigées et sans fin. Il était apparemment capable d'aller au-delà de la douleur, de l'épuisement et de se surpasser dans l'épreuve. Ça devait être le genre de choses qu'on apprenait là d'où il venait.

Michael estima en outre que les informations qu'elle avait reçues de Bjarne sur ce cargo polonais étaient de la plus haute importance.

– Pourquoi tu ne m'as pas parlé de ça plus tôt, Lene, nom de Dieu ? lui demanda-t-il, furieux, assis au bord du lit, tandis qu'il dérouillait sa jambe avant d'enfiler péniblement un jean noir. C'est une telle évidence !

– Ah bon ?

– Mais oui ! C'est discret. N'importe qui peut entrer et sortir d'un port sans qu'on lui demande autre chose qu'un livret professionnel maritime, c'est-à-dire le document le plus facile à falsifier au monde. N'importe quel adolescent de treize ans, fille ou garçon, serait capable d'en reproduire un avec une simple imprimante laser et un logiciel graphique. Sur un cargo de ce tonnage, il ne faut pas plus de cinq hommes d'équipage, ce qui fait peu d'individus à convaincre de tenir leur langue.

Il serra les dents, enfila une paire de chaussures de jogging gris foncé et se mit debout.

Lene lui tendit la main, prête à le rattraper, mais il ne la regarda même pas. Il fit un pas, puis un deuxième.

– Ça va ?

– Oui !

Un pull-over à col roulé noir et une parka sombre vinrent compléter son costume. Il fit quelques pas en boitant dans la chambre et constata que sa jambe avait à peu près l'air de vouloir le soutenir.

Ils quittèrent l'hôtel et marchèrent vers le parking souterrain, à travers les rues trempées de pluie.

Ils retrouvèrent la Mercedes et il lui lança les clés.

– Tu conduis ! Mais tu fais gaffe ! Elle est neuve et pratiquement tout sur cette voiture a été conçu spécialement.

Elle leva les yeux au ciel.

– J'ai mon permis depuis un certain temps, Michael. Je n'ai même pas envie de compter depuis combien d'années, tellement l'idée est déprimante. Et j'ai moi-même une voiture, figure-toi.

Il n'eut pas l'air impressionné.

– Comparer cette voiture avec ta 2CV équivaut à comparer un Riva avec un tronc d'arbre évidé, dit-il.

– Un quoi ?

– Laisse tomber.

Elle dut s'avouer qu'il n'avait pas entièrement tort quand elle mit le pied au plancher sur l'autoroute d'Helsingør. Ils étaient seuls sur la route et ce fut comme de prendre un coup de pied de cheval dans le dos. Michael ne fit aucune remarque sur sa conduite et se contenta d'une grimace quand, surprise par l'accélération colossale de la voiture, Lene tutoya d'un peu trop près la glissière de sécurité. Elle le vit composer un code sur un clavier situé sous le tableau de bord. Une plinthe coulissa silencieusement, révélant un compartiment éclairé de l'intérieur, à la hauteur de ses genoux. Il était vide, à l'exception d'un gros pistolet couleur anthracite.

Il le sortit de sa niche, éjecta le chargeur et appuya sur la première balle. Le magasin devait être correctement chargé car il le remit en place dans le fût et glissa l'arme dans sa ceinture au-dessus de sa hanche droite. Ses gestes avaient l'assurance et la précision de ceux d'un luthier.

– C'est quoi, ce truc ?

– SIG-Sauer, balles de neuf millimètres avec revêtement en Téflon, totalement illégal.

– Cool ! Et ça veut dire quoi ?

– Que le projectile te traverse même si tu portes un gilet pare-balles. Si ta jumelle monozygote est planquée derrière toi, la balle la traversera elle aussi.

– Ah bon ? Et moi qui croyais que tu détestais les armes à feu !

Il la regarda.

– *Ah bon ?* la singea-t-il. Oui. Je déteste les armes à feu. Mais si nos soupçons venaient à se confirmer, et qu'il devait y avoir une confrontation tactique, je ne vois pas pourquoi je n'aurais pas le droit de me défendre le plus efficacement possible.

– *Jeez*, Michael ! Tu appelles ça une confrontation tactique ?

– Oui, pourquoi ?

– Tu parles de buter des gens avec tes cartouches très spéciales, n'est-ce pas ? C'est bien ce que tu viens de dire ?

– Oui. Je suppose. À peu près. Ce n'est pas ce qu'on appelle une confrontation ?

Elle doubla un fils à papa des quartiers huppés du Seeland au volant de la Porsche de son père. Le pauvre eut tout à coup l'air d'être en stationnement.

La vitesse ne l'empêcha pas toutefois de décrocher son téléphone.

– *Yes*.

– Le capitaine du *Kazimierz-Pulaski* a signalé à la SUNDREP, sur le canal 16, qu'ils avaient une avarie de moteur, annonça l'informaticien d'un ton solennel. Exactement comme la dernière fois.

– Au même endroit ?

– Au même endroit. Il a précisé qu'ils devraient être en mesure de réparer eux-mêmes. C'est aussi ce qu'ils ont dit l'année dernière.

– Formidable, Bjarne.

– Salue-le de ma part, glissa Michael.

– Vous avez le bonjour de Michael. Nous sommes en route. Il pense que vous avez raison. Je suis désolée.

Il y eut un petit moment de silence au bout de la ligne. Puis Bjarne s'éclaircit la voix.

– Vous êtes en route ? Vous et Michael ? Vous ne voulez pas que j'appelle…

– Nous avons prévenu la police du Nord-Seeland et la PET, mentit-elle pour le rassurer. Surtout, ne faites rien. Ça risque de brouiller le message si vous vous mettez à appeler vous aussi. Vous comprenez, n'est-ce pas ?

– Oui, bien sûr, je comprends, répondit-il humblement.

– Demande-lui les coordonnées GPS du cargo, dit Michael en sortant son iPad.

Bjarne les leur transmit et Michael nota la position sur une carte marine.

– Accélère ! ordonna-t-il, nerveux.

De grosses averses, dures et froides, accompagnées de longues bandes de brouillard se déplaçaient sur le détroit. La pluie rendait le pont du bateau glissant et traître et le brouillard altérait tous les sons. Samir dut crier ses dernières instructions à l'oreille d'Adil. Les longs cheveux du garçon se collaient sur son visage pâle.

Il acquiesça mais ne dit rien.

Grave et attentif au moindre signe, Samir jugea Adil prêt pour la tâche qui l'attendait. Ebrahim Safar Khan avait comme toujours fait le bon choix.

La chaîne de l'ancre dégoulina de l'écubier avec un roulement sourd et métallique et le moteur se tut. Samir se retourna et aperçut l'ombre du capitaine derrière les vitres sombres de la timonerie. Le feu de mouillage s'alluma et lui sembla lointain et flou. Le *Kazimierz-Pulaski* tourna lentement autour de son point d'ancrage puis se stabilisa, immobilisé par l'ancre et poussé vers le nord par le courant. La côte au sud de Vedbæk était invisible mais il savait qu'elle se trouvait à un mille marin à bâbord. Cette fois, il n'y aurait pas de torche clignotante pour les guider, mais les coordonnées sur le GPS portable de Samir étaient les mêmes que la fois précédente.

La silhouette trapue du capitaine apparut dans l'encadrement éclairé d'une porte. Il passa devant les jeunes gens sans les regarder, et alla surveiller les deux marins qui mettaient à l'eau le canot pneumatique. Ils maintinrent le Zodiac en place pendant que le capitaine jetait d'un coup de pied l'échelle de corde par-dessus bord. Il appela ses passagers d'un geste.

Ils empoignèrent leurs sacs à dos et traversèrent le pont en courant. Samir regarda Adil descendre l'échelle avec une souplesse athlétique et s'asseoir à l'avant.

Il se tourna vers le capitaine polonais. Ses grosses mains grêlées de taches de rousseur étaient posées sur le bastingage et les mèches mouillées de ses cheveux roux et de ses favoris lui fouettaient la figure. Samir tendit la main mais celle du Polonais resta où elle était. Le Syrien haussa les épaules, passa lestement la jambe au-dessus du plat-bord et trouva un équilibre sur le premier barreau de l'étroite échelle mobile. Il leva une dernière fois le regard vers celui du capitaine.

La bouche noyée dans la barbe se mit en mouvement.

– Je pense que je n'aurai plus l'occasion de vous rencontrer, monsieur, dit-il dans son anglais impeccable.

Malgré la pluie froide, Samir sentit la colère lui chauffer le visage.

– Nos euros ne sont plus assez bien pour vous, capitaine ?

– Vous parlez de ceux-ci ?

Le capitaine ouvrit les deux premiers boutons de son ciré et pêcha une enveloppe dans une poche intérieure. Il en sortit une épaisse liasse de billets, cassa l'élastique qui les retenait et laissa l'argent s'envoler au-dessus de l'eau noire et calme.

Il cracha dessus.

– Non, ils ne le sont plus, monsieur.

L'échelle fut remontée à la seconde où Samir atteignit le canot pneumatique et les bosses d'amarrage blanches flottèrent quelques instants avant de toucher brutalement la surface de l'eau.

Samir remonta les cordages à bord du Zodiac et démarra le moteur d'un mouvement rageur.

Adil regardait flotter les billets le long de la coque du cargo.

– Tu crois qu'il va nous dénoncer ? demanda-t-il.

Samir secoua la tête.

– Il a une famille.

Il vérifia le cap sur le GPS et tourna l'avant du canot vers la côte. Les rares lumières allumées tressautaient dans le brouillard et la pluie.

Samir était contrarié et humilié et un autre sentiment commençait à s'insinuer sournoisement en lui.

Une inquiétante impression de chute et d'effondrement.

– Je n'y vois rien du tout, se plaignit Michael en abaissant ses jumelles et en essuyant les lentilles avec l'ourlet de son T-shirt, ce qui n'arrangea rien, tous ses vêtements étant trempés.

Ils se trouvaient pour l'instant sous un grand arbre couvert de bourgeons, dans un jardin bien entretenu à l'arrière d'une villa de Strandvejen. La maison était silencieuse et sombre et la végétation du terrain assez espacée pour offrir une vue dégagée sur le détroit. De temps à autre, il apercevait les lumières de la côte suédoise et de l'île de Hven et il était à peu près certain d'avoir aperçu une silhouette de bateau et un feu de mouillage qui auraient pu appartenir au fameux cargo polonais, mais, un instant plus tard, les nappes de brouillard absorbaient tout et il était impossible de voir, par exemple, si quelqu'un s'éloignait du cargo en canot pneumatique.

La surface de la mer se trouvait à au moins trente mètres en contrebas de l'endroit où ils se trouvaient, et au pied d'une pente boueuse et raide, et il n'y avait aucun moyen de deviner à quel endroit les terroristes allaient accoster. Michael avait parié sur le petit square jouxtant le terrain de la villa. Le square en question descendait jusqu'à la rive, mais dans le noir il n'était qu'un inextricable labyrinthe d'épaisse végétation et de sentiers étroits, glissants et sinueux. Sa jambe malade n'y résisterait pas. D'autre part, depuis ce square, il lui aurait été impossible d'observer l'unique issue possible, c'est-à-dire la route de Strandvejen. Sur la plage même, Lene et lui seraient trop exposés.

Ils avaient garé la Mercedes sur un parking public à deux cents mètres. Il était désert, à l'exception d'une remorque pleine de matériaux de construction et d'un fourgon blanc. Michael avait fait l'inspection du fourgon. Les portes étaient toutes verrouillées, il n'y avait pas de fenêtre à l'arrière et il ne vit rien d'inhabituel dans la cabine. Il posa la main sur le capot et sur les phares, mais ils avaient la même température que le reste du véhicule. Il pouvait être garé là depuis un jour ou depuis un an.

– Qu'est-ce qui te fait dire qu'ils vont accoster précisément ici ? demanda Lene en claquant des dents.

Elle aussi était mouillée comme une souris noyée. Michael lui avait interdit de parler, de faire du bruit ou de faire un quelconque mouvement brusque, mais, visiblement, elle avait pris sa remarque agacée sur le brouillard et le manque de visibilité comme une levée de cette interdiction. Les nappes grises et fantomatiques qui arrivaient sans cesse de la mer amplifiaient certains bruits, par exemple celui des autobus et des voitures qui passaient sur la route, et feutraient la plupart des autres. Une atmosphère de danger imminent couvait dans le vieux jardin, ponctuée par le chant lugubre des cornes de brume de navires invisibles. Plus près, c'était le clapotement et le gargouillement incessants des gouttes de pluie.

– En théorie, ils pourraient aussi bien continuer avec un bateau pneumatique jusqu'à Copenhague, ou aborder à Vedbæk ou au port de Rungsted, insista-t-elle. Personne ne s'en rendrait compte. Les ports de plaisance ne sont pas surveillés et ils trouveraient plus facilement un bus, un taxi ou un train. Michael avait tracé une ligne perpendiculaire entre la position présumée du *Kazimierz-Pulaski* et la côte, qui aboutissait très exactement dans le square situé à leur gauche. C'était le chemin le plus court, mais pas forcément le plus raisonnable pour débarquer. Les djihadistes étaient des hommes du désert. La mer était pour eux un élément hostile, et Michael supposait qu'ils chercheraient à prendre terre aussi rapidement que possible.

– Je ne crois pas qu'il aient envie de passer plus de temps sur l'eau qu'il n'est strictement nécessaire, répliqua-t-il. Et je doute qu'ils rejoignent le centre de Copenhague par leurs propres moyens.

Il poussa un gémissement quand une douleur traversa sa jambe blessée. Il grinça des dents et déplaça le poids de son corps sur l'autre pied.

– Ça va ? lui demanda Lene, posant une main sur son bras.

« À ton avis ? » songea-t-il. Il parvint à retenir la remarque cinglante qui lui brûlait la langue, la question de Lene partait sans doute d'un bon sentiment…

– Ça va, grommela-t-il en remettant les jumelles devant ses yeux.

Il ne voyait toujours rien entre les nappes flottantes comme des voiles de veuves. Et n'apercevait que de rares images fugitives de l'eau noire entre les grands arbres encore privés de feuilles.

– À croire que le diable en personne les protège, jura-t-il. Ils ne pouvaient pas rêver de meilleures conditions climatiques.

Elle ne répondit pas. Michael lécha l'eau de pluie sur ses lèvres et la regarda. Elle avait l'expression un peu hébétée de quelqu'un qui écoute intensément. Sa main reposait encore sur son avant-bras, comme oubliée.

– Je les entends, dit-elle soudainement. J'entends un moteur, le bruit vient du large.

Michael ferma les yeux et inclina la tête sur le côté. La pluie tombait dru et il n'entendait que le bruit des gouttes d'eau tombant sur des milliers de surfaces planes.

– Je n'entends rien, dit-il.

Elle se redressa et son expression devint plus alerte.

– Il vient de s'arrêter.

– C'est sans espoir, dit-il. Ils pourraient passer à cinq mètres de nous, sans que nous les voyions. Il faut qu'on retourne près de la route.

Il fit un pas, mais il était resté trop longtemps immobile et sa jambe refusa d'obéir. Elle resta comme soudée à la pelouse. Il empoigna son genou et fit avancer la jambe de cette façon sous le regard incrédule de Lene.

– C'est dingue, ahana-t-il. Je ne peux pas marcher. Je suis désolé.

Il essaya de sourire, mais le résultat n'était pas très concluant. Les crampes allaient et venaient et sa jambe tremblait, sans force et sans coordination.

Elle prit l'un de ses bras, le posa sur son épaule et l'attrapa par la taille avec son bras droit. Elle était presque aussi grande que lui et son corps était ferme et musclé.

– Allez, viens, Michael. On ne peut pas rester ici.

Elle dut voir quelque chose de désespéré dans son visage, car elle détourna les yeux et se mordit la lèvre inférieure.

Elle le porta sur quelques mètres puis il commença à sentir à nouveau le sol sous son pied. Quand ils furent enfin parvenus au bout du jardin, ils avaient tous les deux le sentiment d'avoir traversé un désert infranchissable. Une allée pavée conduisait de la maison au garage et ils l'empruntèrent avec soulagement.

Stupéfait, un vieillard insomniaque traînant derrière lui un gros golden retriever fatigué les vit se faufiler à travers le portail, étroitement enlacés. Lene lui fit un grand sourire mouillé.

– Bonsoir ! s'écria-t-elle.

L'homme ne répondit pas, et tira avec impatience sur la laisse, déclenchant chez le vieux chien un soupir asthmatique et un petit trot pathétique.

Le chien et son maître suivirent le couple des yeux tandis qu'il s'éloignait.

– Ils ont failli avoir une crise cardiaque, lui reprocha Michael.

– Ah bon ? Il n'y a pas de mal à être poli, si ?

– Hm.

Ils scrutèrent Strandvejen qui brillait, humide et déserte dans le faible éclairage des réverbères trop espacés.

– Qu'est-ce qu'on fait ? demanda Lene.

Il se pencha et tendit sa jambe blessée.

– Rien. Tu as peut-être entendu quelque chose et peut-être pas. On rentre à l'hôtel.

– J'ai entendu quelque chose, Michael.

– D'accord. Alors tu as entendu quelque chose.

Il montra la route d'un geste las et découragé.

– Mais où ? C'est sans espoir. Ils peuvent être n'importe où.

Un taxi passa avec un sifflement mouillé.

Elle hocha la tête.

– D'accord. Rentrons à l'hôtel et essayons de réfléchir. Ses cheveux roux étaient collés à son visage blanc et à son cou. Michael songea que c'était d'un effet très dramatique. Elle ressemblait à une actrice de cinéma… dans un film d'horreur.

Il frappa de son pied malade et récalcitrant sur l'asphalte. Une douleur fulgurante explosa dans sa tête, mais ça lui était égal.

– Putain, ils sont là. Je le sens !

– Allez, viens, riposta Lene. On les trouvera demain.

Ils arrivèrent sur le long parking désert en même temps que les terroristes, mais par deux chemins opposés. La pluie tombait fort et à la verticale, les gouttes rebondissant presque noires à hauteur de genou. Ils avançaient tête baissée, Michael la clé à la main. Soudain, son instinct lui fit lever les yeux. La remorque était toujours là avec ses matériaux trempés. Cinquante mètres plus loin, la camionnette blanche attendait, fermée et tous feux éteints, et il entendait la pluie tambouriner sur le toit. Deux individus émergèrent de l'obscurité et du déluge, à quelques mètres du véhicule, silhouettes grises dans la lumière faible de l'unique réverbère, ployées sous le poids de leurs sacs. Michael cligna plusieurs fois pour faire tomber les gouttes de ses cils et il leva les mains devant son visage pour faire une visière au-dessus de ses yeux. Ils auraient pu être n'importe qui, mais Michael était sûr de son fait.

– Lene…

Il porta la main à sa hanche et trouva son arme sous la veste. Lene leva la tête, les yeux mi-clos.

– Quoi ?

Les deux hommes s'étaient arrêtés devant les portes arrière du fourgon et ils regardaient dans leur direction. Michael vit le visage pâle du premier, encadré par de longues mèches noires. Grand. Jeune. Calme. Michael plissa les paupières, sortit son arme du holster et enleva la sécurité d'un coup de pouce. Il laissa pendre le pistolet le long du corps. Puis il fit quelques pas en boitant et leva la main gauche.

– *Salaam, sadiki !* lança-t-il en souriant au premier jeune homme. *Marhaba*, bienvenue !

Il fit quelques pas. Le premier des deux jeunes gens retira le sac à dos de son épaule et le posa sur le sol pour avoir les mains libres. Son visage était impassible.

– Michael ! cria Lene. La camionnette ! Regarde la porte, putain…

Michael avait déjà remarqué que la porte latérale du fourgon glissait sur son rail.

Il garda les yeux sur la mince ouverture de la portière tandis qu'un petit sourire apparaissait sur les lèvres de l'Arabe qui leva lentement la main vers Michael.

Son majeur tendu lui fit passer un message universel qui se passait de traduction et Michael faillit lever son arme à ce moment-là pour viser la tête du type quand la porte coulissante du fourgon s'ouvrit de quelques centimètres supplémentaires pour laisser apparaître un objet cylindrique, fin et noir.

Comme le canon d'un AK-47, par exemple.

– MICHAEL !

Les coups de feu firent beaucoup de bruit et passèrent si près que Michael sentit la pression de l'air contre son oreille. Il tourna sur lui-même sur son pied valide et eut la vision fugitive du visage concentré de Lene, à moitié caché par son arme de service. Ses yeux étaient ouverts et vigilants et elle ne les plissait pas au moment où le coup partait, comme le font tant de tireurs amateurs. Il entendit les projectiles frapper du métal et en déduisit qu'elle visait la porte latérale du véhicule.

Il roula la tête la première sur le capot de sa voiture, et alla se coucher derrière, entraînant Lene avec lui. Il resta par terre, allongé sur Lene, la figure à quelques centimètres de son visage, les yeux dans ses yeux. Elle était furibonde. Elle essaya de se dégager de son emprise, mais il l'immobilisa. Un instant plus tard, une salve de fusil automatique faisait tanguer la Mercedes sur ses amortisseurs. Les balles de la kalachnikov traversèrent la carrosserie en acier comme si elle était en papier et résonnèrent sur l'asphalte et les pavés du trottoir. Michael entendit les pneus se dégonfler avec des petits toussotements. La voiture s'affaissa de quelques pouces, leur fournissant une meilleure protection. En principe. En tout cas, jusqu'à ce que le tireur embusqué sorte du fourgon et qu'il décide de s'approcher d'eux en arc de cercle. Là, ils seraient fichus.

Les bouts de verre pleuvaient sur leurs têtes et se posaient dans les cheveux de Lene comme de petits cristaux scintillants. Il posa une main sur son visage et ferma les yeux. Le magasin du fusil automatique ne mit pas plus de trois ou quatre secondes à se vider, mais cela lui parut durer une éternité. Dès que ce fut fini, il agrippa Lene et la tira derrière lui jusqu'à la glissière de sécurité du parking. Sauf erreur de sa part, il y avait derrière une petite butte, avec en contrebas un épais buisson de végétation aux feuilles persistantes.

Il ne s'était pas trompé. Il fit un croche-pied à Lene et ils roulèrent ensemble au pied de la butte. Il leva légèrement la tête, juste le temps d'apercevoir le fourgon blanc, dont la porte coulissante était maintenant grande ouverte. Il vit aussi le plus grand des deux jeunes Arabes. Son compagnon devait être monté dans le fourgon, mais l'homme aux cheveux longs marchait vers eux, une arme de poing à la main. Michael reconnut effectivement la mini-kalachnikov AK-47. Quand il fut à dix mètres de la Mercedes, il se mit à tirer.

– Meeerde… murmura Michael, se couchant sur le dos. Il leva le bras au-dessus de la glissière et tira à l'aveugle en visant l'endroit où il supposait que le terroriste devait se trouver. Il tira six coups rapidement l'un après l'autre, auxquels répondirent plusieurs salves courtes et précises qui ricochèrent sur la glissière ou s'enfoncèrent dans le sol avec des impacts mous et clapotants.

Il abaissa son arme et dit à l'oreille de Lene :

– Allez ! On y va !

Elle le regarda droit dans les yeux.

– On y va ? On va où ? On est foutus, Michael… On va mourir ! On est déjà MORTS !

Ses lèvres tremblaient. Le vacarme du fusil d'assaut était indescriptible. On aurait dit plusieurs marteaux-pilons au travail. L'eau, la terre et les feuilles giclaient partout autour d'eux.

– Eh bien si on doit mourir, on mourra… VIENS ! MAINTENANT ! cria-t-il.

Il l'entraîna plus loin dans la futaie. Ils rampèrent comme des taupes aveugles entre les troncs chétifs tandis que les projectiles sectionnaient des centaines de brindilles au-dessus de leurs têtes.

Et au milieu de l'horreur et de l'ivresse de l'adrénaline, il y avait un petit bout de la tête de Michael qui analysait la situation avec prosaïsme, comme s'il la voyait depuis le siège d'un arbitre de tennis. Il connaissait l'existence de cette partie de son esprit, et il la haïssait. Car cette partie de lui se fichait de savoir s'il allait vivre ou mourir, elle voulait simplement avoir raison. Et en ce moment, elle était en train de se dire que tout dépendrait de l'envie et du besoin que les terroristes avaient de les éliminer comme témoins, par rapport à l'importance de la mission qu'ils étaient venus accomplir. Ils n'étaient pas là pour tuer quelques infidèles, mais pour envoyer des centaines de chrétiens dans l'enfer des mécréants. Ils étaient venus pour écrire une page d'histoire.

Tout était question d'équilibre.

Malheureusement, ce postulat nécessitait que leurs agresseurs partagent sa vision tactique des priorités. Et c'était là que le bât pouvait blesser. Les jeunes combattants du djihad armé assoiffés de sang n'étaient pas connus pour la logique de leurs raisonnements. Au contraire, à vrai dire.

Avec un effort de volonté surhumain, Michael fit taire son mauvais esprit pragmatique et il se leva de toute sa hauteur pour affronter l'ennemi. Il inspira profondément, se demanda si c'était la dernière fois de sa vie qu'il respirait, expira à moitié et posa le pied entre les omoplates de Lene pour l'obliger à rester couchée. Il appuya de tout son poids sur ce pied et commença à chercher dans son champ de vision des yeux, une tête, un torse… une cible quelconque, un de ces jeunes démons pour l'envoyer *ad patres*.

Il n'y avait plus personne.

La place était soudain déserte, ce qu'il eut tout de même le temps de trouver surréaliste avant de se retrouver pris dans le faisceau des phares de l'estafette. Elle dérapa sur la chaussée mouillée, son chauffeur la redressa en catastrophe et poussa son moteur puissant à fond de première ou de seconde. Il roula droit sur eux, puis tourna *in extremis* pour s'élancer sur la Strandvejen. La voiture passa à moins d'un mètre de lui, l'arrière faisant d'énormes embardées à chaque changement de vitesse, et elle disparut en direction du sud.

Michael abaissa lentement son arme.

Il entendit une voix qui lui parlait vraisemblablement depuis un certain temps, mais qu'il n'entendait pas à cause du sifflement dans ses tympans.

Et de… la musique… ?

– Tu veux bien être gentil d'enlever ton pied, maintenant, dit-elle à nouveau, en louchant sur une coquille d'escargot, à un centimètre de son nez. Elle se demanda stupidement si elle était habitée tout en essayant à nouveau de se libérer, mais Michael était décidément trop lourd.

– Excuse-moi, dit-il. Il la libéra et lui tendit la main pour l'aider à se relever.

Le déluge s'était interrompu aussi vite qu'il avait commencé et un étroit croissant de lune était apparu entre les nuages déchirés. Il y avait quelque chose de réconfortant à voir sa bonne figure jaune, même coupée en deux, se disait Lene, fronçant les sourcils parce qu'elle aussi venait d'entendre la musique.

Ils avancèrent lentement, main dans la main, comme deux enfants après un tremblement de terre, vers ce qui restait du chef-d'œuvre mécanique de fabrication allemande de Michael. Le radiateur devait être perforé, songea-t-elle, car de minces colonnes de vapeur d'eau s'élevaient par les perforations du capot.

La radio s'était allumée suite à un court-circuit quelconque et une reprise un peu sirupeuse de *Just around the corner* de Cock Robin s'échappait des vitres brisées de la voiture :

Things aren't quite as they seem inside my domain
You can't know about everything
Only pleasure and pain.
You Wonder why I come her with head to my hands… *

Peut-être était-ce un effet de son imagination, mais Lene crut voir les yeux de Michael s'embuer.

Des sirènes de police approchaient et les habitants des villas du front de mer se levaient peu à peu.

Un homme en pyjama de soie rayé les observait debout sur sa terrasse surplombant Strandvejen. Il avait un portable collé à l'oreille.

Michael sortit enfin de sa torpeur. De minuscules éclats de verre tombèrent de ses cheveux noirs sur ses épaules. Elle ne l'avait pas remarqué jusqu'ici, mais ses tempes commençaient à grisonner. Elle trouvait que ça lui donnait un air distingué et rassurant, comme un directeur de banque ou un grand chirurgien. Il venait de faire la chose la plus courageuse qui soit. Il s'était mis debout, en pleine fusillade, pour la défendre.

C'était à la fois irréel et terriblement réel et elle savait qu'elle ne l'oublierait jamais.

– C'est une chouette chanson, dit-elle, s'attendant à ce qu'il la gifle.

* *En anglais dans le texte :*
Dans mon domaine, les choses ne sont pas tout à fait ce qu'on croit
Tu ne peux pas tout comprendre
Seulement la joie et la peine
Et tu te demandes pourquoi je suis là, le visage entre les mains…

– Oui, c'est une chouette chanson.

Michael enfonça un doigt dans un trou du radiateur comme s'il cherchait le pouls de la voiture. Une crispation de douleur traversa son visage et un long tremblement agita tout son corps.

– Elle est foutue, dit-il. Morte.

Lene posa une main sur son épaule.

Ils voyaient à présent le reflet bleu des gyrophares. Une brigade d'intervention arrivait du commissariat de Skodsborg.

– On devrait peut-être s'en aller, suggéra-t-elle. Elle était bien assurée, je suppose ?

– Cette voiture était de fabrication entièrement artisanale. L'assurance ne couvre que le modèle standard. C'est-à-dire les roues et le cendrier, en l'occurrence.

– Je suis désolée.

Il se contenta de hocher la tête, se frotta le visage et regarda l'épave d'un air malheureux.

Ils aperçurent un éclair venant de l'autre côté de la route. Le citoyen scandalisé prenait des photos d'eux avec son smartphone.

Elle salua d'un signe de tête l'homme qui venait d'être rejoint par sa femme, nettement plus jeune, en négligé de soie, et tout aussi outrée.

Michael suivit son regard.

– En ma qualité de commissaire de police, je te donne tout pouvoir pour descendre le connard qui est là-bas. Et sa femme également.

Contre toute attente, Michael sourit.

– C'est très tentant.

Elle le tira par le bras, mais elle aurait aussi bien pu essayer de déplacer une maison.

– Allez, viens ! dit-elle, excédée.

– Tu vas bien ? s'inquiéta-t-il.

– Super. Viens maintenant, bon Dieu !

Le téléphone.

Charlotte ignorait si elle dormait ou si elle était éveillée quand le fichu téléphone se mit à carillonner sur sa table de nuit. Elle ne faisait plus la différence. Tout se confondait.

Elle attrapa un oreiller derrière sa nuque et le posa sur son visage. Il était agréablement frais. Elle n'entendait presque plus le téléphone, et l'obscurité sous l'oreiller était profonde et amicale.

Elle allait se rendormir mais son mari la secoua avec une violence qui eût été impensable un mois auparavant.

Elle savait que sa vie et son travail étaient en train de les détruire, mais elle ne savait pas comment y remédier. Elle retira l'oreiller de son visage, mais elle n'avait pas la force de se retourner.

– Tu vas le prendre, oui ou non ? demanda son mari, furieux.

Le ton avec lequel il venait de lui parler aurait aussi été inimaginable il y a un mois.

Elle était au bord des larmes lorsque, enfin, elle sortit les jambes du lit, alluma la lampe de chevet et prit l'appel.

– Oui, répondit-elle d'une voix épuisée.

– Lene Jensen à l'appareil. Ils sont là, Charlotte.

– Lene ? Qu'est-ce que…

Le téléphone vibra. Double appel, puis un troisième.

Elle faillit se mettre à hurler.

– Que se passe-t-il ? demanda-t-elle.

Le téléphone fixe sonna au rez-de-chaussée.

Son mari se leva, s'emmitoufla dans la couette comme dans une toge et il se mit à déambuler dans la chambre comme un empereur romain à la recherche d'un calice de ciguë.

– Je vais me coucher dans la chambre de Gitte, lui cria-t-il en sortant de la chambre. Tout le monde est devenu dingue ! Je n'en peux plus ! Ce n'est plus possible, tu m'entends ?

Elle cligna des yeux en regardant la porte qu'il venait de claquer à faire trembler les murs.

– Otto, murmura-t-elle, éperdue.

– Qu'est-ce qui se passe ? lui demanda Lene.

Charlotte ferma les yeux et inspira profondément. Encore une journée. Juste une journée. Elle pouvait le faire. Elle devait le faire. Il n'y avait personne d'autre. Après, ils pourraient faire ce voyage à Paris dont ils avaient si souvent parlé. Descendre à l'hôtel de Castille, rue Cambon, derrière le Grand Palais, où ils avaient séjourné pendant leur voyage de noces, il y a presque trente ans. Ils dîneraient dehors tous les soirs, iraient se promener dans les jardins du Luxembourg. Ils iraient voir un spectacle au Crazy Horse. Ils se saouleraient… oublieraient tout ça et se retrouveraient. Elle se souvint que le propriétaire de l'hôtel avait un chat bleu.

– C'est à vous que je pose la question, Lene, rétorqua-t-elle en rouvrant les yeux.

Une seule journée.

– Il y a eu un… incident, un peu au sud de Vedbæk, expliqua Lene. Vous allez sûrement bientôt en entendre parler.

Charlotte regarda la liste des appels reçus et remit le téléphone à son oreille.

– J'en ai bien peur, soupira-t-elle. La moitié de la planète est en train d'essayer de me joindre. Un incident, dites-vous ? J'aimerais assez connaître votre définition de ce mot, Lene. Et aussi que vous me disiez à qui vous faites référence quand vous dites : *Ils*.

Charlotte entendait derrière Lene une circulation peu dense et un deuxième bruit de pas. Elle en conclut que Michael Sander était avec elle. Elle l'espérait sincèrement. Elle avait toujours trouvé que l'homme avait du bon sens.

– Les terroristes, Charlotte. Ils sont deux. Ils sont arrivés par la mer à bord d'un bateau polonais, le *Kazimierz-Pulaski* et ont rejoint la terre ferme dans un canot pneumatique. Quelqu'un les attendait avec une camionnette blanche.

– Attendez une seconde.

Elle prit son carnet de notes sur la table de nuit.

– Comment vous écrivez ça ?

Lene épela le nom du bateau et dicta à Charlotte le numéro d'immatriculation du fourgon.

– Et vous, vous y étiez, comme par hasard ? demanda Charlotte, perplexe. Toute seule ? Comment saviez-vous que des terroristes allaient débarquer à Vedbæk ? Et de quel… incident parlons-nous ?

– D'une confrontation tactique.

Charlotte fronça les sourcils, se leva et se mit à marcher de long en large dans la chambre.

– Parlez français, nom de Dieu ! rugit-elle.

– Une fusillade. Ils avaient des kalachnikovs, Charlotte. Nous avons à peine eu le temps d'ouvrir la bouche qu'ils ont commencé à tirer.

– Et je peux savoir ce que vous aviez l'intention de leur dire ? Rentrez chez vous ? Rendez-vous ?

– Nous aurions improvisé. En tout cas, ils sont là. Il faut annuler Ehud Berezowsky et le Conseil des ministres. C'est trop dangereux. Ils sont armés et dans la nature. Et ils ne renonceront pas.

Charlotte faillit se mettre à crier qu'il ne s'agissait pas d'une réunion de parents d'élèves dans l'école du quartier, mais d'un sommet ministériel au cours duquel on allait discuter des plus importantes questions de politique étrangère depuis la Seconde Guerre mondiale, et que la manifestation était en préparation depuis plus d'un an. Mais elle renonça à donner des explications.

– Je m'en doute, dit-elle simplement. Mais ce que je ne comprends pas, c'est pourquoi et comment une commissaire à qui j'ai demandé je ne sais combien de fois de se tenir tranquille, se retrouve mêlée à une fusillade avec des terroristes islamistes en pleine nuit dans le nord du Seeland. Je croyais que vous enquêtiez sur la mort d'Irene Adler. Il me semblait que c'était ce qui était convenu entre nous.

Lene allait répondre, mais Charlotte l'interrompit :

– Taisez-vous. Je ne veux rien savoir. À partir de maintenant, je vous ordonne de faire profil bas, Lene ! Et cette fois, je parle sérieusement ! Je vous ai demandé un coup de main dans l'affaire Adler, mais vous continuez à vous occuper de choses que vous ne comprenez pas. Laissez la PET se charger des terroristes. La PET et personne d'autre.

– Mais…

– Silence ! Ôtez-moi juste d'un doute. Ils vous ont échappé ?

– Oui.

– Sans blessure ?

– Je crois, oui, mais je n'en suis pas sûre.

– OK. Alors, maintenant vous allez rentrer chez vous et vous tenir tranquille, d'accord ? Je préférerais même vous savoir partie en voyage quelque part, jusqu'à ce que tout ceci soit terminé. En Alaska, par exemple.

– Écoutez, Charlotte, je ne crois pas que vous ayez réellement compris ce que je viens de dire… Des terroristes viennent de débarquer au Danemark, armés jusqu'aux dents ! Ils font probablement partie de la même organisation que ceux qui ont placé une bombe humaine dans le parc de Tivoli l'année dernière. Bjarne avait raison.

– Qui ?

– Mon informaticien, Bjarne. Il m'avait dit que je devais surveiller ce cargo. Qu'il s'était éloigné de sa voie de navigation et qu'il avait mouillé au large de Vedbæk trois jours avant l'attentat du parc. C'était notre boulot, c'est ce que vous nous aviez demandé de vérifier.

– Oui, mais si ma mémoire est bonne, vous aviez vous-même rejeté son hypothèse, riposta Charlotte, froidement.

Cela dit, je vous promets de le féliciter la prochaine fois que je le verrai et même de lui donner une augmentation. Au revoir.

– Charlotte…

L'inspecteur général prit l'appel suivant. Il venait de la police du Nord-Seeland extrêmement remontée et choquée.

Et cela ne s'arrêta plus.

Ce n'est qu'une demi-heure plus tard qu'elle trouva un moment pour appeler l'unité d'intervention de la marine pour leur demander de suivre le cargo polonais à la fois sur l'eau et avec leurs hélicoptères. L'homme qu'elle eut au bout du fil se montra remarquablement réceptif, compétent et efficace. Il connaissait déjà la position du *Kazimierz-Pulaski* grâce au radar et au Système d'Identification Automatique SIA. Il promit de l'arraisonner et de le fouiller.

Elle enfila son peignoir et se rendit dans le couloir. Elle entendait son mari ronfler dans l'ancienne chambre de leur fille et eut envie de frapper à la porte, mais elle s'abstint. Il valait mieux le laisser dormir. Il en avait besoin. Sa ministre était en train de le rendre fou, et, pour la première fois de sa carrière, il envisageait sérieusement de démissionner.

Ce n'était peut-être pas une mauvaise idée, songea-t-elle, à sa propre surprise. Ils avaient suffisamment d'argent. Et puis ils pouvaient vendre la maison. Elle était devenue bien trop grande pour eux, de toute façon. Ils n'auraient qu'à arrêter de travailler tous les deux. Un intense sentiment de paix intérieure l'envahit à cette idée. Pourquoi pas ? Il y avait des décennies maintenant qu'ils faisaient ce qu'on leur demandait sans recevoir d'autre forme de gratitude que de vagues remerciements et une médaille de chevalier du Mérite.

Elle descendit dans la cuisine se préparer un chocolat chaud avec une rasade de rhum, puis elle emporta sa tasse dans la chambre matrimoniale, s'assit dans un fauteuil et alluma une de ses rares cigarettes.

Son téléphone vibra dans la poche du peignoir. Elle le sortit et examina l'écran en fumant. Le message était aussi bref que chargé de sens : *Zebra dit EB. Ils sont vivants et pas blessés.*

Charlotte sourit et poussa un long soupir de soulagement.

L'expéditeur était bien entendu Kim, et EB, Ehud Berezowsky. Pas les ministres des Affaires étrangères aux entrepôts d'Eigtved. Dieu soit loué ! Kim était de nouveau opérationnel, et le piège était en place.

Superstitieuse, elle toucha la table en bois et s'apprêtait à remettre le téléphone dans sa poche quand un nouveau SMS arriva, envoyé par le même expéditeur : *Et si je croise Lene Jensen, je la tue sur-le-champ.*

Elle ne répondit pas, ce à quoi il devait s'attendre. Elle comprenait parfaitement sa position par rapport à Lene. Cette femme était incroyablement indocile et agaçante. Vue par son bout de la lorgnette.

Exactement comme Charlotte avait espéré qu'elle serait.

Contrairement à ce que croyaient la plupart des gens, Charlotte n'était pas née avec une petite cuiller en argent dans la bouche. Elle venait d'une famille d'artisans assez modestes de l'île d'Amager, mais avait fini par apprendre les codes de la bonne société, à l'université, dans les ministères et dans les beaux quartiers, au nord de la capitale, où ils habitaient à présent.

Son père avait sa propre petite entreprise de reliure et sa mère était femme au foyer. Parmi les meilleurs souvenirs de Charlotte, on trouvait en bonne place les samedis soir qu'elle passait avec son père dans la petite véranda pleine de courants d'air qu'il avait ajoutée à leur maison, à regarder les matchs de foot de *Premier League*. Elle se rappelle ces moments comme une longue succession de matchs pluvieux, basiques, entre des équipes comme Wolverhampton, Nottingham Forest, Norwich, Leeds, Sunderland et Stoke City, qui se finissaient toujours sur un score 0-0 ou, au maximum, 0-1. Elle n'était pas là pour le football, mais pour être avec son papa. Ils pariaient chaque fois et ne gagnaient presque jamais.

Mais il lui avait appris une chose : quand on a un doute sur l'issue d'un match, il vaut toujours mieux maîtriser ses mises.

Elle ne l'avait jamais oublié.

Kim était couché tout habillé sur l'étroit lit défait à regarder le plafond. Il se tourna sur le flanc et regarda par la fenêtre.

Le jour commençait à poindre.

Il ne ressentait rien. Il y avait trop longtemps qu'il menait cette guerre tout seul, dans son coin. Et ceux qui ne savaient pas que c'était une guerre étaient des ignorants. C'est-à-dire la plupart des hommes et femmes politiques, la presse et ses supérieurs qui, tous, vivaient dans une réalité photoshopée et dans un Disney World bien loin de sa vie à lui. Environ soixante-dix jeunes musulmans danois étaient partis se battre aux côtés de l'Alliance en Syrie dans des fractions armées enfantées par Al-Qaïda. À leur retour, ils seraient radicalisés, prêts à l'attaque et parfaitement entraînés. Il allait y avoir du spectacle, mais il ne serait plus là pour y assister.

Il y avait une bouteille d'eau minérale à moitié vide sur la table de nuit à côté de sa montre. Près de la montre, une autre bouteille, de Johnny Walker, à moitié vide, elle aussi. Par terre clignotait un bloc prises électriques. Plusieurs téléphones portables étaient en train de charger. Ce n'était pas le jour pour se retrouver avec un téléphone déchargé. À côté des téléphones, son arme de service.

Il était en nage malgré la fraîcheur de la pièce et il écarta sa chemise de ses aisselles. Le manque de sommeil lui brûlait les yeux, mais il avait l'habitude.

Nazeera avait récupéré les garçons sains et saufs, malgré l'intervention de Lene, et c'était l'essentiel. Ça, et puis la certitude que leur cible était Ehud Berezowsky. Safar Khan avait évidemment choisi l'éminent professeur israélien. Le Conseil des ministres des Affaires étrangères était quand même un trop gros morceau pour la petite quoique très meurtrière cellule terroriste à Amman. Il sourit dans la pénombre.

Nazeera avait fait le boulot. Il était sûr qu'elle ne le décevrait pas. Elle était aussi fiable qu'une horloge suisse et il avait honte d'avoir douté d'elle.

Il bascula les jambes hors du lit et se frotta les joues.

Il serait toujours temps de dormir quand cette journée serait terminée. Après, il irait faire la tournée des bars avec Christian. Ils fêteraient leur victoire sans se parler. Ils se borneraient à boire avec détermination, jusqu'à ce qu'ils soient ivres morts et redevenus bons amis. Ils arrivaient toujours à se réconcilier d'une manière ou d'une autre.

Il inviterait peut-être Lene et son mystérieux ami à les accompagner. Il n'était pas rancunier.

Il traversa le premier salon de son appartement à Vesterbro qui communiquait avec un deuxième salon, la pièce interdite. Derrière la double porte blanche se trouvait son ancienne vie, dans laquelle il n'avait pas mis les pieds depuis bientôt sept mois. Le lendemain de la mort d'Anne et des filles, il y avait tout stocké. Leurs vêtements, jouets, posters, dessins d'enfants, livres, DVD, les ustensiles de cuisine d'Anne, sa machine à coudre et ses coupons de tissu, les meubles qu'elle avait apportés avec elle de sa chambre d'étudiante. La pièce était remplie d'elles.

Il ne pourrait plus jamais entrer dans ce salon. Christian lui avait proposé de le débarrasser pendant son absence et à présent il était prêt à accepter sa proposition. Quand cette journée serait terminée.

Il ouvrit le robinet de la cuisine, faillit vomir de faim et de nervosité, mais se retint et but deux verres d'eau tiède.

Il regarda la main qui tenait le verre. La pluie avait martelé les vitres toute la nuit, mais il ne pleuvait plus et tout était calme. La ville semblait retenir son souffle. Le verre tremblait légèrement. Il le posa sur la paillasse de l'évier et se mordit violemment le poing. Son sang avait un goût de sel, mais la main cessa de trembler.

Un seul. Ils n'avaient besoin que d'un seul des deux terroristes. Et il fallait faire vite. Ehud Berezowsky était accompagné par ses agents du Mossad. Par ses gardes du corps bien sûr, mais, surtout, par une paire de vieux agents couverts de cicatrices, au visage sans expression, qui avaient la réputation de pouvoir faire parler le swahili à une huître en moins d'une demi-heure, sans que personne n'ait envie de savoir comment ils s'y étaient pris. Il avait passé un accord avec Jérusalem pour l'un des deux jeunes Arabes. Pas de questions. Pas de formalités.

Kim avait juste émis comme condition d'accompagner l'équipe à Jérusalem et d'être présent lors de la destruction définitive du cheikh Ebrahim Safar Khan. Le Mossad et les services secrets du roi de Jordanie, le Moukhabarat, enverraient un groupe de spécialistes chez le cheikh. Les meilleurs.

Quant à Lene… Il secoua la tête. Il avait haï cette femme plus qu'il ne se croyait capable de haïr quelqu'un, mais, ces derniers temps, sa haine avait fait place à autre chose. Pas tout à fait de l'admiration, mais un certain respect. Cette femme était d'une obstination surnaturelle. Une véritable force de la nature.

Les gouttes froides de la douche tambourinaient sur son crâne. Il resta sous l'eau froide jusqu'à ce que sa peau vire au bleu et qu'il commence à trembler. Ensuite, il peigna soigneusement ses cheveux coupés court, se brossa les dents à faire saigner ses gencives et se rasa avec de la mousse et une lame neuve.

Il sortit une chemise blanche neuve de sa pochette en plastique, choisit sa plus belle cravate et un costume sombre qui sortait du pressing, glissa son arme dans le holster sur sa hanche droite et, pour la première fois depuis ces sept derniers mois, il mit son alliance. Il enfila une paire de chaussettes noires en fil d'Écosse, des chaussures noires bien cirées, il répartit clés, téléphones portables, chargeurs supplémentaires et portefeuille dans ses poches et il s'assit, raide, sur une chaise dans la cuisine, les mains sur les genoux, pour attendre Christian qui ne devait venir le chercher que dans une demi-heure.

Il se demanda ce que Nazeera faisait en ce moment. Est-ce qu'elle se reposait ? Ou bien était-elle en train d'étudier les plans des vieux bâtiments de Vor Frue Plads avec les deux kamikazes ? Est-ce qu'elle leur faisait du thé ? Est-ce qu'elle priait ? Il lui avait remis en main propre la poudre sans goût contenant un somnifère léger, que lui avait prescrit Irene. Cela ne les ferait pas dormir, mais cela diminuerait leur sens de l'orientation et ralentirait leurs réflexes. Elle devait lui envoyer un message si elle réussissait à neutraliser le gilet explosif. Ils avaient répété la procédure pendant des heures avec les experts américains et elle devrait être capable de le faire avec un bandeau sur les yeux.

Le code pour indiquer que le gilet était désactivé était *vert.* Si Nazeera ne trouvait pas le moyen d'y toucher, le mot *rouge* indiquerait à Kim que le gilet était toujours dangereux.

Où étaient-ils ? Se contentaient-ils de rouler en attendant l'heure de passer à l'action ? Une nouvelle Ain recrutée par l'intermédiaire du réseau les hébergeait-elle dans son appartement, sans savoir pourquoi ils étaient là ? Nazeera n'avait pas été capable de lui donner les détails et cela n'avait pas vraiment d'importance.

Ce qui était important, c'était de réussir à en capturer un vivant et de faire croire à Safar Khan que le nouvel attentat à Copenhague avait réussi. Nazeera le lui ferait savoir quand Kim et les Israéliens seraient montés dans l'avion pour Jérusalem. La presse confirmerait l'histoire : elle publierait la version rédigée par la PET, et le vieux rassemblerait son état-major d'assassins fanatiques autour de lui. Ils se réjouiraient ensemble et se donneraient l'accolade, en regardant les vidéos d'adieu des deux jeunes gens, avec leurs familles. La nouvelle se répandrait comme un feu de brousse dans les camps de réfugiés et les bidonvilles de Benghazi à Homs, et déclencheraient les habituelles manifestations *Fuck you USA.*

Kim entendit une voiture klaxonner dans la rue et jeta un coup d'œil par la fenêtre de la cuisine.

Christian était ponctuel. La Mondeo bleu marine était garée le long du trottoir.

Il regarda son reflet dans le grand miroir de l'entrée. Il ressemblait à un croque-mort, ce qui était de circonstance. Il verrouilla la porte en sortant et se demanda s'il reverrait cet appartement un jour.

Christian lui ouvrit la portière et l'accueillit avec un sourire.

– Tu as réussi à dormir ? lui demanda-t-il.

Il avait l'air en forme. Malgré ses lèvres tuméfiées.

– Je me suis fait refaire les dents, dit-il en passant la première. Enfin, pour l'instant ce sont des dents provisoires. C'était Lene, à Vedbæk ? La fusillade ?

– Évidemment, répondit Kim avec un soupir. Mais ils s'en sont sortis. Ils vont bien.

– Où sont-ils ?

– Aucune idée. Et je m'en fous. On sait où ils seront dans six heures.

– Oui.

– Café ?

Un mug de café dégageait sa vapeur parfumée dans un support derrière le levier de vitesse.

– Non, merci.

Si les kamikazes pouvaient jeûner, alors lui aussi.

Kim se redressa dans le siège en entendant arriver un texto. Il prit le mobile, inspira profondément les yeux fermés et ouvrit le message.

– *Vert, je confirme, vert.*

Il sourit, tendit la main et fit voir l'écran à Christian.

Son collègue sourit à son tour.

– Elle a réussi ?

Kim retomba au fond de son siège et croisa les mains sur ses cuisses avec un soupir satisfait.

– Oui, elle a réussi. C'est parfait. Tu veux venir à Jérusalem ?

Christian se tourna vers lui, surpris.

– Tu veux bien m'emmener ?

– Bien sûr, dit-il. Oui, putain, bien sûr que je veux que tu viennes avec moi !

– D'accord. Alors allons ensemble casser la gueule à ces ordures. J'aimerais beaucoup ça.

– Ils sont cuits, répliqua Kim. L'un des deux avait participé à l'attentat du parc. Samir. Un Syrien. Cheveux longs, cicatrice blanche à la tempe gauche. C'est lui que je veux choper. L'autre, je m'en fous. Si tu le vois, mets-lui une balle. Là.

Il montra le nœud de sa cravate, la salière à la base du cou. C'était la méthode choisie, scientifiquement, pour éliminer un porteur de gilet suicide : la balle traverse les vertèbres cervicales et la partie supérieure de la moelle épinière et active tous les muscles tenseurs du corps. En théorie.

– Avec joie, dit Christian.

Plusieurs taxis libres étaient passés devant eux, mais aucun n'avait eu envie de s'arrêter pour les prendre. Les voitures ralentissaient en voyant la main de Michael s'agiter dans la brume, mais un seul coup d'œil au couple au bord de la route suffisait à leur faire appuyer sur l'accélérateur et disparaître.

– Qu'est-ce qui ne leur plaît pas ? demanda Michael quand le troisième taxi prit la fuite.

– Ça doit être à cause de toi, dit-elle.

Il la regarda.

– C'est toi, je te signale, qui es blanche comme un linge, qui as du sang et des bouts de verre sur la figure et qui as l'air d'avoir rampé dans une fosse commune.

Elle porta les mains à son visage.

– C'est vrai ? Je saigne ?

– Rassure-toi, c'est mon sang. Tu ne connais pas quelqu'un qui pourrait venir nous chercher ? lui demanda-t-il, et elle faillit dire non avant de penser à Bjarne.

Il arriva vingt minutes plus tard dans sa Fiat couleur sable. Il regarda Michael avec une sorte de vénération. Il avait visiblement l'air ravi qu'on le mêle à l'opération.

– On n'a pas beaucoup de temps, Bjarne, lui dit Lene. Tu pourrais nous raccompagner à l'hôtel *Admiral* ?

– Bien sûr. Vous habitez là-bas ?

– Oui.

Il les regarda en fronçant les sourcils. Le célibataire qu'il était ne put s'empêcher de leur demander :

– Tous les deux ?

– Oui.

L'informaticien poussa un soupir et leur ouvrit la portière arrière.

Ils s'assirent ensemble à l'arrière. Michael essaya en vain de trouver une position confortable pour sa jambe dans la voiture exiguë. Lene consulta sa montre.

– Il est bientôt 6 heures, Michael. Il reste six heures à vivre, soit à Ehud Berezowsky, soit à tout un tas de ministres européens. Il serait peut-être temps de nous montrer un peu futés. Et efficaces. Et surtout de nous décider.

Michael regardait dehors.

– Je sais !

– Et ton ami à Londres ? Tu lui as demandé de chercher quoi ?

– Sandy ? Je lui ai demandé de faire une recherche croisée. La remise de prix doit avoir lieu à l'université et je me suis dit que Nazeera devait connaître le bâtiment dans ses moindres recoins, vu que son père y a une chaire d'économie. Son frère et sa sœur habitent et travaillent à Londres. Le premier pour une maison de production, la deuxième comme conseillère en investissements. Il semble assez logique de penser que la famille a des attaches en Angleterre. Tu es d'accord ?

– Je suppose. Et alors ?

Il saisit son genou à deux mains et déplaça sa jambe. Leurs acrobaties de la nuit dernière n'étaient sans doute pas très recommandées par la médecine, songea Lene.

– Avant de devenir serial killer, le cheikh Ebrahim Khan a enseigné l'histoire et la géopolitique du Moyen-Orient pendant quinze ou seize ans à la London School of Economics. Je me suis dit que les deux familles se connaissaient peut-être. Elles ont des parcours parallèles. Gamil et Safar Khan étaient peut-être amis dans leur jeunesse.

– Tout le monde a déjà dû se poser cette question, Michael, riposta Lene. Les Anglais, le Mossad et la CIA ont dû étudier le passé londonien de Safar Khan sous toutes les coutures !

– Son passé à lui, sûrement. Mais personne n'avait de raison de creuser dans celui de Khalid Gamil. Il est sûrement blanc comme neige, d'ailleurs. C'est sa fille aînée qui risque de devenir célèbre très bientôt.

Lene hocha la tête. Elle trouvait l'idée un peu tirée par les cheveux. Si Nazeera était l'agent de Kim, elle n'était pas arrivée là par hasard. Son passé avait dû être soigneusement épluché et validé dans le moindre détail.

Elle se tourna à demi sur la banquette.

– C'est la FET[1] qui recrute et forme les officiers de renseignement, non ?

– Si.

– Et si elle est ce que nous croyons, c'est chez eux que Kim est allé la chercher, n'est-ce pas ? Ils ont dû la lui livrer accompagnée d'un dossier complet. Ils l'ont forcément checkée dans tous les sens, Michael.

– Forcément. Mais c'est une star, Lene. Elle doit parler quatre ou cinq langues. Elle a du charisme, elle est belle et super intelligente. Elle est capable d'évoluer dans n'importe quel milieu, aussi bien ici qu'au Moyen-Orient, sans se faire remarquer. Admettons que son père ait travaillé à Londres en même temps que Safar Khan, en quoi cela suffirait-il à la disqualifier ? Londres est une grande ville. J'y ai moi-même vécu douze ans et j'y ai rencontré des centaines de personnes. La moitié d'entre elles auraient parfaitement pu être dans le terrorisme international sans que je le sache.

Lene s'enfonça dans son siège. Elle voyait aux épaules un peu tendues de Bjarne qu'il suivait attentivement la conversation.

– D'accord, murmura-t-elle en extrayant distraitement des bouts de verre de sa chevelure et en les faisant tomber à ses pieds. Elle fit un sourire apaisant à l'intention de Bjarne qui lui jetait de temps à autre un regard mouillé dans le rétroviseur. Quand ton ami londonien était-il supposé te rendre sa copie ? Tu ne pourrais pas l'appeler ? Lui demander de se dépêcher un peu ? Tu lui as dit que c'était urgent, au moins ?

1. *FET : Service de renseignement de la Défense.*

Michael eut un petit rire ironique.

– Sandy Huffington n'est pas comme tout le monde. À vrai dire, il n'est pas tout à fait humain. Si je le bouscule, je risque qu'il ne m'adresse plus jamais la parole.

– Tu le payes, non ?

– Royalement ! Mais là n'est pas la question.

Il haussa les épaules.

– Je ne peux pas t'expliquer. Ce serait comme si je demandais à Daniel Barenboim d'accélérer un peu le deuxième mouvement du concerto n° 4 pour piano de Beethoven. Ça ne se fait pas, c'est tout.

Michael se désintéressa de sa jambe et regarda dehors.

– On n'a plus le temps, Michael ! Est-ce que tu as remarqué quelque chose ? Reconnu quelqu'un ?

Il ferma les yeux.

– Homme jeune, vingt ans et quelques. Cheveux bruns, longs. Un physique de vedette de cinéma. Du genre Johnny Depp en plus musclé. Plus grand aussi. Avec une étrange cicatrice blanche en forme d'étoile à la tempe gauche. Il était froid, Lene. Il m'a souri et il m'a fait un doigt d'honneur.

– Oui, j'ai vu, dit-elle. Tu as raison. Il avait l'air serein, en tout cas.

Ils échangèrent un long regard. Michael lâcha le premier.

– Sinon, je n'ai rien remarqué de particulier. Je n'ai pas eu le temps de voir son compagnon. Comment sont-ils arrivés ici ? En Europe, je veux dire…

– Aucune idée. Tu n'as pas vu non plus qui était dans la voiture ?

– Non.

– Il ou elle devait y être depuis le départ.

– Sûrement. Ils sont forts.

Elle baissa les yeux. Les larmes n'étaient pas loin.

– À quoi est-ce que tu pensais quand tu t'es mis debout tout à coup ? J'ai besoin de le savoir, Michael. C'était de la folie. Et c'était très courageux, aussi.

Il lui mit une main sur le genou, le serra affectueusement puis la retira aussitôt.

– Plus tard. Peut-être. D'accord ?

– D'accord.

Ils ne s'en diraient jamais plus, songea-t-elle. Ils ne pouvaient pas.

– Voilà, on y est, annonça Bjarne.

Il fit un demi-tour dans la Tolbodgade déserte, et jeta un coup d'œil à la façade de l'hôtel.

– Merci, Bjarne.

– Je vous en prie. Vous voulez que je vous attende ? Je n'ai rien d'autre qui…

– Rentrez chez vous, Bjarne. Essayez de dormir un peu. Je vous appelle dès qu'il y a du nouveau.

Il se tourna vers elle et dit :

– C'est promis ?

Ils réfléchirent à leur affaire en prenant un petit déjeuner qui leur fut servi dans la chambre par un garçon d'étage brut de couette. Ils avaient beau tourner le problème dans tous les sens, ils n'arrivaient nulle part. Lene avait un besoin irrépressible de faire quelque chose, n'importe quoi, et elle ne tenait pas en place, préférant manger ses œufs brouillés et ses croissants et boire son café debout.

C'était la jeune Suissesse amie de Michael qui tenait l'accueil à leur retour. Son regard disait sans ambiguité qu'elle ne trouvait pas la commissaire digne de Michael et Lene avait ressenti une inconfortable et surréaliste pointe de jalousie dont elle ne savait pas ce qu'elle venait brusquement faire là.

Lene avait changé le pansement de Michael. Elle commençait à bien se débrouiller. Toute son expérience en matière de premiers secours lui venait de lui. Il avait un talent hors du commun pour se faire mal. Dans quelques années, Dieu sait ce qu'il resterait de lui !

Ses plaies n'avaient l'air ni pires, ni mieux que la veille.

Il n'avait pas reçu de fax de Londres et sa boîte mail était vide.

Michael se leva et sortit clopin-clopant sur le balcon pour fumer sa première cigarette de la journée.

– Il n'y a rien que nous puissions faire, Lene. Nous ne ferions que tourner en rond, nous sommes trop fatigués et moi j'ai l'impression d'avoir été lobotomisé.

– Moi pareil, dit Lene en bâillant.

– Même si c'est dur à admettre, nous sommes obligés de nous en remettre à la PET et à Kim, l'assassin de ta psychiatre, et espérer qu'il a la situation en main. Au fait, ça doit être un sacré dilemme pour toi ! D'abord tu crois qu'Irene est le diable en personne. Ensuite, tu apprends qu'elle est une sainte et tu te retrouves à espérer que celui qui l'a éliminée va avoir une super journée. Ce n'est pas trop dur ?

À cet instant, elle le haïssait vraiment. Puis elle comprit qu'il avait besoin de parler pour évacuer sa frustration. Michael était un homme qui avait l'habitude de contrôler les choses. Se retrouver en position de simple spectateur lui était aussi intolérable qu'à elle. Fondamentalement, ils ne faisaient réellement confiance qu'à eux-mêmes. Les autres n'étaient à leurs yeux ni assez consciencieux, ni assez compétents.

– À ton avis ? grogna-t-elle. Bien sûr que c'est un dilemme. Sois honnête, Michael, tu as déjà compté sur quelqu'un d'autre que sur toi ?

Il la regarda un long moment en silence, sa cigarette pendue au coin des lèvres. Puis il sourit.

– Tu as raison, dit-il. Excuse-moi. Non je n'ai jamais compté sur personne. Pas vraiment. Pas pour les choses importantes. Je crois que c'est pour ça que je suis encore en vie aujourd'hui. Mais c'est aussi pour ça que je… que nous… oh merde !

– Quoi, Michael ?

– Tu ne veux pas la fermer, un peu ?

Mais elle ne céda pas.

– C'est aussi pour ça que nous… quoi ?

– Tu cherches quoi, au juste ?

– Un peu de sincérité.

– Alors va te regarder dans la glace. Je ne crois pas pouvoir t'en dire plus que ce que tu verras en te regardant dans un miroir. Toi et moi… nous sommes… Il fait quoi, ton ancien mari ?

– Comptable.

– Évidemment !

Il applaudit.

Un comptable. Et ma femme est au bord de l'extase quand elle tombe sur une première édition d'un roman historique de Walter Scott. Ce sont de gens comme eux que nous avons besoin, Lene. De gens normaux. Ils ne comprennent rien à rien, bien sûr, mais nous avons fini par en prendre notre parti. Et, à vrai dire, nous n'avons pas du tout envie qu'ils nous comprennent parce que nous nous croyons tellement exceptionnels ! Mais imagine des gens comme nous ensemble… autant construire un château sur du sable ! Deux dingues, voilà ce que nous sommes ! Tu n'es pas d'accord ?

Elle se leva et se dirigea vers le lit. Elle ne portait que ses sous-vêtements et l'épais peignoir avec le logo de l'hôtel.

– Je vais m'allonger.

– Bonne idée. Je peux venir m'allonger à côté de toi ?

– C'est ton lit.

C'était un grand lit avec deux couettes individuelles, ce qui était une bonne chose, songea Lene. Elle ferma les yeux. Elle sentait son odeur : Michael sentait toujours de bonnes choses. Pas des choses qu'on peut enfermer dans un vaporisateur.

Le lit craqua un peu quand il se coucha sur le flanc. Il réprima un gémissement en cherchant une position pour sa jambe. Puis plus rien.

Elle se coucha également sur le flanc, un coude sous une joue. Dos à lui mais blottie dans sa proximité.

Le silence les enveloppa pendant quelques minutes mais, tout à coup, elle sursauta. Michael ne respirait pas.

Elle compta à dix dans sa tête et l'entendit enfin inspirer une longue goulée d'air avec un gémissement qui lui fendit le cœur. Il n'était pas invulnérable. Il avait ses limites. Bien sûr qu'il avait ses limites.

Elle se retourna et regarda sa silhouette sous la couette. Son dos large avec les terribles cicatrices et l'horrible tatouage d'Omer Simpson était nu jusqu'au milieu des omoplates. Elle eut envie de tendre la main et de toucher les cicatrices du bout des doigts, comme un enfant suit une goutte de pluie sur une vitre. Elle aurait voulu pouvoir les effacer.

Elle regarda sa montre. Il était sept heures et demie. Quatre heures et demie avant l'heure fatidique. C'était à la fois très peu et beaucoup, selon la manière dont on voyait les choses.

Rapidement, cette proximité et cette attente oisive lui devinrent insupportables et elle se laissa glisser hors du lit et traversa la chambre.

Elle contemplait le port par la porte vitrée du balcon quand elle l'entendit se lever lui aussi. Depuis leur chambre, on avait une vue parfaite sur Eigtveds Pakhus et le ministère des Affaires étrangères où se tenait le sommet européen.

– Michael ?

– Mmm…

– Cette inertie va me rendre folle. Il faut qu'on fasse quelque chose, tu m'entends ?

Il vint la rejoindre près de la porte-fenêtre.

– Tu veux qu'on essaye de la retrouver ?

– Oui ! Tu sais où elle habite ?

– Dans un appartement de milliardaire sur le boulevard Grønningen, avec vue sur la citadelle.

– Commençons par là.

Elle regarda à nouveau sa montre.

– Mon sursis expire dans quatre heures, Michael. Arne va tirer la sonnette d'alarme et je serai recherchée pour meurtre. Il est très rigoureux, comme garçon. Et il parlait sérieusement quand il me l'a dit. Il ferait la même chose envers sa propre fille.

– Alors qu'est-ce qu'on attend ?

Ils descendirent du taxi à quelque deux cents mètres de l'endroit où habitait Nazeera Gamil. L'immeuble du boulevard Grønningen avait une allure aristocratique et bien entretenue avec sa façade propre et récemment sablée. La porte d'entrée était tout en laiton lustré et acajou sombre. Une plaque sur l'interphone les informa que la famille Gamil habitait au troisième étage, au-dessus d'une entreprise appelée la Caspian Sea Trading Company, Ltd.

L'appartement de Nazeera et la société occupaient chacune un étage complet.

La porte à double battant était sertie de vitres gris pâle joliment biseautées à travers lesquelles on avait un avant-goût légèrement flouté des marbres du hall et des tapis bleu roi de l'escalier. Quand Michael brisa une vitre avec le coude et passa le bras pour ouvrir de l'intérieur, Lene songea qu'il était presque dommage d'abîmer une aussi jolie porte.

Ils restèrent un instant immobiles, côte à côte dans une entrée aussi silencieuse qu'une bibliothèque. L'endroit donnait envie de chuchoter.

Michael se tourna vers elle.

– Et si elle était chez elle, avec ces deux ordures ? Et si on gâchait tout ? Et si elle était dans le camp des gentils ?

– Elle n'est pas dans le camp des gentils, Michael, dit Lene en le plantant là.

– Qu'est-ce que tu en sais ?

– Je le sais, c'est tout.

Ils montèrent l'escalier aussi vite que la jambe de Michael le lui permettait. Le tapis absorbait le bruit de leurs pas. Le palier de Nazeera était aussi raffiné que le hall. Ils collèrent l'oreille à la porte, mais n'entendirent rien à l'intérieur.

Michael se mit à genoux sur le paillasson en coco sur lequel était écrit *Welcome, Bienvenue, Willkommen* et il sortit les rossignols de sa poche intérieure. Il fit pivoter le volet de la boîte à lettres à l'ancienne, mais n'aperçut qu'un parquet ciré à chevrons, un tapis de couloir persan antique et le pied d'un portemanteau perroquet. Il mit l'oreille contre la fente et, n'entendant aucun bruit dans l'appartement, il se tourna vers Lene en hochant la tête. Elle prit son pistolet de service des deux mains, dans la position réglementaire, et attendit les ordres.

Il y avait sans doute une chaîne de sécurité à l'intérieur mais le verrou était de fabrication classique et il ne posa aucun problème à Michael. Il repoussa la targette et fit un signe à Lene qui pressa le bouton de la sonnette.

Pendant trente secondes interminables, il ne se passa rien et Lene levait la main pour sonner à nouveau quand elle vit Michael secouer la tête pour interrompre son geste. Il laissa retomber le clapet de la boîte à lettres avec des précautions infinies et Lene entendit approcher une paire de hauts talons. Michael prit son arme à son tour et enleva la sécurité.

Les pas s'arrêtèrent derrière la porte qui n'avait pas de judas.

Michael mit tout son poids sur sa jambe malade et donna un grand coup de pied au-dessus de la poignée. Le lourd panneau pivota sur ses gonds bien huilés, mais fut arrêté par le corps et, surtout, le visage de la femme qui se trouvait derrière.

Elle poussa un cri aigu.

Ils entrèrent précipitamment et se retrouvèrent coincés dans l'ouverture, épaule contre épaule et un peu ridicules. Lene se dégagea et entra la première dans le couloir avec des portes blanches en bois massif de part et d'autre. Sur le mur du fond, une grande toile représentant un désert de sable éclairait le corridor de ses couleurs rouge, ocre, et jaune.

À leurs pieds, une jeune femme se tordait de douleur. Elle était en jean avec des sandales à talons et un top en soie blanche, désormais taché de sang. Elle couvrait son visage de ses mains bien manucurées et ses longs cheveux noirs ruisselaient sur le sol.

Derrière les mains, on entendait un gémissement de douleur.

Lene s'agenouilla et força la femme à montrer sa figure. Deux yeux bruns écarquillés regardèrent le plafond, l'air désorienté. La douleur lui voilait le regard. Elle avait le nez cassé et un gros trou où auraient dû se trouver ses dents de devant. La commissaire lâcha le poignet de la fille et se releva. L'étrangère continua à gémir et cacha à nouveau son visage. Elle se coucha sur le côté, remonta les jambes sous elle et se mit à se balancer doucement.

– Ce n'est pas elle, dit Lene, contrariée.

– Inaya ?

La voix venait d'une porte ouverte d'où la lumière inonda brusquement le long corridor. Un bruit de pas précipités suivit l'exclamation. Un jeune homme mince apparut tout à coup à l'angle du couloir et s'arrêta aussi brusquement que s'il était entré dans une paroi de verre. Michael fut à un dixième de seconde de tirer une balle au milieu du front lisse du jeune homme qu'il avait dans son viseur, mais Lene tendit la main, la posa sur le canon du pistolet qu'elle orienta vers le sol.

Les yeux bruns du jeune homme s'écarquillèrent à leur tour. Le sang quitta son visage et sa main trouva appui sur un mur à côté de lui. Il était trop grand, trop soigné, rasé de trop près et trop bien habillé. Il ne ressemblait en rien aux deux terroristes de la nuit précédente.

Lene leva son insigne à hauteur de ses yeux, mais l'homme n'y prêta aucune attention. Il ne regardait que la fille qui se tordait sur le plancher, cherchant en vain une position qui soulage son intense douleur.

Il s'agenouilla près de sa tête.

– Inaya, tu m'entends ? C'est moi, Zaki. Que s'est-il passé ? C'est moi, ma chérie. Il parlait dans une alternance d'anglais et de danois, les deux sans accent.

Il s'assit par terre et posa la tête de la fille sur ses genoux.

– Trouve une serviette-éponge et de la glace, ordonna Lene à Michael. Et regarde s'il y a quelqu'un d'autre.

Avec un vague sourire d'excuse, Michael se fraya un chemin entre le mur du corridor et les deux jeunes gens.

L'homme leva la tête vers lui et lui lança un regard plein de haine.

Ce n'était pas le jour pour se faire de nouveaux amis, se dit Michael en faisant le tour de l'appartement haut de plafond, clair et agréable. Un endroit où il devait faire bon vivre. S'il en avait été le propriétaire, il l'aurait aménagé exactement de la même manière. La vue sur les douves, le Kastellet et le moulin était extraordinaire. Il traversa les deux grands salons communicants et admira au passage un polo rayé bleu et rouge du FC Barcelone avec le numéro 10 et l'autographe au feutre noir, sans doute authentique, du dieu du foot argentin, Lionel Messi. Le polo était conservé dans un cadre vitré en acajou, suspendu au-dessus d'un bureau sur lequel régnait un sympathique désordre. À côté du bureau était accrochée une vitrine pleine d'appareils photo Leica, qui valaient probablement une fortune.

Il ouvrit la porte d'une grande cuisine de maître et se figea. Le chien. Rudolf. Le foutu clébard qui lui avait estropié la jambe était maintenant roulé en boule dans un immense panier au milieu d'un beau carrelage en marbre à damier rouge et noir, en train de regarder ses pieds, les yeux mi-clos. Sa gueule ouverte dévoilait une rangée de grandes dents d'une blancheur de perle. Une douleur intense lui traversa la jambe et, retenant son souffle, il leva son arme.

Pas une deuxième fois. Non. Plus jamais.

Quelques secondes passèrent ainsi pendant lesquelles il recommença à respirer. Il alla voir de plus près le monstre qu'il trouvait remarquablement passif. Il se pencha, toucha la bête du bout de son pistolet puis fit un bond en arrière.

Les lèvres noires et caoutchouteuses de Rudolf n'eurent pas un frémissement. Il portait un large collier avec des strass et des clous dorés comme pour se produire à Las Vegas. Son arrière-train était recouvert d'un plaid de la plus luxueuse laine écossaise. Ce chien était aimé d'amour tendre, à n'en pas douter, mais, à l'heure qu'il était, Rudolf avait rejoint le paradis des chiens à la recherche d'autres gens à dévorer.

Deux grands flacons à opercule étaient posés sur la table de la cuisine. Michael les souleva délicatement pour ne pas effacer d'éventuelles empreintes. Le premier, presque vide, avait contenu du pentobarbital, un somnifère qu'on avait dû utiliser pour endormir Rudolf. Il avait dû lui être injecté dans la peau de la nuque, à en croire la seringue et l'énorme aiguille posées à côté. Le deuxième flacon contenait du chlorure de potassium concentré, certainement injecté dans le cœur de l'animal.

À son corps défendant, il posa une main prudente sur la face du monstre et lui ferma les yeux. Il toucha le large poitrail froid et dur comme du bois. Rudolf devait être mort depuis plusieurs heures.

– *Auf Wiedersehen*[1], Rudolf, murmura-t-il.

1. *En allemand dans le texte : Au revoir.*

Lene et le jeune homme avaient transporté la fille dans le salon. Elle était maintenant couchée, sa tête ensanglantée sur une serviette-éponge posée sur les genoux du jeune homme. Elle avait retrouvé ses esprits et suivait Michael d'un regard perplexe et douloureux. L'homme, quant à lui, l'observait avec un profond dégoût.

Michael posa un saladier plein de glaçons sur le sol, il en enveloppa quelques-uns dans un torchon qu'il frappa violemment contre le parquet. Le bruit fit sursauter la jeune femme et ses doigts se crispèrent sur le bras du jeune homme.

– De la glace ? lui proposa Michael.

La fille hocha la tête et pressa le petit baluchon sur son visage avec d'infinies précautions.

– Qui êtes-vous ? demanda le jeune homme en colère.

Michael voyait nettement l'air de famille qu'il y avait entre lui, Nazeera et la jeune femme. Il alla se poster devant la fenêtre sans répondre afin de laisser la scène à Lene.

– Je suis le commissaire Lene Jensen de la police judiciaire, répondit-elle calmement. Elle s'était assise au bord d'un fauteuil, à proximité du canapé. Je pourrais vous présenter mon insigne encore une fois, mais nous n'avons pas beaucoup de temps. Vous, qui êtes-vous ? Et que faites-vous ici ?

Son visage était aimable mais sa voix était dure et autoritaire.

La fille leva les yeux vers son frère et hocha la tête.

– Je m'appelle Zaki Gamil, et elle… la femme que vous venez de défigurer est ma petite sœur Inaya.

Lene ne baissa pas les yeux et continua de s'adresser au jeune homme en colère.

– Croyez bien que nous sommes sincèrement désolés, Zaki, d'avoir blessé votre sœur. Nous avions des raisons de penser qu'il y avait des terroristes dans cet appartement et qu'ils étaient en train de préparer un attentat.

– Qu'est-ce… qu'elle raconte, Zaki ? articula la fille avec difficulté. Son frère la regarda d'un air triste et caressa doucement son épaisse chevelure brune.

– Du calme, ma chérie.

Il revint vers Lene.

– Des terroristes ? Voyez-vous ça ! Et vous pouvez me dire où sont les chiens et les hélicoptères, alors ? Mais il n'y a peut-être que vous ? Excusez-moi, mais je trouve cela un peu étrange. Très étrange, en fait.

C'est une bonne question, se disait Michael, follement désireux d'aller démolir le portrait au jeune homme. Il était trop beau, sa chemise et ses chaussures étaient trop cousues main et il était beaucoup trop content de lui.

Lene souriait toujours, imperturbable. Elle se pencha en avant, les coudes appuyés sur les genoux. Tout son visage exprimait l'empathie.

– Le chien est mort, annonça Michael. Euthanasié avec douceur et ménagement, ce qu'à mon avis, il ne méritait nullement.

Lene gratifia Inaya et Zaki d'un sourire pour excuser la remarque de Michael.

– Ne vous occupez pas de mon collègue pour l'instant, leur dit-elle en jetant un coup d'œil incendiaire à Michael. Il a été exposé à pas mal de stress ces derniers temps.

– Et à des morsures de chien, précisa Michael.

– Et à des morsures. Mais j'ai vraiment besoin de savoir ce que vous faites ici. L'affaire est grave. Inaya ?

La fille regarda son frère et la serviette rouge de sang.

– Dis-leur, Zaki. Dis-leur tout.

Un pli dur et plein de défi tordit la bouche du jeune homme et Michael se rapprocha du canapé. Il aurait adoré tabasser ce type pour qu'il parle. Il était quantité négligeable. Seule Nazeera comptait. Elle avait tué son animal familier alors qu'elle y tenait. Elle ne reviendrait pas.

Zaki baissa les yeux vers sa sœur et son regard s'adoucit. Michael sut qu'il allait se mettre à table. Il y avait autre chose que du défi dans ses yeux.

Il retourna à la fenêtre.

– Elle nous a appelés ce matin, commença-t-il, regardant toujours sa sœur. Inaya et moi travaillons à Londres et nous partageons un appartement à Knightsbridge. Nazeera nous a demandé de prendre un avion pour Copenhague. Elle a dit que c'était important.

– Quand êtes-vous arrivés ? s'enquit Michael en regardant par la fenêtre un hélicoptère qui se posait du côté de la citadelle, ses rotors faisant trembler les vitres.

– Hier soir, répondit la jeune fille. Nous avons dormi à l'hôtel *Admiral*. Elle ne voulait pas que nous arrivions ici avant 7 heures ce matin. Et nous ne devions pas non plus arriver plus tard. Elle semblait très décidée… et étrange. Solennelle, presque. Elle qui est toujours si gaie.

Michael et Lene échangèrent un regard. Ils avaient dormi à l'hôtel *Admiral*, et Nazeera était encore dans cet appartement il y a deux heures à peine. S'ils avaient eu l'idée de demander à Bjarne de les déposer boulevard Grønningen au lieu de les emmener à l'hôtel, ils l'auraient peut-être trouvée et neutralisée. Au lieu de ça, ils avaient perdu leur temps à prendre un bain, un petit déjeuner et à traîner sur un lit. L'idée était difficilement supportable et ils préférèrent ne pas s'y attarder.

– C'est vrai, elle est toujours gaie, confirma le jeune homme.

– Qu'est-ce qu'elle voulait ? demanda Lene.

Zaki baissa les yeux et essuya rageusement une larme au coin de son œil. Il refusait de les regarder. Si quelqu'un devait poursuivre les explications, ce serait la sœur.

– Nous dire adieu, dit Inaya tout bas et l'air désemparé. Enfin, je crois. Elle avait euthanasié Rudolf. Rudy. C'était pour ça qu'elle avait besoin de nous. Pour l'emporter, et l'enterrer. Elle avait tout organisé. Elle avait même acheté des pelles et précisé qu'il devait être enterré dans son panier.

– Elle a dit quelque chose à vos parents ? demanda Michael.

– Notre mère est très malade. La leucémie. Elle est dans une maison de retraite médicalisée à Gentofte. Elle mourra là-bas, cracha le frère.

– Zaki !

– C'est la vérité, Inaya.

Puis, s'adressant à Michael et à Lene :

– Je crois que Nazeera est allée voir notre mère hier après-midi. Elle a dû lui parler, mais je ne sais pas si elle comprend encore ce qu'on lui dit. Mon père est aux États-Unis pour tenir sa chaire de professeur étranger.

Michael regardait évoluer un épanchement de sang dans le blanc de l'œil gauche de la jeune fille.

– Est-ce qu'elle vous a laissé une lettre, une cassette vidéo, quelque chose ? demanda Lene.

– Non, elle nous a seulement dit d'allumer la télévision à midi.

– Elle vous a parlé d'Ehud Berezowsky ? continua-t-elle.

– Berezowsky ? Il est à Copenhague ? Le peu qu'on pouvait voir du visage de la jeune femme s'éclaira. C'est un homme merveilleux ! N'est-ce pas, Zaki, qu'il est merveilleux ? Il est incroyablement courageux. C'est le personnage le plus important du Moyen-Orient en ce moment, à mon avis.

Zaki acquiesça.

– Tout le monde semble le trouver formidable, en effet, marmonna Michael. Y compris ceux qui passent leur temps à essayer de le tuer.

Le frère et la sœur le regardaient sans comprendre.

L'hélicoptère des services de renseignement de la Défense redécolla.

– Elle ne vous a pas dit par hasard où elle allait en partant d'ici ? dit-il d'une voix forte pour couvrir le vacarme.

– Vous lui voulez quoi ? s'enquit Inaya. Qu'est-ce qu'elle a fait ?

– À ce propos, vous le savez, vous, ce qu'elle fait ? demanda Michael en guise de réponse. De quoi elle vit, je veux dire.

– Elle est serveuse, répondit la fille.

– Elle doit avoir de sacrés pourboires, répliqua Michael avec un geste vers le poêle en céramique, les boiseries sur les murs et les stucs au plafond. Rien que les Leica qui sont dans cette vitrine doivent valoir une petite fortune. Une serveuse ne peut pas s'offrir ce genre de choses.

– Ces appareils photo m'appartiennent et nous sommes copropriétaires de cet appartement, dit Zaki, avec raideur. Nous l'utilisons quand sous sommes à Copenhague. Nous avons chacun notre chambre. Il s'agit d'un placement immobilier, si vous savez ce que cela signifie.

– Elle devait se rendre dans un entrepôt qui se trouve derrière le restaurant, les renseigna Inaya, candide. Elle avait quelque chose à régler là-bas. Je me demande bien quoi, parce qu'à ma connaissance, il est complètement vide. Nous devions juste nous occuper de Rudolf et retourner à Londres, si elle ne nous donnait pas de ses nouvelles.

Lene se leva et se dirigea vers la porte. Elle avait perdu tout intérêt pour les deux jeunes gens.

– Allez, viens, Michael !

– Une seconde.

Il regarda la jeune femme.

– Est-ce qu'elle a dit ou fait quelque chose de particulier avant de s'en aller ?

Elle réfléchit.

– Non, rien… À part qu'elle s'est mise à porter le *hijab*, le foulard sur la tête et le visage. Elle n'avait jamais fait ça avant. Elle a toujours méprisé cette coutume qu'elle trouvait moyenâgeuse et dégradante. C'est vrai que c'était bizarre, tu ne trouves pas, Zaki ?

– Si.

– Michael !

Lene était déjà sur le palier, apparemment, car sa voix résonnait dans l'escalier.

– Ah, les femmes ! dit Michael avec un sourire à l'intention de Zaki. Elle sont insupportables et, pourtant, on n'a pas le cœur de leur tirer une balle dans la tête. Emmenez votre sœur aux urgences, Zaki. Et faites vite. Sinon, je crains que vous ne soyez les derniers d'une longue file d'attente.

Pour la première fois, il parut avoir éveillé la curiosité du jeune homme. Zaki le regarda avec gravité.

– Que se passe-t-il ?

– Comme votre sœur vous l'a conseillé : allumez la télé vers midi. Vous allez devenir très célèbres. Toute la famille. Bonne journée !

– Le *hijab*, murmura Lene, quand ils furent assis dans le taxi. Au moins, elle a annoncé la couleur. Et la suite, c'est quoi ?

– Les vestes explosives, répliqua Michael. Et les vidéos d'adieu sur YouTube.

Il secoua la tête, découragé.

– Rendez-moi mon cerveau, dit-il. Pourquoi je n'ai pas pensé à les interroger à propos de Safar Khan et de Londres ? À leur demander si le professeur dînait chez eux tous les mardis, si la frangine sautait sur les genoux du futur grand chef terroriste ? Au bon vieux temps. Ils étaient là, nom de Dieu !

Lene serra sa main.

– Je n'y ai pas pensé non plus, Michael. On ne peut pas penser à tout, tout le temps. Même pas toi.

– Des palmiers, dit-il pour lui-même.

– Pardon ?

– Des palmiers. Une plage déserte. Avec des tas de palmiers. La lune, les étoiles et le sable. Quand tout ça sera fini. Un endroit où il fait chaud.

Il crut qu'elle ne l'écoutait pas. Ou peut-être ne voulait-elle pas lui rappeler qu'ils avaient peu de chances de sortir vivants de cette journée.

Mais elle sourit.

– C'est tentant, Michael. Vraiment tentant. Ce serait merveilleux. Elle avait toujours la main de Michael dans la sienne. Oubliée, mais toujours là.

Elle s'en rendit compte quand le taxi tourna au coin d'une rue pour s'engager dans Østerbrogade. Elle reprit sa main et il croisa les siennes sur ses genoux.

– Tu crois qu'elle savait qu'on allait se précipiter chez elle ? demanda Lene.

– Si elle est moitié aussi intelligente que je le pense, elle le savait.

– Donc, elle savait aussi que sa sœur allait nous parler de l'entrepôt.

– Sûrement. Ils ignorent tout de sa double vie.

– Donc, nous allons droit dans un piège.

– Absolument.

Elle le regarda.

– Alors, qu'est-ce qu'on fait ?

– On va droit dans le piège. À moins que tu aies une autre idée. Comme, par exemple, de téléphoner à Charlotte Falster pour lui demander d'envoyer là-bas la moitié des effectifs qui sont en ce moment à l'université et au ministère des Affaires étrangères.

– Ils seraient cuits, sourit-elle. Ils ne se laisseraient pas prendre vivants. Ils déclencheraient leurs saloperies de gilets et feraient sauter tout le monde. Ce serait une manière comme une autre de gagner la partie.

Il rigola.

– Et tu ne penses pas que c'est ce qu'ils vont faire en nous voyant arriver ?

– Bien sûr que non. Toi et moi, nous sommes invulnérables, rétorqua-t-elle.

– Alors on fait comme en Norvège. On va droit dans le piège et on se fait tirer dessus ?

– Si ma mémoire est bonne, je suis la seule à m'être fait tirer dessus !

– Tu n'avais rien du tout ! Une blessure superficielle.

Elle renifla, vexée, mais ne répliqua pas.

Michael vérifia le chargeur de son arme à l'abri du siège du conducteur, alors qu'il savait déjà qu'il était plein.

C'était juste une habitude.

Le taxi s'arrêta à cent mètres de l'entrepôt et Michael paya la course avec sa MasterCard.

Il n'y avait personne dans les rues.

– C'est une drôle de journée, dit le chauffeur d'un air soucieux. Il était sikh et avait une photo de sa femme et de ses trois enfants scotchée au tableau de bord. Derrière, on voyait une pauvre petite bicoque avec un toit plat et au fond de l'image une chaîne de montagnes sauvages et enneigées. Au premier plan, deux poules maigres picoraient le sol au bord d'une route. La photo devait avoir été prise au Pendjab près du Cachemire, à un endroit où il n'y avait pas lieu d'aimer l'Afghanistan, ni le Pakistan. Au contraire.

C'était un homme grand et digne avec des yeux d'oiseau de proie et l'air honnête et Michael eut une idée.

– Oui, une drôle de journée, mais Dieu t'a donné de beaux enfants en bonne santé, *sahib*, dit-il tout doucement, en anglais, montrant la photo en noir et blanc.

Il se pencha amicalement entre les deux sièges et le sikh lui renvoya un sourire doré dans le rétroviseur. Une partie de la fortune de la famille devait se trouver dans ses dents. Pourtant, malgré le sourire, les yeux, profondément enfoncés dans les orbites, restaient réservés et méfiants.

Il posa un index long et brun sur chacun des enfants.

– Balhaan, Iskander, Kashmiri, énuméra-t-il.

Kashmiri était la fille.

– C'est une princesse, commenta Michael.

– Elle sera le soleil de nos vieux jours, acquiesça le sikh avec fierté. Mais ses deux frères sont des démons.

– Ce sont des démons maintenant, mais, guidés par toi, ce seront un jour des hommes justes et bons, répliqua Michael.

– Si Dieu le veut, *sahib*.

Michael observa avec intérêt un tatouage bleu, fané, sur le poignet droit du chauffeur de taxi, le signe d'un régiment de l'armée des Indes britanniques. C'était plus qu'il n'aurait osé en rêver.

Lene commençait à s'énerver mais les deux hommes continuaient leur conversation, comme si elle n'était pas là.

– Nous sommes pressés, dit-elle pendant une courte pause où ils se jaugeaient du regard dans le rétroviseur.

Michael avait maintenant presque réussi à se coincer entre les deux sièges, aussi près que possible de son nouvel ami qui sentait le pois chiche. Mais il ne voulait pas non plus outrager le sikh en se montrant trop franc et naïf.

– *Royal Indian Rifles ?* demanda-t-il en montrant le tatouage.

L'homme se redressa. Son turban immaculé toucha le plafond de la voiture et son visage maigre et aristocratique se remplit de fierté.

– *Better to die*... commença-t-il, cherchant le regard de Michael dans le rétroviseur.

– ... *than to live a coward*, enchaîna Michael, achevant la devise du régiment d'élite.

– Michael...

Il ne lui accorda pas un regard.

– Va voir dehors ce qui se passe, chérie, dit-il, fermant les yeux d'un air las quand elle claqua la portière derrière elle.

Le chauffeur de taxi rigola.

– Quand êtes-vous rentré chez vous, la dernière fois ? demanda Michael, notant le nuage qui passait sur le visage étroit de l'homme. Il leva ses longues mains brunes, les paumes rose pâle tournées vers le ciel.

– Il y a beaucoup trop longtemps. J'envoie de l'argent à la maison, tous les mois, et l'argent arrive à destination, *sahib*, mais sans moi. Tu comprends ? C'est l'argent ou moi, pas les deux.

– Je comprends, dit Michael, prenant la balle au bond. Il avait un chéquier sur lui. Il le sortit lentement de sa poche, regrettant de ne pas avoir plus de temps pour mener cette négociation avec plus de délicatesse. Les sikhs étaient des hommes orgueilleux dont on n'achetait pas les services à la légère. Un mot maladroit et le dialogue était rompu.

– Je ne veux pas t'offenser, dit-il sans lever les yeux. Mais j'ai besoin de ton aide et je voudrais te payer pour un service qui n'est pas sans danger. Comme tu l'as dit très justement, c'est une drôle de journée, aujourd'hui. Et elle l'est parce que l'air est lourd de menace. Tu es un guerrier, mon ami, et tu sais quand la mort rôde.

L'homme ne bougea pas. Son regard ne quittait pas des yeux la bouche de Michael dans le rétroviseur.

– Les fils ont besoin de voir leur père, poursuivit Michael en arrachant une page vierge du chéquier sur laquelle il inscrivit un nombre à cinq chiffres. Leur père ne devrait pas devenir un étranger pour eux.

Il tendit le morceau de papier au chauffeur qui l'étudia.

– En livres sterling, précisa Michael.

Les dents en or scintillèrent.

– Pour une somme comme celle-là, je mettrais le feu à la maison de mon beau-frère avec lui à l'intérieur et je pisserais sur les braises.

– Ou celle de ta belle-mère ?

– Pour la moitié, *sahib* !

Le chauffeur rit à gorge déployée et Michael rédigea le chèque. Le nom du chauffeur se trouvait sur la carte d'identification fixée au tableau de bord : Gurpal Singh. Michael plia le chèque en deux et il disparut dans la veste en cuir du sikh.

– Tu ne devras tuer personne, Gurpal. À moins que tu y tiennes absolument.

Michael désigna l'entrepôt blanc de l'autre côté de la route.

– Dans exactement trois quarts d'heure, je voudrais que tu frappes à la porte bleue du bâtiment blanc que tu vois là-bas. Tu frapperas très fort. Et tu insisteras longtemps. Si personne ne vient ouvrir, je veux que tu défonces la porte, que tu fasses plein de raffut, puis que tu t'en ailles. Si quelqu'un vient t'ouvrir, Gurpal, cette personne sera un djihadiste armé. Un putain de combattant de l'islam, OK ? Mais il sera prudent parce que lui et ses amis ont prévu de faire sauter la moitié de la ville un peu plus tard dans la journée. Alors je crois même qu'il va se montrer très poli.

– Je lui demanderai l'heure, ou s'il a commandé un taxi, ou une pizza ?

Michael rit à son tour et il tapota la poche de poitrine du sikh.

– C'est beaucoup d'argent, mon ami, dit-il. Mais tu les auras bien gagnés. Dis-lui ce que tu veux. Mais va-t-en tout de suite après, ou bien assomme-le, si tu penses pouvoir le faire sans danger.

Le chauffeur hocha la tête.

Lene le regarda sortir de la voiture complètement éberluée. Michael fit quelques assouplissements sur le trottoir pour détendre sa jambe.

– Tu crois vraiment que c'est le moment de te faire de nouveaux amis ?

– Pourquoi ? Tu ne trouves pas que nous en avons besoin ?

Le chauffeur de taxi coupa son moteur.

Ils s'approchèrent de l'entrepôt et Lene jeta un coup d'œil au-dessus de son épaule. Le chauffeur était assis immobile derrière son volant. Elle eut l'impression de voir un sourire en or derrière les vitres teintées.

– Tu l'as payé ? demanda-t-elle.

– Évidemment. Une fortune.

– Pour faire quoi ?

– Pour frapper à une porte.

– Qu'est-ce qui l'empêche de se barrer, tout simplement ?

Michael s'arrêta et se tourna vers elle.

– Rien du tout, Lene. Sauf que ce type n'est pas comme nous, Lene. C'est un homme fier. Il a été soldat dans l'un des régiments les plus distingués du monde. Il est sikh et n'a aucune sympathie pour l'islam radical. Les sikhs sont les juifs de l'Inde. Les Hindous ont profané leur temple le plus sacré à Amritsar en 1985. Les Pakistanais ne les portent pas dans leur cœur et les talibans n'arrêtent pas de leur tomber dessus depuis 2010. Il est solide.

Ils étaient à cinquante mètres de l'immeuble de quatre étages qui tournait ses vitres blanches et condamnées vers la rue.

On aurait dit des yeux atteints de cataracte. Le bâtiment lui-même avait quelque chose d'interdit et de menaçant, songea Michael.

– Qu'est-ce qu'on fait ? s'enquit Lene.

– Je vais contourner le pâté de maisons, et je rentrerai par la porte à gauche du restaurant comme la dernière fois, répondit Michael. Je connais le chemin et le chien est mort. Toi tu rentres par devant. Cinq minutes ?

Elle acquiesça. Michael sourit et posa la main sur son épaule.

– Tais-toi, s'il te plaît, murmura-t-elle.

Il regarda derrière lui.

– Tu vois, il n'a pas bougé.

– Tant mieux.

Il tourna les talons et commença à s'éloigner.

– Michael ?

– Oui ?

– Cette fille enceinte… en Somalie.

– Oui ?

Son regard devint noir et il baissa la tête.

– Tu n'es pas responsable. Tu ne pouvais pas savoir. Elle aurait sûrement appelé les renforts et tu ne serais jamais sorti de cette vallée.

– On se voit à l'intérieur, répliqua-t-il.

Il n'avait fait que quelques mètres quand elle l'interpella à nouveau.

– Quoi ?

– Pourquoi tu es là, aujourd'hui ? demanda-t-elle.

– Je n'en sais rien, OK ?

– Qu'est-ce que tu veux que je dise à ta femme ? À Sara, si jamais tu… enfin, s'il t'arrive quelque chose ?

– Qu'elle ne manquera de rien.

– Toi, tu lui manqueras.

– Je n'ai pratiquement pas été chez moi ces quatre ou cinq dernières années. Elle ne verra pas la différence.

– Tu es un imbécile, Michael.

– Allons jouer les superninjas, Lene !

– D'accord.

– MICHAEL !

L'avertissement résonna haut et fort dans sa tête, mais ne fut rien de plus qu'un cri étouffé derrière le gaffer que le jeune Arabe aux cheveux longs et noirs avec une cicatrice blanche à la tempe avait enroulé autour de sa bouche. Les larmes giclèrent de ses yeux au moment de la collision avec le sol. Elle s'était laissée choir sur le côté avec la chaise sur laquelle elle était ligotée, après avoir entendu un bruit dans la pièce voisine et compris que Michael était tombé dans le piège.

Lui aussi.

La porte donnant sur la rue n'était pas verrouillée et ils l'attendaient tranquillement dans l'ombre. Elle n'avait pas eu le temps de voir son agresseur qu'elle était déjà désarmée et immobilisée par l'étranglement arrière parfait d'un bras aux muscles d'acier. Elle cherchait les doigts de son adversaire pour les casser quand un deuxième agresseur était sorti de l'obscurité et lui avait administré un violent coup de pied au plexus. Exactement à l'endroit où l'avait atteinte le genou de Kim la nuit précédente.

Elle avait eu le temps de remarquer que son deuxième attaquant portait le même parfum qu'elle.

Quand elle avait repris ses esprits et réussi à respirer à nouveau normalement, elle était attachée à une solide chaise en bois au milieu d'une pièce avec sous les yeux un matelas posé à même le sol et recouvert d'une couverture rouge.

Elle avait levé la tête et elle s'était vue…

Debout et en parfaite santé. Un clone parfait se tenait devant elle, en tout point identique, jusqu'aux pointes usées de ses bottes, même Levi's délavé, même bague serpent en argent qu'elle avait au pouce gauche depuis qu'elle l'avait achetée à l'âge de dix-sept ans sur un marché en Turquie et qu'elle ne pourrait sans doute plus enlever si elle essayait, mêmes boucles d'oreilles en forme de dauphin, même queue-de-cheval, mêmes mouvements, mêmes yeux. Elle avait même reconnu son propre sourire qui lui parut à cet instant empreint d'un tendre regret. Le rouge à lèvres, le parfum étaient les siens aussi. Elle avait cligné des yeux plusieurs fois de suite, mais son double était toujours là à la regarder pendant que le grand et beau garçon la saucissonnait avec du gaffer.

– Nazeera, c'est vous ? avait-elle demandé, déconcertée. Sa copie conforme avait acquiescé gravement.

– Oui, chérie. Je suis vous et vous êtes moi. C'est juste pour aujourd'hui, ma belle. On ne peut pas faire autrement, s'était excusée la femme à voix basse et sans animosité. C'est une bonne idée, vous ne trouvez pas ? C'est pour ça qu'on vous a laissée en vie sur le parking la nuit dernière. J'ai besoin de vous, vous comprenez ?

Elle lui avait soulevé le menton du bout des doigts pour pouvoir la regarder dans les yeux.

– Je vous aime bien, Lene, sincèrement. Et je continuerai à bien vous aimer si vous n'avez pas fait de mal à mon frère et à ma sœur. Sinon, je ne vous aimerai plus du tout, pour être honnête.

– Nous ne leur avons fait aucun mal.

La jeune femme l'avait regardée d'un air suspicieux.

– C'est vrai ?

– Oui, c'est vrai. Mais votre chien est mort, avait ajouté Lene en soutenant le regard de l'autre dans l'espoir d'y lire de la colère ou de la peine, mais il n'y avait ni l'un, ni l'autre. Juste deux pupilles noires au milieu des iris verts de la même nuance exactement que les siens.

– Rudolf était un bon chien, avait soupiré Nazeera. Je vous trouve très courageux d'être venus ici tout seuls, tous les deux.

Mais peut-être n'aviez-vous pas le choix. Je suppose que vous êtes recherchée pour la mort d'Irene…

Elle s'était tournée vers une table où était posé un scanner radio. Il devait être réglé sur les fréquences de la police, mais, pour l'instant, il était muet, à l'exception d'un faible bourdonnement.

– Vous avez tué Ain, avait grogné Lene.

Nazeera allait partir mais elle avait fait demi-tour.

– Vous ne pouvez pas comprendre, Lene. Les choses ne sont pas si simples. Oui. Oui, Ain est morte ! Et c'est moi qui l'ai tuée. Arrêtez-moi ! J'étais obligée de le faire.

– Vous voulez dire qu'elle est morte pour la cause ?

La femme lui avait souri comme on sourit à un enfant légèrement demeuré.

– On peut dire ça, chérie.

– Elle était innocente. Elle ne partageait même pas vos convictions de merde !

Lene n'avait pas vu le coup tomber tant Nazeera était rapide, mais elle avait eu l'impression d'entendre tonner un canon dans son oreille et de sentir sa tête se détacher de son cou. L'Arabe était d'une force phénoménale. Elle avait le tour des lèvres blanc de rage et ses yeux n'étaient plus que deux fentes vertes jetant des étincelles.

– Vous n'en savez rien du tout, Lene ! Et l'islam n'est pas… L'islam est notre chemin… et pas… ce que vous venez de dire. J'avais de l'affection pour Ain. Sincèrement, mais il n'y avait pas d'autre solution. Elle est plus heureuse là où elle est maintenant qu'elle ne l'a jamais été dans ce pays !

– Bien sûr. Continuez d'essayer de vous en persuader, pauvre folle. Comment avez-vous fait pour la convaincre ?

Nazeera s'était ressaisie et la colère s'était effacée de son beau visage.

– Convaincre de quoi ?

– De tout. De faire entrer Nabil Maroun dans le parc. De prêter son appartement aux autres.

Nazeera avait cligné des yeux une fois ou deux. Puis elle avait souri.

– Sérieusement ? Vous l'ignorez ? Nabil n'était rien du tout pour Ain. Juste un type dont je lui avais parlé, un étudiant fauché ayant besoin de se distraire et qui viendrait peut-être passer une soirée à Tivoli, mais seulement peut-être. C'était simplement un garçon un peu trop sérieux qu'elle devait faire entrer, sans avoir besoin de lui parler, et qu'elle pouvait oublier tout de suite après.

– Et l'appartement ?

Nazeera avait jeté un coup d'œil derrière elle pour voir où en étaient les préparatifs.

– Elle est venue habiter chez moi quelques jours, au mois de septembre. Elle était amoureuse de moi et contente d'avoir l'impression de m'avoir pour elle toute seule. On ne lui a jamais dit qu'on avait utilisé son appartement.

Elle avait glissé la main dans la poche intérieure de la veste de Lene et lui prit son portefeuille. L'insigne de Lene Jensen avait disparu dans la poche de sa propre veste.

– Je vais avoir besoin de ça. Merci, ma belle.

Lene avait fermé les yeux. Nazeera était devenue son sosie et, avec son insigne, elle pourrait entrer n'importe où. C'était un cauchemar.

– Pourquoi faites-vous ça, Nazeera ? Si vous stoppez tout ici et maintenant, on trouvera des solutions pour vous tirer de là. Je vous le promets. Je peux en parler à quelqu'un. Vous pouvez tout arrêter.

Nazeera sourit.

– Vous ne savez pas de quoi vous parlez, Lene, avait-elle répliqué d'une voix posée. Je *veux* faire ça. Ils m'ont *faite* pour ça. Je *crois*, Lene.

– Vous croyez à quoi ? Au sacrifice des innocents ?

Nazeera avait détourné les yeux.

– Oui. De centaines de milliers d'innocents. De Damas à Tripoli et de Tripoli à Benghazi. Depuis cent ans. Et pendant encore cent ans. Vous ne les avez pas vus. Moi je les ai vus. Dans ce monde-ci, celui dans lequel je vis avec mes amis, mes parents et mes frère et sœur, il n'y a rien qui me retienne. Cela fait juste partie du texte. C'est du théâtre. Des répliques écrites pour moi. Marcher du point blanc au point rouge sur la scène dans le premier acte, du point vert au point bleu dans le troisième, celui qui se joue actuellement. Je suis désolée, Lene. Même pendant que je me trouvais ici, à Copenhague, j'étais en réalité dans une autre maison avec ma vraie famille, en Jordanie. Comment pourriez-vous comprendre ? Ce n'est pas votre histoire, pas votre foi, pas votre chemin. Ne vous mêlez pas de ça ! Cela ne vous concerne pas.

– Et Irene ? avait murmuré Lene.

– Je l'aimais. Et, au fait, elle s'est bien occupée de votre fille, avait dit la femme, pensive. Vous le saviez ?

Lene avait hoché la tête.

– Et vous l'avez accusée d'un tas de saloperies qu'elle n'a jamais commises, avait ajouté Nazeera.

– Je sais, et je le regrette.

– La mort d'Irene était stupide et inutile. Kim est un imbécile. Et il était obsédé par vous. Il vous donnait trop d'importance et vous croyait plus dangereuse que vous ne l'êtes. C'est moi qui ai des regrets, en fait. Mais je vais trouver une solution. Ne pensez plus à lui. Il a tué Irene parce qu'il raisonnait mal.

– Pourquoi me dites-vous de ne pas penser à lui ?

– Parce que cela ne sert à rien, avait dit l'autre, catégorique. Il fait déjà partie du passé, mais il ne le sait pas encore.

Lene avait regardé derrière Nazeera le plus grand des deux Arabes maintenant habillé d'une veste blanche à boutons dorés et épaulettes qui le faisait ressembler à un officier de marine. Il avait un badge d'identification vert clipsé sur sa poche de poitrine, une cravate grise, un pantalon noir et des chaussures noires brillantes.

L'entreprise de catering, avait-elle pensé, affolée. Le traiteur qui devait servir le repas de gala à Ehud Berezowsky et aux dignitaires de l'université. Il était impeccable et, dans leurs déguisements, Nazeera et lui étaient aussi inévitables que la mort.

Les deux jeunes hommes se mouvaient tranquillement dans le local, sans se parler. Il y avait une assurance et une distance de somnambule chez ce trio. Rien ne semblait pouvoir énerver Nazeera, par exemple. Lene s'était fait la réflexion que tous les trois se considéraient déjà comme morts, ils faisaient déjà partie de l'autre monde.

Il y avait une caméra vidéo sur pied contre le mur du fond et, sur le rebord d'une fenêtre, Lene avait remarqué une sorte d'étendard noir avec des caractères brodés. Ils devaient déjà avoir enregistré et envoyé à leurs familles leurs messages d'adieu.

Le plus grand des deux garçons avait retiré sa veste et laissé son compagnon ajuster sur lui un gilet moulant, gris foncé, fermé par des bandes en Velcro et fabriqué dans un matériau qui ressemblait au Néoprène dont on fait les combinaisons humides. Le vêtement était bien façonné et de belle qualité, très différent des gilets en toile grossière, cousus main, que Lene avait pu voir jusqu'à la nausée pendant les séminaires de formation après l'attentat du parc. L'avant et l'arrière du gilet étaient cousus d'une rangée de larges poches dans lesquelles ils avaient inséré, un par un, d'abord des sachets noirs et plats, puis d'autres sachets, remplis de billes transparentes comme du verre.

– Vous ne passerez jamais les détecteurs de métaux et les chiens, avait-elle objecté dans une ultime et naïve tentative de les dissuader.

– Il n'y pas une once de métal dans ces gilets, avait répliqué sa doublure sans lui accorder un regard. Nous sommes au XXIe siècle, chérie. Comme vous. La fibre optique et les billes de verre durci ont remplacé les fils électriques, les batteries et les billes d'acier.

Le jeune homme avait reboutonné sa veste sur le gilet suicide et Lene s'était dit avec un haut-le-cœur que personne n'avait la moindre chance de se rendre compte de quoi que ce soit avant qu'il ne soit trop tard.

Elle avait reculé instinctivement la tête quand Nazeera s'était à nouveau penchée vers elle et avait pris son visage entre ses mains puissantes. Les yeux verts souriaient à quelques centimètres des siens et elle avait planté un long baiser sur la bouche de Lene. Elle avait essayé de séparer ses lèvres avec sa langue, mais Lene avait résisté.

Alors les mains fraîches avaient relâché son visage et Nazeera avait posé sur elle un regard étrange.

– Dommage, avait-elle ronronné. Ça aurait pu être fantastique. L'amour entre jumelles ! J'aime le goût de votre bouche et vous devez avoir une super chatte, Lene. Vous ne croyez pas que cela aurait été une belle expérience ?

Lene avait fermé les yeux. Si elle avait pu, elle aurait abattu Nazeera sur-le-champ.

L'Arabe s'était approché et avait bâillonné Lene avec le gaffer. L'autre terroriste, celui au visage pâle et au regard insondable, avait levé un doigt comme pour les avertir de quelque chose.

Nazeera Gamil avait posé un doigt sur ses lèvres, mutine, et elle avait souri.

– Voilà votre ami qui arrive. Cellules à infrarouge. Génial, non ? Il va croire que je suis vous, enfin, j'espère !

La gorge serrée par le désespoir, Lene l'avait vue sortir de la pièce par une ouverture sans porte. Les deux jeunes gens avaient éteint le scanner radio et disparu dans l'ombre, sans un bruit.

Le restaurant était fermé, le porche qui passait sous l'immeuble totalement silencieux et la porte ouverte, ce qui était déjà suspect en soi.

Michael regarda sa montre. Encore une minute. Les fenêtres de l'entrepôt étaient également occultées à l'arrière et il aurait pu y avoir une dizaine de terroristes planqués derrière avec vue sur la cour et sur lui, sans qu'il ait moyen de le savoir.

– Allez… dépêche-toi, grogna-t-il.

Lene n'était pas experte en serrurerie et il ignorait comment elle allait se débrouiller pour entrer dans le bâtiment. La connaissant, elle allait probablement frapper à la porte et aviser ensuite. Avec son pistolet.

Il devrait peut-être intervenir maintenant. La devancer pour détourner leur attention.

L'adrénaline masquait les douleurs de sa jambe, ce qui était un soulagement. La trotteuse arriva sur midi, il fit un signe de croix et traversa le porche et la cour en regardant droit devant lui. Puis il se colla dos au mur et baissa les yeux vers une volée de marches conduisant à une cave. Cinq marches acconduisaient à une porte vermoulue sans imposte. Elles étaient mangées de mousses et n'avaient visiblement pas été foulées depuis un certain temps. Michael descendit et colla l'oreille contre la porte. Silence.

Il enleva une toile d'araignée gluante de sa figure et examina la serrure. Cette porte n'avait pas l'air d'avoir été ouverte depuis le Déluge. Il s'appuya au panneau, douloureusement conscient des secondes qui s'écoulaient et du danger que courait peut-être Lene à cet instant. Il attendit deux secondes, immobile, puis il s'appuya à la rambarde de l'escalier, inspira profondément et envoya un grand coup de pied dans le battant. Elle pivota à 30° sur ses gonds grinçants, et s'arrêta sur un objet quelconque.

Michael se faufila dans l'ouverture et vit le tas de pneus qui avait bloqué l'entrée. Il attendit que ses yeux s'habituent à l'obscurité. *Qui va piano va sano*, se dit-il dans la lumière faible et grise. Il entendit couler de l'eau, quelque part, mais ne put en déterminer la source. Contre un mur étaient empilées des caisses d'oignons germés. Il poursuivit son chemin dans la cave suivante et dans celle d'après.

Enfin, il parvint à un escalier dont les marches usées en ciment gris montaient dans les étages de la bâtisse. Il s'arrêta au rez-de-chaussée, se plaqua contre le mur, le canon de son arme dans l'axe des yeux.

La porte principale était entrouverte et Michael se risqua à jeter un coup d'œil dans la rue. Le taxi du sikh était toujours à l'endroit où ils l'avaient laissé. Une jeune femme passa devant la porte sans le remarquer. Michael se mit à genoux, inspecta le sol et ne remarqua rien d'anormal. Aucune trace dans la poussière, aucune tache de sang.

Il repoussa la clenche du verrou et referma la porte avec un petit clic puis il la rouvrit et la referma encore une fois. Si son nouvel ami Gurpal respectait sa part du contrat, il n'aurait aucune difficulté à entrer et à surprendre un éventuel terroriste qui la croirait fermée. La méthode avait déjà fonctionné une fois ce jour-là.

Il vit que les poils sur le dos de ses mains n'étaient animés d'aucun mouvement et en déduisit qu'il n'y avait aucun courant d'air dans l'escalier. Michael traversa rapidement les pièces désertes du rez-de-chaussée sans rien découvrir d'intéressant, hormis une coupelle en aluminium posée sur le rebord d'une fenêtre ayant servi de support à une bougie chauffe-plat puis utilisée comme cendrier. Il ramassa deux mégots et les renifla. Ils étaient relativement frais et l'un des deux portait une trace de rouge à lèvres.

Un petit rectangle avait été gratté dans la peinture blanche de la vitre, donnant une visibilité parfaite sur la cour. Michael allait passer à l'étage suivant quand son téléphone tinta. Dans le silence, le bruit lui parut aussi fort que s'il venait de heurter de plein fouet la grande cloche d'une cathédrale. Il fit machine arrière en jurant intérieurement. Il s'attendait à entendre l'armement des kalachnikovs, des bruits de bottes et des cris, mais il ne se passa rien.

On accédait à l'étage supérieur par un trou noir dans un mur qui avait dû être blanc, mais qui maintenant était noir de crasse. Michael s'arrêta dans la première pièce. Les poils sur ses avant-bras frémissaient à présent dans d'infimes mouvements dans l'air qui n'étaient perceptibles par aucun de ses autres sens. Il tourna à droite. La même pénombre régnait ici que dans le reste de l'entrepôt. Après avoir traversé une première pièce déserte, il crut percevoir un léger grésillement électrique. Il ferma les yeux et écouta avec toutes les fibres de son être.

Il sentait une autre présence, proche. Il entra à tâtons dans la pièce suivante, se tourna vers les hautes fenêtres peintes et, dans la lumière grise, il distingua la silhouette de Lene. Elle était complètement immobile, l'épaule gauche appuyée au mur, et, en s'approchant, il put voir le reflet chaud de ses cheveux roux. Elle était concentrée, l'embouchure de son pistolet appuyée sur son front. Michael s'arrêta à quelques mètres. Il n'osa pas lui parler.

Qu'avait-elle entendu derrière ce mur pour être aussi attentive ?

Michael pensait n'avoir pas fait plus de bruit qu'un Sioux sur le sentier de la guerre, mais, soudain, le corps de Lene se figea. Elle tendit la main en arrière dans un geste qui disait : « Stop ! » et « Chut ! »

Il la vit brièvement de profil, puis son visage disparut à nouveau dans l'ombre et elle lui fit signe de la rejoindre, non sans avoir posé le doigt sur ses lèvres pour lui intimer le silence.

Michael s'approcha sur la pointe des pieds. Encore cinquante centimètres et il pourrait voir ce qu'elle était en train de regarder. Il arriva à la hauteur de son oreille bien dessinée et elle se tourna vers lui. Sur leur gauche se trouvait une longue salle haute de plafond et il tendit le cou pour mieux voir.

Soudain, il y eut un fracas et un cri étouffé à quelques mètres de distance et Michael sursauta. Il faisait un pas dans la direction du bruit quand le pistolet dans la main de Lene décrivit une courte et rageuse trajectoire vers sa tête. La surprise de l'attaque arriva à son cerveau en même temps que la réalisation qu'il se passait quelque chose de totalement anormal.

Il n'eut pas le temps d'aller plus loin dans sa réflexion. La crosse de l'arme s'abattit violemment sur le haut de son crâne. Son champ de vision bascula et ses jambes le trahirent. Ce fut comme si quelqu'un avait démoli une maison à l'intérieur de sa tête.

Quelques secondes plus tard, il entrouvrit les yeux et découvrit qu'il était à quatre pattes, en train de regarder son pistolet à plusieurs mètres de lui. Des gouttes de sang pleuvaient sur le dos de sa main. Il leva les yeux vers les longues jambes légèrement écartées de Lene.

Loin là-haut, Michael crut voir un sourire éclatant. Il tourna la tête comme un animal blessé et voulut ramper vers son arme, mais le pied botté devant lui recula de quelques centimètres et, lentement, avec une lenteur effrayante, il refit le trajet en sens inverse et entra en collision avec son visage. Comme un train qui déraille dans un cauchemar. Puis tout s'éteignit et il n'y eut plus que l'obscurité.

Michael se pencha précipitamment en avant et vomit. Le jeune homme aux cheveux de rockstar et à l'AK-47 dut faire un petit pas de côté pour éviter les éclaboussures.

Il avait essayé de contenir sa nausée, mais son corps se vidait en réaction au traumatisme crânien. Il ferma les yeux sans parvenir à empêcher le monde de se détendre et de se rétracter autour de lui. C'était comme un saut à l'élastique, à l'horizontale. On lui tordit les bras derrière le dos avec dextérité, on lui lia les poignets et on l'attacha à sa chaise. Puis vint le tour des cuisses. Quand ils voulurent lui attacher les chevilles, le rouleau était vide et ils durent y renoncer.

La bave dégoulinait sur son torse et il se haïssait de sa propre faiblesse.

Michael ouvrit les yeux et secoua la sueur de ses cheveux. Le mouvement déclencha de nouveaux spasmes mais, cette fois, il parvint à contrôler ses entrailles.

Le clone était debout à quelques mètres de lui, les yeux posés sur lui, l'air indifférent. Il regarda Lene sur la chaise voisine et de nouveau la femme devant lui. La ressemblance était effrayante. Un jeune homme pâle était en train de monter une table de pique-nique. Il déplia ensuite un drapeau noir qu'il accrocha au mur sur plusieurs crochets. Puis il s'affaira à régler la caméra en surveillant l'heure à sa montre. Enfin, il posa sur la table une sorte de sac en toile de jute avec des trous, plusieurs couteaux de boucher, une hache à trancher et une scie à viande inoxydable. Le tout avec des gestes lents et cérémonieux. Et, en même temps, il y mettait autant de passion que s'il était en train d'arranger des chips et de la bière pour une soirée foot avec ses potes.

La femme examinait les traits de Michael comme si elle y cherchait quelque chose. Et lui refusait de lui donner quoi que ce soit, même si ça devait être le dernier effort qu'il fournirait dans sa vie. Il la fixait sans ciller. Au bout d'un moment, sa nausée disparut et il ne ressentit plus que le sifflement de l'adrénaline dans ses oreilles. Nazeera ne baissa pas les yeux jusqu'à ce que le beau jeune homme en veste de serveur vienne lui chuchoter quelques mots à l'oreille en désignant sa montre. Elle hocha la tête sans rien dire, s'approcha du matelas avec sa couverture rouge stupre, et laissa le jeune homme la revêtir d'un gilet en Néoprène gris très ajusté. Il referma les sangles à Velcro dans le bas de son dos et sur ses épaules et inséra les sachets transparents remplis de billes de verre dans les poches, à l'avant et à l'arrière du gilet.

Michael contemplait le cauchemar de toute unité antiterroriste. De lourdes billes de verre durci, aussi meurtrières à courte portée que des billes d'acier ou de plomb. Le gilet ne semblait avoir ni câble, ni batterie et ses cartouches d'explosif devaient être reliées par des faisceaux de fibre optique. Dans le milieu où il évoluait, il avait entendu parler de ces armes fatales, mais tout le monde pensait que cette technologie appartenait encore à la science-fiction.

Avec l'agaçante région de son cerveau qui restait neutre et pragmatique en toutes circonstances, alors que le reste de sa personne était à cinq minutes d'un égorgement rituel et dix minutes de sa mise en ligne sur YouTube, Michael pensait à l'explosif utilisé. Il s'agissait probablement là encore d'un mélange encore inconnu, réservé à des travaux très spéciaux. Il était vraisemblablement inodore et capable de se propager à une vitesse de quatre mille mètres par seconde. Les labradors de la police ne sauraient pas le détecter et personne ne pourrait courir assez vite pour y échapper.

Pas même un Usain Bolt.

La femme enfila la copie de la veste usée de Lene au-dessus du gilet suicide et la ferma.

À présent, ils savaient que ce n'était pas la PET qui avait fouillé l'appartement de Lene à Frederiksberg. C'était tout simplement Nazeera Gamil allée répertorier sa modeste garde-robe dans le but de la copier. Michael n'avait jamais vu Lene autrement qu'en jean, T-shirts, chemise d'homme blanche et deux vestes en cuir différentes. L'hiver, elle portait parfois un duffel-coat bleu marine. Elle ne semblait pas posséder d'autres vêtements. Elle avait une paire de bottes espagnoles en cuir, à talons plats, celles-là mêmes que les deux femmes avaient choisi de porter ce jour-là, et une paire de tennis Fred Perry.

– On peut savoir qui vous êtes ? demanda la femme.

Il se contenta de sourire. Ce n'était pas facile, mais il y parvint.

Elle avait l'air d'avoir envie de le frapper. Puis elle jeta un coup d'œil derrière elle pour voir où en étaient les préparatifs du jeune Arabe. Il y avait maintenant également une paire de gants en cuir noir à côté du sac avec les trous pour les yeux… et des ustensiles de boucher.

– Jérusalem ?

– Pas très loin, Fåborg.

Elle ne le crut pas.

– Ils n'ont pas votre modèle à Fåborg, dit-elle.

Michael haussa les épaules.

– Je vous rappelle que vous êtes pressés, lui rappela-t-il, pensant à une petite bicoque couverte de poussière avec deux poules et un toit plat pour récolter l'eau de pluie quand la moisson montait de la région des fleuves et faisait remonter l'humidité sur les versants de l'Himalaya et sur trois enfants aux dents blanches : les garçons Balhaan et Iskander et la fille Kashmiri, la lumière des vieux jours de son ami Gurpal.

– Faites mes amitiés à Ehud Berezowsky, ajouta-t-il.

Un lourd silence emplit la pièce. Même l'aspirant bourreau interrompit son travail et leva la tête, les yeux dans le vague.

Nazeera Gamil mit la main sur son cœur, puis sur son front, et s'inclina légèrement, les mains jointes.

– *As'Salaam alaikum*, dit-elle à voix basse.

– *Ma'assalam, fi aman Allah*, répondit Michael spontanément, regrettant aussitôt de s'être ainsi dévoilé.

Nazeera et le terroriste en veste blanche partirent après avoir échangé quelques mots avec son bourreau d'un ton paisible.

Joli couple, songea Michael.

Il entendit la porte claquer très loin et pria pour qu'ils ne vérifient pas le verrouillage.

Il essaya d'échanger un regard avec Lene, mais elle était absente et triste, affalée sur sa chaise. Il n'y avait plus aucune trace chez la commissaire de l'attitude fière et combative qui la caractérisait. Elle semblait regarder vers l'intérieur comme si elle s'efforçait de retrouver les plus belles images de sa vie. Avec sa fille Josefine, sans doute. Jour après jour, année après année.

Ce fut elle que leur bourreau vint chercher en premier. Le jeune homme découpa et retira le chatterton sur son visage afin qu'on puisse la reconnaître sur la vidéo. Il bascula sa chaise en arrière et la traîna sur le béton lisse du sol. Il déposa Lene face à la table avec derrière sa tête l'étendard noir et or accroché au mur.

Il alla ensuite chercher Michael. Quand il bascula sa chaise en arrière, quelque chose céda avec un craquement sec, mais la chaise résista au transport.

Il le stationna à cinquante centimètres de Lene qui regardait par terre, les yeux mi-clos. Le garçon resta quelques instants debout entre ses deux victimes, répertoriant les objets sur la table, s'assurant qu'il n'avait rien oublié. Puis il alla prendre place de l'autre côté de la table et il colla l'œil au viseur de la caméra. Une petite ampoule verte se mit à clignoter. Il modifia légèrement l'axe de l'objectif et régla le zoom. Puis il éteignit à nouveau la caméra et vérifia le branchement de l'appareil avec l'ordinateur posé à ses pieds. Il eut l'air satisfait de son installation.

Il alla prendre le sac sur la table et le mit en place sur sa tête de façon à ce que les trous soient en face de ses yeux. Il ceignit son front d'un bandeau noir avec des inscriptions blanches et enfila les gants de cuir. La lenteur de ses mouvements n'était empreinte d'aucun sadisme et il ne déversa aucune malédiction sur eux. Il avait à peine l'air de se rappeler leur présence. Il essayait simplement de se souvenir de tous les détails, ce qui était plus effrayant que n'importe quel autre comportement. Il retourna à la caméra et les regarda à travers son viseur. La lampe s'alluma de nouveau.

– Lene ?… Lene ?! siffla Michael. Regarde-moi, bon Dieu !

Elle leva lentement la tête et tourna vers lui son regard insondable.

– Quoi ?
– Regarde-moi.
– Je n'ai pas le temps, Michael. Vraiment pas.
– Fais-le pour moi.

Il eut le temps d'inspirer et d'expirer trois fois avant qu'elle parle à nouveau.

– D'accord. Alors, pour toi.

Les yeux noirs et brillants sous la capuche suivaient leur échange. Puis le garçon haussa les épaules et il se saisit du grand couteau à découper. Il le regarda d'un air pensif puis le reposa pour le remplacer par le hachoir qu'il soupesa. Les yeux de Lene ne quittaient pas ceux de Michael. Elle inspira profondément et garda l'air dans ses poumons.

Le garçon avait fait deux pas vers eux quand trois grondements métalliques roulèrent à travers le bâtiment. Michael mit toute sa volonté à ne pas réagir et l'expression de Lene ne changea pas non plus. Peut-être n'avait-elle rien entendu.

Mais le garçon avait entendu, lui. Il se figea. Le même bruit éclata à nouveau. Michael se souvint que la porte d'entrée était une énorme plaque de métal, idéale quand on veut faire beaucoup de bruit.

À l'intérieur de la capuche, le jeune djihadiste poussa un juron étouffé dans sa langue.

Il éteignit la caméra et reposa soigneusement les gants, le bandeau et le sac à leur place sur la table. À présent, on aurait dit que quelqu'un donnait des coups de bélier à la porte d'un château fort au Moyen Âge.

Le garçon se précipita à la fenêtre. Il ne vit apparemment aucune menace dans la rue, ni barrières, ni voitures blindées, ni unités antiterroristes vêtues de noir avec visées laser, masques à gaz, chiens et snipers sur les toits, car une ride perplexe se creusa entre ses épais sourcils. Il marmonna quelques mots incompréhensibles, se retourna brusquement et les regarda d'un air contrarié. Michael évita son regard, mais il comprenait son dilemme. Devait-il précipiter les choses, rallumer la caméra et leur couper la tête afin d'en finir avec le rituel et ainsi prouver la toute-puissance du cheikh Ebrahim Safar Khan, ou bien aller chercher l'origine du dérangement et l'éliminer ?

Leur vie tenait à ce choix.

Il eut le plus grand mal à réprimer un soupir de soulagement quand le jeune homme choisit la deuxième solution et disparut dans l'escalier, armé de l'une des deux kalachnikovs.

Michael eut presque pitié de lui.

Mais on ne plaint pas longtemps un terroriste qui n'a de cesse que de vous couper la tête. Il se mit debout avec l'allure d'une tortue dont la carapace n'aurait pas été de la bonne taille, traversa la pièce clopin-clopant sous le regard ébahi de Lene et alla se jeter contre un mur, la chaise la première. Elle se rompit sous son poids et lui-même se retrouva les quatre fers en l'air. En deux temps, trois mouvements, il s'était débarrassé des débris de la chaise. Il se releva, sautilla jusqu'à la table et prit le couteau.

Il n'entendait aucun bruit venant de l'escalier. Michael se mit à genoux et coupa le gaffer qui lui emprisonnait les cuisses. Puis il retourna la lame et, à l'aveugle, il scia l'adhésif derrière son dos pour détacher ses bras.

Il ne s'occupa pas de Lene qui s'époumonait pour qu'il la libère également. Il prit son pistolet sur le rebord de la fenêtre où Nazeera Gamil l'avait posé, et se précipita vers l'escalier. Sa course ramena le sang et les sensations dans ses jambes et il put courir plus librement et avec moins de risques de dégringoler dans l'escalier. Avec une imprudence suicidaire, il descendit les marches quatre à quatre, s'attendant à chaque instant à se retrouver face à face avec le boucher et son AK-47.

En atteignant l'entresol, il leva son pistolet à hauteur des yeux et le braqua devant lui avant de sauter les dernières marches et de débouler dans l'entrée. Puis il stoppa net et abaissa son arme.

Le grand sikh, debout devant la porte, le regardait tranquillement. Le turban immaculé était un peu de travers et une mèche de ses cheveux nattés avec sa barbe, qui devait faire plus d'un mètre de longueur, pendait sur son épaule. Il avait une estafilade à la joue et le sang coulait sur sa veste. Il tenait la kalachnikov dans une main et avait l'air de contrôler parfaitement la situation.

Michael jeta un coup d'œil au jeune homme gisant en tas près du mur. Michael le croyait mort, mais il l'entendit pousser un faible gémissement et le vit battre des paupières. Il remit son arme dans sa ceinture.

– Tu es venu, puissant Gurpal.

– Comme tu vois, l'ami.

– Et le garçon…

L'ancien sergent grand et mince haussa l'épaule.

– … ne va pas très bien, *sahib*. Il n'a pas eu le temps de comprendre qu'on pouvait également taper sur une porte en fer avec un pavé, *de l'intérieur*.

Michael rigola et montra sa propre joue.

– Tu saignes, dit-il.

– Ah ?

Le sikh imita son geste et regarda ses doigts humides.

– Une simple égratignure. Veux-tu que je le tue pour toi ? J'en serais heureux. Al-Qaïda ?

– Même genre. Et non, je te remercie. Michael se pencha, prit le garçon par sa ceinture et le jeta sur son épaule. Il ne pesait rien du tout.

– J'ai une dette envers toi, dit-il. Mais il y a encore une chose que tu peux faire pour nous. En échange d'une somme adaptée, bien sûr. Tu sais conduire ? Et quand je dis conduire, c'est vraiment conduire !

Sa question ne donna lieu qu'à un très bref hochement de tête.

– Tu veux conduire pour nous, Gurpal ? Très, très vite. Plus vite que le vent ?

– Peut-être… Tu as parlé d'une somme d'argent adaptée, *sahib*. La même que tout à l'heure ?

Michael lui jeta un regard incrédule.

– Je n'ai pas dit que je t'achetais ta voiture et le garage avec ! J'en ai seulement besoin pendant une heure, avec toi au volant. Je te donnerai le tiers de la somme de tout à l'heure, si tu veux, mais seulement parce que je suis d'une infinie générosité.

– Je vais peut-être perdre mon permis de conduire, commença le sikh, les yeux baissés et l'air affligé. Le marchandage était un sport national et il l'avait dans le sang. Qu'adviendra-t-il alors de ma famille ?

Michael faillit lui répondre qu'au Pendjab, sa famille et lui allaient pouvoir vivre comme des nababs avec le chèque qu'il lui avait déjà donné.

– Tu volerais sa sébile à un mendiant aveugle, grogna-t-il à la place. La moitié ?

Nouveau hochement de tête.

– Je vais porter le fusil-mitrailleur, *sahib*, même s'il est très lourd. Montre-moi le chemin.

Lene le fusilla du regard quand il remonta et laissa tomber le garçon sur le matelas.

– Attache-le. Bien serré, demanda-t-il au sikh, avant d'aller libérer Lene. Elle arracha elle-même les derniers morceaux d'adhésif de ses chevilles et de ses poignets, se leva, fit un pas et faillit tomber.

– Pas si vite ! la prévint-il. Laisse le sang circuler !

Elle acquiesça et entreprit de masser ses triceps.

Michael rassembla leurs affaires, vérifia le contenu du chargeur du pistolet de Lene et le rangea dans son holster. Il regarda l'heure. Dans vingt minutes, les serveurs de l'entreprise de catering allaient commencer à apporter les plats dans la salle de réception de l'université et, quand le terroriste aux cheveux longs et à la cicatrice entrerait, tout le monde mourrait. Il passerait tous les détecteurs de métaux et les chiens ne lui accorderaient même pas un regard.

Derrière lui, Gurpal avait fini de saucissonner le terroriste. Par mesure de précaution, il le traîna par les pieds et il l'attacha à un pilier au milieu de la pièce.

Il se frotta les mains l'une contre l'autre pour enlever la poussière et cracha sur le jeune homme qui avait retrouvé tous ses esprits.

Lene tenta prudemment de s'accroupir, puis de se lever et de faire quelques pas. Elle arrivait presque à bouger normalement.

– Il faut y aller, Michael, dit-elle.

Il la poussa devant lui vers l'escalier.

– Tu viens, Gurpal ?

– Et lui ? demanda Lene. On le laisse là ?

– Si les choses se passent vraiment mal, il peut nous être utile pour négocier, répondit Michael.

– Ils n'en ont rien à foutre de lui ! Ces gens-là se considèrent déjà comme morts, Michael. Ils n'ont rien à perdre… tu comprends ?

Il passa devant elle et commença à dévaler les marches. Elle accéléra pour ne pas se laisser distancer.

– Mais il sait où se trouve Safar Khan, cria-t-il au-dessus de son épaule. Et ça, ça a de la valeur !

Malgré le peu de circulation dans les rues de Copenhague, Gurpal eut l'occasion de prouver qu'il savait conduire et Michael crut vieillir d'une année à chaque seconde que dura le trajet. Lui-même se considérait comme un pilote habile et il avait eu l'occasion d'affiner son talent naturel au cours de plusieurs stages de conduite défensive et offensive sur divers tarmacs désaffectés, au sud de l'Angleterre. Mais le sikh avait un talent inné, et il était mûr pour courir en Formule 1. Lene n'ouvrit pas les yeux une seule fois.

En plein dérapage contrôlé, Michael pensa tout à coup à son portable et au signal dans l'escalier tout à l'heure. Il réussit à le sortir de sa poche en dépit de la force centrifuge et ouvrit le mail de Sandy Huffington enfin arrivé. Il fit défiler presque tout le courriel sans le lire et se concentra sur la conclusion, qui était un modèle de concision.

– Merde alors, murmura-t-il en regardant Lene.

– Quoi ? dit celle-ci sans ouvrir les yeux.

– Le mail de Londres est arrivé. Figure-toi qu'avant de devenir le parrain des poseurs de bombes, Safar Khan enseignait à la London School of Economics.

– On le savait déjà, ça.

– Oui. Mais il a perdu sa femme alors qu'elle rendait visite à ses parents au Liban. Elle est morte le 17 septembre 1982, Lene.

– Oh, mon Dieu ! Alors tu crois que…

Il hocha tristement la tête.

– Oui. Sa famille se trouvait dans le camp de réfugiés de Chatila. Dieu seul sait comment elle y est entrée, et pourquoi, mais elle a été exécutée là-bas par les phalangistes en même temps que ses vieux parents et un jeune frère.

– Un cercle vicieux, murmura-t-elle.

– Hein ?

– Un expert américain est venu nous parler de terrorisme à l'hôtel de police le jour où Ain… Bref, laisse tomber.

– Quel âge a Nazeera, à ton avis ? demanda Michael.

– Je n'en sais rien. Trente et quelques, je pense.

– Tu n'étais pas loin. Elle est née le 14 mars 1983 à l'hôpital St Mary.

Il ouvrit la bouche pour crier sans qu'aucun son ne sorte de sa bouche quand Gurpal fit brusquement monter la lourde Mercedes sur la piste cyclable, un quart de seconde avant de risquer d'entrer en collision avec un bus qui s'était déporté sur la gauche pour éviter des travaux de voirie dans Sølvgade.

Michael eut le temps de voir l'expression horrifiée et la bouche grande ouverte du chauffeur de bus qui écrasa son frein, faisant tanguer le lourd véhicule. Michael entendait presque craquer comme de vieilles branches les os des retraités assis à l'intérieur.

Il jeta un coup d'œil au sikh dont le visage semblait découpé dans un rocher sombre et lisse.

– D'accord, et alors ?

– Hein ?

Michael pensait encore à la bouche du chauffeur du bus qui devait être assez grande pour avaler un porte-conteneurs.

– Elle s'appelle Nazeera. Ce n'est pas un prénom très commun pour une fille.

– Je sais qu'elle s'appelle Nazeera.

– Non, je te parle de l'épouse, Lene. De la femme de Safar Khan !

– Et tu penses que…

– Exactement. Khan et Gamil enseignaient à la même faculté, les deux familles ont habité à trois maisons l'une de l'autre entre 1972 et fin 1990, année où le fondamentalisme musulman a véritablement pris racine. Safar Khan a vendu sa maison, il est parti faire son voyage en Terre sainte et il a pété les plombs. Son voisin et collègue Gamil a évidemment donné à sa fille le prénom de la femme assassinée de Khan, et elle a été élevée pour devenir une arme, une taupe dans un pays européen de la coalition. Ça aurait pu être dans n'importe quel autre pays, mais c'est tombé sur le Danemark. Ensuite, elle a été formée et endoctrinée au fil de ses séjours à Amman.

Lene absorba ces informations pendant que Michael essayait de déchiffrer le long mail de Sandy.

– Si elle est pratiquement née au sein de cette organisation et qu'elle a connu Safar Khan toute sa vie, pourquoi était-elle obligée de tuer Ain ? demanda-t-elle.

– Elle n'était pas obligée, mais c'était ce que Kim s'attendait à ce qu'elle fasse. Khan avait totalement confiance en elle, mais

Kim avait lu le manuel PET du petit terroriste et il n'aurait pas compris qu'à aucun moment elle ne soit contrainte de prouver sa valeur et sa loyauté à son maître. Kim – et pas seulement lui – savait qu'elle devait montrer de quel bois elle était faite. C'est pour eux qu'elle a sacrifié Ain, pas pour Khan. Lui n'avait besoin d'aucune preuve, elle était des leurs et elle était irrésistible pour n'importe quel service de renseignement. En l'occurrence, la PET. Khan l'a infiltrée.

Quelques expériences de mort imminente plus tard, ils avaient atteint Krystalgade. Gurpal ralentit enfin et Lene rouvrit les yeux.

– Tu entends les cloches, Michael ? Il est midi !

Gurpal se gara contre un trottoir dans Nørregade. La rue était bloquée. Quelques badauds oisifs attendaient devant les barrières, la plupart ignoraient ce qu'ils attendaient.

Le sikh se tourna vers Michael.

– *Sahib ?*

Michael regarda la cathédrale à cent mètres de là. Sa façade en grès pâle lui donnait un air intemporel et indestructible. Derrière le clocher, on apercevait les trois toits pointus dominant l'entrée principale de l'université, avec ses colonnades. Combien de fois avait-il été assis sur les marches de cet édifice à fumer, à parler de filles et d'examens avec ses camarades de la fac de droit !

Derrière de hautes barrières enchaînées les unes aux autres, les agents des forces d'intervention attendaient dans leurs uniformes noirs. Des tentes blanches se dressaient sur l'esplanade, dissimulant sans doute les voitures du traiteur. Il y avait des chiens de détection d'explosifs de tous les côtés, mais, pour l'instant, pas de jeune homme aux cheveux longs, en veste blanche, avec une cicatrice à la tempe.

– On ne peut pas se contenter de rester là, Michael, dit Lene en ouvrant la portière. Essayons d'approcher par Skindergade.

Lene composa un numéro sur son portable tout en courant.

Apparemment quelqu'un répondit car elle stoppa net, saisit Michael par le bras et l'obligea à s'arrêter aussi.

– Dieu soit loué ! Charlotte, vous répondez ! Il faut absolument que vous m'écoutiez. C'est une question de vie ou de mort. Je ne plaisante pas !

On aurait dit que sa supérieure lui parlait depuis l'intérieur d'un scaphandre.

– Qu'est-ce qu'il y a encore ? Je n'ai vraiment, vraiment pas le temps de vous parler maintenant. Raccrochez immédiatement ! Je vais éteindre mon téléphone !

– ATTENDEZ ! Ils sont à l'intérieur, Charlotte ! Un jeune homme en uniforme de serveur, cheveux longs, lisses et noirs, taille 1,85 m, cicatrice blanche à la tempe gauche. Il est muni d'une accréditation authentique de la société de catering. Il porte un gilet explosif d'une technologie très avancée et il va tous vous tuer, vous m'entendez ? Vous êtes à l'intérieur ?

– ... intérieur... je sais...

Lene se recroquevilla sur elle-même, crispa les mains sur le téléphone et ferma les yeux, concentrée à l'extrême. Michael la traîna derrière lui comme une adolescente capricieuse. Elle ouvrit les yeux et tenta en vain de le frapper.

Enfin, la voix de Charlotte redevint audible.

– Nous savons tout ça ! Nous le savons depuis le début. Il est à quelques pas devant moi, Lene ! Samir El-Shennawi de Homs en Syrie. Vingt-cinq ans. Je sais tout de lui ! Nous savons tout ce qu'il y a à savoir sur lui ! Je vous rappelle plus tard, d'accord ? Je vais couper, *maintenant*. Nous n'avons pas le droit d'utiliser de portables à l'intérieur de l'enceinte sécurisée.

Lene se redressa et regarda le téléphone comme s'il venait de lui mordre l'oreille.

– Mais Berezowsky ? Il va mourir !

– Il est venu hier. On lui a remis son prix vers minuit. Le prince héritier lui a serré la main et il est déjà de retour à Tel

Aviv. Je l'ai eu au téléphone il y a une demi-heure. Il était très content, fier et reconnaissant. Il va très bien.

– Qu'est-ce que vous dites ?

– Plus tard, Lene. D'accord ?

Lene frappa rageusement du pied et Michael la regarda comme s'il avait envie de la gifler.

– Vous ne m'écoutez pas ! tenta-t-elle à nouveau. Il porte une nouvelle génération de gilet suicide avec des câbles en fibre optique et des billes de verre. Les chiens ne pourront pas le sentir et il passera à travers les détecteurs de métaux.

– Je sais ça aussi. La bombe a été désamorcée. Tout va bien. Il n'y a aucun problème.

– Désamorcée par qui ?

Mais Charlotte avait raccroché. Elle essaya de rappeler et tomba sur un répondeur. Charlotte avait éteint son téléphone.

– Qu'est-ce qu'elle a dit ? demanda Michael.

Elle plissa les yeux en regardant le soleil qui, pour une fois, avait traversé la couche de nuages.

– Qu'ils contrôlaient la situation, marmonna-t-elle, déroutée. Qu'ils savaient déjà qui il était. Samir El… El Shennawi, vingt-cinq ans, originaire de Homs en Syrie. Berezowsky n'est même pas là ! On lui a remis son prix hier soir et il est déjà rentré chez lui. Charlotte était au courant aussi pour le gilet explosif et elle dit qu'il est inoffensif. Désamorcé.

La ruelle de Fiolstræde avait été fermée à partir de la cathédrale. Là aussi des policiers étaient en faction avec des chiens. Une petite foule s'était amassée devant les barrières, mais, cela mis à part, il n'y avait aucune agitation dans la rue. Lene se dit que la plupart devaient être des piétons qui cherchaient à se rendre à la gare de Nørreport et se voyaient contraints de trouver un autre itinéraire. Michael l'entraîna contre un mur. De là, ils apercevaient la partie est du vieux bâtiment universitaire avec son escalier, ses bustes et les grandes coupes en cuivre dans lesquelles on allumait la flamme pour les grandes occasions, rentrées universitaires et autres.

Il désigna un point et Lene vit les camionnettes blanches du traiteur suisse, garées entre les tentes de réception et les paniers à salade des forces d'intervention de la police. Les hautes fenêtres de style gothique étaient sombres.

Michael lui posa une question à laquelle elle ne répondit pas parce que ses jambes étaient en train de se dérober sous elle.

– Qu'est-ce que tu m'as dit, pardon ?

– Qui a désamorcé le gilet ?

– Elle ne me l'a pas dit.

– Les deux gilets ? Celui de Nazeera également ?

Lene secoua la tête.

– Aucune idée.

Michael et elle échangèrent un regard et la même idée leur vint en même temps.

– S'ils croient que c'est Nazeera qui a désamorcé le gilet, ils vont avoir une sacrée…

Tout à coup, la rue donna l'impression de se déplacer latéralement. Une vague qui démarrait près des anciens bâtiments de l'université se propagea en un cercle concentrique de tous les côtés, comme l'onde créée quand on lance un caillou dans l'eau. Michael faillit tomber. Lene *vit* les dalles du trottoir se soulever et revenir à leur place initiale. C'était comme si un gigantesque animal se réveillait tout à coup sous terre. Ensuite vint le bruit. Une déflagration étouffée et mate à la limite de ce que l'ouïe humaine est capable de percevoir dans les sons graves.

Les gens alentour furent emportés comme s'ils étaient baignés par les brisants avant de retomber au même endroit et de reprendre leur taille normale. Une vieille dame se retrouva le cul par terre et regarda autour d'elle, l'air désorienté. Un enfant dans une remorque de bicyclette se mit à pleurer. Les murs de l'université semblèrent se dilater et se rétracter ensuite et le buste de Niels Bohr chut de son piédestal. Sa tête grave mais sympathique roula sur les pavés et finit sa course devant le nez d'un chien policier tombé à genoux. Le chien se releva sur des pattes tremblantes et il pissa sur la tête en bronze après l'avoir reniflée.

– … surprise, dit Michael, achevant sa phrase.

Lene l'entraîna vers les barrières. Les agents de la police régulière et ceux de l'unité d'intervention tournaient inutilement en rond sur la place, entre la cathédrale et l'université, et plus personne ne surveillait la barrière.

– Il faut qu'on y aille, Michael !

Michael resta immobile.

– Il y a un problème.

– Ça veut dire quoi : il y a un problème ? Bien sûr qu'il y a un problème ! Ils viennent de faire sauter la baraque et tous ceux qui étaient dedans, putain !

Il pointa du doigt les vitres sombres de la façade.

– Pourquoi les vitres ne sont-elles pas cassées, alors ? Il n'y en a pas une seule qui soit cassée. C'est impossible.

– Il faut qu'on y aille quand même. Viens !

– Tu te rappelles le chant de la cigale, au bord de la mer, Samir ? lui avait-elle demandé pendant qu'ils roulaient tous deux dans la voiture qu'elle avait louée au nom de Nazeera Gamil, parce que son nom ne lui servirait plus à rien désormais.

– Bien sûr, avait-il marmonné. Et des bactéries. Et du touriste qui flottait et lisait un journal.

– Tu avais envie de m'embrasser, dit-elle, de me faire l'amour.

– J'en ai toujours eu envie.

Cela ne lui coûtait plus de faire cet aveu. Puisque cela n'arriverait pas.

– Fais attention à ta figure, quand on sera là-bas, lui recommanda-t-elle. À l'expression de ton visage, je veux dire.

– Évidemment.

Ils arrivèrent aux barrières près de l'église de Frue Kirke.

– Que Dieu te garde, Samir, murmura-t-elle, le serrant maladroitement dans ses bras.

– Toi aussi, Nazeera.

– Tu es l'Épée, Samir, celle que Safar Khan a choisie.

Il la regarda, sourit et secoua la tête.

– Tu te trompes, ma sœur. Je suis peut-être l'Épée, mais tu seras toujours la pierre précieuse. Il t'aime. Tu es sa fille.

Il ouvrit la portière.

– Tu aurais dû le faire, dit-elle sans lever les yeux de ses mains posées sur le volant.

– Faire quoi ?

– M'embrasser. Me faire l'amour.

– Je n'étais pas assez courageux pour ça.

Il ne regarda pas derrière lui. Il se tenait droit, mais sans raideur. Il sourit à une femme agent de police derrière la barrière de sécurité et lui montra son accréditation en tendant les bras devant lui pendant qu'elle passait un détecteur de métaux manuel à quelques centimètres de son corps. Il allait lui expliquer qu'il était en retard, mais ce fut inutile. La femme hocha la tête et le laissa passer.

À trois ou quatre mètres à l'intérieur des barrières, il fit semblant de devoir rattacher son lacet et jeta un coup d'œil à l'agent. Elle ne le regardait pas mais n'avait pas non plus détourné les yeux et elle était en train de parler dans son talkie-walkie.

La tâche devenait diffile. Il était épuisé par le jeûne. Sa chemise lui collait à la peau, entre les omoplates. La femme laissa son regard glisser sur lui avec indifférence. C'était un bon flic. Très bon, même. Mais il comprit qu'on l'avait repéré.

Il se mit dans la file d'attente du plus grand véhicule de catering, un long fourgon dont le flanc était rabattu pour permettre aux cuisiniers de faire passer les plats réchauffés aux serveurs. Il y avait six jeunes gens dans la file avant lui et plusieurs autres traversaient déjà la place de l'église.

Enfin, ce fut au tour de Samir. Un cuisinier coiffé d'une haute toque blanche poussa vers lui un plat en argent recouvert d'une cloche dans lequel se reflétait le soleil et Samir le prit. Le cuisinier lui sourit et fit signe au serveur suivant d'avancer.

Encore soixante-dix mètres.

Il avait l'impression que tous ces scientifiques célèbres devant l'université le regardaient d'un air soupçonneux du haut de leur piédestal en granit. Un labrador tirait sur sa laisse pour conduire son maître vers Samir.

Il pouvait encore se raviser. Jeter le plateau par terre, courir, traverser la place et sauter par-dessus les barrières. S'enfuir. Mais il y avait la caméra miniature cachée dans un bouton de sa veste qui envoyait tout ce qu'il voyait sur le smartphone de Nazeera, dans la voiture, à moins de deux cents mètres de là. S'il arrachait le bouton, s'il modifiait le plan de quelque manière que ce soit, elle n'hésiterait pas à déclencher la bombe, malgré toute l'affection qu'elle pouvait avoir pour lui. Et elle aurait attendu la même chose de sa part. En outre, il n'était pas question une seconde qu'il les trahisse, ni elle, ni le cheikh.

Le chien renifla son genou et leva la tête vers le plat.

– Il a faim, c'est tout, dit le maître-chien, gentiment.

– Oui, bien sûr, bredouilla Samir.

Le chien bavait et gémissait et son maître l'entraîna plus loin.

Il arriva devant les portes à double battant de l'université qui étaient grandes ouvertes. Devant lui marchait une petite femme mince et droite, entre deux âges, avec des cheveux gris coupés au carré et des lunettes. Elle portait un pantalon et une parka grise et la bosse sur sa hanche gauche trahissait la présence d'une arme. Elle se retourna comme si elle avait senti qu'il la regardait, et sourit.

– Tout de suite à droite, en entrant, lui dit-elle en anglais. Samir hocha la tête.

– Merci.

Les autres serveurs s'étaient volatilisés.

Il entra dans un tunnel créé à partir de tentures bleu marine. Le sol était recouvert d'un revêtement en caoutchouc noir. Le tunnel n'était pas éclairé et, après le premier tournant, il se retrouva dans une obscurité presque totale. Dix mètres plus loin, le tunnel était fermé par une nouvelle tenture derrière laquelle on entendait un grand nombre de personnes en train de bavarder avec des voix cultivées, des cliquetis de couverts sur de la vaisselle fine, des bruits de bouteilles de vin qu'on débouchait. L'odeur de nourriture allait le rendre fou.

Quelqu'un prit le micro dans un anglais assez lent, mais parfait. Les autres voix se turent. Samir aperçut deux hommes aux cheveux coupés très court, en jeans et vestes de cuir avec des armes automatiques en bandoulière.

Il fut saisi d'une peur instinctive, bien qu'il se soit attendu à les trouver là. Ils n'auraient pas été plus reconnaissables si on avait écrit *brigade antiterroriste* sur leurs fronts. Ils se contentèrent de le regarder et de tirer le rideau devant lui.

Après avoir passé les deux policiers, il se dirigea vers le rideau suivant, quelques mètres plus loin.

Quelqu'un poussait un objet lourd derrière lui. On aurait dit un gros chariot roulant sur les tapis en caoutchouc. Il était curieux mais il ne se retourna pas.

Soudain, toutes les tentures furent tirées en même temps et s'il n'avait pas tenu le lourd plateau, il aurait levé une main pour se protéger les yeux de la violente lumière blanche diffusée par un gros projecteur de théâtre qui le clouait soudain à cet étrange sol souple.

La voix se tut.

Samir plissa les yeux et regarda autour de lui. Il avait passé de nombreuses heures à étudier et à mémoriser des photos et des dessins de la belle salle de réception de l'université, mais, alors qu'il aurait dû y avoir au moins douze mètres sous le magnifique plafond ornementé, une galerie, de grandes toiles murales et des boiseries sombres et sculptées, il vit qu'il se trouvait dans un local qui ressemblait à un studio d'enregistrement. Le plafond était à peine à quatre mètres au-dessus de sa tête et il était constitué de gros cubes gris foncé en forme de pyramides auxquels étaient suspendus de gros filins d'acier retenant d'épais tapis antifeu et antiexplosion. Le même genre de cubes pyramidaux habillait les murs, du moins dans les endroits où n'étaient pas entassés des sacs de sable sur plusieurs mètres d'épaisseur.

Derrière lui se referma une porte coulissante qui semblait pouvoir résister à un char d'assaut. Il n'y avait personne d'autre que lui dans la pièce, mais plusieurs caméras vidéo protégées par des parois de Plexiglas.

Il était enfermé dans une chambre de détonation avec un magnétophone posé sur une table roulante et quatre haut-parleurs d'où était sorti tout à l'heure le bruit d'une réception officielle.

Il posa son plateau par terre et sortit un téléphone portable de la poche de sa veste. Il posa le pouce sur l'icône « téléphone vert », leva ses mains bien visibles au-dessus de sa tête et se retourna, comme s'il attendait des applaudissements.

Il n'y en eut pas. Le silence était total.

Samir sourit à son public invisible. Il laissa retomber ses bras, se mit à genoux, le front contre le tapis en caoutchouc, sans lâcher le portable.

– Laisse-moi entrer, Christian, dit Kim à son coéquipier qui lui avait saisi le bras. J'ai confiance en Nazeera, j'ai *choisi* de lui faire confiance, et je *veux* regarder cette ordure dans les yeux.

Christian jeta un regard suppliant à Charlotte Falster, assise devant une console et des écrans en compagnie d'une équipe de techniciens de la police et de l'armée.

Appuyés contre le mur du fond se tenaient deux hommes plus tout jeunes, la peau burinée, habillés de costumes mal coupés, en train de discuter entre eux en hébreu. Ils étaient souriants et discrets et ne portaient pas d'arme. Il parlaient à voix basse comme des majordomes et semblaient sincèrement admiratifs et humbles devant le piège tendu par la PET, et les mesures de sécurité formidables qui avaient été mises en place dans la capitale danoise. Ces deux gentils bonshommes du Mossad faisaient partie de l'escorte d'Ehud Berezowsky et ils étaient les derniers à se trouver encore à Copenhague.

Charlotte regardait Kim, mais ne parvenait pas à obtenir qu'il la regarde.

– Je ne suis pas sûre que ce soit une très bonne idée, Kim, hasarda-t-elle. Quand as-tu parlé à Zebra pour la dernière fois ? Comment peux-tu être sûr qu'elle a eu le temps de rendre ce gilet inoffensif ? Et, d'ailleurs, où est-elle, en ce moment ?

Les muscles de sa mâchoire faisaient des nœuds sous la peau beaucoup trop tendue de son visage.

– C'était une simple formalité. Il lui suffisait d'échanger un portable contre un autre, ou de plier un câble. Ils sont en fibre optique, et très fragiles. Ce n'est pas non plus de la technologie spatiale !

Charlotte respirait lentement et on sentait qu'elle était éprouvée.

– Où est-elle ?

Enfin, il accepta de croiser son regard. Le sien était grave et plein de douleur.

– Je ne sais pas, d'accord ? Mais je suis sûr que, où qu'elle soit, elle travaille pour nous.

Il montra les écrans où le terroriste n'était plus agenouillé mais debout, la tête penchée et les bras ballants.

Comme s'il attendait l'issue de leur conciliabule. Le verdict.

– Vous voyez bien qu'il est là ! Devant nous ! Elle l'a livré, exactement comme elle l'avait promis ! Elle a tout fait pour nous ! Ce n'est pas comme s'il pouvait s'arrêter de respirer, ou s'étrangler avec son lacet de chaussure. Je serai content de le céder à Jérusalem. C'est d'ailleurs ce qui est convenu. Et maintenant qu'on l'a, lui, on aura Safar Khan.

Le plus vieux des Israéliens tourna vers lui ses yeux de perle noire en entendant le nom de l'ennemi juré.

– Au moins laisse ces deux-là y aller avant ! s'écria Christian, suppliant. Ils connaissent la musique, Kim.

L'agent de la PET secoua la tête, buté.

– C'étaient *mes* enfants et *ma* femme, Christian, argua-t-il. Ce salopard y était. Il a organisé l'attentat. C'est à cause de lui que c'est arrivé, bon Dieu ! Tu ne peux pas comprendre ça ?

Charlotte et Christian échangèrent un regard. Puis elle acquiesça en se mordant la lèvre.

– Deux minutes, dit-elle. Pas plus. Et tu ne le touches pas ! S'il tente quoi que ce soit, tue-le !

Kim hocha la tête et fit signe à deux artificiers vêtus d'un genre de combinaison de plongée en eaux profondes. Leurs traits étaient flous et verdâtres derrière l'épaisse vitre de sécurité de leurs casques de scaphandrier. Ils firent glisser de quelques dizaines de centimètres la paroi antiexplosion et le laissèrent passer par l'ouverture.

– Oh ! mon Dieu ! murmura Charlotte en regardant les écrans où l'on voyait Kim entrer dans l'espace hermétiquement clos. Je ne le sens pas du tout, Christian.

Christian ne fit pas de commentaire. Lui aussi retenait son souffle.

Ce n'est qu'à ce moment qu'elle remarqua qu'il avait remplacé sa queue-de-cheval par une coupe courte et classique. Un tribut peut-être à la gravité du moment.

Samir leva la tête et vit un homme jeune et mince en costume sombre traverser le tapis en caoutchouc.

Il leva la main dans laquelle il avait le portable et l'homme s'arrêta respectueusement à trois mètres de lui.

– Vous croyez ? lui demanda l'homme en anglais.

– Je crois quoi ?

Il fit un geste pour montrer les tapis antidétonation et les murs couverts de pyramides ignifugées.

– Vous n'arriveriez même pas à casser une fenêtre, ici, mon ami.

– Ah vraiment ?

L'homme pointa du doigt la poitrine de Samir.

– Nitrate d'isopropyle et billes de verre, dit-il. Si c'était du bon vieux Semtex qu'il y avait là-dedans, je serais inquiet. Très inquiet. Le bâtiment tout entier serait propulsé sur la planète Mars. Mais l'essentiel dans ton joli gilet tout neuf fabriqué en Russie, ce n'est pas l'explosif, n'est-ce pas ?

Samir ne parvenait presque plus à garder les yeux ouverts. Il était mort de fatigue. Il avait envie d'en finir, ici et maintenant, mais il y avait ce feu qui brûlait dans les yeux du policier. Cet homme avait souffert. Cela ne faisait aucun doute. Il s'était habillé avec dignité pour l'occasion et, d'une certaine façon, il aurait été grossier de sa part de l'interrompre.

– Les billes, alors ?

– Exactement. C'est une arme de combat rapproché, Samir, je me trompe ?

– Vous connaissez mon nom ?

L'homme hocha longuement la tête. Il n'avait pas d'arme.

– Samir El-Shennawi. Homs. Syrie. Vous êtes attendu, Samir. Ce soir, vous serez à Jérusalem.

– Je ne crois pas, étranger. Mais venez avec moi au paradis, plutôt. Peut-être qu'on vous laissera entrer, même si vous n'êtes qu'un chien de mécréant.

Il ferma les yeux, leva le téléphone et pressa la touche.

Puis il rouvrit les yeux. Il était toujours sur terre. Et l'étranger aussi, qu'il ne connaissait jusqu'ici que pour l'avoir vu en photo. Les murs, le plafond étaient toujours là. Le grand et sombre Danois n'avait même pas cligné des yeux. Samir regarda le portable et pressa à nouveau la touche avec le combiné vert.

– Vous pouvez continuer à appuyer là-dessus jusqu'à ce que votre pouce se déboîte, dit l'homme tranquillement. Nazeera s'est moquée de vous. Elle est très forte à ce jeu-là.

Samir lui jeta un regard incrédule. Il avait lui-même tout vérifié. Pas une fois, mais des dizaines de fois, à l'aide du circuit test, et, chaque fois, le voyant vert s'était allumé, indiquant que les connexions du gilet étaient intactes.

– Qui êtes-vous ? demanda-t-il, désespéré.

– L'un de ceux dont vous avez brisé l'existence. En tuant mes enfants. Ma femme.

Samir baissa les yeux. Il ne pouvait pas regarder l'autre en face.

– Jérusalem…

L'homme s'approcha. Il était à portée de main, à présent.

Samir releva la tête et lui sourit.

– Vous oubliez quelque chose, flic. Vous oubliez le plus important.

Le front de l'homme se plissa et sa main descendit vers son holster.

– Ah oui ?

Samir désigna l'avant-dernier bouton de sa veste blanche.

– Ceci n'est pas un bouton, mon ami, dit-il. C'est une caméra et Safar Khan voit tout.

L'homme se pencha et ses yeux s'écarquillèrent quand il découvrit la petite pupille lisse de l'objectif.

À deux cents mètres de là, Nazeera contemplait le visage de Kim sur l'écran de son téléphone. Il s'agrandit quand Kim se pencha en avant.

– Dis bonjour à Irene de ma part, Samir, murmura-t-elle en déclenchant à distance le gilet suicide de Samir El-Shennawi.

L'écran devint noir, et la voiture tangua sur ses amortisseurs quand l'onde de choc souterraine passa à l'endroit où elle était garée.

L'alarme antivol de la voiture derrière elle se mit à hurler.

– Regarde, Charlotte est là-bas ! s'écria Michael.

Ils avaient grimpé par-dessus la barrière sans que personne ne fasse attention à eux ni ne les interpelle. Les gens couraient dans tous les sens sur la place. Un maître-chien était couché par terre en train de se défendre contre son propre animal devenu momentanément psychotique. Le chien était penché au-dessus de lui, bavant et cherchant à lui mordre la gorge.

Un vacarme assourdissant emplissait le ciel tandis que les hélicoptères qui volaient depuis le matin au-dessus de Copenhague se donnaient rendez-vous au-dessus de l'université. Partout résonnaient les sirènes des véhicules d'intervention qui devaient se tenir prêts pour le cas où ce qui venait d'arriver arriverait.

L'inspectrice générale était sur des charbons ardents. Avec une démarche étrangement raide et prudente, elle descendait l'escalier, une marche à la fois. Elle regarda la tête de Niels Bohr avec ses yeux tournés vers le ciel quand Lene l'appela.

Lene courut à sa rencontre et mit le bras autour des épaules de sa supérieure.

– Ça va, Charlotte ? Qu'est-ce qui s'est passé, là-dedans ?

Charlotte regarda Lene d'un air de profonde perplexité, comme si c'était la première fois qu'elle la voyait, puis Michael qui trépignait d'impatience.

– Ce n'est pas le sujet… commença-t-il à dire. Lene lui lança un regard furieux.

– Ferme-la une seconde, Michael. Tu ne vois pas qu'elle est en état de choc ?

– Je sais, mais…

– … Mais quoi ? demanda Charlotte d'une voix lente et sourde.

Elle ferma les yeux et fit un effort visible pour se ressaisir. Quand elle ouvrit les yeux, il y avait à nouveau un peu de vie derrière les lunettes.

– Nous nous sommes trompés, dit-elle. Nous les avons sous-estimés. C'est Kim qui en a fait les frais. Il est entré.

– Il est entré où, pour l'amour du ciel ?

Lene secoua le bras de sa patronne, réalisa que ce n'était pas une bonne idée et s'arrêta.

– Nous savions qu'il allait venir. Le terroriste. On nous avait prévenus. Nous avions transformé toute la salle en chambre de détonation. Nous pensions que ce serait la meilleure solution. De l'isoler et de le faire entrer ici en gardant le contrôle de la situation. Nous pensions que le gilet avait été…

– … désamorcé par Nazeera Gamil, dit Michael, terminant sa phrase.

Charlotte le regardait, pétrifiée. Michael entraîna avec douceur et fermeté les deux femmes vers Nørregade où il espérait que Gurpal les attendait.

– Oui, dit-elle.

Puis elle s'adressa à Lene :

– Comment savait-il que…

Lene sourit avec douceur.

– Vous m'écoutez, Charlotte ?

Des taches rouges apparurent sur les joues de l'inspectrice générale.

– Bien sûr que je vous écoute ! Cessez de me parler comme à une demeurée…

– Nazeera a été appelée Nazeera en hommage à l'épouse décédée d'Ebrahim Safar Khan, tuée au Liban le 17 septembre 1982. Massacrée par les phalangistes chrétiens ou par l'armée libanaise. Les deux familles étaient voisines à Londres. Safar Khan et le père de Nazeera étaient collègues et amis avant qu'il ne se radicalise et parte en Jordanie démarrer son organisation.

Il connaît Nazeera depuis sa plus tendre enfance. Il l'a faite. Il lui a appris tout ce en quoi elle croit.

–Vous êtes sûre de ce que vous dites ?

Ils approchaient des barrières côté Nørregade et Michael vit que la Mercedes verte de Gurpal attendait sagement à l'endroit où ils l'avaient laissée.

– Parfaitement sûre, affirma Lene. Michael a passé beaucoup de temps et dépensé beaucoup d'argent sur cette affaire, Charlotte. Nazeera est une pomme pourrie. Et, à propos de pomme pourrie, c'est Kim qui a tué Irene Adler pour me faire arrêter et m'empêcher de perturber ses projets.

Charlotte hocha la tête.

– C'est bien ce que je pensais, grogna-t-elle. Incompréhensible. Impardonnable.

Elle regarda la portière que Michael lui avait ouverte.

Le sikh se tourna à moitié dans le siège du conducteur pour lui faire un sourire en or. Michael nota qu'il avait profité de l'attente pour ramener sous son turban les cheveux et la barbe égarés.

– Où allons-nous ? Où m'emmenez-vous ? Je suis obligée de rester ici pour régler tout ça ! Mon Dieu ! C'est un cauchemar !

– Oui, Charlotte, c'est un cauchemar, dit Michael doucement en posant une main sur sa tête et en la poussant à l'arrière de la voiture. Malheureusement, je crains qu'il ne fasse que commencer.

Lene prit la main de Charlotte dans la sienne, mais elle se dégagea, agacée.

– Que voulez-vous dire ?

Michael ferma la porte derrière elle et alla s'asseoir à l'avant.

– Roule, Gurpal ! Nom d'un chien ! Roule comme…

– Le vent ?

– C'est ça. Ministère des Affaires étrangères. Prends les trottoirs s'il le faut. Il montra du doigt la nouvelle passagère. Cette dame est le préfet de police de Copenhague. Tout te sera pardonné, mon ami.

La lourde voiture démarra sur les chapeaux de roues. Gurpal ne sembla pas voir l'utilité d'emprunter les trottoirs. En revanche, il trouva pratique de prendre Nørregade à contresens, une main sur le Klaxon et les warnings en marche.

Michael se tourna vers Charlotte.

– Mettez votre ceinture et fermez les yeux. C'est un conseil.

Charlotte jeta un coup d'œil à Lene qui avait déjà fermé les siens. Les jointures de ses poings crispés à la poignée au-dessus de la portière étaient blanches.

– Pourquoi dites-vous que le cauchemar ne fait que commencer ? demanda Charlotte un peu plus tard, la mâchoire serrée, alors que Gurpal jetait son taxi dans un virage, pied au plancher, et traversait le parking privé derrière l'hôtel de ville. Il évita *in extremis* un camion de pompiers qui quittait justement la caserne et s'engageait sur le boulevard H.C.-Andersens. La circulation étant un peu trop dense à son goût, il décida de rouler sur la voie de gauche.

– Nazeera s'est transformée en l'exacte réplique de Lene. Jusqu'aux trous dans les bottes. Et elle lui a pris son insigne. Je suppose que vous n'avez pas lancé d'avis de recherche sur elle pour le meurtre d'Irene Adler ?

– Arne a trouvé des cheveux à moi dans la main d'Irene, expliqua Lene. Ils venaient du sac qu'ils ont mis sur ma tête dans l'appartement d'Ain. Avant de me rouer de coups de pied.

– Vous n'êtes pas recherchée, la rassura Charlotte. Cela ne me serait jamais venu à l'idée, même si trente photographes de presse à jeun vous avaient vu la tuer et avaient pris des photos.

– Merci, Charlotte.

Michael vérifia à nouveau son chargeur. Cette fois, il n'eut pas besoin de se cacher derrière le siège. Il arma le pistolet, rattrapa avec adresse la balle qu'il venait d'expulser du magasin et l'examina sous tous les angles. Il fit un rapide baiser à la balle et il la remit en place.

C'était une bonne balle.

– Il y avait deux de ces gilets suicide hi-tech indétectables, dit-il. Le premier pour Samir, l'autre pour Nazeera.

– Deux ?!

Charlotte entrouvrit les yeux, vit un camion foncer droit sur eux et les referma aussitôt. Elle déglutit nerveusement plusieurs fois de suite.

– Nazeera porte le deuxième en ce moment, poursuivit Michael. Comme je doute fort qu'elle aille se faire exploser la tronche sur le terrain communal d'Amager en emmenant quelques mouettes et quelques naturistes avec elle, j'ai tendance à croire que Khan a toujours eu l'intention de la charger de faire sauter les anciens entrepôts d'Eigtved avec toute une bande de ministres des Affaires étrangères à l'intérieur. C'était sa cible depuis le début. L'université et la remise de prix d'Ehud Berezowsky était de la poudre aux yeux, une diversion, un camouflage… Pour que Nazeera puisse se servir de sa ressemblance avec Lene pour entrer dans les lieux.

– Je comprends, soupira Charlotte.

– Elle n'a jamais cessé de suivre Lene. Elle a fouillé son appartement, pris des photos et répertorié ses vêtements.

– Il faut dire que votre garde-robe est assez basique, commenta Charlotte.

Lene rougit.

Le regard de Michael alla de l'une à l'autre.

– Bref, reprit-il. Elle peut à présent, déguisée en Lene, monter tranquillement à la tribune pendant le Conseil des ministres, en passant aussi bien les chiens que les détecteurs de métaux. Et pendant que vos collègues se précipitent à l'université pour se congratuler mutuellement, elle va tranquillement effacer de la surface de la planète la majeure partie des ministres européens des Affaires étrangères et leurs délégations. Ça vaut le coup de tuer son chien pour un truc pareil. Ça vaut le coup d'avoir fait tout ça.

Charlotte se mit à la recherche de son téléphone portable, mais Michael posa la main dessus.

– Il faut que je la fasse arrêter. Je dois les prévenir…

– Vous n'avez pas bien compris, Charlotte. Elle est la copie exacte de Lene. Si vous la faites arrêter et que nous débarquons, ça va créer la confusion. Ils risquent de ne pas abattre la bonne personne… et, de toute façon, on y est !

Le taxi s'arrêta devant les barrières à l'endroit ou Strandgade débouchait sur Asiatisk Plads.

– Allez, on y va ! cria-t-il en ouvrant la portière.

Il bondit de la voiture et se mit à courir.

Si nous sauvons la vie de tous ces gens aujourd'hui, ce sera grâce au soleil et à un président de Conseil assis sur l'étiquette, songea Michael en traversant la place devant le bel entrepôt réhabilité de quatre étages connu sous le nom d'Eigtveds Pakhus. En effet, le président avait suivi le programme à la lettre, programme qui à cette heure-là avait prévu une pause-café-cigarettes d'un quart d'heure. Le soleil, quant à lui, avait attiré tout le monde à l'extérieur.

Michael regarda sa montre : 13 h 12. Dans trois minutes, les ministres allaient être rappelés à l'intérieur. Ils retourneraient dans la salle de conférence, située au deuxième étage, pour discuter du point suivant à l'ordre du jour : la flambée d'immigration illégale en provenance du continent africain. La semaine précédente, trois jeunes Angolais étaient tombés du ciel au-dessus de la banlieue nord de Londres quand, au moment de descendre sur l'aéroport d'Heathrow, le pilote avait ouvert les trappes de train d'atterrissage dans lequel ils étaient cachés. L'un des jeunes hommes congelés avait pulvérisé une verrière pour tomber au milieu d'une fête de mariage à laquelle assistaient plusieurs membres de la Chambre des communes. Les limites du tolérable avaient été franchies !

La salle de conférence serait bondée et le gilet suicide de Nazeera Gamil était justement conçu pour tuer tout le monde à cinquante mètres à la ronde. Il n'y aurait pas de survivant.

Ils furent réceptionnés à la barrière par des agents armés de pistolets-mitrailleurs. L'un d'eux retirait son casque trop chaud au même moment et secouait ses cheveux longs.

Lene s'arrêta.

– Je connais cette femme. C'est l'un des policiers qui se trouvaient à la gare de Nørreport le jour où Ain a été tuée.

La femme leva les yeux, elle reconnut Lene et Charlotte et pâlit brusquement. Elle fit quelques pas vers leur petit groupe puis stoppa. Lene dit quelques mots à l'oreille de Charlotte. L'inspectrice générale fit signe à l'agent d'approcher.

Lene lui sourit.

– C'était bien moi, lui dit-elle. À la gare de Nørreport, l'autre jour. Ain Ghazzawi Rasmussen.

La fille fronça les sourcils et regarda derrière elle.

– Mais… vous venez juste de… je veux dire…

– C'est déroutant, je sais, la rassura Charlotte Falster. Mais ne vous inquiétez pas. Soyez gentille de nous laisser passer. C'est important. Très important, même.

La jeune femme interrogea du regard ses collègues qui eux aussi avaient l'air d'avoir vu un fantôme.

Lene demanda à la jeune femme :

– Je suis arrivée quand, au fait ? Enfin, je veux dire, il y a combien de temps que vous m'avez fait entrer ?

– Hein ?

Derrière l'agent, Michael aperçut le ministre danois des Affaires étrangères, un homme un peu fané mais sympathique avec une grosse tignasse grise. Il bavardait avec son homologue allemand qui riait poliment à une remarque du Danois.

La femme inspecteur consulta ses collègues du regard.

– Il y a trois minutes, les renseigna l'un d'eux. Peut-être quatre.

– Merci.

Ils passèrent rapidement devant le large débarcadère et le superbe trois-mâts parfaitement entretenu amarré devant le hangar. Les drapeaux des pays participants flottaient sur ses haubans et toutes les portes de l'ancien entrepôt étaient grandes ouvertes pour laisser entrer le printemps.

Michael examina les différentes entrées du bâtiment.

– Il y a beaucoup trop de portes, je vais passer par derrière, dit Lene.

Michael la regarda, inquiet. Il n'aimait pas beaucoup l'idée de la perdre de vue. Il se tourna vers Charlotte.

– Elle a raison, nous devons nous séparer, acquiesça l'inspectrice générale. Nous ne sommes que trois, ça devrait suffire à avoir une idée globale de la situation. N'hésitez pas à la descendre si vous la retrouvez.

Michael hocha la tête. Derrière son air sérieux, calme et réservé, la chef de la police était impitoyable.

Il se tourna vers Lene pour lui donner son feu vert, mais elle était déjà partie.

– Cette foutue bonne femme n'en fait qu'à... commença-t-il, furieux.

– Et encore, vous, vous n'êtes pas obligé de la supporter quarante heures par semaine, sourit Charlotte.

– Pourquoi vous la gardez ?

– Parce qu'elle est la meilleure.

Une jeune femme vêtue d'un tailleur aux allures d'uniforme sortit par la porte principale, leva une cloche de bateau et sonna pour faire rentrer les participants.

Ministres, conseillers, secrétaires et fonctionnaires finirent leurs cafés, écrasèrent leurs cigarettes, achevèrent leurs conversations sérieuses et moins sérieuses et s'engouffrèrent dans le hangar par toutes les entrées.

– Est-ce qu'on ne devrait pas les prévenir ? demanda Michael. Les garder à l'extérieur en attendant d'avoir trouvé Nazeera ?

Charlotte regarda la façade du bâtiment.

– Nous ignorons si elle est en train de nous surveiller en ce moment. Ils vont se rassembler. Ce sont des gens qui n'ont pas pour habitude de se contenter de faire ce qu'on leur dit, Michael. Ils vont vouloir des explications, ou, en tout cas, les fonctionnaires qui travaillent pour eux vont en demander. Et pendant que nous perdrons notre temps à baragouiner notre anglais, notre français et notre allemand scolaires, elle viendra tuer tout le monde. Le résultat sera le même.

– OK, dit-il. Je prends le côté ouest, vous le côté sud ?

Charlotte emboîta le pas à un groupe d'Italiens en costumes élégants qui s'apprêtaient à pénétrer par l'une des grandes portes cintrées. Ils s'effacèrent galamment pour la laisser passer et commentèrent probablement sa silhouette derrière son dos.

Michael, en revanche, put monter l'escalier sans que personne ne le remarque. Il réfléchissait à toute vitesse. Qu'aurait-il fait à la place de Nazeera ? La réponse était simple. Il serait allé s'asseoir dans des toilettes quelque part et il aurait attendu que la réunion soit bien entamée et ses participants concentrés.

Il se faufila à travers un groupe de fonctionnaires tchèques en se demandant ce qui poussait Nazeera à faire ce qu'elle était en train de faire.

Elle avait tout ce qu'on peut souhaiter. Une famille unie, un physique de rêve, un cerveau, de l'argent. Et elle voulait renoncer à tout cela. Pourquoi ? À cause d'un sens exacerbé de la justice, peut-être ? Le Moyen-Orient était générateur de paradoxes et de fanatismes extrêmes. C'était le cas depuis des années… depuis des siècles ; le fils de l'homme, Le Vieil Homme sur la montagne, la secte secrète des *Hashassins*, Saladin, Mohamed al-Amir Atta.

Il repoussa de façon un peu cavalière une secrétaire qui s'était adressée à lui. Un fonctionnaire galant l'attrapa par le bras et prit fait et cause pour la femme. Michael donna un coup de poing au type et continua à courir. Il avait déjà réussi à provoquer un tumulte. Il songea à déclencher l'alarme incendie sur le mur, mais se dit que ça lui donnerait tout juste un léger sursis.

Nazeera ne les aurait pas tous, mais elle tuerait un escalier plein d'innocents.

Il prit son arme, enleva la sécurité et monta au deuxième étage en tenant le pistolet le long de sa cuisse. Les gens groupés dans le couloir entraient progressivement dans ce qui devait être la grande salle de conférence et qui pouvait contenir deux cent cinquante personnes.

« Pourquoi n'organisent-ils pas ce genre de réunions sur des tarmacs militaires fermés au public ? », se disait Michael, exaspéré. Il parcourut le couloir en cherchant du regard une couleur de cheveux et une silhouette grande et élancée.

Il pensa à sa femme Sara avec un peu de tristesse, comme on pense à quelqu'un qui est très loin de vous, puis ses pensées revinrent à l'énigme Nazeera Gamil et à sa loyauté envers un vieux cheikh complètement cinglé d'Amman.

Où était-elle ? Et comment avait-il pu ne pas avoir la présence d'esprit de demander à Lene de retirer une bague, de se coiffer différemment ou de porter sa veste à l'envers ? N'importe quoi, pourvu qu'on puisse les différencier. La sueur coulait sur son front malgré la fraîcheur qui régnait derrière les murs épais de l'entrepôt. Les derniers membres des délégations entraient à présent dans la salle et un agent de sécurité ministériel en costume en sortit, jeta un coup d'œil dans le couloir et dit à Michael en souriant poliment :

– *We are closing now, sir.*

Son regard chercha automatiquement le badge officiel avec photo, hologramme et étoiles européennes sur fond bleu qui aurait dû être suspendu au cou de Michael.

L'homme avait cessé de sourire et il avait sorti un talkie-walkie de sa poche intérieure. Michael s'approcha de lui. Il mit toute sa puissance dans le coup qu'il lui administra à la carotide et l'homme s'écroula comme un arbre abattu. Michael le rattrapa dans sa chute et il était en train de l'allonger délicatement sur les dalles du sol quand une main se posa sur son avant-bras.

Il commençait à en avoir marre.

La tête du gardien toucha le sol avec un bruit macabre. Michael leva son arme vers la nouvelle menace pour s'apercevoir que c'était Charlotte. Il garda l'arme braquée sur elle plusieurs longues secondes, observant son visage de part et d'autre du viseur. Le pistolet était armé. Elle n'était qu'à une toute petite pression du doigt de l'éternité. Enfin, il baissa son arme.

– Vous pourriez prévenir quand vous arrivez comme ça, en douce, grogna-t-il. Vous pourriez vous racler la gorge, tousser ou quelque chose comme ça.

– Je vous promets d'y penser, la prochaine fois, répliqua-t-elle.

Elle était aussi blanche que les murs du couloir.

Les ministres prenaient place autour de l'immense table de conférence lustrée en forme de fer-à-cheval placée au milieu de la salle. Les micros étaient allumés et les projecteurs éclairaient le drapeau européen tendu sur le mur du fond. Tous les interprètes, les chefs de cabinet et les secrétaires avaient rejoint leur place. Le ministre danois des Affaires étrangères lisait ses fiches, prêt à annoncer l'ouverture de la séance.

Les voix se turent, comme si le local était soudain inondé. Personne ne semblait s'inquiéter de la présence de Charlotte et de Michael debout contre le mur. Charlotte donna à Michael un petit coup de coude. Michael ferma les portes et les verrouilla. Il regarda un peu découragé les nombreuses autres issues. Il se dirigea vers l'autre bout de la salle, laissant Charlotte où elle était. Le ministre des Affaires étrangères se leva et parcourut la courte distance qui le séparait du pupitre.

Michael eut l'impression de voir bouger légèrement la lourde tenture bleue qui cachait le mur du fond, mais ce n'était peut-être qu'une impression ou un simple courant d'air. Michael fronça les sourcils et il regarda fixement Charlotte jusqu'à ce qu'elle tourne la tête vers lui. Il lui montra le rideau et indiqua d'un mouvement de l'index et du majeur vers ses yeux puis vers le rideau qu'il allait voir ce qu'il y avait derrière.

La voix du ministre résonna dans la salle. Il commença par un résumé improvisé de l'attaque ratée qui venait d'avoir lieu à l'université, dédramatisant les faits par des formules générales et saluant le travail de la police.

Michael écarta le lourd rideau de velours avec le canon du pistolet. Derrière le rideau, il découvrit un espace de presque cinq mètres de profondeur jusqu'à un mur blanc percé d'une porte conduisant aux cuisines. Des chariots avec des bouteilles Thermos et de la vaisselle sale y étaient entreposés. La pièce était sombre. Elle sentait les fruits, le café et les viennoiseries.

Pour la deuxième fois en l'espace de quelques minutes, il se trouva nez à nez avec deux yeux terrifiés au-dessus de son viseur. Cette fois, il s'agissait d'une jeune femme en tenue de serveuse, veste blanche, pantalon noir, queue-de-cheval serrée et pâtisserie à la cannelle à la main. Elle s'était figée au milieu d'une bouchée.

Michael baissa son arme.

– Vous êtes seule ?

La fille hocha la tête.

– Avez-vous vu quelqu'un qui n'aurait pas dû se trouver là ?

Elle secoua la tête. Elle avait les larmes aux yeux.

– Allez, sortez d'ici, dit-il. Emmenez vos collègues avec vous et faites vite.

– Il n'y a plus que moi. On les a déjà servis tout à l'heure. Il n'y a plus d'autre collation prévue aujourd'hui, ânonna-t-elle.

– Super, alors, filez maintenant, d'accord ?

La fille resta sur place, elle semblait avoir pris racine et être incapable de se mouvoir. Il eut envie de la gifler, mais se contenta de la pousser vers la porte des cuisines avec rudesse.

– Dehors, j'ai dit !

Elle disparut à travers les portes battantes qui grincèrent sur leurs vantaux en plastique et Michael eut le temps d'apercevoir une cuisine sombre et déserte.

– Merde…

Michael rangea son arme dans sa ceinture. La sueur lui coulait dans les yeux et le sol se dérobait sous ses pieds. Quand il fermait les yeux, des motifs étranges apparaissaient sur ses rétines. Il eut un haut-le-cœur, mais refoula l'envie de vomir. C'est juste un traumatisme crânien, se dit-il pour se rassurer. C'est normal. Ce n'est pas grave.

Un choc et une exclamation de frayeur éclatèrent dans la cuisine. Michael secoua la tête. Cette pauvre fille terrorisée devait être en train de faire tomber la totalité de l'inventaire dans sa fuite.

Il tourna les talons pour retourner d'où il venait quand un nouveau choc dans la cuisine le fit se retourner. Il poussa la porte battante.

La cuisine était plus grande qu'il ne s'y attendait. De longues tables en Inox, plusieurs pianos industriels, de longues rangées d'ustensiles suspendus qui attiraient le regard et gênaient la vue d'ensemble, une lumière diffuse provenant de fenêtres dépolies placées en hauteur… et la jeune fille de tout à l'heure, allongée sur le sol à cinq ou six mètres de lui. Affalée contre un four dans une mare de sang qui augmentait progressivement. Le sang giclait sur sa chemise d'une large plaie sous son menton. Un couteau à fileter sanglant était posé sur le sol et Nazeera Gamil était agenouillée à ses côtés, un pistolet à la main. Son autre main était posée sur la poitrine de la jeune serveuse, rouge et sanglante comme tout le reste.

Les mains de Michael se mirent à trembler. La visée de son arme traçait des petites courbes sur la tête, la poitrine et le cou de Nazeera. Il réalisait avec horreur qu'il avait envoyé la fille tout droit dans les bras de la terroriste.

Elle devait avoir dix-neuf ans… moins de vingt-deux, en tout cas.

– Ne la touche pas, assassin, tu m'entends ?

Nazeera leva les yeux vers lui, les sourcils froncés. Elle se leva et Michael tira.

Il était la mauvaise personne, au mauvais moment, eut-il le temps de penser quand il vit la balle lui traverser l'épaule, loin, très loin de l'endroit où il avait l'intention de la mettre, c'est-à-dire entre ses deux yeux.

Gurpal Singh se serait détourné avec mépris.

Elle était toujours debout, face à lui, après l'impact de la première balle. Michael planta le regard dans ses yeux verts et brillants, et corrigea le tir. Ses mains étaient à présent aussi calmes que celles d'une statue et il savait que le coup suivant serait fatal.

Malgré sa blessure à l'épaule, elle réussit à pointer sur lui son propre pistolet et pressa la détente. La balle chassa sous lui sa jambe malade comme l'aurait fait un marteau de forgeron et il bascula lentement en arrière contre une immense étagère remplie de robots de cuisine et de plats en Inox. Sur le moment, il n'entendit que les battements de son propre cœur.

Le temps s'arrêta. Michael tomba encore et encore.

Le vacarme fut indescriptible. Il agita les bras pour se relever, mais il était désespérément emberlificoté dans les étagères, les hachoirs et les montants métalliques. Il chercha son arme, affolé, mais elle était introuvable sous le fatras des ustensiles de cuisine.

Alors il leva les yeux sur la terroriste et vit qu'il avait fait une grave, une très grave erreur. Il s'attendait à voir sur son visage une expression d'extase fanatique. Ou au moins de triomphe. Mais celui-ci n'exprimait qu'une pâle concentration, et elle ne le regardait même pas.

Ce n'était pas Nazeera. C'était Lene, et tout son être était tendu vers la tâche surhumaine de lever son pistolet qui à ce moment-là devait peser une tonne et de viser un point situé sur sa droite.

Michael suivit son regard et aperçut le sosie de la commissaire à quelques mètres de là et, derrière elle, la lourde porte de la chambre froide en train de se refermer lentement. Nazeera avait les jambes légèrement écartées et elle était en train de taper un code sur son téléphone portable. Elle ne les regardait même pas. Dans trente secondes elle entrerait dans la salle de conférence et plus aucune puissance sur cette terre ne pourrait plus les sauver.

Nazeera passait la porte des cuisines quand la première balle toucha sa colonne vertébrale et la faucha net.

Elle resta immobile quelques secondes et Michael poussait déjà un long soupir de soulagement quand il la vit se redresser et ramper sur les mains et les coudes sur le sol lisse et sanglant.

Il avait un jour percuté un renard sur la route et lui avait brisé le dos. Il était sorti de sa voiture et il avait vu la même chose que ce qu'il voyait à présent : un être mourant à qui son instinct aveugle commandait de continuer à avancer.

Puis le visage de Nazeera fut écrasé par terre par une deuxième balle qui l'atteignit à l'arrière du crâne. Le téléphone était tombé à côté de sa main droite. Ses doigts s'ouvrirent et se refermèrent une dernière fois.

La respiration de Lene était sifflante, rapide et pénible. Elle jeta le pistolet comme s'il lui faisait horreur. Elle reposa la main sur la poitrine de la jeune fille. Le sang ne coulait plus de la longue plaie ouverte de sa gorge.

Michael ferma les yeux et il ne les rouvrit qu'en entendant la voix de Charlotte Falster.

Le garçon ouvrit les yeux et regarda autour de lui. Peut-être avait-il dormi, peut-être avait-il rêvé. Il commençait à faire noir et l'enseigne au néon au-dessus du restaurant d'en face jetait de longs flashes verts et orange sur le plancher. Il entendit des pas lents dans l'escalier.

– Samir ?

Une vague d'espoir monta en lui et il fit un effort pour remonter en position assise contre le pilier. Très vite le soulagement se transforma en désespoir. Si c'était Samir, cela voulait dire qu'il était vivant et, s'il était vivant, c'est que leur mission s'était soldée par un lamentable échec.

Ses mains étaient ankylosées sous le gaffer.

– Samir ? appela-t-il tout bas dans le noir.

Il gardait les yeux fixés sur la cage d'escalier, essayant de percer l'obscurité par la simple force de sa volonté. Les ombres se rassemblèrent et devinrent deux… non, trois silhouettes. Les trois individus allumèrent des lampes torches, leurs faisceaux balayèrent le sol et le trouvèrent au pied de son pilier. Impuissant et ligoté.

Ils abaissèrent leurs lampes qui éclairèrent leurs pieds. Trois hommes. Deux d'entre eux portaient des chaussures marron usées, au cuir râpé, qui avaient dû coûter cher, à une époque. Leurs chaussettes étaient grises ainsi que leurs pantalons, dont le pli avait depuis longtemps disparu. Les deux derniers pieds étaient chaussés de baskets noires. Pas de chaussettes, un jean. Un homme jeune. Des services secrets danois, probablement.

Quand l'un des types aux souliers usés s'accroupit en remontant ses manches, il vit briller à son poignet une montre-bracelet en métal chromé.

Le visage de l'homme était ridé, buriné, brûlé par le soleil, et son crâne presque chauve. Il avait le cuir chevelu couvert de taches brunes et de taches de rousseur, et un large sourire slave et bon enfant. Ses petits yeux bruns disparaissaient presque derrière ses rides tandis qu'il regardait Adil comme un fils bien-aimé. Il avait une odeur sèche de désert et la vessie d'Adil se vida quand il comprit qui étaient ces deux hommes. Il contempla d'un air honteux la tache sombre qui s'étalait sur ses cuisses.

Le vieil homme avait dû la remarquer également, mais il eut la politesse de l'ignorer.

– Qui êtes-vous, et d'où venez-vous ? demanda Adil, bien qu'il connaisse déjà la réponse.

D'une voix calme et rassurante, l'homme répondit :

– De Jérusalem, mon fils. Tu vas rentrer chez toi.

Il ferma les yeux et ne vit pas la seringue que l'homme tenait dans sa main gauche.

Il sentit une piqûre à l'épaule, ouvrit les yeux, surpris, et perdit connaissance.

Les deux Israéliens regardaient le jeune homme et Christian se disait qu'il aurait dû prendre le temps d'avaler un café. Quand il laissait passer trop de temps entre deux tasses, il avait mal à la tête. Mais peut-être son mal de tête venait-il de l'explosion et du choc de voir Kim se dissoudre dans un nuage écarlate.

– C'est un beau garçon, murmura l'un des Israéliens en anglais.

– Très beau, mais je te déconseille quand même de le marier avec ta fille, Gabi.

Christian cessa de les écouter. Il alla près de la fenêtre pour regarder l'ambulance et la civière qui attendaient en bas. Les gyrophares étaient éteints et les deux ambulanciers fumaient sur le trottoir. Il sortit un talkie-walkie de sa poche et pressa deux fois le bouton. L'un des deux ambulanciers leva la tête vers la fenêtre et écrasa sa cigarette sous sa botte.

Le jeune homme allait être emmené directement vers un endroit discret de l'aéroport de Kastrup où l'attendait un avion Challenger de l'armée de l'air. Aucune formalité.

L'un des deux Israéliens était médecin militaire et il surveillerait le patient jusqu'à leur atterrissage à Jérusalem.

Christian prit son canif dans sa poche et coupa les cordes et le gaffer. Ils couchèrent par précaution le garçon en position latérale de sécurité, mais il semblait respirer normalement et sans difficulté. Il allait très bien.

Christian envisagea une seconde de lui couper la tête sans autre forme de procès. Cela éviterait beaucoup de complications.

Il regarda la table avec les instruments de boucher, la caméra et le drapeau, ainsi que les chaises sur lesquelles Lene Jensen et Michael avaient été attachés, convaincus sans doute que leur vie s'achevait ici.

Le plus âgé des deux hommes posa une main sur son épaule.

– Alors, vous vous êtes décidé ? Vous venez avec nous, ou pas ?

Christian acquiesça.

– Ce serait un honneur, répondit-il.

Quoi qu'ils décident de faire à ce gamin, ce serait encore trop peu.

La machine à café ne fonctionnait pas, les béquilles de Michael n'arrêtaient pas de tomber par terre, l'obligeant à attendre qu'une âme charitable dans la salle d'attente veuille bien les ramasser. Toutes les têtes se tournèrent en même temps quand une infirmière, ou peut-être une chirurgienne dans la tenue bleue qu'on porte en salle d'opération, se montra à la porte du service de traumatologie.

Le profond sillon dans le muscle vaste externe de Michael causé par la balle de Lene avait été soigné par la même femme médecin qui avait nettoyé ses plaies et fait son pansement après les morsures de Rudolf. Elle n'avait pas pu s'empêcher de demander s'il était toujours figurant dans les compétitions de chiens policiers et si les chiens en question étaient désormais armés. La blessure n'était pas grave. Mais la cicatrisation serait longue car elle devait se faire en partant du fond, lui avait-elle expliqué. Elle lui avait dit aussi que cela lui ferait une nouvelle cicatrice à ajouter à son impressionnante collection. Il lui avait demandé de la morphine, mais elle ne lui avait donné qu'une boîte d'antalgiques en vente libre.

La porte des urgences s'ouvrit sur Charlotte. Michael alla la rejoindre en boitant. Il ne put rien lire sur sa figure.

– Allons dehors, lui proposa-t-elle.

– Comment…

– Dehors.

Ils étaient côte à côte sur le parking, Charlotte, le visage tourné vers le soleil.

– Vous avez une cigarette ? lui demanda-t-elle.

Michael lui offrit une cigarette et tendit la flamme de son briquet vers elle.

Elle exhala un long nuage de fumée blanche et plissa les yeux dans la lumière.

– Elle va s'en sortir, dit-elle. Mais la balle a touché un os et traversé le poumon gauche. Elle a perdu énormément de sang. Si j'ai bien compris, on a dû lui mettre un drain thoracique. Elle est en soins intensifs, mais réveillée. Ça va aller, il paraît.

– Je peux la voir ? Lui parler ?

– Elle ne veut pas vous voir, Michael.

– Que voulez-vous dire ?

– Ce que je dis, qu'elle ne veut pas vous voir. Sous aucun prétexte. Elle a été on ne peut plus claire.

Michael regarda l'inspecteur général les yeux écarquillés. Sa jambe ne lui avait jamais fait aussi mal qu'en cet instant.

Charlotte posa une main sur son bras.

– Elle n'arrive pas à comprendre comment vous avez pu vous tromper. Il va lui falloir un peu de temps pour l'accepter.

– Mais elles se ressemblaient comme deux gouttes d'eau, putain !

– C'est vrai, elles se ressemblaient beaucoup.

Sa main laissa une sensation de chaleur. Elle la laissa retomber.

– Ce n'est pas une réaction rationnelle, Michael. Soyez patient.

– La patience ne sert à rien. Pas avec elle.

– Sans doute. Mais souvenez-vous qu'elle vous a sauvé la vie. Qu'elle nous a sauvé la vie à tous.

Il se redressa et leva la tête vers la façade de l'hôpital.

– Oui, elle nous a sauvé la vie. J'espère qu'elle sauvera aussi la sienne.

– N'en doutez pas.

Michael partit. Il se sentait plus seul qu'il ne s'était jamais senti, de toute son existence.

Gurpal, qui l'avait attendu patiemment devant la borne des taxis de Rigshospitalet, l'observa dans son rétroviseur lorsqu'il monta à l'arrière.

– Tout s'est bien passé, *sahib* ?

– Très bien, Gurpal. Tout va bien. Merci.

Les dents en or étincelèrent dans le rétroviseur.

– Où je vous emmène, mon ami ?

Michael ne répondit pas. Il sentait un picotement derrière ses paupières et il se pinça violemment le nez. Le regard du sikh ne le quittait pas, mais il se taisait.

Michael s'enfonça dans le siège.

– Des palmiers… Tu as compris, Gurpal ? Trouve-moi une plage avec des palmiers, dit-il.

– On attend quelqu'un ? La femme avec les cheveux rouges, par exemple ?

– Non.

– Elle est en vie ?

– Oui.

– Ça va être une longue course, *sahib*. Pour arriver aux palmiers, je veux dire.

– Plus elle sera longue, mieux ça vaudra, Gurpal.

Épilogue

Un mois plus tard

Charlotte vit Michael de loin. Il était assis comme ils étaient convenus à une table de camping sur une aire de repos déserte et battue par les vents, au bord de l'autoroute. Un portique de jeu grinçait tristement dans les rafales venant des champs. Il avait l'air d'avoir froid dans son manteau noir. Il la regarda arriver d'un air indifférent, éteignit son mégot et alluma une nouvelle cigarette.

Une Opel de location était garée sur le camping.

Elle prit place sur le banc en face de lui et se pencha au-dessus de la table afin qu'ils puissent s'entendre malgré le bruit de la circulation.

Il ne la regardait pas.

– Comment va-t-elle ?

– Elle va bien. Elle a recommencé à faire du sport et elle ne boit plus. Elle a bonne mine, Michael. Je vous suis très reconnaissante. Nous le sommes tous.

Il remonta le col de son manteau.

– On m'a demandé de vous dire que vous pourriez être décoré de l'ordre de Dannebrog, si vous... enfin... Le problème, c'est qu'ils risquent de vous demander votre vrai nom.

Il ne l'écoutait pas. Ses traits, ses yeux gardaient la même expression. Il plongea la main dans la poche intérieure de sa veste, en sortit une enveloppe et l'ouvrit. Il en tira deux pages couvertes d'une écriture serrée et les lui tendit.

– Mon numéro de compte est inscrit en bas.

Charlotte regarda le montant de l'addition, bouche bée. La somme dépassait tout ce qu'elle avait pu imaginer. Elle n'avait aucune idée de comment elle allait pouvoir…

– Il y a un souci ? demanda-t-il, très calme.

– Hein ? Non… c'est juste que… Est-ce qu'il y a vraiment écrit 1 253 000 couronnes, là ?

Elle montrait un endroit au milieu de la première feuille.

– Ils ont mitraillé ma Mercedes fabriquée sur mesure, dit-il sans élever la voix. Elle n'avait pas une rayure. Ce n'est pas le genre de dégâts qu'on efface avec un peu de cire et un chiffon humide, vous comprenez.

– Oui… oui… bien sûr, mais…

– Ça pose un problème ? Ils n'ont qu'à faire des économies en gardant la médaille.

Elle replia les feuilles et les rangea dans sa poche.

– Aucun problème, répondit-elle, plus confiante qu'elle ne l'était réellement. Un peu plus d'un million de couronnes ? Ça marche. Vous les avez bien mérités, Michael. Sans aucun doute. Dont presque trois cent mille pour le chauffeur de taxi ?

– C'est vous qui m'avez engagé, répliqua-t-il. J'ai un business, figurez-vous, une femme et des enfants aussi. Quant à Gurpal, il a mis sa vie et l'avenir de sa famille et de ses enfants en jeu pour un pourboire. Lene est au courant de nos accords ?

– Bien sûr que non. Et je n'ai pas l'intention de le lui dire. Je vous ai engagé pour la protéger parce que j'ai toujours eu l'impression qu'elle tenait quelque chose, bien qu'elle ait été affaiblie et déprimée. Et pourtant, je ne l'ai pas crue, moi non plus, alors qu'elle avait raison en ce qui concerne Ain et Nazeera Gamil. Et aussi à propos de cette histoire d'Irene et de la PET.

– Oui, elle avait raison, murmura-t-il. Bizzarement.

Elle lui tendit la main. Il la serra et la relâcha aussitôt.

– J'ai froid, dit-il tout à coup. J'ai de plus en plus froid. Je crois que je… oh ! et puis merde… oubliez ce que je viens de dire.

– Où irez-vous, maintenant ? lui demanda l'inspecteur général.

Il posa sur elle des yeux vides. Comme s'il n'en avait pas la moindre idée.

Puis son regard se perdit au loin. Dans la campagne.

– Vous voulez que je lui passe le bonjour ? demanda-t-elle. Que je lui dise que vous allez bien. Quelque chose ? N'importe quoi ?

Elle n'obtint jamais de réponse. Michael s'était levé et il marchait vers sa voiture.

Elle remarqua qu'il boitait toujours.

Imprimé en France par CPI
en janvier 2016

Cet ouvrage a été composé par IGS-CP
à L'Isle-d'Espagnac (16)

Dépôt légal : mars 2016
N° d'impression : 2018862